DONGSUH MYSTERY BOOKS 131

THE CASE-BOOK OF SHERLOCK HOLMES
셜록 홈즈 사건집
아더 코난 도일/조용만 조민영 옮김

동서문화사

옮긴이 조용만(趙容萬)
경성제대 영문과를 졸업하고 고려대에서 문학박사 학위를 받다. 코리아타임스 논설위원·서울대사대·동국대 영문학 강의. 고려대 영문과 교수를 지내다. 지은책 《문학개론》 《평전 : 육당 최남선》, 소설집 《고향에 돌아와도》 《영결식》 《구인회 만들 무렵》, 수필집 《방의 숙명》 《청빈의 서》, 옮긴책 오웰 《동물농장》 모음 《인간의 굴레》 등이 있다.

옮긴이 조민영(趙敏英)
경기여고를 졸업하고 이화여대 영문과를 졸업하다.
옮긴책 코난 도일 셜록홈즈 시리즈가 있다.

DONGSUH MYSTERY BOOKS 131
셜록 홈즈 사건집
코난 도일 지음/조용만 조민영 옮김
초판 발행/1977년 12월 1일
중판 발행/2003년 10월 1일
발행인 고정일/발행처 동서문화사
창업 1956. 12. 12. 등록 16-345(윤)
서울강남구신사동540-22 ☎546-0331~6 (FAX) 545-0331
www.epascal.co.kr

*

이 책의 출판권은 동서문화사(동판)가 소유합니다.
의장권 제호권 편집권은 저작권 법에 의해 보호를 받는 출판물이므로
무단전재와 무단복제를 금합니다.

편찬·필름·제작 일체 「동판」 자본으로 이루어짐에 따라
출판권 소유권자 「동판」에서 제조출판판매 세무일체를 전담합니다.
사업자등록번호 211-90-02201
ISBN 89-497-0227-4 04840
ISBN 89-497-0081-6 (세트)

셜록 홈즈 사건집
차례

머리글
거물 의뢰인······ 15
탈색된 병사······ 59
마자랭의 다이아몬드······ 90
세 박공 집······ 117
서섹스의 흡혈귀······ 144
세 사람의 개리뎁······ 172
소르 다리 사건······ 200
기어다니는 남자······ 239
사자의 갈기······ 273
베일 쓴 여하숙인······ 301
은퇴한 물감 제조업자······ 321
쇼스컴 장원······ 346

이성적 추리로 독자를 매료하는 홈즈······ 374

머리글

 이미 절정기를 넘긴 테너 가수가 열렬한 팬들 때문에 좀처럼 은퇴를 결심하지 못하고 몇 번이나 마지막 인사를 되풀이하며 우물쭈물 머물게 되는 것은 흔한 일이다.
 어쩌면 홈즈도 지금 이런 입장이 아닌지 나는 걱정한다. 그러므로 이런 의구심은 그만 떨쳐버리고, 실제 인간이든 가공의 인물이든 홈즈도 이제 그만 인간의 운명을 받아들이게 하여 과감하게 이 세상이라는 무대에서 끌어 내리려고 한다.
 상상 속 인물들을 위해 특별히 마련된 꿈의 나라 림보(Limbo ; 어린이나 착한 사람들을 위한 천국과 지옥의 중간세계)가 존재해도 그럴싸해 보여 나는 상상의 나래를 펼친다.
 그런 세상에서는 헨리 필딩이 만들어낸 바람둥이들이 지금도 리처드슨의 미녀들에게 사랑을 호소하고, 월터 스콧의 영웅들이 거리를 활보하며, 찰스 디킨스의 유쾌한 런던 서민들이 활기찬 웃음을 터뜨리고, 윌리엄 메이크피스 새커리의 속물들이 여전히 추악한 행동을 버젓이 과시하고 있으리라.
 이러한 주인공들이 살고 있는 밸핼러(Valhalla ; 죽은 이의 나라)의 좁다란 한구석에서라면, 셜록도 그의 친구 왓슨과 더불어 한동안 남은 여생을 꾸려갈는지도 모르겠다. 그러나 그러는 동안에 어느틈엔가 비교도 안 될 만큼 뛰어난 추리력을 가진 명탐정이 왓슨보다 훨씬 덜 떨어진 친구와 환상의 콤비를 이루며 나타나, 두 사람이 사라진 빈 무대를 더욱 화려하게 꾸며줄지도 모른다.

셜록 홈즈의 탐정 경력은 길다. 그런데 그의 긴 탐정 경력이 이따금 지나치게 과장된 듯한 느낌도 없지 않다. 그러니 어느 꼬부랑 노신사가 내게 다가와, 소년 시절에는 홈즈의 모험을 정신없이 읽었노라고 칭찬해준다 한들 작가인 나로서는 심드렁할 수도 있지 않겠는가. 왜냐하면 내 인생의 큰 전환점이 된 그런 특별한 연도를 남들이 그렇게 함부로 오해하고 있으면 누군들 기분이 좋으랴!

정확히 말해 홈즈의 데뷔작은 《주홍색 연구》와 《네 사람의 서명》이다. 이 두 권의 책은 앞의 것이 1887년, 뒤의 것은 1889년(1890)에 발표되었다.

〈스틀랜드 매거진〉에 오랜 기간 연재되었던 단편소설을 모은 최초의 작품이 1891년의 《보헤미아의 추문》이다.

일반 독자들의 환영을 받았고, 또한 새로운 작품에 대한 기대도 컸던 까닭에 이때부터 모두 56편이나 되는 작품들이 이 잡지에 꾸준히 실리게 되었다. 그 뒤 단행본으로 엮어져 셜록 홈즈의 《모험》《회상》《귀환》그리고《마지막 인사》라는 제목으로 출판되었다.

그리고 수년 간에 걸쳐 발표된 나머지 12편이 《셜록 홈즈 사건집》이라는 이름으로 이렇게 출판되기에 이르렀다.

돌이켜보면 홈즈는 빅토리아 왕조 후기의 최전성기에 탐정활동을 시작하여, 허망하게 끝나버린 에드워드 왕조를 거쳐, 끊임없이 변화하는 현대에까지 나름대로 입지를 확보해왔다. 그리하여 청년시대에 홈즈 이야기를 읽은 독자가 나이를 먹어 이제는 자기 자식들과 함께 같은 잡지로 똑같은 모험담을 즐기는 모습 또한 눈에 띄곤 한다.
 이것은 한마디로 영국의 일반 독자들이 얼마나 인내심이 강하고 의리가 두터운지 보여주는 좋은 예라 하겠다.
 나는 이미 마음을 먹고 있었기에 《회상》의 마지막 부분에서 홈즈를 그만 은퇴시키고자 했다. 내 문학적 정력을 오로지 한 부분에만 집중적으로 다 쏟아부을 수는 없다고 뼈저리게 느꼈기 때문이다. 사실 창백한 얼굴색, 단정한 이목구비, 늘씬한 체구를 지닌 그 인물에게 나는 스스로 필요 이상의 상상력을 빼앗기고 있었던 것이다. 물론 홈즈의 목숨을 거둔 것이 내가 분명하지만, 다행히 시체를 두고 사망을 확인한 검시의가 있었던 것은 아니었다.
 비록 오랫동안 활동은 하지 못했지만 고마운 독자들이 바로 그 불명확한 죽음을 핑계로 홈즈를 되살려주기를 요망했고, 무모하게도 너무도 간단히 홈즈를 죽여버렸던 나는 내 행위에 대해서 그리 힘들게 변명하지 않아도 좋았다.
 그리고 지금도 그 모든 일들을 나는 조금도 후회하지 않는다. 이처럼 가벼운 읽을거리를 계속해서 써왔다고 해서 역사·시·역사소설·심령학 연구, 그리고 희곡과 같은 다양한 분야에서 내 창작활동이 지장을 받은 적은 단 한번도 없기 때문이다.
 그러므로 만일 홈즈가 되살아나지 못했다 해도 나는 지금 이상의 일은 하지 못했을 것이다. 하지만 좀더 본격적인 순수문학에서 내 창작활동의 진가를 인정받는 데는 어느 정도 방해가 된 것만은 사실이라 하겠다.
 독자 여러분들이여, 이러구러 이제 셜록 홈즈와 작별해야 할 시간이다. 지금까지 보내주신 한결같은 성원에 감사드리면서 비록 한순간일지라도 세상의 시름을 잊을 수 있는 즐거운 시간이 되었다면 나로서는 더 바랄 바가 없겠다. 그리고 이러한 효능이 오로지 모험소설

공상의 세계에서만 찾아볼 수 있는 특권이란 점도 아울러 덧붙이고자 한다.

———아더 코난 도일

The Illustrious Client
거물 의뢰인

"이제는 괜찮겠지."

이 말이 그때 셜록 홈즈의 의견이었다.

나는 그에게 지난 10년 동안 이제부터 이야기할 사건을 공표하게 해 달라고 적어도 열 번쯤은 졸라 겨우 승낙을 받게 된 것이다. 이리하여 나는 가까스로 어떤 뜻에서는 그의 인생 절정기라고도 할 수 있는 때에 이 사건을 발표할 수 있게 되었다.

홈즈나 나나 사우나라면 사족을 못 썼다. 욕실에서 나와 휴게실에서 땀을 들이는 동안 기분 좋은 나른함에 잠겨 담배를 피우고 있을 때는 그도 얼마쯤 입이 가벼워져 꽤 인간미를 띠게 된다.

노섬벌랜드 거리의 사우나 위층에는 다른 곳과 묘하게 동떨어진 장소가 한 군데 있는데, 거기에 침대의자 두 개가 나란히 놓여 있다. 이 이야기가 시작된 것은 1920년 9월 3일, 이 침대의자가 나란히 누워 있던 때로 거슬러 올라간다. 내가 요즘 무슨 색다른 문제가 없느냐고 묻자, 그는 대답 대신 뒤집어쓰고 있던 시트 사이로 길고 가느다란 팔을 신경질적으로 쑥 내밀더니 옆에 걸려 있는 윗옷 주머니를

더듬어 편지 봉투 한 장을 꺼냈다.

"대단한 일도 아닌데 공연히 떠들어 대는 것인지, 아니면 정말 생사가 걸린 문제인지 지금으로서는 여기 씌어 있는 것밖에 모르는 일이지만" 하고 말하며 홈즈는 나에게 봉투를 건네 주었다.

받아 보니 칼턴 클럽에서 쓴 것으로 날짜는 전날 밤으로 되어 있었다. 그 내용은 다음과 같았다.

셜록 홈즈 선생님께

안녕하십니까. 아직 선생님을 뵐 수 있는 기회가 없었습니다. 편지로나마 경의를 표합니다. 당돌한 말씀입니다만, 내일 오후 4시 반 아주 신중을 요하는 중대한 일에 대해 의논드릴 일이 있어 찾아 뵙겠으니 꼭 뵐 수 있었으면 합니다. 죄송하지만, 시간을 내 주실 수 있는지 칼턴 클럽으로 전화해 주시면 참으로 고맙겠습니다.
제임스 데마리 경

"물론 승낙한다고 대답은 해 놓았는데."
홈즈는 내가 돌려주는 편지를 받으며 말했다.
"자네는 이 데마리라는 사람에 대하여 뭔가 아는 게 있나?"
"사교계에선 꽤 이름이 나 있다는 사실뿐이지, 뭐."
"그럼, 내가 좀더 많이 알고 있는 셈이군. 신문에 나가기를 꺼리는 골치 아픈 사건을 교묘하게 해결하는 데 신망이 있네. 자네도 기억하고 있을지 모르네만, 해머포드의 유언장 사건에 대하여 조지 루이스 경과 협의한 것이 바로 이 사람이었어. 상류 사회에 출입하는 사람치고는 타고난 외교적 재질이 있지. 그래서 내일 의논하러 오겠다는 일도 공연히 혼자서 떠들어 대는 것이 아니라, 정말로 우리 도움을 필요로 하는 문제여서 찾아오려는 게 아닐까 하는 기대를 갖게 되는걸세."
"우리?"
"응, 물론 자네도 협력해 주겠지?"
"그거야 내가 부탁하고 싶은 일일세."
"그럼 4시 반이야. 그때까지는 이 문제를 잊어버리기로 하세."

그 무렵 나는 퀸 앤 거리에 살고 있었는데, 약속한 시간이 되기 전에 베이커 거리에 와 있었다. 정각 4시 반이 되자 제임스 데마리 대령이 나타났다.
제임스 경에 대해서는 새삼 여기서 설명할 필요도 없을 것이다. 도량이 넓고 시원스러우며 정직한 인품에 수염이 없는 큰 얼굴, 특히 그 여유있는 쾌활한 목소리는 누구나가 다 알고 있는 사실일 테니까.

아일랜드인다운 잿빛 눈에는 담백함이 넘쳐흐르고, 미소를 머금은 입가에는 계속 쾌활한 표정을 띠고 있다. 번쩍이는 실크햇, 검은 프록코트를 비롯하여 검은 비단 나비넥타이에 꽂은 진주 핀, 윤이 나는 구두 위에는 보랏빛 각반 등 세밀한 곳까지 빈틈없이 갖추었으며, 그 하나하나에 세심한 주의를 기울이고 있었다. 보기에도 위대해 보이는 귀족이 들어왔으므로 우리의 작은 방은 압도되는 듯했다.

"아, 역시 왓슨 박사도 함께 계셨군요." 그는 공손히 머리를 숙이며 말했다. "홈즈 선생, 상대방은 폭력쯤은 예사로 알고 어떤 일도 개의치 않는 사람이므로 왓슨 박사의 협력이 많이 필요하리라 생각합니다. 유럽이 넓다고는 하지만, 이렇게 위험한 인물은 달리 또 없을 것입니다."

"말씀하시는 대로 그렇게 유쾌한 인물이라면 나도 몇 사람 상대로 한 경험이 있습니다." 홈즈는 싱긋 웃으며 말했다. "담배는 피우지 않으십니까? 그럼, 실례하고 담배를 좀 피우겠습니다. 경께서 말씀하시는 인물이 죽은 몰리아티 교수나 아직 살아 있는 세바스찬 모란 대령보다 더 위험한 인물이라면 분명히 상대로 삼을 만합니다. 이름은 뭐라고 합니까?"

"바론 그루너 남작이란 이름을 들으신 일이 있으신지요?"

"오스트리아의 살인자를 말하는 건가요?"

데마리 대령은 웃으면서 염소 가죽 장갑을 낀 두 손을 들고 말했다. "무슨 일이고 홈즈 선생의 눈을 피할 수는 없는 것 같군요. 정말 대단하십니다! 그럼, 홈즈 선생은 그 사람이 살인자라는 것도 이미 알고 계시군요?"

"대륙의 범죄 사건을 상세히 조사해 두는 건 내가 꼭 해야 할 일이지요. 그 프라하 사건 기록을 본 사람이라면 그 사람의 범행이라고 믿지 않는 사람이 있겠습니까. 그것은 단순히 기술 문제였다는 것

과, 증인 가운데 한 사람이 의문을 남기고 죽었기 때문입니다. 그의 아내는 스프뤼겐 고개에서 '뜻하지 않은 사고' 때문에 죽은 것으로 되어 있지만, 정말은 그가 손을 써서 죽인 것이라는 사실을 나는 이 눈으로 본 거나 다름없이 단언할 수 있습니다. 또 그가 영국에 와 있다는 것도 알고 있으며, 머지않아 내가 그 사람을 상대해야 한다는 것도 각오하고 있습니다. 그 그루너 남작이 무슨 짓을 했다는 말입니까? 설마 옛날의 비극 문제를 여기서 되풀이하려는 것은 아니겠지요?"

"아닙니다. 더 중대한 문제입니다. 어쨌든 범죄는 일어난 것을 벌하는 것도 중요하지만, 미리 방지하는 문제가 더 중대합니다. 홈즈 선생, 끔찍한 문제——말로 표현할 수도 없는 상태가 눈앞에서 이루어져 가고 있는 것을 보면서, 더구나 그 결과를 명백히 내다보면서 그것을 방지할 수 없다면 이렇게 안타까운 일이 어디 있겠습니까?"

"그건 그렇습니다."

"그렇다면 내가 대리로 온 어떤 의뢰에 대해서 호의를 가져 주시겠지요?"

"당신은 중개사로군요? 당신은 누굽니까?"

"홈즈 선생, 그 점만은 너무 책망하지 마십시오. 그 사람의 명예있는 이름은 이야기 도중에 나온 일이 없노라고 돌아가서 보고해야지, 그렇지 않으면 내가 난처해집니다. 그 사람의 동기는 어디까지나 훌륭하고 의협적인 것이지만, 이름은 내고 싶지 않아합니다. 그렇다고 보수에 대해서는 절대로 번거롭게 구는 일은 없을 것이고, 행동의 자유를 조금도 속박하지 않으리라는 것 또한 말할 나위 없습니다. 그렇다면 실제 의뢰자가 누구이건 상관없다고 보는데요."

"참 안된 이야기지만, 나는 비밀은 한쪽 끝에만 있어야 한다고 봅니다. 그것이 양쪽에 있게 되면 혼란을 초래하는 원인이 됩니다. 안된 말씀이지만, 그런 조건이라면 사건을 맡을 수 없습니다."

그러자 손님은 몹시 당황해했다. 그 크고 예민해 보이는 얼굴이 곤혹과 실망으로 어두워졌다.

"그렇게 되면 어떤 결과를 초래하는지 홈즈 선생은 모르시는 것 같군요. 덕분에 나는 중대한 딜레마에 빠지게 됩니다. 어쨌든 여기서 내가 사실을 털어놓게 되면 홈즈 선생으로서도 기꺼이 받아 주시리라고 생각합니다만, 약속을 했기 때문에 그럴 수가 없는 겁니다. 어떻습니까, 허용된 범위 안에서 사정을 말씀드리겠으니 들어 주시겠습니까?"
"듣고말고요. 그로 인해 내가 아무 구속도 받는 일이 없다는 조건이라면 말입니다."
"잘 알았습니다. 그러면 우선 여쭙겠는데, 드 머빌 장군에 대해 들으신 적이 있습니까?"
"카이버(파키스탄에서 아프가니스탄으로 가는 산길) 전쟁에서 명성을 떨친 드 머빌 장군 말씀인가요? 예, 장군에 대해 들어 알고 있습니다."
"그분에게 딸이 하나 있지요. 바이올렛 드 머빌이라고 하며, 돈 많고 젊고 아름다우며 재치가 있어서 어느 점으로나 나무랄 데 없는 아가씨입니다. 우리가 지금 악마의 손아귀에서 지키려고 애쓰고 있는 것은 이 사랑스럽고 순진한 여자입니다."
"그럼, 그루너 남작이 그 아가씨의 급소라도 누르고 있다는 말입니까?"
"그렇습니다. 그것도 여성에게 있어선 가장 강력하게——사랑의 힘으로 이끌고 있는 겁니다. 이미 듣고 계시리라고 생각합니다만, 그 사람은 세상에서도 보기 드문 호인인데, 마음을 녹이는 듯한 태도며 부드러운 음색이며 여성에게 있어서는 무엇보다도 매력적인 로맨틱하고 달콤한 점을 갖추고 있습니다. 듣는 바에 의하면, 그 사람은 어떤 여자건 마음대로 이용할 수 있다더군요."
"그렇다 하더라도, 그런 사람이 어떻게 바이올렛 드 머빌 양과 같은 신분의 여자를 가까이 할 수 있었을까요?"
"지중해를 요트로 여행하면서 생긴 일입니다. 회원은 모두 뽑아 낸 사람들이었지만, 회비는 각자 부담하는 것이었으므로 말하자면 누구나 참가할 수 있었습니다. 주최자는 물론 남작의 정체를 몰랐기 때문에 참가를 받아들였는데, 사실을 알아차렸을 때는 이미 때가 늦은 뒤였지요.

그 악한은 그 아가씨를 따라다니며 마침내 그녀의 마음을 완전히 자기 것으로 만들었습니다. 그녀의 열중한 모습은 뭐라 말로 표현할 수가 없습니다. 맹목적인 사랑이라고 할까요, 정신을 몽땅 빼앗긴 듯 그가 없으면 하루도 살 수 없는 형편이라고 합니다.

그에게는 나쁜 평판이 나돌고 있다고 아무리 말해도 도무지 듣지 않는 겁니다. 마치 미친 것 같은 상태라서 어떻게든지 눈을 뜨게 하려고 온갖 노력을 기울였지만 결국 아무런 효과도 없었습니다. 아무튼 요점만 말하면, 다음달에는 그에게 결혼 신청을 하겠다는 겁니다. 그 아가씨도 이제는 성년이고, 의지가 강한 사람이어서 도저히 손 쓸 도리가 없습니다."

"그 여자는 오스트리아에서 있었던 남작의 사건을 알고 있습니까?"

"어쨌든 교활한 사람이니까 좋지 않은 과거 중에서 세상에 알려진 부분만은 숨김없이 아가씨에게 털어놓은 모양인데, 다만 어느 것이나 다 자기에겐 죄가 없으며 오히려 자신이 피해자라고 교묘하게 말했던 겁니다. 그런데 그 아가씨는 그 말을 완전히 믿고, 옆에서 뭐라고 말해도 전혀 받아들이지 않습니다."

"그거 참, 난처하겠군요. 하지만 덕분에 의뢰자의 이름을 알았습니다. 다름 아닌 드 머빌 장군이군요?"

방문객은 의자에 앉은 채 망설이는 듯 몸을 움찔거리더니 입을 열었다.

"홈즈 선생, 그렇다고 대답하여 선생을 속일 수도 있습니다만, 사실은 그렇지 않습니다. 드 머빌 장군은 반쯤 병자입니다. 강직하고 씩씩한 군인도 이번에만은 기가 죽었습니다. 전쟁터에서는 절대로 그런 모습을 보인 일이 없었는데, 이번에만은 낙심을 하여 한낱 늙은 영감이 되어 버려서, 그 오스트리아 인처럼 재치있고 힘이 있는 악한을 밀어 낼 힘은 생각도 할 수 없습니다.

  나에게 의뢰한 이는 장군과 오랜 친분을 맺어 온 사이일 뿐 아니라, 그 아가씨를 어렸을 때부터 친자식처럼 귀여워해 주던 사람입니다. 그러니까 이번 일과 같은 비극을 남의 일처럼 내버려 둘 수는 없는 거지요. 그렇다고 해서 경시청을 찾아갈 문제도 아닙니다. 선생께 부탁하자고 말을 꺼낸 것은 그분입니다만, 아까도 말했듯이 자기 이름은 절대로 밝히지 말아 달라고 부탁했습니다.

  그분이 누구인지는 물론 선생의 위대한 실력을 발휘하면 문제없이 알아 낼 수 있으리라고 믿습니다만, 이것은 명예에 관한 문제이니 부디 그것만은 입 밖에 내지 말아 달라고 다시 한번 부탁하는 바입니다."

홈즈는 들뜬 웃음을 지으며 말했다.

"그 일이라면 안심하셔도 될 겁니다. 그리고 사건 그 자체에 대해서도 흥미를 느끼게 되었으니 받아들이겠습니다. 당신에게 연락을 취하려면 어떻게 하면 되겠습니까?"

"저는 늘 칼턴 클럽에 있습니다. 만일 급한 일이 있을 때는 XX. 31이 제 전화번호니까 그리로 연락해 주십시오."

홈즈는 무릎 위에 비망록을 펴놓더니 웃음을 띠며 말했다.

"그루너 남작의 현주소를 알려 주십시오."

"킹스턴에서 가까운 버논 롯지라는 큰 집에 살고 있습니다. 좋지 못한 데 투기를 하여 한몫 잡은 거지요. 그렇기 때문에 적수로 삼으면 아주 골치 아픈 사람입니다."

"지금 그 집에 살고 있나요?"

"그렇습니다."

"지금 말씀하신 것 말고는, 그 사람에 대해 해 둘 말은 없습니까?"

"그는 사치를 좋아하는 사나이로 말타기가 취미입니다. 한때는 헐링검의 폴로(마상경기의 한 종류)에 몰두했었는데, 그 클럽 사건으로 소문이 자자해지자 그만둘 수밖에 없었습니다. 지금은 옛날 책과 그림 수집에 몰두하고 있습니다. 예술적인 재질도 상당한 모양입니다. 중국 도자기에 대해서는 정평있는 권위자로, 그 방면에 대한 저서도 있습니다."

"복잡한 성격이군요. 큰 범죄자는 모두 그런 법입니다만. 내가 잘 알고 있는 찰리 피스는 바이올린의 명수였고, 웨인라이트도 가볍게 보아 넘길 수 없는 예술가였습니다. 그 밖에도 얼마든지 예를 들 수 있습니다만…… 그럼 이만 돌아가 보시지요. 내가 그루너 남작을 상대로 뛰어 보겠다고 하더라고 의뢰자에게 전해 주십시오. 그 밖에는 지금 말씀드릴 수가 없습니다만, 나도 문의해 볼 만한 곳이 몇 군데 있으니까 어떻게든 문제를 풀어나갈 수단이 있으리라고 봅니다."

손님이 돌아가자 홈즈는 오랫동안 내 존재마저 잊어버린 듯 말없이 앉아서 생각에 잠겨 있더니, 마침내 정신을 차리고 말했다.

"왓슨, 자네 의견은 어떤가?"

"글쎄, 우선 그 여자를 만나 보는 게 좋을 것 같군."

"무슨 말인가. 병자가 되다시피 한 늙은 아버지가 설득을 해도 안 된다는데, 전혀 남인 우리가 가서 설득할 수 있을 것 같은가. 하기야 다른 방법이 다 소용없게 된다면 자네 말대로 해보는 것도 좋겠지만, 처음에는 아무래도 다른 방향에서 손을 대야겠지. 우선 신웰 존슨이 도움이 될 것 같군."

나는 홈즈의 사회 활동 중에서 후기의 것은 지금까지 그다지 붓으로 옮긴 일이 없었으므로 신웰 존슨의 일을 회상록에서 취급할 기회가 없었다. 이 사나이는 금세기 첫 무렵부터 홈즈에게 있어 아주 유력한 조수였던 것이다.

존슨은 유감스럽게도 맨 처음에는 아주 위험한 악한으로 이름을 날렸고, 파크허스트 감옥에도 두 번이나 들어갔었다. 그런 뒤 개심하여 홈즈와 손을 잡은 것이고, 런던의 암흑 사회에 홈즈의 앞잡이로 파고들어가 정보 수집을 해 왔다. 이렇게 하여 얻은 정보가 치명적인 효과를 올린 적도 아따끔 있었다. 신웰 존슨이 만일 경찰의 첩자였다면 곧 탄로가 났겠지만, 그가 관계하는 것은 언제나 직접 법정에 올려지는 일이 아니었기 때문에 동료들도 그의 활약을 전혀 알아차리지 못했던 것이다.

어쨌든 두 번이나 감옥에 들어간 전력이 있기 때문에 그는 어떤 나이트클럽이나 싸구려 하숙집이나 도박장에도 마음대로 드나들 수 있었고, 관찰력이 날카롭고 머리의 움직임이 빠르기 때문에 정보를 수집해 오는 첩자로는 아주 안성맞춤이었다. 셜록 홈즈가 지금 이용하려고 하는 것은 바로 이 사람인 것이다.

나는 공교롭게도 본직인 의사업에 급한 일이 있어 바로 활약하기 시작한 홈즈와 행동을 같이할 수 없었으나, 미리 약속을 하여 그날 밤 심프슨 음식점에서 그를 만났다.

바깥 창문가에 있는 작은 테이블 앞에 앉아 스트랜드 거리 흘러가는 사람들의 무리를 내려다보며, 그는 그날의 경과를 말해 주었다.

"존슨은 지금 열심히 돌아다니고 있으니까 암흑 사회 한구석에서 뭔가 알아내 올지도 몰라. 남작의 비밀을 알아내려면 무엇보다도 죄악의 근본을 찾아야 하니까."

"하지만 이미 알려진 남작의 나쁜 소행도 바이올렛 양이 인정하지 않는다는데, 비록 자네가 아무리 새로운 사실을 알아 냈다 하더라도 그 여자의 결의를 바꿀 만한 힘은 없을 걸세."
"그거야 알 수 없는 일이지. 여자의 마음은, 감정이나 이성이나 모두 남자가 풀기엔 힘든 수수께끼야. 살인자를 용서하는가 하면, 하찮은 일에 마음을 아파하는 일도 있거든. 그루너 남작도 말한 일이 있지만……."
"뭐라고! 남작과 말해 본 일이 있다고?"
"응, 그렇다네. 나의 계획을 아직 말하지 않았었군, 왓슨. 나는 그 사나이하고 직접 부딪쳐 보고 싶었었네. 마주앉아 눈과 눈을 마주 보며 그가 어떻게 생긴 사나이인지 친근감을 갖고 살펴보고 싶었던 거야. 나는 그래서 존슨에게 지시를 한 뒤 마차를 달려 킹스턴으로 찾아갔는데, 남작은 아주 상냥한 사람이었어."
"자네가 누구라는 것을 알던가?"
"알고말고가 없지. 명함을 내놓고 면담을 부탁한걸. 상대방에게 부족한 점은 없었네. 얼음같이 냉정하고, 목소리도 아주 점잖더군. 꼭 자네와 같은 인기있는 의사처럼 부드러우면서도 코브라처럼 독기있는 녀석이야. 그는 소질이 있더군. 겉으로는 오후의 차라도 마시는 듯한 모습을 보이면서도 그 속에는 지옥의 잔인성을 간직하고 있었어. 그야말로 진짜 범죄 귀족이지. 나는 바론 아델버트 그루너 남작에게 주목하기를 잘했다고 기뻐하고 있는 참일세."
"상냥하다고 했지?"
"잡힐 듯한 쥐를 보고 골골 소리를 내는 고양이 같다고나 할까. 그런 사나이의 상냥함은 우악스러운 사람의 폭력보다도 더 무서운 것이지. 우선 인사법부터가 특색이 있더군. '조만간 뵐 수 있으리라고 생각했었습니다, 홈즈 선생'이라고 말하는 거야. 그리고는 '아마드 머빌 장군의 의뢰로 바이올렛 양과 저의 결혼을 못하게 막으려고 오셨겠지요? 안 그렇습니까?' 하고 말하더군.

나는 아무 말 없이 고개를 끄덕였지. 그랬더니 미리 말문을 탁 막으려는 듯이 이렇게 말하는 거야.

'그것은 애써 얻은 당신의 명성을 땅에 떨어뜨리게 될 뿐입니다. 이것은 당신에게 맞는 일이 아닙니다. 헛수고일 뿐만 아니라 오히려 어떤 위험을 초래하게 될 것입니다. 곧 손을 떼도록 강력히 충고 드리는 바입니다.'

'그거 참, 묘한 일입니다. 그것과 똑같은 말을 나도 당신에게 충고하려던 참이었습니다. 당신의 두뇌에는 이미 탄복하고 있었으며, 이렇게 처음 뵙는데도 능히 짐작하고도 남겠군요. 그래서 사나이 대 사나이의 이야기로 말씀드리는데, 지난 일을 들추어내어 부당하게 당신을 불쾌하게 하려는 생각은 조금도 없습니다. 다 끝난 일이고, 당신 또한 발밑이 어두운 사람은 아닙니다. 그러나 당신이 끝까지 이 결혼을 고집하신다면, 유력한 반대자가 사방에서 일어나 당신은 결국 영국에 있을 수 없게 될 것입니다. 그렇게까지 해 가며 버틸 만한 가치가 있다고 생각합니까? 이런 경우엔 잠자코 그 여자에게서 손을 떼는 것이 현명합니다. 그 여자가 당신의 과거를 알게 되면 결코 좋지 않을 테니까요.'

그 남작은 콧수염——포마드를 발라 빳빳하게 하여 마치 곤충의 짧은 더듬이 같았는데——을 쫑긋거리며 자못 재미있다는 듯이 듣고 있더니, 마침내 조용히 웃으며 말하더군.

'웃어서 미안합니다만, 당신이 하는 짓을 보고 있자니 마치 손에 카드도 쥐지 않고 게임을 하고 있는 것 같아 우스워서 못 견디겠군요. 이것만은 교묘하게 해낼 만한 사람이 결코 없으리라 보고는 있지만, 어쨌든 얼마쯤 비장한 데가 있는 것 같군요. 하지만 이렇다 할 비결은 없고, 당신이 가지고 있는 것은 아주 하찮은 카드뿐이잖

습니까?'

'진심으로 그렇게 생각하십니까?'

'그렇다고 봅니다. 사실을 분명히 말해 드리지요. 나는 방법이 강구되어 있으니까 보여 드려도 상관없습니다. 다행히 나는 그 여자의 사랑을 완전히 얻었습니다. 이것은 내 과거의 불행한 사건을 다 털어놓고서 이루어진 일입니다. 또 머지않아 어디서 심술궂은 어떤 자가——자신의 일을 생각해 보십시오——나타나서 그 말을 지나치게 부풀려 지껄이게 될 테니, 그때는 어떻게 대처해 나가면 되리라는 것도 다 말해두었습니다.

당신은 최면술의 후속 암시에 대한 것을 들으셨겠지요? 그렇다면 그것이 어떤 작용을 하는지도 아시겠군요. 개성이 강한 사람은 비속한 안수나 쓸데없는 짓을 하지 않아도 최면술을 걸 수 있는 법이니까요. 그녀는 당신이 찾아오기를 기다리고 있습니다. 가면 틀림없이 만나 줄 겁니다. 왜냐하면 그 여자는 아버지의 말씀에 아주 고분고분하니까요——단 한 가지 작은 문제를 제외하고는.'

이런 식이었네, 왓슨. 이렇게 되면 도저히 말이 될 것 같지 않아서 되도록 체면을 손상시키는 일 없이 물러나려고 했는데, 문손잡이에 손을 대는 순간 남작이 나를 부르지 않겠나.

'그런데 홈즈 씨, 프랑스의 탐정 르블랑이라는 사람을 아십니까?'

'알고 있습니다.'

'그 사람이 어떻게 되었다는 것도?'

'몽마르트르에서 아파슈(파리 시내에 있는 건달)의 습격을 받아 평생 다리를 저는 절름발이가 되었다고 합니다.'

'그렇습니다, 홈즈 씨. 이상한 우연의 일치지만, 그 사람은 1주일 전부터 나의 신변을 조사하기 시작했다는군요. 홈즈 씨도 그런 꼴을 당하지 않도록 조심하십시오. 그다지 유쾌한 일은 아니니까요. 그렇다는 것을 아는 사람도 한둘이 아닙니다. 당신은 당신의 길을 가는 대신 나에겐 나의 길을 택할 수 있게 내버려 두십시오——이것이 당신에게 드리는 마지막 말입니다. 안녕히 가십시오!'

이렇게 말하지 뭔가. 지금으로서는 이 정도밖에 진행되지 않았네."

"험악한 사람 같군."

"굉장히 험악한 사나이야. 위협적인 말에 꼼짝도 하지 않을 뿐 아니라, 아마도 입으로 말하는 그 이상의 짓을 실천할 수 있는 자니까."

"꼭 간섭을 해야 할 일인가? 그가 바이올렛 양과 결혼하면 그렇게 난처해지는 일이 있는가?"

"그가 전처를 죽인 것이 사실이라면 결혼하게 하면 큰일이지. 그리고 의뢰자가 부탁하는 일이니만큼 왈가왈부할 게 못되네. 자, 커피를 마시고 함께 우리 집에 가 보세. 틀림없이 기운이 펄펄한 신웰 존슨이 보고할 것을 가지고 와 있을 테니까."

가 보니 아닌 게 아니라 큰 몸집에 천해 보이는 불그레한 얼굴의, 마치 괴혈병에라도 걸린 것 같은 사나이가 기다리고 있었다. 그의 생기있는 검은 눈만이 교활한 속마음을 얼굴에 나타내고 있었다. 또 그는 자신 있는 세계에 숨어들어온 듯, 그 증거를 옆 소파에 앉혀 놓고 있었다. 화사하고 불타는 듯한 젊은 여자이다. 파리하면서도 정열적인 젊은 얼굴이긴 하지만, 죄악과 비탄의 생활에 지쳐서 문둥병을 앓은 듯한 흔적마저 남아 있는 오랫동안 거친 생활을 해 온 것으로 여겨지는 여자였다.

"이 여자는 키티 윈터 양입니다" 하고 신웰은 두툼한 손을 흔들며 소개했다. "이 여자가 글쎄——아니, 그건 본인이 말하겠지요. 나는 지시를 받은 지 한 시간도 못 되어서 이 여자를 찾아 냈습니다."

"나를 찾는 일이야 누워서 떡 먹기지요." 젊은 여자가 말했다. "이 지옥 같은 런던에서 나간 일이 없는걸. 그 검은 뚱뚱이 신웰과 마찬가지예요. 나는 이 뚱뚱이하고는 오래 전부터 아는 사이예요. 안 그래요, 뚱뚱이? 하지만 나는 말하겠는데, 세상에 정의라는 것이 있다면 우리보다 더 깊은 지옥으로 빠져야 할 사람이 있어요. 바로 그 사람이지요, 홈즈 선생이 뒤쫓고 있는 사람은."

홈즈는 싱긋이 웃으며 "우리에게 호의를 베풀어 줄 의향이 있는 모양이군요, 윈터 양" 하고 말했다.

"그놈을 제 갈 곳으로 처넣을 수만 있다면 나는 무슨 일이든 기꺼이 하겠어요." 여자는 아주 무서운 기세로 말했다.

그녀의 결의에 찬 흰 얼굴과 번쩍이는 눈초리에는 무서운 증오가 깃들여 있었다. 남자에게서는 절대로 볼 수 없는 표정이었다.

"나의 과거에 대해서는 물어 볼 것도 없어요. 아니, 이 자리에서만이 아니에요. 내가 이렇게 된 것도 아델버트 그루너 때문이니까요. 그놈을 요절낼 수만 있다면!" 여자는 허공을 쥐어뜯으며 덤벼들 듯이 두 손을 쳐들고 계속 말했다. "그 녀석이 계속 여자를 밀어넣은 그 지옥 속으로 그를 쳐 넣을 수만 있다면!"

"사정은 알고 있겠지요?"

"뚱뚱이 신웰에게서 들었어요. 또 바보 같은 여자의 뒤를 쫓아다니며 결혼하자고 한다면서요. 그것을 못하게 하고 싶은 거지요? 다시 말해 선생은 그 귀신 같은 놈을 잘 알고 있기 때문에 양가집 딸이 제 정신으로 그놈과 목사님 앞에 서려는 것을 막아 보자는 말씀이지요?"

"제 정신이 아닙니다. 사랑에 빠져 거의 미치다시피 되었습니다. 그 사람의 일에 대해서 거의 다 알고 있으면서도 하나도 개의치 않는 겁니다."

"살인자라는 것도 말인가요!"

"네, 알고 있습니다."

"어머나, 철심장이군요!"

"헐뜯는 말인 줄 알고 상대하려 들지 않는 거지요."
"증거를 들이대어, 눈을 뜨게 할 수 없나요?"
"그렇게 할 테니 도와 주시겠습니까?"
"바로 내가 좋은 증거가 아니겠어요? 내가 만나 어떤 꼴을 당했는지 직접 말해 주면……."
"그렇게 해 주시겠습니까?"
"해 주겠느냐고요? 물론 해야지요!"
"분명히 해 볼 만한 값어치는 있습니다. 그러나 그는 자기가 한 나쁜 짓을 이미 다 고백하고 그 여자의 용서를 받고 있는 터이므로, 그런 이야기는 믿지 않을 것으로 생각되지만 말입니다……."
"그놈이 아직 하지 않은 말을 일러 주겠어요. 살인자라고 세상이 떠들썩한 사건은 접어두더라도 내가 어슴푸레하나마 알고 있는 일이 한두 가지 있어요.

언젠가 누군가에 대해 그 비위를 맞추는 듯한 간지러운 목소리로 이야기를 하더니 시치미를 뚝 떼고 나를 물끄러미 쳐다보며, '그자의 목숨도 한 달밖에 안 남았군' 하고 눈썹 하나 까딱하지 않고 말하는 거였어요. 하지만 나는 그다지 신경쓰지 않았어요——어쨌든 그 무렵에는 그에게 쏙 빠져 있었으니까요. 지금의 그 어리석은 여자처럼 그가 하는 일이 모두 좋게만 보였었지요.

그러다가 그만 실수를 하고 말았습니다. 그때 그 거짓말에 속지만 않았더라면 나는 그밤 안으로 도망쳤을 텐데. 그가 가지고 있던 책——갈색 가죽 표지에 자물쇠가 달려 있고 겉에는 금으로 그의 문장이 들어 있는 책이에요. 그날 밤은 술이 좀 취했던 것 같아요. 그렇지 않고는 그런 것을 나에게 보여 주었을 리가 없어요."
"그게 무슨 책입니까?"
"홈즈 씨, 그는 여자를 수집하고 있어요. 다른 사람이라면 나비나 나방을 수집할 텐데, 그는 여자 수집을 자랑으로 삼고 있었던 거예요. 그 수집장이었어요. 스냅 사진을 붙여 놓고, 이름부터 시작해서 모든 것을 하나하나 상세히 써넣었더군요. 정말 더러운 놈이에요. 아무리 천한 사람이라도 어찌 그런 것을 만들 수 있겠어요! 그런데 아델버트 그루너는 그런 것을 가지고 있었어요. 그루너 때문에 몸을 망친 영혼이라는 제목을 붙여야 할 만한 거예요. 하지만 그런 거야 아무래도 상관없어요. 당신에게 도움이 되는 책도 아니고, 비록 도움이 된다 하더라도 구할 수도 없는 것이니까요."
"어디에 있습니까?"
"지금 어디 있는지 내가 어떻게 알아요? 그 남자와 헤어진 지 1년이 넘었어요. 그 무렵엔 그가 늘 놓아 둔 곳을 알고 있었지만……. 그는 모든 일에 아주 꼼꼼하고 깔끔한 남자라 어쩌면 지금도 안쪽 서재의 헌 책상 위에 놓여 있는지도 모르지요. 그 사람의 집을 알고 계신가요?"
"서재에 들어간 본 일이 있습니다."
"어머나, 그래요? 오늘 아침에 일을 시작한 셈 치고는 수배가 그리 느린 편은 아니군요. 아델버트도 이번에는 마음을 놓지 못할 거예요. 바깥쪽 서재는 중국 도자기로 장식한 방으로 창문과 창문 사이에 큰 유리 선반이 있는데, 그곳 책상 뒤의 문 속이 안쪽 서재지요. 그곳은 작은 방이지만 그는 여러 가지 서류를 거기다 넣어 둔답니다."
"도둑을 두려워하고 있나요?"
"아델버트는 그렇게 겁쟁이가 아니에요. 아마 그와 사이가 나쁜 자라도 그 말만은 부인하지 않을 거예요. 자기 몸은 자기가 지킬 수 있어요. 밤에는 경보기가 있고, 도둑이 노릴 만한 물건도 없어요. 있는 것은 진기한 도자기 정도니까요."

"그런 것은 함부로 훔칠 수 없지." 신웰 존슨은 자못 전문가답게 말했다. "녹여 버릴 수도 없고, 그대로는 물론 팔릴 것 같지도 않은 그런 물건을 어떤 장물아비가 사 주겠어!"

"그건 그래." 홈즈가 말했다. "그럼 윈터 양, 내일 저녁 5시에 다시 한 번 이리로 와주지 않겠습니까? 그때까지 당신이 말한 그 여자들을 만나 볼 방법을 강구해 볼까 합니다. 도와 주셔서 정말 감사합니다. 말할 것도 없는 일이지만 의뢰자도 사례에 대해……."

"그만두세요, 홈즈 씨. 나는 돈이 필요해서 이런 일을 하는 것이 아니에요. 그를 진창에 빠뜨릴 수만 있다면 그것으로 충분합니다. 진창에 집어넣은 그의 보기 싫은 얼굴을 구두로 짓밟아 주고 싶어요. 그것으로 나는 만족합니다. 내 일만이 아니라, 선생님이 그를 상대하시는 한 언제든지 도와 드리러 오겠어요. 내가 있는 곳은 이 뚱뚱이가 잘 알고 있어요."

그녀와 헤어진 뒤 다음날 밤까지 나는 홈즈를 만나지 않았다. 그날 밤 우리는 스틀랜드의 그 음식점에서 식사를 함께 했다. 그 자리에서 내가 드 머빌 양과 만난 데 대한 이야기를 묻자 그는 목을 움츠리며 말해 주었다. 단 홈즈의 말투가 아주 무미건조하여 실생활에 맞지 않는 점이 있으므로, 여기서는 좀 부드럽게 옮겨 쓰기로 하겠다.

"만날 약속을 하는데 그다지 어려움은 없었네." 홈즈는 말했다. "왜냐하면 그 아가씨는 아버지의 뜻을 거슬러가며 이번 약혼을 했으므로, 사죄의 뜻으로, 자식으로서의 절대적인 복종을 기꺼이 이행하고 있었기 때문이야. 장군으로부터 기다리고 있다는 전화가 있었고, 윈터 양도 약속대로 와 주었기 때문에, 우리가 노장군의 집이 있는 버클리 거리 104번지에서 마차를 내린 것은 5시 반이었어. 아주 낡아 보통 교회는 발치에도 가까이 못 올 정도의 저택이었지. 사람이 나와서 노란 커튼을 친 큰 객실로 안내했는데, 들어가 보니 그 여자가 거기서 우리를 기다리고 있더군. 아름다운 모습의 파리한 얼굴을 한, 그러면서도 가까이 하기 어려운, 마치 산 위에 있는 눈사람처럼 사귀기 힘든 여자였다네.

 뭐라고 하면 좋을까. 나로서는 그녀의 모습을 분명히 설명할 수 없지만 사건이 처리될 때까지 자네도 만날 기회가 있을 테니까 모든 것은 자네의 글재주에 맡기겠네. 분명히 미인은 미인인데, 계속 높은 곳만 바라보고 있는 광신자적이고 이 세상 사람 같지 않은 아름다움이었어. 중세 유명한 화가가 그린 그림에서 가끔 본 일이 있는 얼굴이야. 그처럼 짐승 같은 자가 어떻게 그런 여자에게 마수를 뻗쳤는지 짐작도 안 가지만, 신성한 것과 짐승류, 야인과 천사라는 식으로 극과 극은 서로 끌어당기는 데가 있는 모양이지. 그렇다 하더라도 이렇게 극단적인 것은 없다고 보네.

 그녀는 물론 우리가 찾아온 목적을 알고 있었네. 그 악한이 일찌감치 우리에 대해서 말해 두었기 때문이야. 윈터 양이 찾아온 것을 보고는 조금 놀란 모양이었는데, 마치 경건한 수녀원 원장이 문둥병 환자를 맞이하듯 우리를 저마다의 자리로 안내하더군. 자네도 거만해지고 싶으면 바이올렛 드 머빌을 보고 배우면 될 걸세.

 '잘 오셨습니다.' 그녀는 마치 얼음산에서 불어오는 찬바람처럼 냉랭하게 말하더군. '성함은 잘 알고 있습니다. 오늘 찾아오신 것은 약혼자 그루너 남작을 비방하기 위해서겠지요? 내가 여러분을 만나 보기로 한 것은 아버지의 말씀이 있었기 때문입니다. 미리 말씀드려 둡니다만, 무슨 말을 들어도 내 마음은 조금도 움직이지 않습니다.'

 나는 그녀가 불쌍한 생각이 들더군. 더욱이 딸 같은 생각까지 들었네. 나는 그다지 말 잘하는 편은 못 되잖은가. 감정에 사로잡히는 일 없이 머리로 말을 하지. 그러나 이때만은 나의 성격으로 보아서 최대한의 다정한 말로 그녀를 설득했네. 결혼한 뒤에야 비로소 남자의 성품을 깨닫게 되는 여자의 입장이 얼마나 두려운 것인가를, 피로 더렵혀진 손과 호색적인 입술로 달래는 대로 참고 살아 가야 하는 여자의 삶이 얼마나 비참한 것인가를 알아듣도록 말했네.

무슨 일이고 하나도 빠짐없이 말했네. 모욕, 공포, 고민, 절망——이 결혼이 지니고 있는 모든 예견을 말해 주었지. 그러나 아무리 입이 아프게 말해도 그녀의 상아 같은 볼에는 핏기조차 비치지 않았고 꿈꾸는 듯한 두 눈에는 아무런 감동도 나타나지 않더군. 나는 새삼 그 악한이 말한 최면술의 후속 암시가 얼마나 강한지 놀랐네. 그녀는 높은 하늘에서 황홀한 꿈 같은 생활을 즐기고 있다고밖에 생각할 수가 없더군. 더구나 그녀의 대답은 분명한 것이었네.

'꽤 참고 이야기를 들었습니다만, 나의 마음은 처음에 말씀드렸듯이 조금도 변함이 없습니다. 아델버트는 상당히 변화가 많은 길을 걸어왔으므로, 남들에게서 심한 미움과 부당한 악평을 받고 있다는 것은 잘 알고 있습니다. 여러 사람들이 찾아와서 그 사람 욕을 하고 갔습니다만, 그것도 이젠 당신이 마지막이 될 것입니다. 물론 악의가 있는 것은 아니라고 생각합니다만, 당신은 돈으로 고용된 탐정이라는 말을 들었습니다. 돈에 따라서 남작 편을 들 수도 있는 분이겠지요. 어쨌든 나는 그분을 사랑하고 있고 그분도 나를 사랑하고 있으니까, 세상에서 뭐라고 한들 창문 밖에서 지저귀는 새소리만큼도 여기지 않는다는 것을 알아주세요. 그분의 높은 품성이 비록 한때나마 흐려지는 일이 있다면, 그 구름을 몰아내고 비싼 참값을 발휘하도록 하는 것이 제가 할 일이라고 생각하고 있습니다.' 그리고 그녀는 내가 데리고 간 여자 쪽을 쳐다보며 '이 젊은 부인은 누구지요?' 하고 묻더군.

내가 그 말에 대답을 하려고 하자 윈터 양은 마치 회오리바람이 몰아치듯이 퍼부었네. 마치 불꽃과 얼음이 마주치는 것 같았어.

'누구냐고요? 그것은 내 입으로 말하지요.' 그녀는 갑자기 의자에서 일어나더니 격정으로 입을 일그러뜨리며 말했네. '나는 얼마 전까지만 해도 그 남자의 정부였어요! 그 남자에게 걸려들어 마음껏 희롱당한 뒤 쓰레기통에 버려진 몇백 명의 여자 가운데 한 사람이지요. 당신도 보나마나 머지않아 그렇게 될 것입니다. 당신은 쓰레기통 속에 버리는 것이 아니라 무덤 속이 되겠지만. 차라리 그러는 편이 좋을 거예요. 내가 미리 말해 두거니와 그런 남자와 결혼하는 날이면 그것으로 마지막이에요. 틀림없이 죽게 될 거예요. 가슴이 빠개지게 하든가, 목뼈를 부러뜨리든가, 그것은 그 남자가 결정해 주겠지요.

이런 말을 하는 건 당신이 좋아서가 아니에요. 당신 같은 사람은 죽든 살든 내 알 바가 아니지요. 다만 그 남자가 미울 뿐이에요. 화풀이로나마 그가 나에게 한 것과 똑같은 일을 해서 깨닫게 해주고 싶을 뿐이에요. 하지만 그런 일은 아무래도 상관없어요. 당신도 그런 얼굴을 하고 있을 것 없어요. 아가씨, 당신도 어느 날 문득 눈을 뜨고 보면, 지금의 나보다도 훨씬 타락했다는 것을 깨닫게 될 테니까요.'

그러자 드 머빌 양은 '여기서 그런 말은 하지 말기로 합시다'라고 냉정하게 말하더군. '단 한 마디만 말해 두겠는데, 그분의 생애에는 세 시기가 있어요. 어떤 시기에 음모가 있는 여자와 관계를 가졌던 일이 있었다는 사실은 나도 알고 있으며, 그 때문에 만일 무슨 잘못을 저지른 일이 있다 하더라도 지금은 진심으로 회개하고 있습니다.'

'흥, 뭐가 세 시기야! 정말 구제할 수 없는 바보로군!' 이렇게 외치는 윈터 양의 말에 '홈즈 씨, 이제 그만 돌아가 주세요' 하고 그녀는 점점 더 쌀쌀해졌네. '당신을 만나라는 아버님의 말씀을 따르기는 했습니다만, 이 부인의 광란된 소리까지 들을 필요는 없다고 생각합니다.'

이 말을 듣자 윈터 양은 무섭게 덤벼들었네. 그때 내가 손목을 잡아 말리지 않았더라면 아마 밉살스런 상대방의 머리칼을 미친 듯이 쥐어뜯었을 것일세. 나는 다행히도 구경꾼들이 몰려들기 전에 윈터 양을 마차 속으로 밀어넣을 수 있었다네.

정말 행운이라고 볼 수밖에 없었지. 왜냐하면 윈터 양이 화가 나서 미친사람 같았기 때문이야. 나 자신도 동요하지는 않았지만 꽤 분개했어. 애써 구해 주려는 드 머빌 양은 아주 쌀쌀하고 무관심하게 굴었으며, 얕잡아 보는 듯하면서 공손한 태도를 보인 것이 말할 수 없이 불쾌했기 때문이야.

이젠 자네도 지금까지의 경과를 다 알았겠지만, 말할 것도 없이 이 방법이 잘못되었다면 다른 방법을 찾아봐야겠지. 그런데 왓슨, 아무래도 필연적으로 자네의 도움을 받아야 할 테니까 자네와 연락을 취

하면서 해결하도록 해야겠네. 특히 이번에는 저쪽에서 승부를 겨뤄오리라고 보니까."

과연 그러했다. 저쪽에서—— 설마 비밀리에 그녀가 관여하고 있다고는 볼 수 없으므로, 아델버트 그루너가 승부를 걸어 왔다고 할 수 있을 것이다. 나는 그때 신문팔이가 들고 있는 플래카드를 보고 영혼까지 공포에 떨던 그 지점을, 지금도 이곳이라고 분명히 지적할 수 있을 것 같다. 그랜드 호텔과 채링 크로스 역 중간에 외다리 신문팔이가 저녁 신문을 팔고 있는 장소가 있다. 날짜는 앞서 적은 그 대화가 있은 지 이틀 뒤의 일이었다. 노란 종이 위에 시커멓게 무서운 말이 적혀 있었다——

> 셜록 홈즈 씨
> 괴한의 습격을 받다.

그것을 보고 나는 한동안 어이가 없어 멍청히 서 있었던 것 같다. 그러다가 빼앗듯이 신문을 낚아챘던 일, 값도 치르지 않고 빼앗았으므로 신문팔이에게서 좋지 않은 말을 들었던 일, 돈을 치르자마자 약국 앞에 서서 신문을 접어들고 그 기사를 정신없이 읽었던 일 등을 두서없이 생각해 낼 수 있다. 그때의 기사는 다음과 같은 것이었다.

유명한 사립 탐정 셜록 홈즈 씨는 오늘 아침 괴한의 습격을 받아, 가엾게도 치명적인 중상을 입었다고 한다. 아직 상세한 소식은 없으나 어젯밤 12시쯤의 일로서, 장소는 리젠트 거리 로열 카페 앞이라고 한다. 가해자는 단장을 든 2인조 사나이로 홈즈 씨는 머리와 그 밖의 부분을 세게 맞았으며, 의사의 말에 의하면 부상 정도가 가볍지 않다고 한다. 곧 채링 크로스 병원으로 싣고 갔으나 본인의 희망으로 베이커 거리에 있는 자택으로 옮겼다. 가해자는 차림새가 수상쩍은 사나이였다고 하며, 모여든 구경꾼들을 헤치고 로열 카페로 들어가 그 뒤의 거리, 즉 글래스하우스 거리 쪽으로 도주했다. 평상시 홈즈 씨의 명민한 활동에 괴로움 받던 일당일 것이다.

이 기사를 읽고 내가 곧 영업용 마차를 집어타고 베이커 거리를 향해 달려간 것은 말할 나위도 없다. 가 보니 유명한 외과의사 레슬리 오크숏 경이 홀에 있고, 그 사람의 마차가 밖에서 기다리고 있었다.

"지금으로서는 뭐라고 말할 수가 없습니다. 머리에 두 군데 열상이 있고 그 밖에도 여러 군데 타박상이 있습니다. 몇 바늘인가 꿰맸습니다만 모르핀 주사를 놓았으니까 그대로 안정하고 있어야 합니다. 몇 분 동안의 면회라면 괜찮을 거요."

허락을 받고 나는 어둡게 해 놓은 방으로 살그머니 들어갔다. 환자는 완전히 눈을 뜨고, 가라앉은 듯한 낮은 목소리로 내 이름을 불렀다. 해를 가리는 커튼을 4분의 3쯤 드리웠는데, 햇살이 한 줄기 비스듬히 흘러들어와 붕대 감은 머리를 돋보이게 하고 있었다. 머리를 감싼 붕대 사이로 빨간 피가 스며나왔다. 나는 머리맡에 걸터앉아 조용히 들여다보았다. 그는 힘없이 말했다.

"괜찮아, 왓슨. 그렇게 겁먹을 것 없어."

"눈에 보이는 것만큼 나쁘지는 않네."
"그거 다행이군."
"자네도 알고 있듯이 나는 봉술에 얼마쯤 요령이 있네. 방어에만 한껏 힘을 기울여 오긴 했지만, 둘이서 덤벼드는 바람에 당한 거야."
"뭐 내가 해 줄 일이 있으면 사양 말고 말해 보게. 물론 그 녀석이 한 짓이야. 자네가 괜찮다고만 하면 나는 그를 찾아가 낯가죽을 벗겨 주고 싶네."
"왓슨, 고맙네. 그러나 경찰이 개입해 주지 않는 한 우리의 힘으로만은 어쩔 수가 없어. 도망치는 길은 아주 잘 준비되어 있었지. 그들은 미리 다 생각해 뒀던 일일 거야. 잠깐만 기다려 주게. 나에게도 생각이 있네. 우선 먼저 할 일은 나의 부상을 과장해서 퍼뜨리는 일이야. 모두들 자네에게 상태를 물으러 올 걸세. 그러면 심하다고 말하도록 하게. 1주일을 견딜 수 있을지 의문이라느니, 뇌진탕이라느니, 의식이 없다느니 하고 터무니없는 말을 하는 거야. 더 심하게 말해도 상관없네."
"하지만 레슬리 오크숏 경이 있잖은가."
"그 사람은 괜찮아. 그 사람에게는 나의 나쁜 면만 보일 걸세. 그 점은 내가 대처할 테니까 걱정 말게."
"그 밖에는 뭐 할 일이 없나?"
"글쎄, 신웰 존슨에게 말해 주게. 그 여자를 찾아 몸을 숨기도록 전해 달라고 말이야. 그들은 지금쯤 윈터 양을 찾고 있을 걸세. 왜냐하면 그 여자가 나를 도와 주고 있다는 것을 알았기 때문이야. 나에게 폭행을 가하는 형편이니까 그 여자를 그냥 놔 두지는 않을 거야. 서둘러 주게. 오늘 밤 안으로 전해 주게."
"지금 곧 갔다 오겠네. 또 다른 일은 없나?"
"내 파이프를 테이블 위에 내놓아 주게, 담배통도, 그래, 됐네. 그리고 매일 아침 이리로 와 주게. 전략을 짜기로 하세."
"그날 밤 안으로 존슨을 만나 윈터 양을 조용한 교외로 데리고 가 위험이 사라질 때까지 숨겨 두라고 부탁했다. 그리고 6일 동안 세상 사람들은 홈즈가 생사의 경지를 헤매고 있는 것으로 알고 있었다. 용태가 위독하다는 소식이었으며 신문 기사도 좋지 않았다. 그러나 매일 찾아가는 나로서는 그처럼 나쁘지 않다는 것을 잘 알 수 있었다. 그의 강한 체질과 의지력이 놀라운 작용을 보였던 것이다.
　그는 회복이 너무 빨라서 나에게도 감추려는 듯했으며, 사실 나로서도 뜻밖이라는 생각이 들 정도로 빨리 좋아지는 게 아닌가 하고 때로는 의심을 해보기도 했다. 이 사나이에겐 묘하게 무엇을 감추는 경향이 있어 그것이 많은 극적인 효과를 가져올 때도 있지만, 그러나 친한 친구에게도 무엇을 계획하고 있는가를 가르쳐 주지 않으려는 것은 좋지 않은 버릇이었다. 꾀하는 일은 비밀을 지켜야 한다는 원칙을 끝까지 밀고 나가는 것이다. 그래서 누구보다도 나는 그와 가까운데도 두 사람 사이에는 장벽이 있다는 것을 늘 느끼고 있었다.

7일째 되는 날 실을 뽑았으나, 그날 저녁 신문에는 반대로 단독(丹毒: 헌데나 다친 곳으로 균이 들어가 생기는 급성 전염병)이 걸렸다고 나와 있었다. 같은 신문에 그의 용태야 어찌 되었든 관계없이 꼭 알아야 할 기사가 있었다. 금요일에 러버풀을 출범하는 큐너드 사의 배 루리타니아 호의 선객 속에 아델버트 그루너 남작의 이름이 있었던 것이다. 눈앞에 다가온 드 머빌 장군의 외동딸 바이올렛과의 결혼식 전에 꼭 정리해야 할 경제 문제가 미국에서 기다리고 있다는 것이었다. 셜록 홈즈는 차가워 보이는 창백한 얼굴로 열심히 듣고 있었는데, 이 소식에 몹시 충격을 느끼는 모양이었다.

"뭐, 금요일이라고? 사흘밖에 안 남았잖나. 위험하다고 여기고 도망치는 게로군. 놓칠 것 같은가! 절대로 놓치지 않아! 그런데 왓슨, 자네에게 꼭 부탁할 게 있네."

"무슨 말이든 다 하게."

"그럼, 앞으로 24시간 동안 중국 도자기 연구에 몰두해 주게."

거기에 대해, 그는 아무것도 설명해 주지 않았고 또 나도 물어 보지 않았다. 오랜 동안의 경험으로 나는 그가 시키는 대로 하는 게 현명하다는 것을 잘 알고 있었던 것이다. 나는 밖으로 나와 어째서 이런 이상한 일을 수행해야 하는가 생각하며 베이커 거리를 걸어왔다. 나는 세인트제임스 거리에 있는 런던 도서관으로 마차를 달려 부사서

(副司書)로 일하고 있는 친구 토머스를 찾았다. 그리고 그에게 사정 이야기를 해서 두툼한 참고서를 빌려 가지고 왔다.

 변호사가 월요일에 전문가를 증인으로 세우고 심문할 수 있도록 벼락치기로 외운 지식은 토요일이 되기도 전에 잊어버린다는 이야기가 있다. 나는 도자기의 대가인 체하고 싶은 생각은 없었지만 그로부터 밤에만 조금 쉬었을 뿐, 다음날도 오전중에는 줄곧 책을 읽어 지식을 흡수하고, 여러 가지 이름을 머릿속에 집어넣었다.

 내가 배운 것은 위대한 장식 예술가의 각인(刻印)과 이상하기 짝이 없는 연호(年號)와 홍무(洪武)의 문양, 영락(永樂)의 미(美), 당영(唐英)의 명문(銘文), 송과 원의 초기의 위업 등 여러 가지가 있었다. 다음날 밤에 홈즈를 찾아갔을 때는 이런 지식을 머릿속에 잔뜩 넣은 뒤였다.

 신문 정보만을 믿고 있는 사람은 생각할 수도 없는 일이었지만, 가 보니 그는 침대에서 일어나 마음에 드는 안락의자에 깊숙이 파묻혀 붕대 투성이의 머리를 팔로 괴고 있었다.

 "뭐야, 홈즈. 신문에는 자네가 죽어 가고 있는 것으로 씌어 있어."
 "응, 그거야말로 내가 바라는 바일세. 그런데 왓슨, 연구는 다 되었나?"
 "글쎄, 해보긴 했는데."
 "그거 잘했군. 그 문제에 대해 남과 이야기를 해도 이해되는 대답을 할 수 있겠지?"
 "뭐, 그럭저럭 할 수 있겠지."
 "그럼, 벽난로 선반 위에 있는 저 작은 상자를 이리 좀 갖다 주게."

 그는 작은 상자의 뚜껑을 열고 안에서 동양의 비단으로 정성껏 싼 것을 꺼냈다. 그것을 풀자 말할 수 없이 아름다운 짙은 청색의 정교한 접시가 나왔다.

"조심해서 다루어 주게. 이것은 명나라 시대의 진품인 에그 셸 자기(계란 속껍질처럼 얇다는 의미에서)라네. 크리스티 상점에서도 이렇게 아름다운 것을 취급한 일은 없다네. 한 세트가 완전히 갖추어진다면 볼모로 잡힌 국왕의 몸만큼이나 가치가 있는 것일세. 사실 북경 황궁 이외에 완전히 갖추어진 것이 있는지는 의문이지만, 진짜 감상가는 한 번 보기만 해도 미친 사람처럼 떠들어 댈 거야."

"이것을 어떻게 하려는 건가?"

홈즈는 '하프 문 거리 369번지, 힐 바턴 박사'라는 명함을 나에게 건네주었다.

"이것이 오늘 밤, 자네의 이름일세. 이것을 가지고 그루너 남작을 찾아가는 거야. 그의 일상 생활은 내가 좀 아는데, 8시 반이면 볼일을 마치고 집에 돌아와 있을 걸세. 미리 편지를 내어 오늘 밤에 찾아가겠다는 것과, 명나라 시대의 훌륭한 도자기 한 세트를 가지고 있는데 그 견본을 가져가겠다고 하게. 자네를 의사라고 한 것은 그러는 편이 자연스러울 테니까 오히려 편리할 것 같아서일세. 다만 자네가 수집가라는 것, 우연히 이 일품을 입수한 일, 남작도 동호인이라는 말을 듣고 왔으며 값에 따라서는 양보해도 좋다는 뜻을 밝히는 거야."

"얼마라고 할까?"

"그거 잘 말했군. 자기가 가지고 온 물건값도 모르면 그야말로 오리발을 내놓는 셈이 되니까. 이 접시는 제임스 경이 입수한 것인데, 아마 그 사람의 환자가 모은 수집품인 것 같아. 세상에 다시없는 물건이라고 해도 지나친 말이 아닐세."

"그럼, 한 세트로 갖추어 전문가의 감정을 받겠다면 어떻게 하지?"

"좋아! 오늘은 이상스럽게 머리가 잘 도는군, 자네. 그러면 크리스티라든가 소더비의 이름을 대면 돼. 자네가 먼저 값을 말하지 않도록 조심하게."

"만일 만나 주지 않으면?"

"염려없어, 만나 줄 거야. 수집에 대해선 아주 병적인 편이니까. 더욱이 도자기라면 남들도 권위를 인정하고 있는 정도라네. 자, 앉게, 편지 글귀를 말할 테니. 답장은 받지 않아도 돼. 다만 방문한다는 일과 목적만 말해 주면 되네."

간단하고도 정성이 담겼으며 감상가의 호기심을 끌 수 있는 아주 멋진 편지였다. 곧 심부름꾼을 통해서 보냈다. 그리고 밤이 되기를 기다렸다가 힐 바턴 박사의 명함을 주머니에 넣은 다음 나는 그 귀중한 접시를 들고 혼자서 모험에 나선 것이다.

그루너 남작의 아름다운 저택은 제임스 경의 말대로 그가 아주 부유하다는 것을 나타냈다. 양쪽으로 아름다운 나무를 심은 활처럼 굽은 길로 한참 들어가니 조상을 여러 개나 장식한 자갈이 깔린 광장으로 나왔다. 이것은 남 아프리카의 황금왕이 호황시대에 세운 것으로, 네 귀퉁이로 작은 탑을 세운 나직하게 옆으로 퍼진 건물은 건축학상으로 보아서는 이상했지만, 크기나 튼튼한 면으로 보면 아주 당당한 것이었다. 추기경의 자리에 앉으면 어울릴 것 같은 집사가 나와서 플라시덴(비로드처럼 생긴 천) 제복을 입은 하인을 앞장세워 주어서 나는 남작이 있는 방으로 들어가게 되었다.

남작은 창문 사이에 설치한 중국 계통의 수집품 일부를 장식해 놓은 큰 선반장 문을 열고 그 앞에 서 있었는데, 내가 들어가자 작은 갈색 항아리를 손에 든 채 돌아다보았다.

"거기 앉으십시오. 마침 나의 귀중한 수집품을 둘러보며 또 좋은 물건을 구할 수 있을까 생각하고 있었답니다. 어떻습니까, 이 작은 당대의 작품은? 이것은 7세기부터 전해 내려온 것인데, 당신도 흥미를 느끼시겠지요? 세공도 그렇고 광택도 그렇고 이만한 것은 여간해서 구하기 힘듭니다. 뭡니까, 말씀하신 명나라 시대의 접시는? 가지고 오셨습니까?"

나는 조심조심 꾸러미를 풀고 작은 접시를 꺼내어 주었다. 그러자 그는 책상 앞에 앉더니 램프 불을 끌어당겨서 천천히 살펴보기 시작했다. 그동안 밖은 꽤 어두워졌다. 노란 램프 불빛을 얼굴 가득히 받고 있으므로 나는 마음껏 그를 관찰할 수 있었다. 과연 그는 아주 잘생긴 사나이였다. 유럽에서 미남으로 이름을 날렸을 만한 자격이 있었다. 몸집은 그다지 크지 않지만 생김새가 아주 우아하고 발랄해 보였다. 얼굴빛은 거의 동양적이라고 해도 좋을 만큼 가무잡잡하고, 꿈을 꾸는 듯한 커다랗고 검은 눈——바로 이 눈으로 계속 여성을 뇌쇄시키는 것이다.

머리도 수염도 새까맣고, 수염은 가늘게 위로 뻗쳐 있는데 포마드로 빳빳하게 세웠다. 단 한 가지 얄팍한 입술을 일자로 꽉 다물고 있는 것만 제외한다면, 얼굴 모습은 단정하고 애교가 있어 보였다. 살인자다운 모습이 있다면 바로 이 입매일 것이다. 얼굴 속에 푹 팬 자국이라고 할까, 꽉 다물면 피도 눈물도 없어 보이는 무서운 일이었다. 거기에 수염을 기른다는 것은 희생자에게 보내는 자연스러운 위험 신호가 되는 셈이니, 그로서는 너무 생각없는 짓이라고 할 수 있다. 목소리는 매력적이고 태도도 나무랄 데가 없었다. 나이는 30살쯤 되어 보였는데 나중에 알고 보니 42살이라고 했다.

"아름답군. 정말 아름답군!" 한동안 바라보고 있더니 그가 탄성을 질렀다. "이것과 같은 것이 여섯 개 있단 말이지요? 이 정도의 일품이 있는데, 지금까지 들어 본 일도 없었다는 것은 참 이상하군

요, 이것에 버금갈 만한 것이 영국에 꼭 한 가지 있다는 것은 알고 있지만, 그것은 팔려고 내놓을 물건이 아니지요. 이런 것을 물으면 실례되는 줄은 압니다만 이것을 어디서 구하셨습니까, 힐 바턴 선생?"

"그거야 아무려면 어떻습니까." 나는 되도록 자연스럽게 받아넘겼다. "물건이 확실하다는 것만은 아셨으리라고 생각합니다. 가격은 전문가의 평가에 맡기겠습니다."

"아무래도 납득이 안 가는데요" 하고 그는 검은 눈에 의혹의 빛을 보이며 말했다. "이처럼 값진 것이라면 거래하기 전에 상세한 것을 알아 두고 싶어하는 것은 당연한 일입니다. 그야 물품이 진짜라는 것은 알고 있습니다. 그 점은 조금도 문제가 없습니다. 그러나 나로서는 모든 가능성을 고려해 넣어 두지 않으면 안 됩니다. 만일 이것이 나중에 당신으로서는 팔 권리가 없는 물건이라고 한다면 어떻게 합니까?"

"그런 문제는 절대로 일어나지 않습니다. 그건 제가 보증합니다."

"글쎄요, 그렇게 되면 당연히 당신의 보증이 얼마나 가치가 있느냐 하는 것이 문제가 되겠지요."

"그 점은 나의 거래 은행이 책임을 집니다."

"그건 그렇겠군요. 그래도 나로서는 이 거래가 심상치 않은 듯한 기분이 듭니다."

"억지로 사시지 않아도 됩니다." 나는 일부러 태연하게 말했다. "당신이 이 방면에서는 권위있는 감상가라는 말을 들었기 때문에 그냥 한 번 보여 드렸을 뿐입니다. 살 사람은 당신이 아니라도 얼마든지 있을 겁니다."

"내가 도자기를 좋아한다는 말을 누구한테 들으셨습니까?"

"그 방면의 저서까지 있다는 것도 알고 있습니다."

"읽으셨습니까?"

"아니오."

"아니, 점점 납득이 안 가는 말씀만 하시는군요! 당신은 감상가이기도 하고, 아울러 이런 귀중한 물건까지 구할 만큼의 수집가이기도 합니다. 그러면서도 지금 당신이 가지고 있는 물건의 진가를 알 수 있는 유일한 책을 참조하려 하지 않았다니! 이제 대체 어떻게 된 일입니까?"

"나는 몹시 바쁜 몸이라서요. 나는 개업의랍니다."

"그건 말도 안 됩니다. 취미가 있는 사람은 다른 일이야 어떻게 되든지 끝까지 그것을 추구하는 법입니다. 편지에는 감상가라고 되어 있던데요."

"네, 그렇습니다."

"실례지만 시험삼아 몇 가지 질문을 하게 해주십시오. 이야기를 들을수록 납득이 안 가는 일뿐이니 그렇게 할 수밖에 없습니다. 선생——의사라고 하셨지요. 우선 묻겠는데, 중국 은나라와 당송 시대에 걸친 청자기에 대해서 아는 바를 말해 보십시오. 아니, 그만한 것도 모르십니까? 그럼 북왜와 그 왕조가 도기 사상 어떤 지위를 차지하고 있는지 설명해 보십시오."

나는 화가 난 체하고 자리에서 벌떡 일어섰다.

"이것은 그냥 듣고만 넘어갈 문제가 아닙니다! 나는 당신에게 좋은 것을 보여 드리려고 찾아온 것이지, 학교 학생처럼 시험을 치르러 온 것은 아닙니다. 이 문제에 관한 나의 지식은 당신을 따르지는 못할지 모르지만, 그래도 이렇게 무례한 질문을 받고서야 어디 대답할 마음이 들겠습니까."

그는 나를 물끄러미 쳐다보았다. 그 눈에서 꿈꾸는 듯한 빛이 사라지고 번쩍 빛났다. 잔인해 보이는 얄팍한 입술 사이로 흰 이가 드러났다.

"뭣하러 왔소? 스파이로군! 홈즈가 보낸 밀사지? 나를 속이러 왔어. 그 녀석은 죽어 간다면서, 그래도 나를 감시하기 위해 이런 앞잡이를 보냈군. 흥, 멋대로 여기까지 들어오다니! 개 같은 자식! 들어올 때처럼 쉽게 돌아갈 수 있을 줄 알면 큰 오산이야!"

벌떡 일어서는 바람에 나는 나도 모르게 뒷걸음질치면서 태세를 갖

추었다. 그는 미친 사람처럼 화를 내고 있었으므로 무슨 짓을 할는지 알 수 없었다. 처음부터 나를 의심스러운 눈으로 보고 있었는지도 모르지만 반대 심문에 의해 진상이 탄로나고 만 것이다. 어쨌든 이 사나이를 계속 속일 수는 없을 것 같았다. 그는 책상 서랍을 열

고 뭔가를 서둘러 찾고 있더니 문득 무슨 소리를 들었는지 가만히 서서 귀를 기울였다.

"앗!" 하고 외치며 그는 뒷문을 통해 안쪽에 있는 방으로 뛰어 들어갔다.

나는 활짝 열린 문 앞까지 두 걸음으로 뛰어갔다. 그때 본 방 안의 광경은 언제까지나 잊을 수 없는 것이었다. 마당으로 나갈 수 있는 창문이 활짝 열리고, 그 옆에는 무서운 유령처럼 보이는, 피투성이의 붕대를 머리에 감은 셜록 홈즈가 서 있었다.

그러나 그렇게 생각했던 것은 순간이었고 그는 벌써 창문을 뛰어넘어 바깥 월계수나무 앞으로 사뿐 내려앉았다. 그러자 이 집 주인은 무섭게 화를 내며 갑자기 창문으로 달려갔다.

그때였다. 흘긋 보이기는 했지만 나는 그것을 똑똑히 보았다. 여자의 팔 하나가 월계수 가지 사이에서 쑥 튀어나왔다. 그것을 본 순간 남작은 소리를 질렀다. 지금까지도 귓속에 남아 있을 만큼 무서운 목소리였다. 그는 두 손으로 얼굴을 가리고 미친 듯이 방 안을 뛰어 돌아다니며 벽을 머리로 쾅쾅 받았다. 그리고 깔개 위에 쓰러지더니 집 안이 떠나갈 듯이 고함을 지르며 몸부림쳤다.

"물! 물을 줘! 나좀 살려 줘! 물!"

나는 탁자 위에 있던 주전자를 들고 달려갔다. 바로 그때 집사와 몇 명의 하인이 홀에서 달려왔다. 내가 그 자리에 무릎을 꿇고 부상자의 무서운 얼굴을 램프 쪽으로 돌리자, 그를 보고 한 하인이 기절했던 것으로 기억된다. 얼굴은 유산으로 말미암아 썩어 들어가 귀에서 턱으로 뚝뚝 흘러내리고, 한쪽 눈은 벌써 뿌옇게 초점을 잃고 다른 한쪽 눈은 뻘겋게 짓물러 있었다. 조금 전에 내가 찬탄을 아끼지 않았던 얼굴은 마치 아름다운 그림을 화가가 더러운 걸래로 닦아 낸 것처럼 되어 있었다. 더럽게 범벅이 되어 잔인하고도 소름이 끼치는 얼굴이었다.

나는 유산 세례를 받은 일만 간단히 본 대로 설명해 주었다. 그러자 하인 하나가 창문을 뛰어넘어 잔디밭으로 나갔지만, 밖은 어두웠으며 비까지 내리고 있었다. 그러는 동안에 남작은 울부짖으면서도 복수자에게 욕을 퍼부었다.

"키티 윈터란 년! 악마 같은 년! 두고 봐라! 꼭 복수를 할 테니까! 아! 이건 도무지 참을 수가 없군!"

나는 그의 얼굴에 기름을 바른 다음 허물이 벗겨진 곳에는 탈지면을 대고 모르핀 주사를 놓아 주었다. 이 충격으로 이제는 나에 대한 의혹도 다 풀어진 모양이었다. 나에게 눈을 뜨게 할 힘이라도 있다고 여겼는데, 나의 손을 붙잡고 죽은 물고기 같은 눈으로 나를 물끄러미 올려다보았다. 아무것도 모르는 처지라면 크게 동정하겠지만, 이렇게 애처롭게 된 것도 도리에 벗어난 일을 거듭해 온 결과임을 나는 잘 알고 있었다.

타는 듯이 뜨거운 손으로 잡고 늘어지는 데는 나도 얼마쯤 난처했는데, 잠시 뒤 그의 주치의가 전문의를 데리고 왔으므로 가까스로 풀려나왔다. 그때 경감이 찾아왔으므로 나는 진짜 명함을 내놓았다. 경시청에서는 홈즈에 뒤지지 않으리만큼 얼굴이 알려져 있으니 다른 하나의 명함을 내보인다는 것은 어리석을 뿐만 아니라 헛된 일이기 때문이다. 그런 뒤 나는 그 무섭고 불길한 집을 나와 한 시간 남짓 걸려 베이커 거리로 돌아갔다.

돌아가 보니 홈즈는 지친 듯 창백한 얼굴로 여느 때의 그 의자에 앉아 있었다. 자기가 다친 상처는 그만두고라도, 오늘 밤 소동에는 그도 신경에 상당한 타격을 받았을 것이 틀림없다. 남작의 모습이 전혀 달라졌다는 나의 말을 두려운 듯이 듣고 있더니 "죄를 받은 거야. 머지않아 이렇게 될 줄 알았어. 그렇게 죄를 저질러 왔으니 안 그렇겠나!"라고 말하며 테이블 위에서 갈색 책을 집어 들더니 덧붙였다.

"이것이 그 여자가 말하던 책이야. 이것으로 결혼을 막을 수 없다면 달리 방법이 없네. 그러나 이제 이것으로 잘 될 걸세. 반드시 막을 수 있네. 자존심이 강한 여자니까 참을 수 없을 거야."

"그 사람의 연애 일기로군?"

"정욕 일기라는 편이 옳겠지. 뭐, 이름이야 아무려면 어떤가. 그의 일을 그 여자에게서 듣고, 그것을 손에 넣을 수만 있다면 훌륭한 무기가 되리라는 것을 알았지. 그때는 잘못하다 그 여자가 떠들어 대면 난처하다고 생각했기 때문에 조금도 그런 눈치를 보이지 않았지만, 몰래 궁리는 하고 있었네. 그러던 차에 습격을 받았으므로 기회가 찾아온 셈이지. 덕분에 남작은 나에 대한 경계를 늦추게 된 거야. 순조롭게 잘 되었다고 할 수 있어. 사실은 좀더 대기 상태로 있고 싶었으나 미국에 간다고 하므로 서두르기로 한 걸세. 그런 위험한 기록을 남겨 놓고 갈 리는 없으니까 곧 행동을 개시해야만 한 거지. 그도 조심은 하고 있을 테니까 도둑의 흉내는 낼 수 없었을 걸. 그러나 밤에 그의 주의력을 밖으로 쏠리게 할 수만 있다면 기회가 있는 셈이지. 그래서 자네와 그 파란 접시를 준비하게 된 걸세. 그러나 나로서는 이 책이 있는 장소를 미리 알아 둘 필요가 있었고, 첫째로 나에게 주어진 시간은 자네의 도자기에 관한 지식에 의해 제한을 받게 되니까 몇 분밖에 없다는 것도 알고 있었어. 생각한 끝에 마지막으로 그 여자를 이용하기로 했네. 하지만 외투 밑에 아주 소중한 물건처럼 들고 있던 작은 꾸러미가 그런 것인 줄이야 누가 알았겠나? 나는 그 여자가 나를 도와 주기 위해서만 가준 것으로 알고 있었는데, 그 여자는 자신의 목적도 있었던 거야."

"그는 내가 자네가 보낸 앞잡이라는 것을 알아보았네."

"나도 그렇게 되지나 않을까 걱정스러웠다네. 하지만 자네가 잘해 주었기 때문에 들키지 않고 도망칠 여유는 없었지만 책을 찾을 만한 여유는 있었어. ——아, 제임스 경, 마침 잘 오셨습니다."

홈즈는 이 친절한 친구에게 와 달라고 미리 부탁을 해 놓았었던 것이다. 그는 홈즈가 이야기하는 사건의 경과에 주의 깊게 귀 기울이고 있더니, 그 이야기가 끝나자 입을 열었다.

"대단한 활약이었군요, 홈즈 씨. 하지만 그 흉터가 왓슨 씨의 말대로 흉측하다면, 이 지저분한 책을 쓰지 않더라도 결혼을 막는 목적은 이룰 수 있을 겁니다."

홈즈는 머리를 내저었다.

"드 머빌 양 같은 여자는 그렇지 않습니다. 위해를 받은 수난자로서 점점 더 뜨겁게 사랑하게 됩니다. 그러므로 우리는 그 남자를 신체적 측면이 아니라 도덕적 측면으로 파멸시켜야 합니다. 이 책이 있으면 그녀도 틀림없이 눈을 뜨게 될 겁니다. 달리 이만한 힘을 지닌 것은 없다고 봅니다. 이것은 그 남자의 자필로 되어 있으니까 아무리 그녀라도 그렇게 호락호락 넘어가지는 않을 겁니다."

제임스 경은 그 책과 귀중한 접시를 들고 일어섰다. 나도 꽤 오래 앉아 있었으므로 그 기회에 자리에서 일어나 함께 밖으로 나갔다. 나가 보니 경의 자가용 마차가 기다리고 있었다. 경은 가볍게 뛰어 올라타더니 제복을 입은 마부에게 행선지를 대고 그대로 사라져갔다. 그때 경은 창문으로 외투자락을 반쯤 늘어뜨려 문 바깥쪽에 붙어 있는 문장을 가렸으나, 그래도 나는 홈즈네 집 문 위의 창문으로 새어드는 빛으로 흘끔 그 문장을 보았다. 나는 너무 뜻밖이라 깜짝 놀라서 그대로 발길을 돌려 계단을 뛰어올라가 홈즈의 방으로 들어갔다.

"의뢰인의 정체를 알았어! 의뢰인은……" 하고 놀라운 뉴스를 전하려고 하자, 홈즈는 한 손을 들어 내 말을 막으며 말했다. "충실하고 의협심이 있는 사람이야. 지금은 이쯤 해 두지. 그리고 앞으로도 그만 하면 충분하지 않을까."

그 확고한 증거인 책이 어떻게 사용되었는지 나는 지금도 알지 못한다. 어쨌든 제임스 경이 그렇게 조처했을 것이다. 문제가 매우 미묘하므로 그녀의 아버지에게 모든 것을 맡겼다고 보는 편이 옳을지도 모르겠다. 어쨌든 결과는 바라던 대로 되었다.

사흘 뒤 〈모닝 포스트〉지에 아델버트 그루너 남작과 바이올렛 드 머빌 양의 결혼이 취소되었다는 내용의 기사가 실렸다. 그리고 키티 윈터 양에 대한 유산 세례의 무거운 사건 소송 수속으로, 경죄 재판소에서 제1회 심문이 이루어졌다는 기사가 나와 있었다. 심리가 진행됨에 따라 참작할 만한 사정이 있다는 것이 명백해졌으므로 선고는 이런 범죄로 보아서는 아주 가벼운 것이었다.

셜록 홈즈는 절도죄로 고발하겠다는 위협을 받았으나, 목적이 분명하고 의뢰자가 고명한 사람이었으니만큼 그토록 엄격한 영국 법률도 인간미와 탄력성을 발휘하여, 홈즈는 아직 법정의 피고석에 서는 일 없이 무사히 지내고 있다.

The Blanched Soldier
탈색된 병사

 오래 전부터 나의 벗 왓슨은 나의 경험담을 내 손으로 쓰기를 끈덕지게 졸라 대었다. 그런데 이제야말로 그의 청을 받아들이게 되었다. 나는 가끔 왓슨에게 그의 설명이 피상적이라고 지적했었고, 사건의 진상과 인물에 대해 엄격한 객관적 태도를 취하지 않고 대중의 기호에 맞추어 흥미 본위로 글을 쓴다고 비난했었다. 그럴 때마다 그는 "홈즈, 자네가 한 번 써 보게그려"라고 대꾸하곤 했었다. 그런데 나 자신이 정작 펜을 들고 보니, 나 또한 독자의 흥미를 염두에 두어야 함을 시인하지 않을 수 없다. 이제부터 내가 소개하려는 이야기는 왓슨이 미처 기록하지 못한 사건인데, 독자 여러분은 분명 재미나게 읽을 수 있으리라 믿는다. 이유는, 내가 관여한 사건 가운데서도 꽤 기이한 범주에 속하기 때문이다. 그리고 옛친구이자 나의 전기작가였던 어떤 인물에게 이 자리를 빌려 한두 마디 하고 싶은 말이 있다.
 내가 하던 온갖 조사에 늘 한 친구를 끌어들였던 이유는 단순한 변덕이나 감상적인 기분에서가 아니라 그의 존경할 만한 성격 때문이었다. 내가 하는 일에 최고의 찬사를 아끼지 않던 겸허한 인물로, 자기를 내세우지 않았다. 파트너로서 사건을 멋대로 해석하고 결론내려 앞으로의 행동을 예측하는 협력자는 한결같이 위험한 존재이지만, 이와는 반대로 어떤 전기에 대해서도 쉴새없이 놀라면서 마치 닫혀 있는 책처럼 한장한장 넘기기 전까지는 아무것도 모르는 백지상태의 조수야말로 실로 이상적이라 하겠다.

노트를 보니 그날은 1903년 1월로, 보어 전쟁이 막 끝났을 때였다. 제임스 M. 도드라는 기골이 장대하고 햇볕에 얼굴이 탄, 늘씬한 청년이 나를 찾아왔다. 그때 왓슨은 부인 일로 내 곁에 없었다. 내 기억에 의하면 그것은 우리들의 공동 활동에 있어서 그의 유일한 개인 행동이었다. 그래서 나 혼자 이 사건을 수사할 수밖에 없었다.

습관대로 나는 창을 등지고 앉고, 방문객은 햇빛이 잘 비치는 반대편 의자에 앉게 하였다. 제임스 M. 도드는 어떻게 말문을 열어야 좋을지 몰라 몹시 쩔쩔매고 있었다. 그러나 나는 그를 도와주지 않았다. 왜냐하면 그의 침묵은 나에게 그를 관찰할 시간을 주기 때문이었다. 오랜 경험을 통해 나는 내 예민한 관찰력이 방문객에게 깊은 인상을 주는 것이 꽤 현명한 처사임을 알게 되었다. 나는 그에게 내 관찰을 말하기 시작했다.

"제가 보기에 남아프리카에서 오신 것 같군요."

"그렇습니다."

그는 놀란 표정으로 대답했다.

"국방 기병대 분이시지요?"

"네, 그렇습니다."

"지금은 미들섹스 연대에 계시지요?"

"그렇습니다, 홈즈 선생님. 선생님은 요술쟁이시군요."

나는 그의 당황하는 모습을 보며 웃었다.

"영국의 태양으로는 도저히 태울 수 없는 새까만 얼굴과, 주머니가 아닌 소매에 손수건을 집어넣고 나의 방에 들어오는 씩씩한 청년의 모습을 보았을 때, 그가 어디서 왔다는 것쯤은 알아맞히기가 어렵지 않습니다. 수염이 짧은 것은 당신이 정규군이 아니라는 것을 말해 줍니다. 그리고 당신의 모습은 승마를 하는 스타일입니다. 미들섹스라는 것을 안 것은 당신이 스로그모턴 거리의 주식 중매인이라는 명함을 이미 내게 보여주지 않았습니까? 다른 연대에도 계셨습니까?"
"관찰력이 대단하십니다."
"당신보다 나을 건 하나도 없습니다. 다만 나에겐 관찰한 것을 세밀히 분석하는 훈련이 있을 뿐입니다. 그런데 오늘 아침 당신이 나를 방문한 것은 과학적인 관찰을 토론하기 위해서가 아니잖습니까? 턱스베리 올드 파크에서 무슨 일이 일어났습니까?"
"네?"
"조금도 놀랄 것 없습니다. 당신 편지는 그곳에서 보낸 것이었고, 당신은 시급하고 중대한 일로 나를 만나고 싶다고 하지 않았습니까?"
"네, 그렇습니다. 그 편지는 오후에 쓴 것인데, 그 뒤로 또 많은 일들이 일어났습니다. 엠즈워스 대령이 저를 내쫓지만 않았더라도……."
"당신을 내쫓다니요!"
"설명을 해 드리겠습니다. 엠즈워스 대령은 정말이지 무자비한 사람입니다. 그는 군대 시절에 규율이 엄격한 군인으로 유명했었답니다. 고드프리를 위한 것이 아니었더라면 저는 감히 그에게 덤벼들지 못했을 것입니다."
나는 파이프에 불을 붙이고 의자에 깊숙이 기댔다.
"처음부터 차근차근 이야기를 하시지요."

그는 장난스럽게 싱긋 웃고 나서 말했다.

"선생님은 제가 설명하지 않아도 모든 걸 척척 아시지 않습니까? 그럼, 사실을 말씀드리겠습니다. 선생님께서 꼭 이 일을 해결해 주시기 바랍니다. 저는 어제 밤새도록 곰곰이 생각해 보았으나, 생각하면 할수록 점점 믿기 어려워질 뿐이었습니다.

꼭 2년 전인 1901년 1월, 저는 고드프리 엠즈워스와 함께 같은 기병 중대에 입대하였습니다. 그는 크리미아 전쟁의 분지휘관이었던 엠즈워스 대령의 외아들로서, 그에게는 군인의 피가 흘렀기 때문에 그가 의용병으로 입대한 것은 조금도 이상할 것이 없습니다.

우리 연대에서 그만큼 멋진 녀석은 없었습니다. 우리는 친교를 맺게 되었는데 그것은 서로를 위해서 살며 기쁨과 슬픔을 함께 나누는 깊은 우정이었습니다. 그는 저와 단짝이었습니다. 군대에서 단짝이란 말에는 많은 뜻이 포함되어 있습니다. 우리는 심한 격전이 있었던 1년 동안, 괴로움과 즐거움을 모두 함께 맛보며 지냈습니다. 그런데 그가 플레토리아 변두리 다이아몬드 언덕 근처의 전선에서 충격상을 입었습니다.

 그 뒤 저는 케이프 타운의 병원으로부터 한 통, 그리고 사우샘턴으로부터 또 한 통, 모두 두 통의 편지를 받았습니다. 그 뒤로는 여태껏 소식이 없습니다. 저의 가장 친한 친구인 그에게서 여섯 달 동안 편지 한 장도 없는 것입니다.

 전쟁이 끝나 집으로 돌아오게 되자, 저는 그의 아버지에게 고드프리가 있는 곳을 알려달라는 편지를 냈습니다. 그러나 답장이 없었습니다. 얼마 동안 기다리다 다시 편지를 내었습니다. 이번에는 짧고 퉁명스러운 답장이 왔는데, 고드프리는 지금 여행을 떠나 집에 없으며, 1년 안에는 돌아오지 않을 것 같다는 말뿐이었습니다.

 홈즈 선생님, 저는 만족할 수 없었습니다. 모든 것이 수상하게 여겨졌습니다. 그는 정말 좋은 녀석이었으며 이런 식으로 친구를 따돌릴 사람은 아닙니다. 실로 고드프리답지 않은 행동이었습니다. 그리고 우연한 기회에 알게 된 일이지만, 그는 많은 재산의 상속자이며 그의 아버지와는 사이가 좋지 않았다고 합니다. 그의 아버지는 가끔 그에게 난폭하게 굴었다는데 젊은 고드프리의 혈기로서는 참기 힘들었을 것입니다. 여러모로 수상한 점이 많아 나는 자신이 나서서 모든 것을 밝혀 낼 결심을 하게 되었습니다. 그러나 저도 2년 동안이나 군대에 가 있어 집을 비웠기 때문에 여러 가지 처리할 일이 많아서, 지난주에야 간신히 고드프리를 생각할 여유를 갖게 되었습니다. 일단 결심한 이상 모든 것을 밝혀내고야 말겠습니다."

 제임스 M. 도드는 적대시하게 되면 골치 아픈 존재가 되겠지만 친구로서 가까이 사귀면 아주 믿음직스러운 그런 인물이었다. 그가 이야기할 때 그의 푸른 눈은 단호했으며, 모진 턱이 단단하게 굳어 있었다.

나는 물었다.
"그래, 무슨 일부터 시작했습니까?"
"무엇보다 먼저 할 일은 베드포드 근처에 있는 턱스베리 올드 파크라는 그의 집을 찾아가서 내 눈으로 그곳을 조사하는 것이었습니다. 그의 아버지는 심술궂은 노인네라는 것을 알고 있었기 때문에, 이번에는 그의 어머니에게 편지를 보내 정면 공격을 시도했습니다.
――고드프리와 저는 단짝이었으므로 어머니께 우리들이 군에서 함께 지냈던 이야기를 해 드리고 싶으니 청을 들어 주시기 바랍니다라고. 그랬더니 얼마 뒤에 그의 어머니로부터 하룻밤 와서 묵고 가라는 상냥한 편지가 왔습니다. 그래서 월요일에 저는 그곳으로 떠났습니다.

턱스베리 올드 파크는 교통이 불편한 곳이었습니다. 어떤 역에서 내리든 그곳에서 또 8킬로미터를 더 들어가야 되니까요. 역에는 마차가 없어서 할 수 없이 가방을 들고 걸어가야만 했습니다. 그래서 거의 어두워질 무렵에야 도착할 수 있었습니다. 그 집은 넓은 숲속에 웅대하고 복잡한 형태로 서 있었습니다. 그 건물은 여러 시대의 모든 건축 양식을 총동원해서 지은 집이었습니다. 토대는 나무로 올려 엘리자베스 시대의 형식을 취하고 빅토리아 시대의 주랑이 있는 등 아주 어수선한 건물이었습니다. 안은 장식 판자와 색무늬를 짜넣은 융단으로 치장되었고, 벽에는 반쯤 바랜 낡은 그림들이 걸려있어 무언가 신비로운 분위기를 지닌 집이었습니다. 집만큼이나 늙어 보이는 랠프라는 하인과 그보다 더 늙어 보이는 그의 부인이 집에 있었습니다. 고드프리는 제게 늘 부인은 고드프리의 유모로, 어머니 다음으로 애정을 가지고 있다고 그녀에 대한 이야기를 해주었었기 때문에, 그녀의 모습이 괴상했지만 저는 그녀에게 친근감을 느꼈습니다. 그의 어머니는 꽤 좋은 분이었습니다. 친절하고 피부가 백옥같이 흰 자그마한 부인이었지요. 제가 싫어한 사람은 오직 대령 한 사람뿐이었습니다.

우리는 만나자마자 충돌했습니다. 만약 고드프리를 위한 게 아니었더라면 저는 곧장 짐을 싸 가지고 역으로 달려나왔을 것입니다. 대령의 서재에 들어가 보니 몸집이 크고 등이 굽고 거무스름한 피부에 희끗희끗한 수염이 듬성듬성 난 사나이가 마구 어질러진 책상 앞에 앉아 있었습니다. 빨간 코는 독수리 부리같이 튀어나왔고 사나운 잿빛 눈은 시꺼먼 눈썹 밑에서 저를 쏘아보고 있었습니다. 고드프리가 저에게 왜 그의 아버지 이야기를 별로 하지 않았는지 이유를 알 것 같았습니다.

'자네가 이곳을 방문한 참된 이유는 무엇인가?' 하고 그의 아버지가 묻기에 부인께 이미 편지로 사유를 말씀드렸다고 저는 대답했습니다.

'오, 그래 자네는 아프리카에서 고드프리와 가깝게 지냈었다고?'

'제 주머니에 고드프리가 보낸 편지가 들어 있습니다.'

'나에게 보여 주겠나?'

그는 제가 내놓은 두 통의 편지를 흘긋 쳐다보더니 다시 돌려주었습니다.

'흐음, 그래서?'

그가 물었습니다.

'저는 고드프리를 퍽 좋아했었습니다. 우리들을 함께 묶어 놓는 많은 추억들을 간직하고 있습니다. 그런 그가 갑자기 침묵을 지키다니 이상하지 않습니까? 그에게 무슨 일이 일어났는지 알고 싶습니다.'

'내가 자네에게 고드프리에 관한 이야기를 편지로 전해 주지 않았나? 그는 세계 일주를 떠났네. 아프리카 전선에서 돌아온 뒤 건강이 나빠져서 그애 어미와 나는 그에게 충분한 휴식과 변화가 필요하다고 생각했네. 그애에게 관심을 가진 다른 친구들에게도 그렇게 설명해 주게.'

'그러겠습니다' 하고 저는 대답했습니다. '그렇다면 고드프리가 탄 배의 이름과 항로, 그리고 항해 일자를 가르쳐 주시지 않겠습니까? 그것을 알면 그에게 편지를 보낼 수 있을 것 같습니다.'

나의 이 말에 대령은 당황하고 또 화가 나는 모양이었습니다. 그는 길다란 눈썹을 내리깔고는 어쩔 줄 몰라하더니 손바닥으로 책상 위를 내리쳤습니다. 그는 장기에서 상대가 위험한 한 수를 놓았을 때, 거기에 대처할 수를 마침내 결정한 사람과 같은 표정을 지으며 입을 다물었습니다.

'도드, 많은 사람들이 자네의 옹고집에 반감을 품을 걸세. 너무 고집이 센 것은 무례한 일이야.'

'대령님의 아들을 진정으로 사랑하는 마음에서 그러는 거니 용서하십시오.'

'알겠네. 그래서 내가 가만히 있는 게 아닌가. 부탁이니 제발 더 이상 묻지 말게나. 어느 가정이건 아무리 그 의도는 좋을지라도, 결코 외부 사람들에게 알려져서는 안 될 속사정과 그 나름대로의 이유가 있는 법일세. 내 아내는 자네에게서 고드프리의 지나간 이야기를 몹시 듣고 싶어한다네. 그러니 제발 그애의 현재와 미래에 관한 이야기는 묻지 말게. 그러한 질문들은 모두 부질없는 것이며, 우리를 미묘하고도 곤란한 처지에 빠뜨리는 결과가 될 걸세.'

홈즈 선생님, 이야기는 이렇게 끝났습니다. 저는 그의 말을 따르는 척했지만 속으로는 제 친구의 운명이 결판날 때까지 절대로 가만히 있지 않으리라고 맹세했습니다. 저녁 시간은 지루했습니다.

우리 셋은 어둠침침한 방에서 조용히 저녁 식사를 했습니다. 고드프리의 어머니는 저에게 아들에 대해 이것저것 열심히 물었으나, 대령은 시무룩하니 기분이 언짢은 표정이었습니다. 이 모든 과정이 견딜 수 없이 지루하여 저는 될 수 있는 대로 빨리 인사를 하고는 침실로 돌아왔습니다.

침실은 아래층에 있었는데, 이 집 다른 방과 마찬가지로 어둠침침하고 장식이 없는 넓은 방이었습니다. 홈즈 선생님, 풀밭 위에서 1년 동안을 자 본 경험이 있는 제가 잠자리에 까다로울 리가 있겠습니까? 커튼을 열고 창 밖을 내다보니 밝은 반달이 뜬 아름다운 밤이었습니다. 저는 활활 타는 난롯가에 다가앉아서 소설책을 읽으며 마음을 돌리려고 했습니다. 얼마 뒤 랠프가, 난로에 땔 석탄을 가지고 들어왔습니다.

'밤중에 석탄이 부족할까봐서요. 이곳은 날씨가 매서워서 방이 추울 겁니다.'

그가 방문을 나가기 전에 머뭇거리는 것 같아서 그를 쳐다보니까 그의 주름진 얼굴은 무언가 저에게 하고 싶은 말이 있는 것 같았습니다.

'용서하십시오. 저녁 식사 때 고드프리 도련님 이야기를 하셨을 때, 저도 듣지 않을 수가 없었습니다. 도련님은 제 아내의 손에서 자라났습니다. 그러니 저는 도련님의 수양아버지나 마찬가지인 셈이죠. 그래서 우리 부부는 도련님에 대해서 관심이 많습니다. 도련님은 전쟁터에서도 용감했다고 말씀하셨지요?'

'우리 연대에서 고드프리보다 더 용감한 병사는 없었습니다. 그는 보어 군의 총탄 속에서 저를 구해 주었습니다. 그때 그가 저를 살려 주지 않았더라면 저는 지금 이 자리에 있지 못할 것입니다.'

늙은 하인은 그의 앙상한 손을 비벼 댔습니다.

'네, 고드프리 도련님은 충분히 그럴 분입니다. 도련님은 언제나 용감하셨지요. 정원의 나무들 중에 도련님이 오르지 않았던 나무는 하나도 없습니다. 아무도 말릴 수 없었습니다. 도련님은 훌륭한 소년이었습니다. 아니, 훌륭한 청년이었습니다.'

저는 자리에서 벌떡 일어났습니다.

'저 좀 보십시오! 청년이었다구요! 당신은 마치 죽은 사람 이야기를 하는 것 같군요. 대체 어떻게 된 일입니까? 고드프리에게 무슨 일이 생겼습니까?'

저는 늙은이의 어깨를 꽉 붙잡았습니다. 그는 움찔했습니다.

'저는 모릅니다. 도련님에 관한 이야기는 주인 어른께 여쭈어 보십시오. 그 어른이 모든 것을 다 알고 계십니다. 제발 저를 괴롭히지 마십시오.'

늙은이는 방을 나가려고 했으나 저는 그의 어깨를 다시 힘껏 붙잡았습니다.

'잠깐만! 이 방을 나가기 전에 한 마디만 대답해 주십시오. 고드프리는 죽었습니까? 대답을 안 하시면 밤새도록 당신을 놓지 않겠습니다.'

그는 제 눈을 바라보지 못했습니다. 마치 최면에 걸린 사람같이 넋을 잃은 듯 서 있더니, 마침내 그의 얇은 입술에서 대답이 흘러나왔습니다. 그것은 무시무시하고 전혀 예상 밖의 대답이었습니다.

'부디 도련님이 살 수 있게 되기를 하느님께 빌고 있습니다.' 그는 이렇게 외치더니 쏜살같이 방을 뛰쳐나갔습니다.

홈즈 선생님, 선생께서도 상상하실 수 있듯이 저는 기분이 몹시 울적해서 의자에 다시 앉았습니다. 그 늙은이의 말은 저에게 한 가지 추측을 안겨 주었습니다. 분명히 불쌍한 나의 친구는 어떤 범죄 사건이나, 혹은 집안의 명예에 관련되는 치욕적인 사건에 말려든

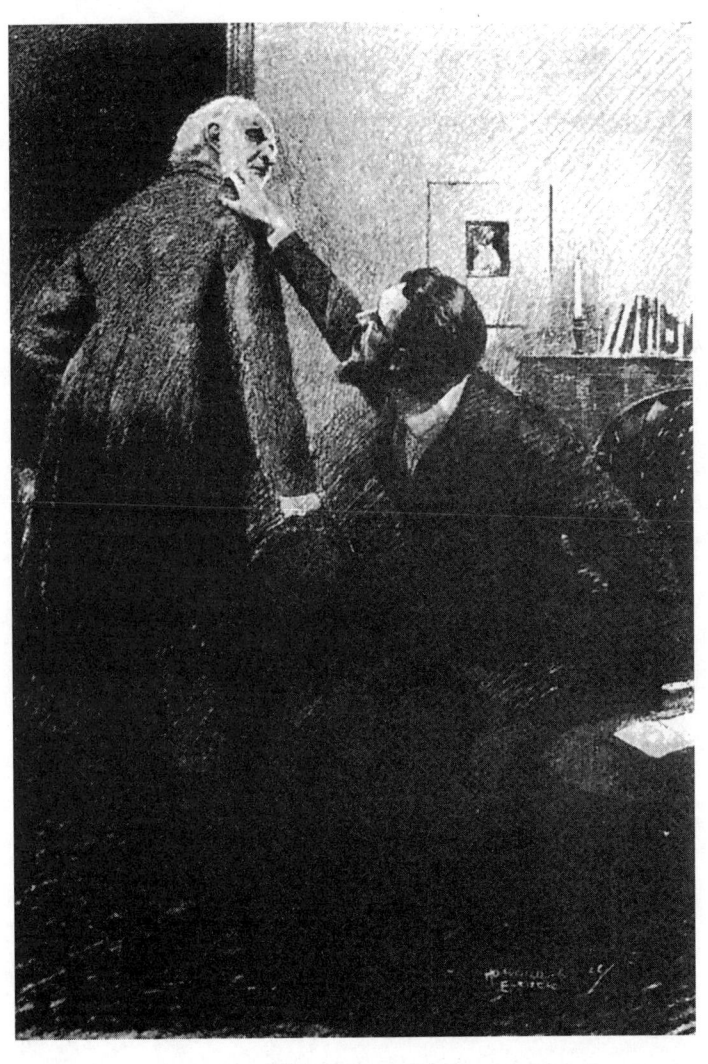

것 같았습니다. 아마 엄한 늙은 아버지가 그를 먼 곳으로 보내어 소문이 나지 않도록 숨기고 있나 봅니다. 아닌 게 아니라 고드프리는 쉽게 남의 영향을 잘 받았습니다. 틀림없이 나쁜 꾐에 빠져 그의 몸을 망쳤을 것입니다. 그렇다면 정말 불쌍한 일입니다. 그렇다 할지라도, 저는 그를 찾아내어 제 힘 닿는 한 그를 도와 주어야 합니다. 저는 곰곰이 이 문제를 생각했습니다. 이때 갑자기 고드프리가 제 앞에 서 있는 모습을 발견했습니다."

방문객은 너무도 감정이 격렬해져 오는지 잠시 말을 멈췄다.

"이야기를 계속 하십시오." 내가 말했다. "당신의 이야기는 이제 새로운 국면으로 접어든 것 같군요."

"홈즈 선생님, 그는 창 밖에 서 있었습니다. 얼굴을 유리창에 들이대고요. 제가 아까 창 밖을 내다보았다는 이야기를 했었죠. 그때 커튼을 조금 열어 놓은 채 그대로 두었었는데, 그 틈으로 고드프리의 모습이 보였습니다. 방바닥까지 유리창이어서 그의 전신을 볼 수 있었습니다. 그러나 저의 눈을 끈 것은 그의 얼굴이었습니다. 그의 얼굴은 시체같이 창백했었습니다. 저는 여태껏 그렇게 하얀 얼굴은 본 적이 없습니다. 저는 처음에는 유령이 아닌가 생각했습니다. 그러나 그의 눈이 내 눈과 마주쳤을 때 보니, 그것은 살아 있는 사람의 눈이었습니다. 그는 내가 쳐다보고 있다는 사실을 알자, 뒤로 돌아 어둠 속으로 사라졌습니다. 홈즈 선생님, 얼마나 충격적인 일입니까? 고드프리가 어둠 속에서 우유같이 하얀 얼굴로 나타났다고 해서 단순히 그 사실 때문에 놀란 것은 아닙니다. 무언가 말로 표현하기 어려운 것, 몰래 도망쳐 나와 무언가 엿보는 듯 잔뜩 죄의식을 지닌 솔직하지 못한 그의 모습에 더욱 큰 충격을 받았습니다. 제가 알고 있었던 고드프리는 참으로 남자다운 사람이었습니다. 저의 가슴은 공포로 휩싸였습니다.

그러나 전쟁터에서 1년이 넘도록 보어 사람들과 용감하게 싸웠던 저인지라 금방 정신을 차리고 행동을 개시했습니다. 제가 창가로 다가갔을 때 고드프리는 멀리 가지는 못했습니다. 그러나 문고리가 복잡해서 창문을 여는 데 시간이 걸렸습니다. 저는 서둘러 뒤를 따라 그가 사라졌으리라고 생각되는 방향으로 뛰어갔습니다.

그 길은 꽤 멀었고 숲 속이라 달빛도 비쳐들지 않았지만, 제 앞에서 무언가 움직이는 것 같았습니다. 뛰어가면서 그의 이름을 불러 보았으나 아무런 대답도 없었습니다. 길 끝에 다다르니 별채로 향하는 저마다 다른 방향의 갈림길이 여러 개 나타났습니다. 저는 어느 길로 갈까 망설이며 서 있었습니다. 그러자 어디선가 문 닫는 소리가 들렸습니다. 그 소리는 제 뒤에서 난 것은 아니었습니다. 그러나 앞은 칠흑같이 어두웠습니다. 홈즈 선생님, 그 소리로 제가 본 것이 환상이 아니라는 것을 확신하게 되었습니다. 고드프리는 저를 피해서 별채 안으로 들어가 문을 닫은 것이 분명했습니다.

더 이상·어찌할 수가 없어서 밤새도록 이 새로운 사실에 대해서 이리저리 궁리하면서 불안한 밤을 보냈습니다. 다음날 대령은 좀 누그러진 듯한 표정이었습니다. 그의 부인이 이 근처에 볼 만한 곳이 몇 군데 있다고 제게 이야기했을 때 저는 이때다 싶어 하룻밤만 더 묵었으면 좋겠다고 말했습니다. 대령이 마지못해 승낙을 해 주어서 저는 하루 동안에 모든 것을 살펴보기로 결심했습니다. 고드프리가 이 근처 어딘가에 숨어 있는 것이 확실한데, 숨은 장소와 이유를 도무지 알 수가 없었습니다.

그 대령의 집은 너무 크고 아주 복잡하게 설계되었기 때문에 누가 숨어 있다고 해도 좀처럼 찾아내기 힘들 것 같았습니다. 만약 비밀이 이 집 안에 있다면 저로선 해결하기 어려운 일입니다. 그러나 제가 들은 문소리는 분명히 이 건물에서 난 소리가 아니었습니다. 그래서 정원을 조사하려고 했습니다. 그 일은 하는 데 어려움은 없었습니다. 대령과 그의 부인은 자신들의 일로 바빠, 저를 혼자 내버려 두었습니다.

정원에는 별채가 몇 개 있었는데, 정원 맨 끝쪽에 정원지기나 산지기가 살 만한 꽤 큰 외딴집이 서 있었습니다. 문 닫는 소리를 들은 지점이 이곳이 아닌가 생각되었습니다. 저는 무심히 발닿는 대로 산책하듯이 그쪽으로 걸어갔습니다. 그때 키가 작고 쾌활하게 생긴 수염을 기른 사람이 검은 코트와 중산모를 쓰고 문을 나왔습니다. 그의 모습은 정원지기 같지는 않았습니다. 놀랍게도 그는 문 밖에서 자물쇠를 잠그더니 열쇠를 주머니에 넣었습니다. 그런 다음 그는 저를 보자 몹시 놀란 표정을 지었습니다.

'이곳에 오신 손님이십니까?'

그가 물었습니다.

그래서 저는 고드프리의 친구라고 제 자신을 소개했습니다.

'고드프리가 여행중이어서 유감입니다. 그가 저를 만나면 퍽 좋아할 텐데요.'

'먼 길을 오셨는데 정말 안됐습니다.' 그는 마치 죄지은 듯한 표정으로 말을 했습니다. '다음 기회에 고드프리가 있을 때 꼭 다시 방문해 주십시오.'

말을 마친 뒤 그는 이곳을 떠났으나, 뒤돌아보니 그는 월계나무 숲 속에 몸을 반쯤 숨긴 채 저를 감시하고 있었습니다.

저는 지나면서 그 집을 잘 살펴보았습니다. 창문은 두터운 커튼이 드리워져 멀리서 보면 사람 사는 집 같지 않았습니다. 그때 만약 제가 대담하게 그 집 근처로 다가가 관찰했더라면 저의 모든 계획은 허사로 돌아갔을 것입니다. 그러나 감시받고 있다는 것을 눈치챘기 때문에 다시 집으로 돌아와 밤이 되기를 기다렸습니다. 날이 어두워지고 집안이 조용해지자 저는 창문을 빠져나와 살금살금 그 이상한 별채로 걸어갔습니다.

커튼이 여전히 무겁게 드리워져 있었고 창문도 꽉 닫혀 있었습니다. 그런데도 한 줄기 불빛이 틈새로 새어나와 정신을 차리고 들여다보니까 다행히도 커튼은 완전히 닫혀 있지 않았고, 덧문에도 틈이 있어 방 안을 어떻게 간신히 들여다볼 수 있었습니다. 방은 쾌적해 보였고 램프에는 불이 환하게 켜져 있었으며, 난로에서는 석탄이 활활 타고 있었습니다. 저의 맞은편에는 아침에 만난 키 작은 남자가 앉아 있었습니다. 그는 담배를 피우며 신문을 읽고 있었습니다."

"무슨 신문이었습니까?"

내가 물었다.

도드는 나의 방해에 괴로운 표정을 지었다.

"그게 문제가 됩니까?"

"아주 중요한 문제입니다."

"자세히 못 봤습니다."

"일간신문 같은 크기가 커다란 신문이었는지, 아니면 주간지 종류의 크기가 작은 신문이었는지를 잘 생각해 보십시오."

"그렇게 말씀하시니까 생각이 납니다. 크지 않았습니다. 아마 스펙테이터(18세기 첫무렵 영국 문학자 애디슨과 스틸이 발행한 잡지) 정도의 크기였습니다. 또 한 사람이 창에 등을 대고 앉아 있었기 때문에 그런 데에는 신경을 쓸 수가 없었습니다. 그는 틀림없이 고드프리였습니다. 얼굴은 볼 수 없었으나 그의 낯익은 어깨 곡선을 보고 고드프리인 줄 금방 알았습니다. 그는 몹시 침울한 모습으로 팔꿈치를 짚은 채 난로를 향해 앉아 있었습니다. 저는 어떻게 해야 좋을지 머뭇거리고 있는데 누가 어깨를 잡아당겼습니다. 돌아다보니 글쎄 뜻밖에도 대령이 제 옆에 서 있지 않겠습니까?
 '이리 오게.'
 그는 낮은 목소리로 말했습니다.
 그는 아무 말 없이 집 쪽을 행해서 걸었습니다. 저는 그의 뒤를 쫓아 제 침실로 들어갔습니다. 그는 홀에 있는 기차 시간표를 가지고 왔습니다. 그가 말했습니다.
 '내일 아침 8시 반에 출발하는 런던 행 기차가 있네. 8시 정각에 대기 마차를 불러놓겠네.'
 그는 분노로 하얗게 질려 있었습니다. 궁지에 빠진 저는 조리 없는 말로 두서없이 친구에 대한 염려 때문에 한 행동이라고 용서를 빌었습니다. 그가 퉁명스럽게 말했습니다.
 '더 이상 이야기하고 싶지 않네.'
 '자네는 우리 집안의 사생활에 대해 가증스럽게도 침입을 하였네. 이곳에 손님으로 와서는 스파이 짓을 하는군. 자네 얼굴을 더 이상 보고 싶지 않다는 말 말고는 더 할 말이 없네.'
 홈즈 선생님, 저는 이 말을 듣자 자제력을 잃기 시작했습니다. 저는 대령에게 다정스럽게 말했습니다.
 '저는 아드님을 보았습니다. 대령님께서는 무슨 사정이 있어서 고드프리를 세상으로부터 숨겨 놓고 계신 것이겠지요. 그를 숨겨 놓은 이유가 무엇인지는 모르겠으나 저는 그가 머지않아 자유로운 몸이 되리라는 것을 믿고 있습니다. 제가 한 가지 말씀드리고 싶은 것은, 제 친구의 안전과 안녕을 확신할 수 있을 때까지 저는 비밀을 파헤쳐 보려는 노력을 멈추지 않을 작정입니다. 저는 대령님께서 무슨 말씀을 하시든, 무슨 행동을 취하시든 조금도 개의치 않을 것입니다.'
 대령은 악마 같은 표정을 지으면서 금방이라도 저에게 덤벼들 것 같은 기세였습니다. 저 자신도 약한 편은 아니나 이미 말씀드린 바와 같이 그는 무시무시하게 사나운 늙은 거인 같아서 저에게는 벅찬 상대였습니다. 그러나 그는 저를 한참 동안 노려보더니 돌아서서 방을 나갔습니다. 오늘 아침 저는 약속한 기차로 그곳을 떠나 런던에 도착하자마자 선생님을 이렇게 찾아와, 이미 편지로 말씀드렸던 도움을 청하고 있는 것입니다."

방문객이 찾아와 한 이야기는 이것이 모두였다. 민첩한 독자는 이미 깨달았겠지만 이 문제는 그다지 어려움이 없었다. 왜냐하면 제한된 몇 개의 추리로 문제를 풀 수 있기 때문이다. 그러나 이 사건 자체는 내가 직접 기록하고 싶은 마음이 생길 만큼 충분한 흥미를 끌고 있었고 또 진기한 사건임에 틀림없었다. 나는 이제 나의 익숙한 논리적 분석 방법으로 가능한 한 빠른 해결을 위해 핵심을 좁혀 가며 머리를 쓰기 시작했다.

"하인들은 몇 명 있었습니까?"

내가 물었다.

"늙은 하인과 그의 아내밖에 없는 것 같았습니다. 대령은 몹시 검소한 생활을 하고 있었습니다."

"외딴집에는 달리 하인이 없었습니까?"

"없었습니다. 아까 말씀드린 수염을 기른 사람이 일하고 있는 것 같았지만, 그는 신분이 높은 사람 같았습니다."

"무언가 집힐 듯합니다. 그곳으로 음식을 나르는 것을 보았습니까?"

"말씀을 하시니까 생각나는데 늙은 랠프가 바구니를 들고 정원에 나가 별채 방향으로 걸어가는 걸 본 적이 있습니다. 그때는 음식 같은 건 미처 생각지도 못했습니다."

"동네 사람들로부터 무슨 이야기를 못 들었습니까?"

"네, 역장과 여관 주인에게서 들었습니다. 저는 그들에게 단순히 저의 친구인 고드프리 엠즈워스를 아느냐고 물어 보았습니다. 그들은 모두 고드프리가 세계 일주를 떠난 줄 알고 있었습니다. 집에 돌아온 뒤 곧 여행을 떠났다고 말하더군요. 동네 사람들은 모두들 고드프리가 여행을 떠난 줄로 알고 있습니다."

"그들에게 고드프리의 여행이 의심스럽다느니 하는 쓸데없는 이야기는 하지 않았겠죠?"

"아무 말도 하지 않았습니다."

"잘했습니다. 그럼, 이 사건을 맡아 보겠습니다. 함께 턱스베리 올드 파크로 가야 되겠습니다."

"오늘 말입니까?"

그 즈음 나는 왓슨이 '수도원 학교'라는 제목으로 발표한 일이 있는 그레이민스터 공작이 깊이 관련된 사건을 막 해결한 뒤였다. 그리고 나서 곧 터키 황제의 요청으로 시급한 정치적인 사건을 위임받고 있었다. 기록을 보니 그 다음 주일 첫무렵에야 간신히 시간이 나서 도드와 함께 베드포드로 떠날 수 있었다. 우리는 유스톤을 지날 때 나와 미리 약속한 신중하고도 과묵해 보이는 신사를 한 사람 태웠다.

"이분은 나의 오랜 친구입니다."

나는 그를 도드에게 소개했다.

"이 사람의 출현은 전혀 필요없는 것일지도 모르겠고, 어쩌면 그 반대로 문제 해결에 없어서는 안 될 중요한 역할을 할지도 모르겠습니다. 그러나 지금 단계로서는 뭐라고 말할 수 없습니다."

왓슨의 글을 읽어 본 독자들은 내가 말을 허투로 낭비하지 않고 사건이 진행중일 때는 결코 내 생각을 밖으로 나타내지 않는다는 사실을 다 알고 있을 것이다. 도드는 놀라는 것 같았으나 아무 말도 하지 않았다. 기차 안에서 나는 도드에게 내 친구가 알고 싶어하는 몇 가지 사항을 질문했다.

"도드 씨, 창가에서 친구 얼굴을 분명히 보았다고 했는데 그가 고드프리인 줄 어떻게 확신합니까?"

"분명히 고드프리입니다. 그는 유리창에다 코를 대고 서 있었습니다. 램프 불빛이 환하게 비쳐서 그의 모습을 똑똑히 볼 수 있었습니다."

"그와 모습이 비슷한 다른 사람일 수도 있지 않습니까?"

"아닙니다. 분명히 고드프리였습니다."

"그런데 그의 모습이 달라 보였다고 말했었지요?"

"변한 건 그의 얼굴 색뿐이었습니다. 글쎄, 뭐라고 이야기해야 좋을지 모르겠습니다. 마치 생선의 배같이 하얗게 표백된 얼굴이었습니다."

"온 얼굴이 다 하얗던가요?"

"그렇지는 않았습니다. 유리창에 눌린 눈썹은 예전 그대로였습니다."

"그의 이름을 불러 보았습니까?"

"그때 저는 너무 놀랐고, 또 겁이 나서 그러지는 못했습니다. 그러나 저번에도 말씀드렸듯이 앞뒤 생각할 겨를 없이 곧 그의 뒤를 쫓아갔습니다."

이 사건은 단 한 가지 끝을 마무리 지을 사소한 문제를 제외하고는 거의 다 해결된 셈이나 마찬가지였다. 마차로 한참 달린 뒤 도드가 앞서 묘사한 바와 같은 괴상한 형태의 저택 앞에 도착하였다. 늙은 하인 랠프가 문을 열어 주었다. 나는 마차를 하루 동안 전세 내었는데, 나의 늙은 친구에게는 그를 부를 때까지 마차 속에서 기다리라고 말해 두었다. 랠프는 키가 작고 주름살이 쪼글쪼글한 늙은이로 전통적인 검정 윗옷과 희고 검은 점이 박힌 바지를 입고 있었다. 그는 갈색 가죽 장갑을 끼고 있었는데, 우리가 보자 서둘러 그것을 벗어 홀의 탁자 위에 놓았다. 나는 왓슨이 지적했듯 비상하게 예민한 감각을 가지고 있었다. 탁자 위에서 약하긴 하나 분명히 무슨 냄새가 났다. 나는 몸을 돌려 탁자 위에 모자를 벗어 놓는 척하며 마룻바닥에 모자를 떨어뜨렸다. 모자를 집으려고 허리를 구부리면서, 나는 코를 장갑 끝에 갖다대었다. 분명히 장갑에서 괴상한 타르 냄새가 났다. 이로써 사건의 실마리는 완전히 풀렸다. 나 자신이 사건을 기록하게 되니까 이렇게 빨리 수사 과정을 공개하는 결과가 되었다. 왓슨 같으면 이런 과정을 숨김으로써 뜻밖의 멋진 종말을 장식하였을 것이다.

엠즈워스 대령은 방에 없었으나 랠프의 전갈로 서둘러 들어왔다. 우리는 그의 재빠르고 묵직한 발소리를 들었다. 문이 활짝 열리더니 수염이 곤두선, 일그러진 얼굴의 대령이 들어섰다. 그렇게 무시무시한 노인은 내 생전 처음 보는 것 같았다. 그는 손에 쥔 도드의 명함을 발기발기 찢더니 짓밟아 버렸다.

"남의 일에 참견하기 좋아하는 이 못된 녀석! 이곳에 절대로 나타나지 말라고 경고하지 않았었나! 다시는 여기 네 얼굴을 내밀지 말아. 만약 내 허락없이 또 나타나면 가만 안 있을 테다. 총을 쏘겠어. 꼭 그렇게 하겠다. 그리고 선생……."

그는 내게로 눈길을 돌렸다.

"당신에게도 똑같은 경고를 하겠소. 나는 당신의 비열한 직업을 잘 알고 있소. 당신의 탁월한 재능은 다른 데나 쓰시오. 이 집에는 당신이 끼어들 만한 문제가 없소."

"고드프리 자신의 입으로 그가 감금되어 있지 않다는 말을 들을 때까지 저는 이곳을 못 떠나겠습니다."

나의 의뢰인은 단호하게 말했다.

대령은 벨을 눌렀다.

"랠프, 경찰서에 전화를 걸어 경감에게 경찰관 두 명을 보내 달라고 말하게. 집에 도둑이 들었다고 하게."

"잠깐만!" 내가 말했다. "도드 씨, 엠즈워스 대령은 그럴 권리가 있으며, 우리는 그의 집 안에서는 아무런 법적 신분을 가질 수 없다는 사실을 알아야 합니다. 또 대령께서도 도드 씨의 행동은 당신 아들을 위한 염려 때문이라는 사실을 참작해 주시기 바랍니다. 한 가지 대령께 부탁드리고 싶은 것은 5분 동안만 저와의 면담을 허락해 주신다면 저는 당신의 태도를 달라지게 할 수 있습니다."

"나는 쉽사리 마음이 변하는 사람이 아니오." 늙은 대령은 말했다. "랠프, 내 말이 들리지 않나? 무얼 꾸물거리고 있어. 경찰을 불러!"

"그런 짓은 하지 마십시오." 나는 문에 등을 기대며 말했다. "경찰의 개입은 당신이 두려워하는 파국을 초래할 것입니다." 나는 수첩을 꺼내어 종이쪽지에다 얼른 한 마디 썼다. 그것을 대령에게 주면서 말했다. "우리가 여기 온 것은 이것 때문입니다."

대령은 놀라움이 사라진 표정으로 종이를 뚫어져라 하고 들여다보았다.

"어떻게 아셨습니까?"

그는 헐떡거리면서 의자에 깊숙이 앉았다.

"그게 제 직업입니다."

그는 여윈 손으로 흩어진 수염을 어루만지며 깊은 생각에 잠겼다. 마침내 그는 포기하는 듯한 몸짓을 하였다.

"당신이 고드프리를 만나기 원한다면 그렇게 해 드리겠다는 이것은 나의 뜻에 의해서가 아니라, 당신의 강요에 의한 것입니다. 랠프, 고드프리와 켄트 씨에게 5분 안으로 우리가 그곳에 갈 것이라고 전해 주게."

우리는 정원을 지나 그 신비로운 집을 향해서 걸어갔다. 문 앞에는 자그마한 키의 수염을 기른 사람이 경악을 금치 못한 표정으로 서 있었다. 그가 말했다.

"엠즈워스 대령님, 대체 어떻게 된 영문입니까? 이렇게 되면 우리의 계획은 수포로 돌아가고 맙니다."

"켄트, 나로서도 어찌할 수가 없네. 고드프리를 볼 수 있겠나?"

"네, 안에서 기다리고 있습니다."

그는 수수하게 장식된 커다란 방으로 우리를 안내했다. 한 남자가 난로에 등을 대고 서 있었다. 그의 모습을 보자 나의 의뢰인은 두 팔을 활짝 펴면서 그에게 덤벼들었다.

"고드프리, 이 사람아. 정말 반갑네."

그러나 상대편은 등을 돌렸다.

"나를 만지지 말고 떨어져 있게. 보다시피 나는 예전의 잘생긴 엠즈워스가 아닐세."

그의 외모는 정말 이상하였다. 아프리카 태양에 까맣게 탄 윤곽이 뚜렷한 그의 모습을 전에 본 적이 있는 사람이라면, 누구나 다 그를 미남이라고 말했을 것이다. 그러나 까맣게 탄 피부 위에 바랜 것같이 하얀 얼룩점들이 박혀 있는 지금의 모습은 괴상하기 짝이 없었다.

"내가 방문객들을 만나지 않는 이유를 이제 이해하겠나?" 그가 말했다. "자네에게 걱정을 끼쳐서 미안하네. 그러나 자넨 친구를 데려오지 않는 게 좋을 뻔했네. 자네에게도 생각이 있어서 그러겠지만, 이런 행동은 오히려 나를 더 괴롭게 만드는 결과가 될 걸세."

"고드프리, 걱정 말게. 모든 게 잘 될 거야. 나는 그날 밤, 자네가 창가에서 나를 쳐다보는 모습을 보았을 때 이 일이 해결될 때까지 결코 가만히 있지 않겠다고 결심했었네."

"자네가 그 방에 있다고 늙은 랠프가 말해 주었을 때 나는 자네를 몰래 들여다보지 않을 수가 없었네. 제발 자네는 나를 보지 않기를 바랐었지. 그래서 창문이 열리는 소리를 듣자 얼른 도망을 친 걸세."

"세상에, 대체 이게 웬일인가?"

"그리 긴 이야기도 아닐세." 그는 담배에 불을 붙였다. "자네, 동부 철도선에 있는 프레토리아 변두리 버펠스스프루이트에서의 새벽 전투를 기억하겠나? 내가 부상당했다는 소식은 들었겠지?"

"그럼, 듣고말고. 그러나 자세한 이야기는 모르고 있네."

"우리 셋——대머리 심슨과 앤더슨 그리고 나——은 모두들과 떨어져 있었네. 자네도 생각나겠지만 그곳은 정말 황폐한 지방이었어. 우리 셋은 보어 군을 뒤쫓고 있었지. 그런데 보어 군 한 놈이 땅에 엎드린 채 숨어서 우리 세 명에게 총을 쏘았어. 다른 두 명은 죽고 나는 어깨에 관통상을 입었네. 그런데도 나는 정신을 차려 말에 올라탔다네. 몇 킬로미터인가를 달린 뒤 나는 기진맥진해 안장을 놓치고 말았어.

정신을 차리고 보니 어느덧 밤이었네. 몸을 일으켰으나 어지럽고 통증이 느껴졌어. 그런데 놀랍게도 내 옆에 집이 한 채 서 있지 않겠나. 넓은 복도와 창문이 달린 꽤 큰 집이었네. 날씨는 무섭게 추웠지. 상쾌한 서리가 끼는 영국의 겨울 추위와는 생판 다른, 온몸이 마비되리만큼 무섭게 얼얼한 아프리카의 밤 추위를 자네도 기억하겠지? 뼛속까지 얼어붙는 것 같았어. 나의 희망은 오직 그 집에 들어가 눕는 것이었네. 뒤뚱거리면서 간신히 일어나 내가 무슨 짓을 하는지 의식조차 못한 채 기다시피 해서 그 집에 들어갔네. 계단을 천천히 오르고 있다는 희미한 의식이 있을 뿐이었어. 활짝 열린 문으로 들어가니 여러 개의 침대들이 놓여 있는 큰 방이 있더군. 나는 안도의 한숨을 내쉬고 침대 위에 몸을 던졌네. 침대들은 부서져 있었으나 그런 것은 상관도 안 했어. 덜덜 떨리는 몸을 이불로 휘감고 나는 깊은 잠에 빠져 버렸네.

 잠에서 깨어나니 아침이더군. 그러나 제정신으로 돌아오는 게 아니라 이상한 악몽 속으로 끌려들어가는 것 같았어. 아프리카의 강렬한 태양이 커튼도 치지 않은 창문으로 홍수같이 쏟아져 들어와 하얀 칠을 한 크고 단순한 기숙사 같은 건물 안을 환히 드러내보여 주었네. 내 앞에는 머리가 커다란 공같이 생긴 난쟁이가 꼭 갈색 스펀지같이 보이는 무시무시한 손을 흔들며 몹시 흥분한 어조로 알아들을 수 없는 네덜란드 말을 지껄이고 있었어. 그 사람 뒤에는 한떼의 사람들이 몹시 재미있는 구경거리라도 생긴 것처럼 몰려서 있었지. 그들의 얼굴을 찬찬히 들여다보자 갑자기 온몸에 소름이 쫙 끼치더군. 그들 중에는 한 사람도 정상적인 사람은 없었어. 몸이 찌그러져 있거나 부어올랐거나, 아니면 이상한 모양으로 뒤틀려 있었다네. 이 이상한 괴물들의 웃음소리는 듣기에 정말 무시무시했어.

 그들 가운데 영어를 할 줄 아는 사람은 하나도 없는 것 같았네. 이런 걸 자세히 생각할 겨를도 없이 갑자기 머리통이 큰, 그 괴물 같은 사람이 맹렬히 화를 내고 동물 같은 소리를 지르며, 그의 찌그러진 병신 손으로 나를 붙잡더니 내 어깨에서 흘러내리는 피도 개의치 않고 침대에 있는 나를 끌어내렸어. 이 작은 괴물은 황소처럼 힘이 세더구먼. 그때 마침 위엄있게 생긴 나이 지긋한 사람이 나타나 방 안의 소동을 진정시키지 않았더라면 그 괴물은 나를 그대로 놓아 주지 않았을 거야. 그 사람이 네덜란드어로 몇 마디 야단을 치니까, 그 괴물은 움츠러들더군. 그런 다음 그는 내게로 몸을 돌리더니 경악을 금치 못하는 표정으로 나를 쳐다보았지.

 '아니, 어떻게 이곳에 들어왔습니까?' 그는 놀라움에 찬 목소리로 물었네. '잠깐만. 당신은 몹시 지쳐 보이고 또 어깨 상처를 빨리 치료받아야 되겠습니다. 나는 의사입니다. 원, 세상에. 전쟁터에 나가 있는 것보다 이곳에 있는 게 더 위험합니다. 이곳은 문둥이 수용소이며 당신은 문둥이의 침대에서 잠을 잤습니다.'

아, 더 이상 무슨 이야기를 할 수 있겠나? 그 근방에서 격전이 일어나 수용소는 그 전날 잠시 다른 곳으로 피난을 갔었는데, 영국군이 진격을 하게 되자 다시 돌아온 것이었네. 그 의사는 자기는 문둥병에 면역이 되어서 괜찮지만 나에 대해서는 염려를 하더군. 그는 나를 독방으로 데리고 가서 친절하게 치료해 주어 1주일 만에 나는 프레토리아의 일반 병원으로 옮겨졌다네.

이렇게 해서 나의 비극은 시작되었네. 나는 처음에는 희망을 갖고 있었어. 그러나 집에 돌아오게 되자 이 무서운 증세가 나타났네. 정말이지 어떻게 해야 좋을지 몰랐어. 그러나 다행히 이 집은 사람이 별로 드나들지 않는 외로운 곳이야. 그리고 완전히 믿을 수 있는 하인 둘과, 또 내가 피신할 수 있는 외딴집도 있네. 그래서 외과의사인 켄트 씨가 비밀리에 함께 기거하며 나를 돌봐 주고 있다네. 이 병에 걸리면 길은 하나밖에 없어. 세상에 다시 나오리라는 희망 없이 수용소 낯선 사람들 틈에서 격리 생활을 하는 것뿐이지. 그러나 비밀만 충분히 보장된다면 이와 같이 한적한 시골 구석에서 남몰래 숨어 살 수가 있어. 그래서 나는 무서운 나의 운명에 몸을 맡긴 채 이렇게 죽지 못해 살고 있다네. 자네라도 이런 경우엔 어쩔 수 없을 걸세. 아! 아버지의 표정이 누그러지시는군."

엠즈워스 대령이 나를 가리켰다.

"나를 이렇게 하도록 만든 사람은 이분이시다." 그는 내가 '문둥병'이라고 쓴 종이쪽지를 펼쳤다. "모든 것을 알고 있는 것 같아서, 사실을 털어놓는 것이 오히려 안전하리라고 생각했지."

"도리어 그것이 좋은 결과를 가져올지 누가 압니까? 켄트 씨가 환자를 돌본다고 하셨는데 죄송하지만 켄트 씨. 열대나 아열대 지방의 병세에 대해서 잘 알고 계십니까?"

"저는 일반외과 의사입니다." 그는 기분 나쁜 듯이 대답했다.

"물론 선생께서도 유능한 의사이시겠지만, 다른 의사의 의견도 한 번쯤은 들어 봐야 된다고 생각하지 않으셨습니까? 물론 그러고 싶으셨겠지만 그렇게 되면 환자를 격리시키게 될까봐 두려워서 못하셨겠지요."

"그렇습니다." 대령이 대신 대답했다.

"이런 상황을 예측하고 있었습니다" 하고 나는 말했다. "그래서 완전히 믿을 만한 제 친구를 데리고 왔습니다. 그의 진찰을 받도록 하십시오. 그는 전문 의사로서가 아닌 친구로서 충고를 해줄 겁니다. 그의 이름은 제임스 샌더즈 경입니다."

제임스 경 같은 유명한 의사와 대면하게 된 것이 켄트 씨 같은 이름 없는 의사로서는 크나큰 흥분이 되는 모양이었다.
"영광입니다."
그가 기뻐하며 말했다.
"그럼, 제임스 경에게 들어오라고 하겠습니다. 그는 지금 현관 밖 마차 속에 있습니다. 그러는 동안 대령, 나는 당신의 서재에서 그 동안의 수사 과정을 설명해 드리겠습니다."
여기서 나는 왓슨이 절실히 그리워졌다. 왓슨은 교묘한 질문과 경의의 탄성을 울림으로써 체계화된 상식에 불과한 나의 단순한 기교를 비범한 마술의 경지로까지 끌어올려 놓곤 했었다. 지금은 나 자신이 이야기를 하게 되니까 그러한 그의 도움을 받을 수 없게 되었다. 이리하여 나는 대령의 방에서 고드프리의 어머니까지 포함한 얼마 안 되는 청중들에게 나의 추리 과정을 설명하기 시작했다.
"여러 개의 해석 가운데 불가능한 것은 제거한 뒤 남은 추리 중에서 비록 사실 같지 않은 게 있을지라도, 수사는 그 추리가 가능성이 있다고 믿는 추정에서부터 시작됩니다. 이렇게 추린 몇 개의 추론은 몇 번의 실증을 거쳐서 확실한 한두 개의 방향으로 압축됩니다. 이 사건도 이러한 방법을 썼습니다. 이 이야기를 처음 들었을 때 아버지의 저택 안 외딴채에 격리 내지 감금되어 있는 이 젊은이에 대해 세 가지 관점에서 그 이유를 해석할 수 있었습니다. 첫째, 죄를 지어 피신해 있는 게 아닌가? 둘째, 미쳤으나 수용소에 집어넣기 싫어서 숨겨 놓은 게 아닌가? 셋째, 격리시켜야 할 병을 앓고 있는 게 아닌가였습니다. 그 이상의 다른 가능성은 필요 없었습니다. 그런 다음 하나하나씩 세밀히 분석해 나갔습니다.
죄를 지어 피신했다는 방향으로는 수사를 계속할 수 없었습니다. 지방 신문에 미해결된 범죄 사건이 보도된 적은 한 번도 없었습니다. 나는 확신합니다. 적발되지 않은 범죄 사건이 있었을지라도 가족들은 죄인의 안전을 위해서 집 안에 숨기기보다는 차라리 해외로 도피시켰을 겁니다. 이 문제는 더 이상의 설명이 필요 없을 줄 압니다.

미쳤다는 게 좀더 그럴듯했습니다. 외딴집에 함께 있는 두 번째 인물은 감시인일 것이라는 추측을 타당하게 했으니까요. 그가 밖으로 나갈 때 밖에서 문을 단단히 잠갔다는 것으로 보니 분명히 고드프리는 감금된 것 같았습니다. 그러나 그렇게 엄한 감금 같지는 않았습니다. 그러니까 밤중에 풀려나와 친구 얼굴을 보러 창가에 나타난 게 아닙니까?

도드 씨, 켄트 씨가 읽고 있던 신문에 대해 내가 몇 가지 질문을 한 사실을 기억하겠지요? 그 신문은 란세트나 혹은 영국 의학 신문이었을 겁니다. 그게 문제 해결에 결정적 역할을 했습니다. 미친 사람을 개인 집에 가두어 두고 유능한 의사가 그를 보살핀다는 것은 위법이 아닙니다. 당국에서도 그런 것은 말리지 않습니다. 그렇다면 그렇게 결사적으로 숨길 필요가 없을 겁니다. 두 번째 추리도 핀트가 맞지 않았습니다. 따라서 드문 일이며 절대로 있을 것 같지 않은 세 번째 추리만이 가능한 결론으로 남았습니다.

문둥병은 아프리카에 흔한 병입니다. 나는 어떤 이상한 경로로 이 젊은이에게 그 병이 전염되었을 거라고 추측했습니다. 가족들은 몹시 겁을 내었고, 그를 격리 수용에서 구해 내려고 애썼습니다. 비밀만 철저히 보장된다면 이웃의 소문과 당국의 간섭을 막을 수 있습니다. 또 보수만 충분히 준다면 환자를 돌봐 줄 헌신적인 의사를 구하기도 쉬울 겁니다. 그래서 젊은이가 어두운 밤에는 자유롭게 풀려나올 수 있었던 겁니다. 얼굴이 하얗게 표백된 것은 이 병 때문입니다.

그러나 이와 같은 일은 워낙 드문 가능성이기 때문에 확증을 잡은 뒤에 결단을 내리기로 마음먹었습니다. 이곳에 도착했을 때 밖으로 식사를 날라다 주고 온 랠프의 장갑에서 소독약 냄새가 나는 걸 발견했습니다. 이로서 모든 의문은 풀렸습니다. 대령님, 제가 쓴 단 한 마디 말에 모든 비밀을 털어놓고 마셨지요. 그때 제가 말로 하지 않고 글로 쓴 것은 대령님께 저의 신중함을 보여 드리려고 한 행동입니다."

사건 수사에 대한 분석을 막 끝냈을 때 문이 열리고 근엄한 얼굴의 저명한 피부과 전문의사가 들어왔다. 그의 스핑크스같이 딱딱한 얼굴은 곧 긴장을 풀고 눈에는 따뜻한 인간미가 넘쳤다. 그는 엠즈워스 대령에게로 성큼성큼 걸어가더니 손을 내밀었다.

"나쁜 소식을 알리는 게 저의 직업이지만, 가끔은 좋은 소식도 알려 드릴 때가 있나 봅니다. 이번 일은 정말 다행입니다. 문둥병이 아닙니다."

"아니, 뭐라구요?"

"가성 문둥병 혹은 인피증(鱗皮症)이라 불리는 피부병 증상입니다. 이 병은 피부가 비늘처럼 벗겨지며, 몹시 추하게 되는 고질병입니다. 그러나 완치될 수 있으며, 전염성은 없습니다. 홈즈 씨, 당신의 선견은 정말 놀랍습니다. 그것은 우연의 일치가 아니겠지요. 당신에게는 우리가 모르는 신비한 힘이 있나 봅니다. 이 젊은이는 그의 병이 가족에게 전염될까 늘 두려워하고 있었기 때문에 그 심적 고통으로 인해서 육체적인 병도 잘 낫지 않은 것 같습니다. 그건 그렇고, 나의 직업적 명성을 걸고 이 젊은이는 문둥병 환자가 아님을 보증합니다.──아! 부인께서 기절하셨군요. 이 즐거운 충격에서 깨어나실 때까지 켄트 씨가 부인을 돌봐 드리는 게 좋겠습니다."

The Mazarin Stone
마자랭의 다이아몬드

　수많은 눈부신 모험의 출발점이 된 베이커 거리의 집 2층에 있는 어수선한 방을 오랜만에 찾는다는 것은, 왓슨 박사로서는 아주 기쁜 일이었다. 벽에 걸린 과학 도표와 산에 부식된 약품이 놓인 선반, 구석에 세워 놓은 바이올린, 전에는 파이프와 담뱃갑을 곧잘 넣어 두었던 석탄 상자 등을 그는 둘러보았다. 그리고 그 눈길을 마지막으로 빌리 소년의 웃는 얼굴에 고정시켰다. 이 영리하고 눈치 빠른 급사는 그 뚱하고 음울한 대탐정의 고독과 외로움을 위로하는 데 얼마쯤 도움이 되고 있었다.

　"모든 것이 여전하구나, 빌리. 너도 변함이 없고 홈즈도 여전하겠지?"

　빌리는 뭔가 마음에 걸리는 듯 침실 문을 흘끔 쳐다보며 "선생님은 주무시나 봅니다" 하고 말했다.

　아름다운 여름날 저녁 7시 무렵이었지만, 옛 친구 홈즈의 생활 습관이 불규칙하다는 것을 잘 알고 있는 왓슨 박사인지라 이상스럽게 생각지도 않았다.

"그러니까 사건이 있는 모양이로군?"

"네, 지금 사건으로 여념이 없으십니다. 건강이 걱정이에요. 얼굴빛은 점점 나빠지고 여윌 뿐이며, 아무것도 잡수시지를 않습니다. '식사는 언제 하십니까?' 하고 허드슨 부인이 물으면 '모레 7시 반에'라고 대답하신답니다. 사건으로 긴장하시면 으레 그러시지요."

"흐음, 그래?"

"누군가를 뒤쫓고 계세요. 어제는 일자리를 찾는 노동자 차림으로 외출하셨습니다. 오늘은 할머니 행세를 하셨답니다. 저도 감쪽같이 속았지요. 선생님의 수법을 잘 알고 있으면서도 말예요." 이렇게 말하며 빌리는 소파에 기대어 놓은 불룩한 양산을 가리켰다. "저것이 할머니 차림 소도구의 하나입니다."

"대체 무슨 사건인데?"

빌리는 마치 나라의 중대한 비밀이라도 말하듯 목소리를 낮추었다. "왓슨 선생님이라면 가르쳐 드려도 상관없지만 아무에게도 말씀하시면 안 됩니다. 저 왕관의 다이아몬드 사건이에요."

"뭣이! 그 10만 파운드짜리 도난 사건 말인가?"

"그렇습니다. 꼭 찾아야 한다며 총리대신과 내무대신까지 오셔서 그 소파에 앉으셨었지요. 홈즈 선생은 아주 친절하게 힘자라는 한 잘 해보겠다고 말해서 두 분을 곧 안심시켰지만 저 캔틀미어 경께서……."

"뭐라고?"

"캔틀미어 경 말입니다. 그것이 무엇을 뜻하는지 아시겠지요? 이렇게 말하면 나쁘지만 그는 아주 싫은 사람이에요. 총리대신은 사귐성이 있는 사람이고 내무대신도 공손하며 상냥한 사람인 것 같아서 별 불평은 없지만, 캔틀미어 경에겐 더 이상 참을 수가 없어요. 홈즈 선생님도 그렇게 말씀하십니다. 어쨌든 홈즈 선생님을 조금도 신용하지 않고 사건을 의뢰하는 것도 반대하는 거예요. 홈즈 선생이 실패하면 좋겠다고 생각하고 있답니다."

"홈즈도 그것을 알고 있나?"

"홈즈 선생님은 무엇이고 모르시는 게 없습니다."

"흐음, 그럼 홈즈를 성공하게 하여 캔틀미어 경의 콧대를 꺾어 놓고 싶군. 그런데 빌리, 저 창문에 쳐 놓은 커튼은 어떻게 된 거지?"

"홈즈 선생님이 사흘 전에 거기다 치셨어요. 저 뒤에 재미있는 것이 있지요."

빌리는 다가가 돌출 창문의 빈 공간을 막은 두터운 커튼을 열어젖혔다.

왓슨 박사는 저도 모르게 소리를 질렀다. 그곳에 그의 친구와 똑같은 가운 차림의 인형이 있었다. 안락의자에 깊숙이 앉아 얼굴은 4분의 3쯤 창문 쪽을 향해 아래를 보고 있으며, 있지도 않은 책을 읽고 있었다. 빌리는 인형의 목을 뽑아 높이 쳐들며 말했다.

"살아 있는 것처럼 보이기 위해 가끔 얼굴의 방향을 바꿉니다. 커튼을 치지 않았을 때는 절대로 건드리지 않지만요. 커튼이 없으면 길 저쪽에서 이것이 잘 보이거든요."

"전에도 한 번 이런 것을 이용한 일이 있었지."

"제가 오기 전이군요" 하고 빌리는 커튼을 빼끔히 열고 거리를 내다보며 "저쪽에서 누가 이곳을 지켜보고 있어요. 보세요, 저 창문 있는 곳을. 좀 보시라구요."

왓슨이 한 발자국 앞으로 나갔을 때 침실 문이 열리더니 후리후리한 홈즈가 파리한 얼굴을 찡그리며 모습을 나타내었다. 그러나 그 동작은 여전히 민첩했다. 그는 단걸음에 창문 쪽으로 가더니 커튼을 쳐 버렸다.

"조심해, 빌리. 목숨이 위험했어. 지금 너에게 만일의 일이 생기면 큰일이야. 반갑네, 왓슨. 어떻게 길을 잊어버리지 않고 찾아와 줬군. 자네는 마침 절박한 때 잘 찾아와 준 셈일세."
"그런 모양이군."
"빌리는 저리 가 있거라. 저 아이는 문제야, 왓슨. 도무지 위험을 모른다니까."
"어떤 위험인데?"
"급사(急死)야. 오늘 밤에 무슨 일이 꼭 일어날 것만 같아."
"무슨 일이라니?"
"살해되는 일 같은 것 말일세."
"아니! 농담 말게!"
"내가 아무리 유머 감각이 둔하기로서니 농담이라면 좀더 다른 말을 할 걸세. 그건 그렇고, 잠시 쉬고 싶군. 알코올을 마셔도 괜찮겠나? 소다수와 잎담배가 옛날과 같은 곳에 있네. 아 참, 옛날에 잘 앉았던 안락의자에 앉아 보게. 나는 여전히 파이프로 애꿎은 담배만 피우고 있는데, 싫어하지는 않겠지? 요즈음 식사 대신 줄곧 이것만을 피우고 있다네."
"왜 음식을 먹지 않나?"
"공복에 머리가 맑아지기 때문이야. 자네도 의사니까 잘 알고 있겠지만, 소화를 시키려고 혈액을 쓰면 그만큼 두뇌 쪽이 비게 되니까. 두뇌만이 나의 모든 것이야. 다른 것은 부속물에 지나지 않네. 그러니까 머리만은 소중히 해야 해."
"그래, 무엇이 위험하다고 떠들어 대고 있는 건가?"
"아, 그것 말인가. 마침내 그가 실현했을 때의 일을 생각하면, 자네도 가해자의 주소 성명쯤은 알아 두는 게 좋겠지. 나의 추억과 고별의 기념으로 그것을 경시청에 알려 주면 되겠군. 그는 실비어스

라는 이름이야. 네그레토 실비어스 백작——써 두게. 서북구 무어사이드 가든스 136번지야. 알겠나?"
 왓슨의 정직한 얼굴은 걱정이 되어 실룩실룩 움직이고 있었다. 그는 홈즈가 늘 얼마나 큰 위험을 저지르는 사나이인가를 지나치리만큼 잘 알고 있었고, 또 그런 것이 결코 과장이 아니라 오히려 늘 조심스럽게 구는 태도임을 알고 있었기 때문이다. 그러나 그는 언제나 활동적이다. 홈즈는 몸을 사리는 기색도 없이 사건에 첨벙 몸을 던졌다.
 "나도 끼워 주게. 요 며칠 동안은 한가해."
 "자네의 덕성은 향상하기는커녕 거짓말까지 하게 되었나? 어느 모로 보나 환자가 끊이지 않는 바쁜 의사라는 것을 곧 알 수 있네."
 "그다지 중한 환자는 없어. 그런데 자네가 그를 체포할 수는 없나?"
 "마음만 먹으면야 할 수 있지."
 "할 수 있는데 왜 하지 않나?"
 "아직 다이아몬드의 행방을 모르니까."
 "아, 빌리도 말하던데…… 왕관의 다이아몬드를 찾고 있다면서?"
 "응, 노란 남빛의 큰 보석이야. 그물을 던져 물고기는 잡았는데, 보석은 찾을 수가 없어. 그렇게 되면 무슨 일이 되겠나? 그야 그들을 잡아넣으면 이 세상은 훨씬 살기 좋아지겠지. 그러나 그런 일은 내가 나설 일이 아니야. 나는 그 보석을 찾고 싶은 걸세."
 "실비어스 백작이라는 자가 그 중 한 마리의 물고기인가?"
 "응, 물고기도 상어야. 마구 물어뜯는다네. 그 밖에 권투선수 샘 머턴이란 사나이도 있지만, 그는 대단치는 않아. 백작이 앞잡이로 쓰고 있을 뿐이야. 상어 같은 큰 물고기가 아니지. 몸집은 크지만 느리고 어리석은 보리멸에 지나지 않네. 다들 그물 속에서 펄떡펄떡 뛰고 있을 뿐이야."

"그래, 실비어스 백작이란 자는 어디에 있는가?"
"오늘 아침에 줄곧 뒤를 밟았었지. 할머니로 둔갑하고, 아주 순조로웠어. 한 번은 내 양산을 주워서 '이게 떨어졌습니다'라고 말하지 뭔가. 이탈리아인과의 혼혈인데, 기분이 좋을 때는 남방 사람처럼 상냥하지만 화만 나면 악마의 화신으로 변해. 인생은 참으로 변덕스러운 거라네."
"어쩌면 비극에 차 있는지도 몰라."
"으음, 그렇게도 말할 수 있겠지. 나는 그의 뒤를 밟아서 미노리즈시의 스트라우벤체 공장까지 갔었어. 그 공장은 공기총을 만들고 있지. 아주 정교한 것인데, 지금도 맞은쪽 집 창문 앞에다 세워 놓았을 걸세. 이쪽 창문에 있는 인형을 보았나? 아, 빌리가 보여 줬었지. 그 아름다운 머리통에 언제 총알이 날아와 박힐지 모르네. 오, 빌리, 무슨 볼일이지?"

소년은 쟁반 위에 명함 한 장을 담아 가지고 들어왔다. 홈즈는 명함을 흘끗 보더니 눈썹을 치켜 올리며 유쾌하게 웃었다.

"본인이 왔군. 이거 뜻밖인데. 한바탕 싸움을 벌일 각오를 해야겠군. 꽤 담력이 센 놈이야. 알고 있겠지만, 맹수 사냥의 명사수로도 이름이 알려져 있네. 나를 잘 맞혀서 사냥 주머니 속에 넣어 갈 수만 있다면 대성공의 기록을 세우게 될 거야. 이게 모두 내가 바로 등 뒤까지 추적해 왔다는 걸 안다는 증거지."
"경찰을 부르게, 홈즈."
"그럴 생각이네. 하지만 아직은 아닐세. 왓슨, 조심해서 창 밖을 한번 내다보게. 거리에서 누가 어정거리는 게 보이나?"

왓슨은 조심스럽게 커튼 끝을 젖혀 보았다.

"현관 앞에 난폭해 보이는 사나이가 어정거리고 있네."
"샘 머턴이겠지. 충실할 뿐 우둔한 녀석이야. 빌리, 손님은?"

"대기실에 있습니다."
"벨을 울리거든 이리로 데리고 오너라."
"네."
"내가 이 방에 없더라도 상관 말고 데리고 와."
"네."
왓슨은 빌리가 나가 문을 닫기를 기다리고 있다가 친구에게 말했다.
"홈즈, 이건 잠자코 있을 문제가 아닐세. 상대방은 자포자기하여 무슨 일이든지 할 수 있는 자야. 어쩌면 자네를 죽이려고 왔는지도 모르네."
"그런 일이야 각오한 지 오래지."
"그럼, 나는 자네 곁을 떠나지 않겠네."
"정말 꽤 귀찮게 구는군."
"저쪽이 난처해한단 말인가?"
"아니, 내가 난처하단 말일세."
"하지만 나로선 그냥 있을 수 없어."
"아니야, 그냥 있어야 하네. 자네는 지금까지 한 번도 실수한 일이 없지 않나. 이번에도 잘 해 주겠지? 저자는 뭔가 생각이 있어서 왔겠지만, 이쪽에도 생각이 있으니까 잡아 두겠네" 하고 그는 수첩을 꺼내어 뭔가 몇 줄 휘갈겨 쓰더니 왓슨에게 넘겨주며 덧붙였다. "경시청으로 마차를 달려 이것을 형사부의 유걸에게 주고서 데리고 오게. 저자를 잡아넣어야겠어."
"기꺼이 이행하겠네."
"돌아올 때까지 보석이 있는 곳을 추궁해서 알아 둘 참일세" 하며 홈즈는 벨을 눌렀다. "침실을 통해서 빠져나가기로 하세. 이 출구가 있기 때문에 크게 덕을 본다네. 저쪽이 못 보는 곳에서 상어의 모습을 보고 싶은 거야. 알고 있겠지, 그 방법을?"

 잠시 뒤에 빌리가 실비어스 백작을 안내했을 때 그 방은 텅 비어 있었다. 이 유명한 사냥꾼인 스포츠맨은 거무스름한 거한으로 코 밑에 난 시꺼먼 수염 밑에는 수염에 가려진 얄팍한 입술의 혹독해 보이는 입이 있고, 그 위에 매의 부리와 같이 등이 굽은 코가 우뚝 솟아 있다.

 옷차림은 훌륭했지만 화려한 넥타이며 번쩍이는 핀과 반지 같은 것이 유난히 눈에 띄었다. 방으로 들어오고 뒤에서 문이 닫히자, 그는 어디에 덫이라도 놓지 않았나 의심쩍은 듯 불안에 떠는 날카로운 눈초리로 둘레를 살펴보았다. 그리고 창가에 있는 안락의자에서 움직이지 않는 머리와 가운의 깃고대가 내다보이는 것을 보고 깜짝 놀랐다. 그것도 처음에는 단순하게 뜻밖이라는 표정을 띠었을 뿐이었으나, 곧 검고 잔인한 눈을 불길한 기대에 번쩍이며 다시 한 번 둘레를 살펴보더니, 아무도 보고 있지 않다는 것을 확인한 뒤에야 굵은 단장을 반쯤 들어올리고 발끝으로 살그머니 다가갔다. 그리고 몸을 굽혀 막 덤벼들려고 했을 때, 활짝 열린 침실 문으로 비웃은 듯한 차가운 목소리가 들려왔다.

 "부수지 마십시오, 백작님! 부수면 곤란합니다."

 자객은 깜짝 놀라 발길을 멈추고 얼굴 근육을 경련시키며 돌아다보았다. 그리고 그 납이 잔뜩 들어 있는 단장을 번쩍 들어 인형은 제쳐놓고 진짜 사람 쪽으로 다시 덤벼들 듯한 기세를 보였다. 그러더니 홈즈의 차분히 가라앉은 잿빛 눈과 조소하는 듯한 미소에 기가 꺾였는지 그 손은 저절로 아래로 내려가고 말았다.

 "꽤 잘 만들었지요?" 홈즈는 인형 쪽으로 걸어가며 말했다. "프랑스의 인형 선생 다베르니에의 작품입니다. 납인형에 있어서는 당신의 친구 스트라우벤체의 공기총에 뒤지지 않는 솜씨가 있습니다."

"공기총이라고? 그게 무슨 말이오?"
"자, 모자와 단장을 그 테이블 위에 놓으십시오. 고맙습니다. 어서 앉으십시오. 그리고 권총도 꺼내어 거기 놓았으면 좋겠군요. 아니, 권총 위에 앉고 싶으면 앉아도 됩니다. 마침 좋은 때 오셨습니다. 꼭 이야기를 좀 해봤으면 하던 참이었으니까요."
백작은 위협적인 굵은 눈썹을 쫑긋거리더니 얼굴을 찡그렸다.
"나도 좀 이야기할 게 있소. 그래서 오늘 온 것이며, 지금 당신을 때려눕히려던 것도 굳이 부정하지는 않겠소."
홈즈는 테이블 끝에 걸친 한쪽 다리를 덜렁덜렁 흔들며 말했다.
"당신에게 그런 생각이 있는 줄은 이미 알고 있었소. 어째서 나 같은 사람에게 눈독을 들였나요?"
"당신이 나를 건드렸기 때문이오. 부하를 시켜 나를 미행시키고."
"부하라고요? 그런 일은 절대로 없습니다."
"시치미 떼지 마시오. 미행한 사실을 알고 있소. 이제 그 사례는 톡톡히 갚아 줄 테요, 홈즈!"
"쓸데없는 말 같지만 말을 좀 삼갔으면 합니다. 내 이름도 그렇게 마구 불러대지 말고요. 나는 일을 하는 절차상 범죄인의 반수 이상과 아주 친하게 지내고 있지만, 예외로 불쾌한 경우도 있다는 걸 알아주시기 바랍니다."
"그렇다면 홈즈 선생."
"이런, 황송할 데가! 그러나 지금 말한 나의 부하라는 것은 당신이 잘못 안 일입니다."
실비어스 백작은 코웃음을 치며 말했다.
"눈이 좋은 것은 자신밖에 없다고 생각하면 오산입니다. 어제는 늙은 도박꾼이었는데, 오늘은 노파였지요. 그들은 종일 나에게서 눈을 떼지 않았소."

"이거 참, 송구스럽군요. 그러고보니 그 늙은 다우슨 남작도 교수형에 처해지기 전날 밤에 내 얘기를 하면서, 법의 인재를 얻었지만 무대는 대단한 배우를 잃었다고 하더군요. 그런데 이제 백작께서 ──보잘 것 없는 나의 분장을 칭찬해 주시니 정말 송구스럽습니다."

"아니, 그것은 당신이었단 말이요?"

홈즈는 어깨를 움츠리며 말했다.

"저 구석에 있는 양산이 미노리즈에서 친절하게도 당신이 주워 주셨던 겁니다. 그때는 수상쩍게 보시지 않으셨지요."

"그런 줄 알았다면 다시는 당신을……."

"지저분한 이 집으로 돌려보내지 않았을 것이라고 말씀하려는 거지요? 그 점은 잘 알고 있습니다. 어쨌든 좋은 기회를 잃고 나중에 후회하기 쉽습니다. 그때도 당신이 알아보지를 못했기 때문에 여기서 이렇게 다시 뵐 수 있게 된 것이 아닙니까."

백작은 위협적인 눈 위의 굵은 눈썹을 점점 더 찌푸렸다.

"그런 말을 들으니 마음이 편치 않군. 부하가 아니라 스스로 나섰다니! 무슨 일로 나를 미행하고 있는 거요?"

"무슨 일이냐고 묻습니다만 백작님, 당신은 알제리에서 사자 사냥을 자주 하셨지요?"

"그게 어떻다는 거요?"

"왜 했을까요?"

"왜냐고? 스포츠지요. 흥분과 위험을 수반하는 스포츠요."

"그리고 또 국가를 위해 유해물을 제거한다는 뜻도 있겠지요?"

"맞습니다."

"나의 이유도 한 마디로 말하면 바로 그겁니다."

백작은 벌떡 일어나더니 저도 모르게 뒷주머니로 손을 가져갔다.

"앉으십시오. 또 그 밖에 실제적인 이유도 있습니다. 나는 그 노란 다이아몬드가 필요합니다!"

실비어스 백작은 자리에 앉아 뒤로 벌렁 기대며 심술궂게 미소를 지었다.

"당치도 않소!"

"내가 당신을 쫓아다니는 것은 그 때문이라는 것을 당신은 잘 알고 계시겠지요. 오늘 밤 이곳에 찾아온 참된 목적은, 내가 이 문제를 얼마나 깊이 알고 있는가를 확인하여, 나를 없애 버리는 것이 얼마만큼 중요한가를 알아보기 위해서였지요. 거기에 대하여 당신의 입장을 말해 둡니다만, 나는 모든 것을 알고 있으니까 꼭 제거해야 할 겁니다. 내가 모르는 일은 꼭 한 가지가 있는데, 그것도 이제부터 당신에게 가르쳐 달라고 할 참입니다."

"하하하, 그래 그 한 가지라는 것이 뭡니까?"

"왕관의 다이아몬드가 어디에 있느냐 하는 겁니다."

백작은 상대방을 날카롭게 쳐다보았다.

"하하하, 그것을 알고 싶다는 말이로군요. 그런 걸 내가 알고 있다고 생각합니까?"

"분명히 알고 있을 겁니다. 빨리 말하십시오."

"흥!"

"속여도 소용이 없습니다." 홈즈의 두 눈은 상대방을 뚫어지게 쳐다보는 동안 차츰 집중력이 강해져서 빛이 더하여 두 개의 강철공처럼 반짝였다. "당신은 판유리나 다름없습니다. 나의 눈에는 마음속까지 환히 들여다보입니다."

"그럼, 다이아몬드가 있는 장소도 알겠군요."

홈즈는 손뼉을 치며 기뻐했다. 그리고 비웃듯이 상대방을 가리키며 말했다.

"역시 알고 있군요. 마침내 인정하고 말았군요."
"나는 아무것도 인정한 일이 없소."
"이것 보십시오, 백작님. 당신만 의향이 있다면 거래가 이루어질 텐데요. 아니면 좋지 않은 일의 원인이 됩니다."
실비어스 백작은 천장을 올려다보며 큰 소리를 쳤다.
"그것이 남을 보고 위협하지 말라고 충고하는 사람이 하는 말인가요?"
홈즈는 체스의 명수가 최상의 방법을 생각하고 있기라도 하듯이 생각에 잠겨 물끄러미 상대방을 바라보고 있더니, 책상 서랍을 열어 작고 두툼한 수첩을 꺼냈다.
"이 속에 무엇이 적혀 있겠습니까?"
"그걸 내가 어떻게 알겠소?"
"당신에 대해 적혀 있습니다."
"나에 대해?"
"그렇습니다. 이 속에 당신의 나쁜 행동이 다 수록되어 있습니다."
"무슨 수작이오!" 백작은 눈에 노기를 띠고 소리쳤다. "참는 데도 한도가 있소!"
"여기 빠짐없이 다 씌어 있습니다. 이를테면 늙은 헤럴드 부인의 죽음에 대한 진상 같은 것이. 애써 물려받은 블라이머의 자산도 도박으로 다 날려 버린 것 같더군요."
"흥, 무슨 꿈이라도 꾸고 있는 모양이로군."
"그리고 미니 워렌더 양의 생애에 대한 완전한 기록도 실려 있습니다."
"쳇, 그런 것이 무슨 소용이오!"
"그 밖에도 또 여러 가지가 있습니다. 여기에는 1892년 2월 13일에 리비에라 행 호화 열차 안에서 이루어진 강도 사건이 있습니다.

그리고 이쪽에는 같은 해, 리용 은행 위조 수표 사건."
"그것은 뭔가 잘못된 일이오."
"그럼, 다른 것은 사실이란 말이지요? 그건 그렇고, 당신은 뛰어난 카드 솜씨를 지니고 있습니다. 상대방이 좋은 패를 다 쥐게 되면 차라리 포기하는 편이 시간 절약이 되지요."
"그런 일들이 당신이 말하는 보석과 어떤 관계가 있단 말이오?"
"조용히! 그렇게 덤비면 안 됩니다. 내 이야기가 지루하겠지만, 차츰 요점이 나올 테니 들어 보십시오. 지금 말했듯이 당신의 비행은 뭐든 다 알고 있지만, 특히 이 왕관의 다이아몬드에 관한 당신 및 당신이 고용한 앞잡이의 행동은 샅샅이 알고 있습니다."
"흥!"
"당신을 화이트 홀까지 싣고 간 마차의 마부도, 거기서 돌아올 때 탔던 마차의 마부도 알아냈습니다. 그리고 아이키 샌더즈가 다이아몬드를 나눠 달라는 의뢰를 당신이 거절한 일도 알고 있습니다. 아이키가 밀고했기 때문에 승부는 결판이 난 겁니다."

백작의 이마에 혈관이 솟았다. 감정을 억누르느라고 꽉 쥔 털북숭이 검은 손을 부르르 떨며 무슨 말을 하려고 했으나 입이 떨어지지 않았다.

"이것이 내가 든 카드입니다. 그것을 다 테이블 위에 펴놓았습니다. 그 중 모자라는 카드가 한 장 있습니다. 다이아몬드의 킹이죠. 나는 다이아몬드가 어디 있는지 모릅니다."
"그런 걸 알아서야 되겠소."
"그럴까요? 잘 들어 보십시오, 백작님. 당신의 입장을 잘 생각해 보십시오. 20년 동안을 감옥에 갇힐 겁니까? 얻는 게 뭐 있겠습니까. 그런 다이아몬드를 가지고 있어, 얻는 게 뭐 있겠습니까? 그러나 나에게 주면…… 글쎄요, 그 죄를 비밀로 해 드리지요. 당신이나 샘에게 벌을 줘봐야 소용없는 일입니다. 필요한 것은 다이아몬드입니다. 체념하고 실토해 버리십시오. 그렇게 하면 나에 관한 한 당신은 자유의 몸입니다. 앞으로의 행동을 삼가는 한은. 앞으로 또 비행이 있을 때는, 글쎄요, 그것으로 끝장이겠지요. 그러나 현재 내가 위탁받고 있는 것은 다이아몬드를 회수하는 일이지, 당신을 어쩌자는 것은 아닙니다."
"내가 거절하면?"
"글쎄요——그 경우는 유감스럽지만, 다이아몬드를 단념하는 대신 당신의 몸으로 참을 수밖에 없겠지요."
그때 빌이 벨소리를 듣고 모습을 나타냈다.
"백작님, 이 이야기를 하는 데는 당신 쪽에서도 샘을 참석시키는 게 좋겠군요. 결국은 그 사나이의 이해관계에도 관련된 일이니까요. 빌리, 현관 앞에 보기 거북한 거인이 있을 테니 이리로 오라고 말해 다오."
"오기 싫다면 어떻게 할까요?"
"난폭하게 굴면 안 돼. 말씨도 조심하고, 실비어스 백작이 그렇게 말씀하시더라고 하면 반드시 올 거야."
"대체 무슨 짓을 하려고 그러는 거요?"
빌리가 사라지자 백작이 물었다.
"아까까지도 왓슨이 여기 있었는데, 상어와 보리멸이 그물에 걸렸다고 내가 말했었습니다. 그 그물을 이제부터 올릴 겁니다. 양쪽을 다 손으로 잡는 거지요."
백작은 일어서서 한 손을 뒤로 돌렸다. 홈즈는 가운의 주머니에서 무엇인가를 반쯤 끌어내고 있었다.
"당신은 침대 위에선 죽을 수 없겠지요, 홈즈."
"나도 그런 생각이 곧잘 든답니다. 그다지 대단한 일은 아니지만,

그보다도 백작님, 당신이야말로 몸을 눕히지 않고 선 채 퇴장하게 될 것 같군요. 앞일을 망설이는 것은 건전하지 못한 일이지요. 왜 현재의 무한한 향락에 몸을 던지지 않습니까?"

갑자기 이 대범죄자의 위협적인 검은 눈 속에 야수와도 같은 그 무엇이 번쩍였다. 긴장하여 딱 버티고 서 있는 홈즈의 몸은 별안간 키가 커진 것처럼 보였다.

"권총 같은 것을 더듬어 보아야 헛수고입니다." 그는 조용히 말했다. "비록 나에게 틈이 있어 그것을 주머니에서 꺼내게 했다 하더라도, 당신 자신이 쏠 의향도 없잖소! 총을 쏘면 큰 소리가 날 테니, 이렇게 성가신 일이 또 어디 있겠습니까. 역시 공기총이라야 합니다. 아, 훌륭한 협력자의 말소리가 들리는군요. 머턴 씨, 안녕하시오. 길거리에 서 있기가 무척 지루했었지요?"

우둔한 주제에 고집이 세어 보이는 넓적한 얼굴의 젊은 직업 권투 선수는 문 앞에 서서 머뭇거리며 난처한 표정으로 사방을 둘러보았다. 이렇게 상냥한 인사를 받기는 처음이었지만, 어슴푸레하게 적의가 느껴져 뭐라고 대항할 말조차 알 수 없었다. 그래서 그런 일에는 빈틈이 없는 백작을 쳐다보며 구원을 바랐다.

"어떻게 된 겁니까, 백작님? 이 작자가 뭐라고 합니까? 어디가 잘못된 겁니까?"

귀에 거슬리는 굵은 목소리였다.

백작은 어깨를 올릴 뿐 아무 대답도 하지 않았다. 홈즈가 대신 대답했다.

"한 마디로 말하자면 이미 승부가 난 거요."

그러나 권투선수는 여전히 동료를 향해 말했다.

"이자는 농담을 하고 있는 겁니까? 지금 농담 같은 것은 듣고 싶지 않은데요."

"그렇겠지." 또 홈즈가 대꾸를 했다. "그리고 날이 자꾸 어두워지면 차츰 그런 마음이 없어질 겁니다. 그런데 실비어스 백작님, 나는 바쁜 몸이라 시간을 낭비하고 있을 틈이 없습니다. 잠깐 침실에 가 있겠으니 그동안 마음 편히 계십시오. 그리고 내가 없더라도 상관 마시고 머턴 씨에게 현황을 잘 설명해 주십시오. 나는 바이올린으로 호프만의 베니스 뱃노래라도 연주해 드리지요. 5분 뒤 최후의 대답을 들으러 오겠습니다. 이야기는 알고 있겠지요? 당신들을 체포하느냐, 아니면 다이아몬드를 돌려받느냐 둘 중 하나입니다."

홈즈는 구석에 있는 바이올린을 들고 침실로 들어갔다. 이윽고 문이 닫힌 침실에서 흐느끼는 듯한 긴 가락이 은은하게 들려왔다.

"어떻게 된 겁니까?" 백작이 돌아본 것과 머턴이 불안한 듯 물은 것은 거의 동시에 일어난 일이었다. "저 작자가 다이아몬드 일을 알고 있던가요?"

"지나치리만큼 잘 알고 있네. 모르는 것이 없는 모양이야."

"으음, 제기랄!" 권투선수의 파란 얼굴이 한층 더 새파래졌다.

"아이키 샌더즈가 배신한 거야."

"그 녀석이! 좋아, 이번에 만나면 박살을 내줘야지. 그 일로 사형을 받아도 상관없어."

"이제 새삼 그래 봤자 소용없어. 그보다도 앞으로 어떻게 할 것인가 그것을 먼저 결정지어야 해."

"잠깐" 권투선수는 침실 문을 수상쩍게 쳐다보며 말했다. "마음을 놓을 수 없는 놈이니까. 설마 엿듣는 것은 아니겠지요?"

"바이올린을 켜며 엿듣는 재주는 못 부리겠지."

"그건 그렇군. 커튼 뒤에 누가 없을까? 어떻게 된 게 온통 커튼 투성이지."

그는 말하며 방 안을 둘러보다가 창가의 인형이 눈에 띄자 깜짝 놀란 듯 말도 못 하고 그쪽을 가리켰다.

"이런 바보 같으니! 인형이야!"

"정말인가요? 아, 놀랍군! 마담 튀소(프랑스 밀랍 인형 제작자)도 이럴 수는 없을 걸요. 아주 꼭 닮은 것 같군. 가운도 그렇고 모든 것이 똑같잖아. 어쨌든 이 커튼이 신경에 걸리는데요."

"커튼에만 신경쓰지 마. 꾸물대고 있을 때가 아니야. 시간이 없어. 잘못하면 그 다이아몬드 때문에 콩밥을 먹게 돼."
"저 녀석이 그런 말을 하던가요?"
"물건이 있는 곳만 대면 놓아 주겠다는 거야."
"뭐라고요, 그것을 실토한단 말입니까? 10만 파운드나 되는 것을!"
"아니면 감옥에 갈 수밖에 없겠지."
머턴은 짧게 깎은 머리를 긁적이며 말했다.
"저 녀석 혼자지요? 해치워 버립시다. 저 녀석만 해치우면 두려울 것이 없어요."
백작은 고개를 설레설레 내저으며 말했다.
"녀석은 무기도 있고 경계도 하고 있지. 설령 이런 데서 녀석을 죽인다 한들 우리가 달아날 수 없다구. 그리고 무슨 증거를 잡았는지는 모르지만 벌써 경찰에 알렸는지도 몰라. 아니, 저게 뭐지?"
창문 쪽에서 무슨 소리가 난 것 같았다. 두 사람은 벌떡 일어났으나 아무 일도 없었다. 그 기묘한 인형이 의자에 앉아 있을 뿐 분명히 아무도 없다.
"밖에서 나는 소리요." 머턴이 말했다. "그런데 대장, 당신은 꾀가 많은 사람이잖소? 무슨 생각이 있을 게 아니오? 팔짱만 끼고 있어서는 안 된다면 무슨 대책을 강구해야지요."
"저런 녀석보다 더 영리한 놈도 잘 처리해 온 나야. 다이아몬드는 이 비밀 주머니 속에 들어 있어. 그렇게 쉽사리 남의 손에 넘겨 줄 순 없어. 오늘 밤 안으로 영국을 빠져나간다면, 일요일이 되기 전에 암스테르담에 이르러 네 조각으로 쪼개질 거야. 저 녀석은 반 세더에 대해서는 아무것도 모르는 모양이야."
"반 세더는 다음 주일에 출발하는 것으로 알고 있는데요."

"그럴 예정이었지. 그러나 이렇게 된 이상 곧 떠나라고 해야지. 자네나 나나 둘 중 누구 하나가 라임 거리까지 다이아몬드를 가지고 가서 말해야 해."
"하지만 아직 이중 바닥의 트렁크가 준비되지 않았습니다."
"이렇게 된 이상 어떻게든 해야 되겠지. 지금 이러쿵저러쿵 가리고 있을 수가 없어. 한시를 다투는 일이니까."
백작은 스포츠맨의 본능적인 경계심으로 또다시 창문 쪽을 물끄러미 바라보았다.
"으음, 역시 한길 쪽에서 이상한 소리가 들려오는군. 홈즈란 놈이 골치인데, 그런 녀석을 속이는 건 문제없어. 다이아몬드만 내놓으면 그 녀석은 우리에게 손은 안 댈 거야. 그러니까 내주겠다고 약속만 해주지. 거짓말로 일러 주는 거야. 그러면 거짓말이라는 것을 알게 될 무렵 다이아몬드는 이미 네덜란드에 건너가 있고 우리도 이 나라에는 없다, 이 말씀이야."
"그거 참, 멋진 생각이군요."
샘 머턴은 히죽 웃었다.
"자네는 그 네덜란드인을 찾아가 일을 서두르라고 전해 주게. 나는 저 풋내기를 만나 엉터리 고백을 할 테니. 다이아몬드는 리버풀에 있다고 말하는 거야. 아, 바이올린 소리가 시끄럽군. 마음이 초조해지는데, 리버풀을 조사해서 없다는 것을 알 무렵이면, 다이아몬드는 4등분이 되고 우리는 드넓고 푸른 바다 위에 있는 거야. 더 이리 가까이 와 봐. 거기는 열쇠 구멍에서 곧장 보이는 곳이야. 다이아몬드는 이거야. 자, 보게."
"그걸 용케도 잘 가지고 다니는군요."
"몸에 지니고 있는 것이 가장 안전해. 화이트 홀에서도 가지고 나온 솜씨야. 내가 있는 곳에 놓아두면 누가 훔쳐 갈는지 모르는 일이거든."

"좀 보여 주십시오."

실비어스 백작은 동료의 얼굴을 차가운 눈초리로 쳐다보았을 뿐 상대방이 내민 더러운 손은 거들떠보지도 않았다.

"쳇, 내가 빼앗을까봐 그럽니까? 흥, 오늘 새삼 있는 일은 아니지만, 정떨어지는군!"

"그렇게 틀어질 것 없어. 지금은 싸움을 하고 있을 때가 아니야. 자, 창문 있는 곳으로 와서 이 예쁜이를 보게나. 자, 밝은 쪽으로 돌리지. 여기!"

"고맙습니다!"

인형이 있는 의자에서 홈즈가 불쑥 튀어나와 느닷없이 보석을 움켜잡았다. 그리고 한 손으로 그것을 쥔 채, 또 한 손에 든 권총을 백작의 머리에 바싹 갖다대었다. 두 악한은 너무도 갑작스러운 일에 한동안 주춤거렸다. 가까스로 정신을 차렸을 때는 홈즈가 재빠르게 벨을 누르고 있었다.

"조용히 해! 두 사람 다 폭력은 삼가길. 가구가 부서지면 곤란하니까. 두 사람 다 이미 막다른 처지에 있다는 것만은 잘 알고 있겠지요. 많은 경관들이 아래층에서 기다리고 있으니까."

백작은 당황한 나머지 분노로 불안도 잊어버리고 멍청해 있었다.

"아니, 이게 대체……."

"물론 영문을 모를 테지요. 아마 알아차리지 못한 모양인데, 침실에는 커튼 뒤쪽으로 통하는 문이 있습니다. 인형을 움직일 때 소리가 들릴까봐 걱정을 했는데, 행운은 나에게 있었던 모양입니다. 덕분에 내가 엿듣고 있는 줄 알면 도저히 입 밖에 내지 않을 귀중한 이야기를 들을 수 있었습니다."

백작은 체념한 듯한 몸짓으로 입을 열었다.

"당신한테는 두 손 들었소. 마치 악마와 같은 작자로군."

"그런지도 모르지요."

홈즈는 점잖게 미소를 지었다.

우둔한 샘 머턴도 그제야 정황을 알아차렸다. 때마침 요란스럽게 층계를 올라오는 발소리를 듣고 머턴은 소리를 질렀다.

"경찰이다! 그런데 저 바이올린을 켜는 놈은 어떻게 된 거야? 아직도 들려오고 있으니!"

"정말 이상한 일이지요. 하지만 그대로 내버려 둡시다. 요즈음 축음기라는 멋진 것이 발명되었답니다."

경관이 우르르 들어오고 철커덕 수갑 채우는 소리가 들리더니 이윽고 두 사람 다 기다리고 있던 마차로 끌려갔다. 왓슨은 홈즈 옆에 서서, 이번 일로 승리의 월계관에 새로운 잎 하나를 덧붙인 것을 축복했다. 그런 일에 하나도 놀라지 않는 빌리가 또 명함이 놓인 쟁반을 들고 들어왔으므로 두 사람의 이야기는 중단되었다.

"캔틀미어 경이 오셨습니다."

"이리로 모셔——이 사람은 이 방면에서 최고 이익을 대표하는 고명한 귀족이지. 인물도 뛰어나고 충성스러운 사람인데 좀 옛것에 치우치는 나쁜 폐단이 있어. 어때, 좀 놀려 줄까. 마음놓고 행동해도 되겠지? 아직 아무것도 모르고 있을 테니까."

문이 열리고 엄숙해 보이는 여윈 인물이 들어왔다. 빼빼 마른 얼굴에 빅토리아 왕조 중기 식의 반질반질한 검은 수염을 늘어뜨린 모습은, 등이 굽고 걸음걸이가 시원찮은 모습과 너무도 어울리지 않았다. 홈즈는 그를 상냥하게 맞아들이며 악수를 나누었다.

"캔틀미어 경, 안녕하십니까? 계절 치고는 추운 것 같은데, 집 안에 있으면 그다지 추위를 모르겠습니다. 외투를 벗겨 드릴까요?"

"고맙소, 외투는 벗지 않겠소."

홈즈는 그래도 캔틀미어 경의 소맷자락에 손을 대며 말했다.
"실례지만, 여기 계신 왓슨 박사도 급변하는 이런 온도에는 마음을 놓을 수 없다고 하더군요."
캔틀미어 경은 흥미가 없는 듯 홈즈의 손을 뿌리쳤다.
"아니, 이대로가 좋소. 오래 있을 생각은 없으니까. 당신이 멋대로 맡은 이 일이 어떻게 되었는지 소식을 좀 알려고 들렀을 뿐이오."
"어려운 일입니다. 아주 어려워요."
"내 그럴 줄 알았소."
궁중의 늙은 신하는 말씨와 태도에 모멸의 빛을 드러내 보였다.
"사람에겐 한계라는 것이 있소. 그것이 있기 때문에 자만심이라는 약점을 고칠 수 있게 마련이오."
"정말 그렇습니다. 저도 어찌해야 좋을지 막연합니다."
"그렇겠지."
"특히 곤란한 문제가 한 가지 있어서 어떻게 캔틀미어 경의 힘을 빌릴 수 없을까 하는데요."
"이제 와서 나의 조언을 바라다니 어찌 된 거요. 당신한테는 독자적인 좋은 수단이 있을 줄 알았는데. 그렇다고 도와주지 않겠다는 말은 아니오."
"알았습니다. 지금 내가 난처해하고 있는 문제는 실제로 보석을 훔쳐 간 범인은 법적으로 처벌할 수 있습니다만……."
"체포할 수 있다는 거요?"
"네, 그렇습니다. 그러나 제가 곤란한 것은 보석을 가지고 있는 자를 어떻게 취급하느냐 하는 문제입니다."
"그런 문제를 논하는 것은 너무 이르지 않소?"
"미리 계획을 세워 두는 편이 좋을 것 같습니다. 그런데 보석을 가진 자로서의 결정적 증거는 무엇이라고 생각합니까?"

"현재 보석을 가지고 있는 것이겠지."
"그럼, 보석을 가지고 있는 자는 체포해도 좋다고 생각하시는군요?"
"그게 당연한 일이겠지."
홈즈는 여간해서 웃지 않는 사람이다. 그러나 이때만은——그와 오래 사귀어 온 친구가 아는 바로는, 그의 얼굴에 웃음 같은 것이 떠올랐다.
"그렇다면 참으로 괴로운 일이긴 합니다만——캔틀미어 경, 당신의 체포를 청구해야겠습니다."
캔틀미어 경은 벌컥 화를 냈다. 혈색 나쁜 얼굴에 불그레 핏기가 감돌았다.
"무슨 무례한 말씀이오! 50년 동안이나 공적인 생활을 해 왔지만 이런 일은 처음이오. 나는 중대한 일에 종사하는 바쁜 몸이오. 그런 실없는 농담은 들을 틈도 없으며 취미도 없소. 분명히 말해 두지만, 나는 처음부터 당신의 역량 같은 것은 믿지 않았소. 이런 사건은 경찰의 손에 맡기는 편이 안전하다는 의견에 시종일관 변함이 없소. 지금 그 말로 나의 신념에 잘못이 없었다는 것이 분명해졌소. 그럼, 안녕히 계시오."
홈즈는 몸을 날려 이 귀족과 문 사이에 가로막아 섰다.
"부디 잠깐만 기다려 주십시오, 각하. 마자랭의 보석을 그대로 가지고 돌아가시는 일은, 잠시 빌려 가지고 가는 것과는 달리 가벼이 볼 수 없는 일종의 비행이 됩니다."
"아직도 그런 말을! 자, 비키시오!"
"외투 오른쪽 주머니에 손을 넣어 보십시오."
"왜?"
"어서 제가 하라는 대로 해 보십시오."

한순간이 지나자, 캔틀미어 경은 떨리는 손으로 노란 빛의 큰 다이아몬드를 들고 멍하니 바라보며 눈을 깜박이고 있었다.
"아니 이게 뭐요, 홈즈 씨? 이게 대체 어떻게 된 거요?"
"아, 죄송합니다. 이 왓슨에게 물어 봐도 아시겠지만, 저는 짓궂은 장난을 하는 버릇이 있어서요! 게다가 드라마틱한 장면을 보고 싶은, 참을 수 없는 유혹을 느껴서…… 각하가 들어오셨을 때 슬쩍 그 다이아몬드를 주머니에 집어넣어……."
늙은 귀족은 다이아몬드를 들여다보고 있던 얼굴에 천천히 웃음을 띠며 말했다.
"정말 완전히 당황했소. 이건 틀림없는 마자랭의 다이아몬드구려. 정말이지 어떻게 사례를 해야 할지. 당신 말대로 당신의 짓궂은 마음이 잠깐 나쁘게 이용되었구려. 그리고 때가 때인지라 좀 지나치게 받아들였나 보오. 어쨌든 당신의 놀라운 수완에 대해 가한 비판은 다 취소하겠소. 그건 그렇다 하더라도, 어떻게 이것을……."
"사건은 아직 절반밖에 정리가 안 되었습니다. 세밀한 일은 좀 기다려 주십시오. 그러나, 각하, 이제부터 돌아가셔서 고귀한 분에게 이 다이아몬드를 돌려 드리고 이 기쁜 결과를 보고하실 때의 유쾌한 기분을 생각하면 나의 장난도 조금은 용서를 받을 수 있겠지요. 빌리, 각하를 바래다 드리고, 허드슨 부인에게 준비가 되는 대로 두 사람 몫의 저녁 식사를 갖다 달란다고 전해."

The Three Gables
세 박공 집

 셜록 홈즈와 함께 다룬 사건 중에서도 세 박공의 집 사건만큼 갑작스럽고 극적인 사건은 없는 것 같다. 나는 며칠 동안 홈즈를 만나지 못했기 때문에, 그동안 새로운 사건의뢰가 들어온 것을 알지 못했다. 그날 아침 홈즈는 기분이 좋은지 말이 좀 많은 것 같았다. 그는 나를 자기의 맞은편 의자에 앉게 하고, 자기는 난롯가에 있는 낡은 팔걸이 의자에 앉아 파이프를 입에 물고 담배 연기를 후욱 내뿜었다.
 그때 방문객이 들어왔다. 미친 황소가 들어왔다고 말한다면 그 뒤 어떤 일이 벌어졌었는지 독자로서도 충분히 상상하고도 남을 것이다.
 문이 활짝 열리더니, 몸집이 큰 검둥이가 방으로 뛰어 들어왔다. 무섭게 보이는 점만 없었다면, 잿빛 체크 무늬 양복에다 분홍빛 넥타이를 맨 그의 야한 모습이 퍽 우스꽝스럽게 보였을 것이다. 그는 납작코가 한가운데 자리잡은 커다란 얼굴을 쑥 내민 듯하며 악의 있는 음흉한 눈으로 우리들을 번갈아 바라보았다. 그가 물었다.
 "어느 분이 홈즈 선생이오?"
 홈즈는 마지못해 미소를 지으며 파이프를 물었다.

"바로 당신이오?" 방문객은 불쾌하게 발소리를 죽이며 탁자를 돌아 옆으로 다가왔다.

"홈즈 선생, 쓸데없이 남의 일에 참견하지 마시오. 남이야 무슨 일을 하든 그냥 내버려 둬 달란 말이오. 알겠소, 홈즈 선생?"

"이야기를 계속하시오, 재미있군."

홈즈가 말했다.

"재미있다고요!" 그 야만인은 으르렁거렸다. "내가 한 번 본때를 보여 주면 다시는 그런 말을 못할걸. 이런 일은 전에도 몇 번 해봤지만 내가 한 번 손을 대면 모두들 꼼짝 못했소. 이것 좀 보시지, 홈즈 선생!" 그는 울퉁불퉁한 돌덩어리 같은 주먹을 홈즈의 코앞에 휘둘렀다. 홈즈는 재미있다는 듯이 주먹을 자세히 들여다보았다.

"태어날 때부터 당신 주먹이 그렇게 생겼었소? 아니면 자라면서 차츰 그런 모양으로 변한 것이오!"

홈즈는 얼음같이 차디찬 표정을 지었다. 그것은 포커를 할 때 내가 전략적으로 취하는 냉정한 모습 같았다. 그러자 방문객의 태도가 꽤 누그러졌다.

"한 가지 충고하겠소. 나한테는 해로 거리에 관심 있는 친구가 있는데——이렇게 말하면 무슨 뜻인지 알 테지만——당신이 훼방 놓지 않는다면 그도 당신을 해치지 않을 거요. 알겠소? 당신은 그에게 간섭할 권리가 없고 나 또한 당신에게 간섭할 권리가 없소. 그러나 당신이 기어코 그 일에 끼어든다면 나도 가만 있지 않을 거요. 이 말 명심하시오."

"그렇지 않아도 당신을 한 번 만나고 싶었는데……" 홈즈가 말했다. "당신 몸에서 나는 냄새 때문에 앉으라고 권하지는 않겠소. 당신은 직업 권투선수인 스티브 딕시가 아니오?"

"그렇소. 나를 알아보는 것을 보니 당신도 내 주먹맛을 보고 싶은

모양이구려."

"절대로 그런 일은 일어나지 않을 거요." 홈즈는 그의 소름끼치는 입을 쳐다보면서 여유있게 말했다. "홀번 술집 밖에서 젊은 퍼킨즈를 죽인 것도 당신의 그 주먹이겠지요?"

검둥이는 뒤로 움칠 물러나더니 얼굴색이 납빛으로 변했다. "그런 터무니없는 소리 마시오, 홈즈 선생. 내가 퍼킨즈를 죽였다구요? 홈즈 씨, 그때 버밍검에 있는 도장에서 권투 연습을 하고 있었소."

"그랬소? 스티브, 그런 이야기는 경찰서에나 가서 하시오." 홈즈가 말했다. "나는, 당신과 바니 스톡데일이 그곳에 있는 걸 보았소."

"하느님 맙소사! 홈즈 선생, 제발……"

"그만 하고 이제 나가 보시오. 때가 되면 언제고 당신을 경찰에 넘길 테니까."

"홈즈 선생, 내가 이렇게 방문한 것을 나쁘게 생각하지 마시오."

"누가 당신을 내게 보냈는지 알려 준다면."

"홈즈 선생, 그건 비밀일 것도 없소. 아까 선생께서 이야기한 바로 그 사람이오."

"그럼, 그에겐 누가 지시를 내렸소?"

"그건 모르겠소. 다만 바니가 이렇게 말했을 뿐이오. '스티브, 홈즈를 찾아가 그가 해로 사건에 끼어들면 생명이 위험할 거라고 위협하게!'라고요. 내가 아는 건 이것밖에 없소."

다른 말을 물어 볼 틈도 없이 그는 들어올 때와 마찬가지로 도망치듯 슬그머니 방을 뛰쳐나갔다. 홈즈는 파이프의 재를 털면서 조용히 웃음을 터뜨렸다.

"왓슨, 그 녀석이 순순히 물러나서 다행이로군. 포커할 때의 자네 전략을 유심히 관찰했었네. 사실 그는 악의가 없는 친구야. 힘은 장사지만 어리석고 철없는 어린아이 같아. 자네도 보았듯이 금방 겁을 먹거든. 녀석은 스펜서 존 갱단의 한 사람으로 내가 시간 있을 때 해결하려고 마음먹은 최근에 일어난 험악한 사건에 관련되어 있어. 그 녀석의 직속 우두머리인 바니는 퍽 눈치 빠른 놈이야. 그들은 폭행, 협박 같은 종류의 일들을 전문으로 하고 있지. 내가 알고 싶은 것은 이 특수한 사건 뒤에 누가 있느냐 하는 것일세."
"그런데 그들이 왜 자네를 위협하는 건가?"
"해로 윌드 사건 때문이야. 그 사건을 잘 조사해 봐야 되겠는걸. 나를 협박하는 걸 보니 분명히 뭔가 있기는 있는 모양인데."
"무슨 이야기인가?"
"지금 검둥이의 막간 희극이 시작되기 전에 실은 자네한테 이 이야기를 해주려고 했었다네. 여기 매벌리 부인의 편지가 있네. 전보를 친 뒤 나와 함께 떠나기로 하세."

셜록 홈즈 선생님께
지금 제가 살고 있는 이 집과 관련된 이상한 일들이 잇달아 일어나고 있습니다. 그래서 선생님의 조언을 청하는 바이니, 내일 어느 때고 편하신 시간에 제 집을 방문해 주시면 고맙겠습니다. 제 집은 윌드 역에서 얼마 안 되는 곳에 있습니다. 기억하실지 모르겠습니다만, 제 남편인 모티머 매벌리도 전에 선생님의 도움을 받은 적이 있었습니다.

메리 매벌리

"주소는 해로 윌드의 세 박공의 집으로 되어 있군."
"바로 아까 검둥이가 이야기한 곳이야." 홈즈는 말했다. "왓슨, 지금 시간을 낼 수 있으면 곧 떠나도록 하세."
짧은 기차 여행에 이어 잠시 마차를 타고 달리기 한적한 녹지대에,

벽돌과 목재로 지은 건물이 나타났다. 2층 창 위에 나 있는 세 개의 작은 돌출물이 세 박공의 집이라는 이 집 명칭을 가냘프게나마 유지시켜 주고 있었다. 집 뒤에는 울창한 소나무 숲이 있어 음산하였고, 이곳의 전체 분위기는 황폐하고 침울한 느낌이었다. 그러나 집 안은 정돈이 잘 되어 있었다. 세련되고 교양이 있어 보이는 나이 든 고상한 부인이 우리를 맞아들였다. 홈즈가 말했다.

"바깥어른께서 몇 해 전에 사소한 일로 우리의 도움을 구하신 적이 있어서 그분을 잘 기억하고 있습니다."

"아마 선생께서는 제 아들인 더글러스를 더 잘 알고 계실 겁니다."

홈즈는 친근미를 가지고 부인을 바라보았다.

"아, 그렇습니까? 저는 그를 조금 알고 있습니다만, 그는 온 런던 시민에게 널리 알려진 인물이지요. 참으로 멋진 사람입니다. 지금 어디 있습니까?"

"홈즈 선생, 그 애는 죽었습니다. 로마에서 대사관에 근무하다가 지난달에 폐렴으로 세상을 떠났지요."

"정말 안됐습니다. 그런 사람이 죽다니! 믿어지지 않습니다. 저는 그만큼 활기찬 사람을 본 적이 없습니다. 그는 정열적으로 살았습니다. 세포 섬유 한 올 한 올이 모두 약동하듯이 살았었지요."

"너무 격렬하게 살았지요. 그것이 그 애의 건강을 해친 것 같습니다. 그 애가 얼마나 쾌활하고 명랑했었는지 홈즈 선생께서도 기억하시겠지요. 그런 애가 갑자기 우울하고 침울해져 시름에 싸인 사람으로 변하고 말았습니다. 실연을 했던 것입니다. 단 한 달 만에 나의 씩씩한 아들이 지치고 냉소에 찬 인간으로 변해 버렸답니다."

"연애 사건이 있었습니까? 여자 관계?"

"그런가 봅니다. 그러나 홈즈 선생님, 제가 선생님을 부른 이유는 그 애 일 때문이 아닙니다."

"왓슨과 저는 온 힘을 다해서 부인을 도와 드리겠습니다."

"매우 이상한 일이 일어났습니다. 한적한 교외에서 은거 생활을 하려고 이곳으로 이사온 지 1년이 넘었습니다. 사흘 전에 부동산 소개소에서 왔다는 한 사람이 다녀갔습니다. 그는 이 집이 그의 고객에게 꼭 맞는다고 말하며, 값은 얼마든지 낼 테니 이 집을 팔 의향이 없느냐고 물었습니다. 참으로 이상했습니다. 소개소에는 이 집과 비슷한 집들이 몇 채나 나와 있는데, 하필이면 내놓지도 않은 우리 집을 찾아오다니요.

그러나 나는 그가 제의한 흥정에 마음이 끌렸습니다. 그래서 나는 이 집을 산 값에다 500파운드를 덧붙여 값을 불렀습니다. 그는 단번에 승낙하더니 그의 고객은 가구도 함께 사고 싶어하니 저더러 값을 부르라고 했습니다. 이 집에 있는 가구 중 몇 개는 전에 살던 집에서 옮겨온 것인데, 선생도 보시다시피 꽤 고급 가구입니다. 그래서 저는 비싸게 값을 불렀습니다. 이번에도 그는 곧 승낙했습니다. 나는 여행을 하는 게 소원이었습니다. 이 거래는 퍽 유리한 것이었기 때문에, 저는 제 여생의 소원이 이루어지는 줄 알았습니다.

어제 그 사람이 매매계약서를 가지고 왔었습니다. 다행히도 해로에 살고 있는 저의 고문변호사에게 그걸 보여 주었습니다. 그러자 그는 이렇게 말했습니다. '참으로 이상한 문서로군요. 여기에다 서명을 하시면, 법적으로 이 집에 있는 물건은 하나도 집 밖으로 가지고 나갈 수 없다는 사실을 알고 계십니까? 물론 개인 사유물도 포함해서 말입니다.' 저녁에 부동산 소개업자가 오자, 저는 이 사실을 지적하고 내가 팔려고 하는 것은 가구뿐이라고 말했습니다. 그러자 그 남자는 '안 됩니다. 모든 것을 다 파셔야 합니다'라고 말하는 것이었습니다.

'그러면 내 옷도, 보석도 가져갈 수 없단 말인가요?'

'그런 정도의 개인 물건은 가져가실 수 있습니다. 그러나 조사를 받아 허락된 물건 말고는 아무것도 집 밖으로 가지고 나가서는 안 됩니다. 나의 고객은 자유로운 사람이지만 좀 변덕스럽고 그 나름대로의 사는 방식이 있습니다. 모든 것을 사든가, 그렇지 않으면 사지 않든가 둘 중 하나입니다.'

'그렇다면 할 수 없군요' 하고 나는 말했습니다. 모든 것이 수상한 것 같았습니다."

이때 이상한 소리가 들렸다. 홈즈는 손을 흔들며 입을 다물라고 했다. 그러더니 방에서 뛰어나가 문을 열어젖히고는 빼빼 마른 여자의 어깨를 움켜쥐고 들어왔다. 그 여자는 닭장 속에서 억지로 끌려나오는 병아리처럼 볼골사납게 발버둥치면서 방 안으로 끌려들어왔다. 그녀가 외쳤다.

"이 손 좀 놓으세요. 어쩌려고 이러시는 거지요?"

"수잔, 대체 무슨 일이야?"

"네, 마님. 손님들이 점심 식사를 하고 가실 것인지 마님께 여쭤보려고 이리로 오는 길인데, 이분이 저를 움켜잡지 뭐예요."

"당신이 5분 동안이나 거기 서서 내는 소리를 듣고 있었지만 부인께서 하시는 이야기가 너무 흥미 있어서 도중에 뛰어나가지 않았던 것이오. 그만 씩씩거려요, 수잔. 이렇게 염탐을 하기에는 당신의 숨소리가 너무 거칠어요."

수잔은 부루퉁해서 놀란 얼굴로 홈즈를 쳐다보았다.

"대체 당신은 누구인데 무슨 권리로 저를 이렇게 잡아채는 거예요?"

"당신에게 한 가지 물어 보고 싶은 게 있소, 매벌리 부인. 저의 조언을 구하고 있다는 얘기를 누구에게 말씀하셨습니까?"

"아니오, 아무에게도 그런 말을 하지 않았습니다."
"그럼, 누가 편지를 부쳤습니까?"
"수잔에게 시켰습니다."
"이제 확실하군요. 자, 수잔. 편지나 심부름꾼을 통해 누구에게 이 소식을 알렸지?"
"거짓말이에요. 저는 심부름꾼을 보낸 일이 없어요."
"수잔, 당신도 알다시피 천식을 앓는 사람은 오래 살지 못해. 거짓말을 하면 건강에도 좋지 않아. 누구에게 일러 주었나?"
"수잔!" 그녀의 여주인이 외쳤다. "너는 나를 속이고 있었어. 지금 생각나는데, 네가 울타리에서 어떤 남자와 이야기하는 것을 본 적이 있어!"
"그건 제 개인적인 일 때문이었어요."
수잔이 힘없이 말했다.
"그럼, 내가 말해 줄까? 그 사람 이름이 바니 스톡데일이지?"
홈즈가 말했다.
"아시면서 왜 묻는 거예요?"
"확실치 않았는데, 이제 모든 걸 알았어. 수잔, 10파운드 줄 테니 바니의 뒤에 누가 있는지 말해 봐."
"바로 그 누구인가 하는 사람은 10파운드의 백배인 천 파운드를 주겠다고 약속했어요."
"그래? 굉장히 돈 많은 남자로군. 웃는 걸 보니 남자가 아닌 모양이지. 그럼, 돈 많은 여자인가 보지? 자, 이쯤하고, 그의 이름을 대고 10파운드 더 받아 두면 어때."
"그것을 말하느니 지옥에 가겠어요."
"수잔, 무슨 말버릇이야!"
"이 집을 나가겠어요. 당신들에게 당할 만큼 당했으니까요. 짐은 내일 찾으러 오겠어요."

그녀는 문 밖으로 뛰쳐나갔다.

"잘 가요, 수잔. 잊지 말고 진정제를 먹도록 해요."

그녀가 얼굴을 붉히며 화를 내고 나가자, 홈즈는 명랑하던 표정이 갑자기 침울해지더니 말을 계속했다.

"그 일당들이 일을 시작했군요. 그들이 얼마나 민첩하게 게임을 하는지 잘 보십시오. 부인의 편지는 어제 오후 10시 소인이 찍혀 있었습니다. 수잔은 곧장 이 소식을 바니에게 전했고, 바니는 곧바로 그의 고용주에게 달려가서 그의 지시를 들었습니다. 남자인지 혹은 여자인지도 모르는 고용주——수잔이 웃었던 것으로 보아 여자임에 틀림없습니다.——가 계획을 짰습니다. 검둥이 스티브를 불러 들여서요. 그가 나를 협박하러 온 시간이 그 다음날 오전 11시였습니다. 이렇게 일이 빨리 진행되고 있습니다."

"대체 그들이 바라는 게 무엇일까요?"

"바로 그게 문제입니다. 이 집 주인은 전에 누구였습니까?"

"퍼거슨이라는 은퇴한 선장이었습니다."

"그 사람에 관해서 뭐 특별한 이야기라도 들었습니까?"

"아니요."

"혹 그가 무언가를 땅 속에 숨겨 두었으리라고 의심해 볼 수도 있지만, 요즈음 사람들이야 귀중품을 은행에다 맡기지 어떤 바보가 땅에 묻겠습니까? 그러나 언제나 허황된 사람이 있기 마련이지요. 또 그런 일도 없으면 얼마나 세상이 단조롭겠습니까? 그래서 처음엔 땅 속에 묻힌 보물 때문이 아닌가 추측했었습니다. 그렇다면 무엇 때문에 부인의 세간을 원하는 걸까요? 혹시 집 안에 라파엘로 그림이나 셰익스피어의 초판본 같은 진귀한 물건이 당신도 모르게 감춰져 있는 것은 아닙니까?"

"그런 건 없습니다. 더비의 차 세트보다 더 귀한 물건은 갖고 있지 않습니다."

"그 밖에도 그들은 왜 바라는 것이 무엇인지 솔직히 밝히지 않습니까? 만약 그들이 부인의 도자기를 탐낸다면 부인의 재산을 모조리 사들이는 대신에 그 물건에만 흥정을 붙일 겁니다. 내 생각으로는 부인께서 그 가치를 미처 모르고 있는 어떤 물건을 갖고 계시는 듯한데, 만약 부인께서 그걸 아시게 되면 결코 그 물건을 포기하지 않으실 것입니다."

"나도 그렇게 생각하네."

내가 말했다.

"왓슨도 내 의견에 동의한다니, 분명히 그건 그럴 겁니다."

"그러니 홈즈 선생님, 어떻게 하면 좋을까요?"

"이제 하나하나 분석해 가며 그 물건을 찾아 냅시다. 이 집에서 1년 동안 사셨다고 하셨지요?"

"거의 2년이 되어 갑니다."

"길수록 더 좋습니다. 그동안 누군가 부인의 소유물을 탐낸 사람이 없었습니까? 사나흘 전의 그 갑작스러운 흥정 말고는 말입니다. 왓슨, 뭐 짚이는 게 없나?"

"한 가지 있네. 이 집에 이사오고 난 뒤 새로 산 물건을 조사해 봐야 될 걸세." 내가 말했다.

"매벌리 부인, 요즈음 새로 들어온 물건이 있습니까?" 홈즈가 물었다.

"올해에는 새로 산 물건이 하나도 없어요."

"거참, 이상한데. 좀더 정확한 자료를 얻을 때까지 문제를 광범위하게 다루어야 되겠습니다. 부인의 고문변호사는 유능한 사람입니까?"

"수트로 씨는 아주 유능한 분이십니다."
"부인 앞에서 방금 뛰쳐나간 수잔 말고 다른 하녀는 없습니까?"
"계집아이가 하나 있습니다."
"수트로 씨에게 하루 이틀 밤만 이 집에서 함께 지내 달라고 부탁해 보십시오. 부인께서는 보호가 필요하실 겁니다."
"누구에게 대한 보호인가요?"
"그걸 어떻게 알겠습니까? 이 일은 베일에 싸여 있습니다. 만약 내가 그들이 원하는 게 무엇인지 알아 낼 수 없다면 다른 각도에서 추리하여 이 사건의 주범이 누구인지를 꼭 알아내겠습니다. 혹 부동산 소개업자가 주소를 적어 놓고 가지 않았습니까?"
"이름과 직업이 적힌 명함만 주고 갔습니다.——헤인즈 존슨, 경매인 겸 감정인——"
"주소가 없으니 그가 어떤 인물인지 알 수 없을 것 같군요. 정직한 상인이라면 영업 장소를 숨기지 않을 텐데요. 그럼, 새로운 일이 일어나거든 내게 알려 주십시오. 내가 이 사건을 맡게 되었으니 나를 믿고 의지하시기 바랍니다."

홀을 지나가면서 무엇이고 무심히 지나치는 일이 없는 홈즈의 예민한 눈이 구석에 쌓여 있는 몇 개의 트렁크와 상자를 빠뜨릴 리가 없었다. 그것들에는 모두 꼬리표가 붙어 있었다.

"밀라노, 르세른, 모두 이탈리아에서 온 거로군요."
"불쌍한 더글러스의 유품들입니다."
"아직 풀어 보지 않으셨습니까? 언제 이곳에 도착했습니까?"
"지난 주일에 왔습니다."
"왜 짐에 대한 말을 진작 하시지 않았습니까? 문제의 열쇠는 아무래도 여기 있는 것 같군요. 이 속에 귀중한 물건이 없으리라고 어떻게 장담하십니까?"

"홈즈 선생님, 그럴 리가 없습니다. 불쌍한 더글러스에게는 월급과 약간의 연금 말고는 수입이 없었습니다. 그러니 무슨 돈으로 귀중품을 살 수 있겠습니까?"

홈즈는 잠시 생각에 잠겼다.

"더 이상 지체하지 맙시다. 짐을 이층 부인 침실로 옮겨 놓은 다음 빨리 내용물들을 조사해 보십시오. 내일 제가 다시 올 테니, 그때 자세한 이야기를 해 주시기 바랍니다."

세 박공의 집은 아주 가까운 거리에서 감시를 당하고 있는 것이 분명했다. 우리가 골목 끝에 있는 울타리를 지날 때 검둥이 권투선수가 나무 그늘 아래에 서 있는 모습이 보였다. 우리가 그쪽으로 다가갔을 때 그는 무시무시하고 위협적인 얼굴로 세 박공의 집을 바라보고 있었다. 홈즈는 주머니를 뒤지는 척했다.

"홈즈 선생님, 권총을 찾고 계시지요?"

"아니, 향수병을 찾고 있네, 스티브."

"놀리지 마시오, 홈즈 선생님."

"당신을 골리려는 게 아니오, 스티브. 오늘 아침에 경고한 내 말을 잊지 않았겠지요?"

"그럼요, 홈즈 선생님. 곰곰이 생각해 보았는데 퍼킨즈 살인사건에 대해서는 더 이상 저를 괴롭히지 말아 주시오. 제가 홈즈 선생님을 도울 수 있다면 도와 드리겠소."

"그렇다면 말해 주오. 배후 인물이 누구인지."

"홈즈 선생, 제발 살려 주시오. 그 얘기는 저번에도 말씀드렸잖소? 두목인 바니가 제게 명령을 내린 것 말고는 모르오."

"그래? 그럼 잘 새겨 들으시오, 스티브. 이 집 안에 계신 부인과, 지붕 아래 있는 모든 물건들은 나의 보호 아래 있다는 것을……."

"알겠습니다, 홈즈 선생님. 명심하겠소."

걸어나오면서 홈즈는 말했다.

"그 검둥이를 좀 놀래 주었지. 만약 그 녀석이 배후 인물이 누구인지 안다면 그는 주인을 배반했을 걸세. 스펜서 존 갱단이 이 일에 개입했다는 사실을 알게 되어 그나마 다행이야. 스티브는 그 패거리의 하나거든. 왓슨, 랑데일 파이크의 도움이 필요하므로 곧 그를 만나야 되겠어. 거길 갔다 오면 얼마만큼 윤곽이 드러날 걸세."

그날은 홈즈를 더 이상 만나지 못했으나, 그가 어떻게 시간을 보내고 있는지는 짐작이 갔다. 랑데일 파이크는 사교계의 스캔들에 관한 인간 백과사전이었다. 괴상하게 생기고 늘 피로해 보이는 이 인물은 눈만 뜨면 하루 종일 센트 제임스 거리 클럽의, 활같이 밖으로 불룩 튀어나온 창가에 자리잡고 앉아서 런던의 모든 가십을 얻어듣고 또 전달했다. 그는 호기심이 강한 대중 취향에 따르는 삼류 신문에 매주 기삿거리를 제공해 주며 수입을 얻고 있었다. 런던 생활의 탁한 심층을 들여다보면 거기에는 추한 소용돌이와 회오리바람이 언제나 있게 마련이었다. 인간 다이얼과도 같은 그가 나서서 정확하게 그 일들을 그 표면에 드러내 놓곤 했다. 홈즈는 은밀히 랑데일에게 정보를 제공해 주었고, 그 답례로 정보를 얻기도 했다.

다음날 아침 홈즈를 그의 서재에서 만났을 때 모든 것이 잘 풀린 표정이었다. 그러나 곧 놀라운 소식이 우리를 기다리고 있었다. 전보 내용은 다음과 같았다.

서둘러 와 주시기 바랍니다. 어젯밤 의뢰인의 집에 도둑이 들었습니다. 경찰이 와 있습니다.

수트로

홈즈는 휘파람을 불었다.

"예상한 것보다 빨리 절정에 이르렀군. 왓슨, 이 사건의 뒤에는 굉장한 인물이 숨어 있다네. 그러나 자초지종을 듣고 보니 별로 놀랄 일도 아니더군. 수트로 씨는 물론 부인의 변호사야. 그런데 내가 실수했어. 자네에게 그 집을 하룻밤 지키라고 할 것을. 그 변호사도 믿을 만한 인물이 못 되는 것 같네. 빨리 해로 윈트로 떠나세."

세 박공의 집은 정돈된 전날의 모습과는 아주 달랐다. 정원 문 앞에는 사람들이 어슬렁거렸고, 경관 둘이 창문과 제라늄 꽃밭을 조사하고 있었다. 집 안으로 들어서자 자신을 변호사라고 소개하는 잿빛 머리의 노신사와, 홈즈를 오랜 친구처럼 반기는 얼굴이 불그레한 경감이 있었다.

"홈즈 선생님, 이곳에서 만나 뵙게 되니 좀 두렵습니다. 그러나 이번 일은 단순한 좀도둑의 소행인 것 같으니 우리 경찰의 힘만으로도 넉넉히 해결할 수 있을 것 같습니다."

"이번 사건을 그렇게 쉽게 처리해서는 안 될 겁니다." 홈즈가 말을 이었다. "경감께서는 단순한 좀도둑의 소행이라고 생각하십니까?"

"분명히 그렇습니다. 우리는 도둑놈들이 누구인지, 그리고 어디 가면 그들을 잡을 수 있는지도 알고 있습니다. 바니 스톡데일과 몸집이 큰 검둥이 일당이 한 짓입니다. 그들이 이곳에 있는 걸 보았다는 사람이 있습니다."

"훌륭합니다! 그런데 그들이 무엇을 훔쳐 갔습니까?"

"별로 많이 훔치지 못한 것 같습니다. 매벌리 부인을 클로로포름으로 마취시킨 뒤 이 집을——아! 마침 부인이 내려오시는군요."

창백한 얼굴을 한 부인이 하녀의 부축을 받으면서 방으로 들어왔다.

"홈즈 선생님, 좋은 충고를 해주셨습니다만……" 그녀는 후회하는 듯한 미소를 지었다.

"불행히도 그 충고를 실행하지 못했습니다. 수트로 씨에게 폐를 끼치기가 미안해서였지요. 그래서 무방비 상태로 밤을 지냈답니다."

"오늘 아침에야 소식을 들었습니다."

변호사가 설명했다.

"홈즈 선생께서 수트로 씨와 함께 집을 지키라고 충고해 주셨습니다만 그 말을 듣지 않았으니 벌을 받아도 싸지요."

"몹시 편찮아 보이시는군요. 말씀하시기도 힘드시는 것 같습니다."

"여기에 모두 적혀 있습니다."

경감이 커다란 노트를 툭툭 치며 말했다.

"그러나 부인께서 그렇게 무리가 안 되신다면……."

"할 이야기도 별로 없어요. 의심할 것도 없이 배은망덕한 수잔이 그들을 위해서 미리 음모를 짜 놓았습니다. 그들은 집 안 구석구석을 모두 알고 있었어요. 그들이 내 입에 클로로포름 마취 주머니를 집어넣은 순간만 기억이 나지 얼마 동안 의식을 잃었었는지 통 모르겠어요. 내가 깨어났을 때 한 사람은 제 곁에 있었고, 또 한 사람은 복도에서 난장판으로 흩트려 놓은 내 아들의 짐 속에서 무슨 뭉텅이를 움켜잡고 있었습니다. 저는 그들이 도망가기 전에 벌떡 일어나 그를 꼭 붙잡았습니다."

"대단한 모험을 하셨습니다."

경감이 말했다.

"저는 그에게 달라붙었습니다. 그는 나를 뿌리쳤고, 또 한 사람이 덤벼들어서 나를 때려눕혔습니다. 그 이상은 기억이 없습니다. 하녀인 마리가 고함 소리를 듣고 울타리 창 밖에다 대고 소리를 질렀습니다. 경찰이 곧 왔으나 이미 도둑은 도망친 뒤였습니다."

"훔쳐 간 물건은 무엇입니까?"

"값있는 물건은 아닐 겁니다. 내 아들 트렁크 속에는 그런 물건이 없습니다."

"도둑들이 무슨 단서라도 남겨놓고 가지 않았습니까?"

"도둑놈들을 꽉 붙잡았을 때 내가 주운 것으로 보이는 종이 한 장이 있습니다. 꾸깃꾸깃해져서 복도 위에 구르고 있었습니다. 내 아들의 친필입니다."

"도둑놈들이 떨어뜨리고 간 것이기는 하나, 별로 대수로운 게 아닌 것 같습니다."

"그렇게 간단히 생각할 문제가 아닙니다. 어디 좀 봅시다."

경감은 그의 수첩에서 접은 풀스캡 종이를 꺼냈다.

"아무리 하찮은 것도 함부로 버리지 않습니다." 경감이 우쭐대면서 말했다. "홈즈 선생님, 25년 동안의 경험을 통해 배웠지요. 범인의 지문이 어디엔가 묻어 있기 마련이라는 것을요."

홈즈는 종이를 자세히 살펴보았다.

"경감님, 이게 무엇 같습니까?"

"제가 보기엔 이상한 소설의 끝 부분인 것 같습니다."
"소설의 마지막 부분인 건 확실한데, 그 페이지 번호를 보셨습니까? 245페이지입니다. 앞의 244페이지까지는 어디로 갔단 말입니까?"
"도둑놈들이 가져갔겠지요, 이왕 훔치려거든 값나가는 거나 집어갈 것이지!"
"이런 종이 나부랭이를 훔치기 위해서 집 안까지 침입했다니 이상하지 않습니까? 짚이는 게 없습니까, 경감님?"
"그놈들은 무작정 제일 먼저 손에 집히는 것을 움켜쥐었나 봅니다. 그들은 남의 물건을 훔치는 그 자체에 쾌락을 느끼는 모양입니다."
"그렇다면 하필 내 아들 물건에만 손댈 이유가 뭡니까?"
매벌리 부인이 물었다.
"아래층에서 값진 물건을 찾아내지 못하자 이층으로 올라온 것 같습니다. 나는 그렇게 보고 있는데, 홈즈 선생께서는 어떻게 생각하십니까?"
"좀더 생각해 봐야 되겠습니다. 왓슨, 창고로 오게."
우리는 나란히 서서 종이 조각을 읽기 시작했다. 그것은 문장의 중간쯤에서 시작되어 다음과 같이 계속되었다.

······ 매질과 구타로 얼굴에서 피가 흘러내렸다. 그러나 마음의 출혈에 비하면 그런 것쯤은 아무것도 아니었다. 사랑스러운 얼굴, 나의 생명까지도 바쳐 사랑했던 그 아름다운 얼굴이, 그가 받은 고통과 굴욕을 물끄러미 내려다보고 있는 것을 볼 때의 가슴 아픔에 비하면 참으로 아무것도 아니었다. 그녀는 웃고 있었다. 오, 신이여! 그가 그녀를 쳐다보자 그녀는 악마 같은 잔인한 미소를 지었다. 그 순간 사랑은 사라지고 증오심이 불타올랐다. 사나이란 목적

없이는 살 수 없는 것이다. 내 여인의 사랑을 위해 살 수 없다면, 그녀의 파멸을 위한 복수심으로 살겠다.

"참 이상한 내용이로군!" 홈즈가 웃으며 경감에게 종이를 돌려주었다. "문장 중 '그'가 갑자기 '나'로 바뀐 것을 주의해 보셨습니까? 작자는 그 자신의 이야기를 쓰고 있었기 때문에 결정의 순간에서 자신을 주인공으로 혼돈했습니다."

"그것은 별로 중요한 문제가 아닌 것 같습니다." 경감은 수첩에다 종이를 다시 끼우며 말했다. "홈즈 선생, 어떻게 하시겠습니까?"

"이렇게 유능하신 경감께서 사건을 수사하고 계신데, 제가 무슨 할 말이 있겠습니까? 그런데 매벌리 부인, 여행을 하고 싶다고 말씀하셨지요?"

"저의 꿈입니다, 홈즈 선생님."

"어디를 가고 싶으십니까? 카이로, 마데이라, 리비에라?"

"여유만 있다면 세계 일주를 하고 싶습니다."

"아, 그렇습니까? 세계 일주를요? 그럼, 안녕히 계십시오. 저녁에 또 들르겠습니다." 창문을 지날 때 경감이 미소를 지으며 머리를 흔드는 모습이 보였다.

"이 영리한 양반들은 언제나 극단적으로만 일을 생각한단 말이야." 경감의 미소는 이렇게 말하고 있는 것 같았다.

"자, 왓슨. 마지막 한 바퀴만 더 돌면 경주는 끝나는 걸세." 다시 런던 중심가의 소용돌이 속으로 돌아가면서 홈즈가 말했다. "곧 일이 해결될 걸세. 자네는 나와 같이 가야 되겠어. 이사도라 클레인 같은 여자와 거래를 하려면 자네 같은 증인이 옆에 있어 줘야 안심이 된단 말이야."

우리는 마차를 타고 그로스베너 광장의 어느 집을 향해 달렸다. 홈즈는 생각에 잠겨 있었다. 그러더니 갑자기 몸을 일으켰다.
 "왓슨, 자네도 모든 것을 알고 있겠지?"
 "모르겠네. 지금 배후의 조정 인물인 어떤 여자를 만나러 가고 있다는 것 말고는……."
 "바로 맞췄네. 그런데 자네 이사도라 클레인이라는 이름을 듣고서 생각나는 게 없나? 그녀는 굉장한 미인이지. 그녀와 견줄 만한 여자는 없다고 해도 지나친 말이 아니야. 그녀는 순수한 스페인 혈통으로 16세기에 중남미를 정복한 권세가 집안의 피를 이어받았어. 그녀의 집안은 대대로 브라질의 페르남부코 항(현재의 레시페)을 통치하고 있네. 그녀는 나이 많은 독일의 설탕왕인 클레인과 결혼했는데, 지금은 이 세상에서 가장 돈 많고 가장 아름다운 과부일세. 그녀에게는 연인이 몇 명 있는데, 그 중의 한 명인 더글러스 매벌리는 런던에서 가장 멋있는 신사로 손꼽히지. 누구에게 물어 보아도 더글러스와의 관계는 모험 그 이상이라고 말할 걸세. 그는 사교계의 부나방이 아니라 모든 것을 주고 또 받기를 기대하는, 굳세고 자존심이 강한 사람이었네. 그러나 그녀는 소설에 나오는 '무정한 여인'과도 같은 존재지. 그녀의 일시적인 욕구만 만족되면 일은 끝나는 거야. 만약 상대편이 그녀의 말을 고분고분 듣지 않을 때면 어떻게 떼어 버려야 하는지 그녀는 방법을 알고 있다네."
 "그럼, 그것은 그 자신의 이야기로군."
 "이제 제대로 꿰뚫어보는군. 그런데 요즈음 그녀가 아들 또래나 다름없는 로먼드 공작과 결혼한다는 소문을 들었네. 그녀의 아름다움은 나이를 뛰어넘는다고 하지만, 어찌 큰 스캔들이 아니겠나? 아, 벌써 그 집에 도착했군."
 런던 서부 끝에 위치한 모퉁이에 있는 아름다운 집이었다. 기계처럼 움직이는 하인이 우리 명함을 가지고 들어가더니 도로 나오면서 주인 마님은 집에 안 계시다는 말을 전했다.

"그녀가 올 때까지 기다리겠네." 홈즈가 유쾌하게 말했다.

기계 같은 하인이 우리를 가로막았다.

"집에 안 계시다는 이야기는 만나기 싫다는 뜻입니다."

"그래? 그렇다면 기다려 봤자 소용없다는 말이지. 그럼, 여주인께 이걸 전해 주게."

홈즈는 수첩 한 장을 뜯어서 서너 마디 끄적거리더니 접어서 하인에게 주었다.

"뭐라고 썼나?" 내가 물었다.

"간단하게 이렇게 썼지. '그럼, 경찰에 이 일을 위임할까요?'라고. 곧 그녀를 만날 수 있을 거야."

효과는 놀랄 만큼 빨랐다. 잠시 뒤 우리는 아라비안나이트에 나오는 방같이 꾸며진 화려한 응접실로 안내되었다. 방은 좀 어두운 듯했으나 핑크빛 전등이 아늑한 분위기를 만들어 내고 있었다. 거만스러운 아름다움을 지닌 부인이 차디찬 표정으로 우리를 기다리고 있었다. 우리가 들어가자 그녀는 의자에서 일어났다. 날씬하고 여왕 같은 품위에 완벽한 몸매와 아름다운 얼굴을 한 그녀가, 스페인 사람 특유의 감탄할 만한 눈으로 자못 언짢은 듯이 우리 둘을 노려보았다.

"무슨 일로 침입하셨습니까? 그리고 이 무례한 쪽지는 뭡니까?"

그녀가 종이를 집으며 말했다.

"부인, 설명이 따로 필요없을 줄 압니다. 저 또한 부인의 총명한 두뇌를 존경하고 있습니다만, 놀랍게도 그 뛰어난 지략이 이번 일에는 실패했다는 것을 부인께서도 솔직히 인정하시겠지요?"

"무슨 말씀을 하시는 거지요?"

"부인께서 고용한 깡패들이 저를 협박하며 제 일에 간섭하는 걸 보니 그들이 위험한 공작을 꾸미고 있었던 것이 확실합니다. 매벌리

사건을 수사하도록 제게 강요한 것은 바로 부인 자신입니다."
"무슨 뜻인지 통 알아들을 수가 없군요. 제가 깡패를 고용해서 무슨 일을 했다고요?"
홈즈는 지친 듯 얼굴을 돌렸다.
"아! 내가 부인의 총명한 두뇌를 너무 낮게 평가했나 봅니다. 그럼, 안녕히 계십시오."
"잠깐만! 어디로 가시는 길입니까?"

"경시청으로요."

문 있는 곳으로 반쯤 걸어 나오자 그녀는 우리 앞을 가로막더니 홈즈의 팔을 붙잡았다. 순간 그녀의 태도가 강철에서 비로드로 변했다.

"앉으십시오. 우리 다시 이야기해요, 홈즈 선생. 모든 것을 솔직히 털어놓겠습니다. 선생님 같은 신사는 여자의 직감이 얼마나 빠르다는 것을 이해해 주실 겁니다. 선생님을 친구같이 대하겠습니다."

"저는 부인의 이 같은 행동에 대해서 보답한다는 약속은 할 수 없습니다. 저는 법의 심판자로서 온 게 아니라, 힘없고 약한 자의 정의를 위한 대변자로서 여기 왔습니다. 부인의 이야기를 듣고 난 뒤 제 생각을 말씀드리겠습니다."

"선생님 같은 분을 위협하다니 제가 어리석었어요."

"부인, 정말 어리석은 행동은——남을 협박하고 또 부인마저 배반할 악한들과 손을 잡는 것입니다."

"그렇지 않습니다. 저는 그렇게 단순하지 않습니다. 솔직하게 털어놓겠다고 아까 약속한 대로 사실을 말씀드리자면, 바니 스톡데일과 그의 아내인 수잔 말고는 아무도 그들의 고용주가 누구인지 모르고 있습니다. 그들에겐 이번 일이 처음이 아닙니다."

그녀는 미소를 지으며 우아하고 애교스럽게 고개를 살랑거렸다.

"알고 있습니다, 부인께서 전에도 그들을 부려 본 경험이 있다는 것을."

"그들은 침묵을 지키며 달리는 훌륭한 사냥개 같지요."

"그런 개들은 머지않아 그에게 밥을 주는 주인을 물게 됩니다. 그들은 이번 도둑질로 체포될 것입니다. 경찰이 이미 뒤를 쫓고 있으니까요."

"그들은 어떤 벌이든지 달게 받을 거예요. 그것이 그들이 나에게서 받은 보수의 대가이지요. 저는 결코 이 사건의 표면에 나타나지 않을 겁니다."

"제가 부인을 이 사건에 끌고 들어가지 않는 한 그렇다는 이야기입니까?"

"아니에요, 선생님은 그런 행동을 하실 분이 아녜요. 이것은 한 여자의 비밀입니다."

"그럼, 부디 제게 원고를 돌려 주십시오!"

그녀는 잔잔한 웃음의 물결을 일으키며 벽난로로 걸어갔다. 그녀는 부지깽이로 잿더미 속을 휘저었다. 그녀가 물었다.

"이것을 가져가시겠습니까?"

도전적인 웃음을 머금고, 우리 앞에 선 그녀의 모습은 장난스럽고 더할 나위 없이 아름다워, 홈즈가 다룬 범죄인 중에서도 그녀는 가장 단수 높은 인물인 것 같았다. 그러나 홈즈는 이같은 감상에는 면역이 된 사람이었다. 홈즈가 차갑게 말했다.

"그 잿더미가 부인의 운명을 정할 겁니다. 부인, 너무 급히 행동하셨습니다. 너무 지나쳤습니다."

그녀는 소리나게 부지깽이를 던졌다. 그녀가 외쳤다.

"어쩌면 그렇게 무정하세요! 모든 것을 다 아셔야 하나요?"

"제가 대신 이야기를 해 드릴 수도 있습니다."

"홈즈 선생님, 제 눈을 똑바로 쳐다보세요. 한 여자 일생의 야심이 마지막 순간에 가서 파멸을 당해야 하나요? 저의 입장을 이해해 주세요. 자기 자신을 보호하는 여자가 비난을 받아야 합니까?"

"원죄는 당신에게 있습니다."

"네, 저도 그 점은 시인해요. 더글러스는 좋은 청년이었어요. 그러나 그는 제게 무리한 요구를 했습니다. 결혼을 하고 싶어했지요. 결혼을…… 돈 한 푼 없는 평민인 그가 말이에요. 아무리 달래도 그를 단념시킬 수 없었습니다. 그는 점점 고집을 부렸습니다. 그는

세 박공 집

제가 여전히 그를 사랑하고 있고 또 그만을 사랑하는 줄 알고 있었지요. 정말 참을 수가 없었습니다. 그리하여 마침내 저는 그에게 제 의사를 알리기로 마음먹었습니다."

"깡패를 불러들여 부인의 방 창 밖에서 그를 두들겨 패게 했지요?"

"선생님께서는 모든 것을 다 알고 계신 것 같군요. 네, 사실이에요. 바니와 그 부하들이 그를 내쫓아 버렸습니다. 저도 더글러스를 너무 심하게 다루었다고 후회했지요. 그런데 그 뒤 그가 무슨 짓을 했는지 아세요? 신사가 그런 행동을 하리라곤 상상도 못했어요. 그는 자신의 이야기를 묘사한 책을 한 권 썼습니다. 저는 이리, 그는 양으로서 말이에요. 물론 가명을 사용했지만 그것을 못 알아볼런던 사람이 어디 있겠어요? 홈즈 선생님, 어떻게 생각하세요?"

"그를 탓할 수는 없습니다."

"마치 이탈리아의 공기가 그의 핏속에 스며들어 고대의 잔인한 이탈리아인 망령이 그를 덮어씌운 것 같았습니다. 그는 저를 괴롭히기 위해 편지와 함께 원고의 사본을 한 부 보냈습니다. 그가 말하기를, 사본이 둘 있는데 하나는 제게 보냈고 또 하나는 출판사에 넘길 것이라고 했습니다."

"출판사에 아직 넘어가지 않았다는 것을 어떻게 아셨습니까?"

"저는 그의 출판업자가 누구인지 알고 있었어요. 선생님도 아시다시피 이것은 그의 첫 번째 소설이 아닙니다. 저는 그가 이탈리아로부터 아무런 연락을 받지 못했다는 사실을 알아냈지요. 그러자 갑자기 더글러스가 죽었습니다. 그러나 또 하나의 사본이 이 세상에 남아 있는 한 저는 마음을 놓을 수 없습니다. 물론 그 원고는 그의 유품 중에 들어 있을 것이고, 또 그것은 그의 어머니에게 보내질 것이 확실했습니다. 저는 깡패들을 불러들였습니다. 그 중 하나를 그 집의 하녀로 들여보냈습니다. 저는 정직하게 일을 처리하려고 했습니다. 정말이지 진실로 그렇게 행동했지요. 그 집과 집 안에 있는 모든 물건을 몽땅 사기로 마음먹었습니다. 그녀가 부르는 대로 값을 치르겠다고 말했습니다. 그러나 모든 계획이 허사로 돌아갔습니다. 그래서 할 수 없이 다른 방법을 감행하는 수밖에 도리가 없었어요. 홈즈 선생님, 제가 더글러스에게 너무 심하게 군 것은 시인합니다. 그리고 하느님은 알고 계실 거예요. 제가 얼마나 뉘우치고 있는지를! 앞으로 저는 어떻게 하면 좋겠습니까?"
"타협을 하는 게 좋을 것 같군요. 일등석으로 세계 일주를 한다면 비용이 얼마쯤 들겠습니까?"
홈즈는 어깨를 움츠리며 말했다.
부인은 놀란 표정으로 홈즈를 쳐다보며 말했다.
"5천 파운드쯤 들 겁니다."
"그렇겠지요. 좋습니다. 그럼, 수표에 서명을 해주십시오. 이 수표가 매벌리 부인에게 정말 도착하는지 어떤지를 제가 조사해 보겠습니다. 매벌리 부인께서는 해외 바람을 쐬고 싶어하십니다. 그런데 부인……" 홈즈는 조심스럽게 그의 집게손가락을 흔들었다. "한 가지 명심할 게 있습니다. 부디 꼭 명심하십시오! 자신의 아름다운 손을 다치게 하는 칼부림 장난은 이제 그만 하십시오."

The Sussex Vampire
서섹스의 흡혈귀

홈즈는 마지막 우편으로 도착한 편지 한 통을 주의 깊게 읽고 있더니 히죽거리며——그로서는 그것이 웃는 것인데——그 편지를 나에게 건네주었다.

"현대와 중세, 현실과 환상이 혼합되어 더 이상 상상할 수 없는 한 계점까지 간 것 같군. 왓슨, 자네 의견은 어떤가?"

편지 내용은 다음과 같았다.

흡혈귀에 대하여.

우리 법률사무소의 고객인 민싱 골목의 차 도매상 퍼거슨 앤드 뮈어헤드 상회의 로버트 퍼거슨 씨가 같은 날짜의 편지로 저희에게 흡혈귀에 관한 질문을 해왔습니다. 하지만 우리는 기계류의 평가만을 전문으로 하기 때문에 이 일은 저희들이 손댈 문제가 아닌 것 같습니다. 그래서 퍼거슨 씨에게 선생님을 찾아뵙고 의논하라고 충고했습니다. 저희들은 마틸다 브릭즈 사건을 성공리에 해결하신 선생님의 뛰어난 활약을 잊지 않고 기억하고 있습니다. 안녕히 계십시오.

> 11월 19일, 올드 주리, 46번지
> 모리슨, 모리슨, 앤 도드 사무소 대표 E J C

"마틸다 브릭즈는 젊은 여자의 이름이 아니라네, 왓슨."
홈즈가 옛일을 회상하며 말했다.
"수마트라 섬의 커다란 쥐와 관계있는 배 이름인데, 이 이야기는 세상에 아직 알려지지 않고 있네. 그런데 흡혈귀에 관해 우리가 아는 게 뭐 있단 말인가? 하지만 이렇게 가만히 앉아 두 손 놓고 있는 것보다는 무슨 일이든지 시작하는 편이 더 낫겠네. 그러나 아무리 생각해도 꼭 그림 형제의 요정 이야기를 읽는 것 같군. 왓슨, 팔을 좀 뻗쳐 주겠나. V자 항을 찾아보도록 하세."

나는 윗몸을 뒤로 젖히고 홈즈가 가리키는 커다란 색인부를 꺼냈다. 홈즈는 무릎 위에 책을 올려놓은 뒤, 애정이 깃든 눈으로 지나간 사건들의 기록과 그의 일생을 통해 수집한 정보 자료를 섞어서 엮은 기록부를 천천히 들추기 시작했다.

"글로리아 스콧 호의 항해." 홈즈가 읽었다. "참 고약한 사건이었지. 왓슨, 자네도 이 사건을 기록한 줄 알고 있는데. 하지만 결과는 좋지 않게 끝을 맺었었지. 위조범 빅터 린치, 독도마뱀 역시 대단한 사건이었지! 서커스 소녀 비토리아, 금고털이 밴더빌트, 북살무사, 해머스미스의 경이적인 정력. 아, 별게 다 적혀 있군. 이 대목을 잘 들어보게. 헝가리의 흡혈귀, 트란실바니아(루마니아 중부의 주)의 흡혈귀."

홈즈는 열심히 페이지를 들추더니 실망한 듯이 그 무거운 책을 내던져 버렸다.

"허튼 수작이야, 왓슨. 허튼 수작! 심장에 말뚝을 박아야만 무덤

에서 나오지 못하는, 일어서서 돌아다니는 시체하고 우리가 무얼 어떻게 하겠단 말인가? 이거야말로 미친 짓이야."

"흡혈귀라고 해서 반드시 죽은 사람이라는 법은 없네. 살아 있는 사람도 그런 버릇을 가질 수 있지. 나는 늙은이가 젊어지기 위해 젊은이의 피를 마신다는 이야기를 들은 적이 있네."

"맞았어, 왓슨. 이 책에도 그런 이야기를 다룬 전설이 있네. 그러나 그와 같은 일에 우리가 간섭할 필요가 있을까? 우리 탐정소는 땅을 굳건히 딛고 서서 현실적인 사건만 다루고 있네. 이 세상 일만 해도 우리에겐 벅차. 귀신 같은 건 우리 능력 밖의 일일세. 로버트 퍼거슨 씨의 사건도 그런 종류의 사건이 아닌가 걱정이 되네. 이 편지는 그에게서 온 모양인데, 여기서 무슨 단서라도 얻을 수 있다면 다행이겠지만……."

홈즈는 첫 번째 편지를 읽는 데 열중하느라고 건드리지 않은 채 그대로 탁자 위에 놓아둔 두 번째 편지를 집어 들었다. 그는 얼굴에 즐거운 미소를 띠며 읽기 시작하더니, 점차로 비상한 흥미와 집중 속으로 끌려드는 듯했다. 다 읽자, 홈즈는 손가락 사이에 편지를 끼운 채 한참 동안 멍하니 생각에 잠겨 있었다. 마침내 그는 공상에서 깨어났다.

"램벌리의 치즈맨네 집. 왓슨, 램벌리가 어디쯤 있나, 왓슨?"

"호셤 남부 서섹스에 있네."

"그다지 먼 곳이 아니로군. 그럼, 치즈맨네 집은?"

"홈즈, 나는 그 지방을 잘 알고 있네. 그곳에는 집을 지은 선조의 이름을 따서 불리는 몇백 년 된 옛집들이 즐비하다네. 오들리네 집이니, 하비네 집이니, 캐리턴네 집이니 하는 말을 들어 본 적이 있겠지. 사람은 죽어 없어지지만 그들의 이름은 집과 함께 살아 있다네."

"정확하게 알고 있군." 홈즈가 차갑게 말했다. 이것은 자존심이 강하고, 남에게 속마음을 터놓지 않는 그의 성격의 한 면이었다. 비록 그의 머릿속에 새로운 지식을 재빨리 집어넣을 때라도, 그는 상대방에게는 자기도 그 사실을 이미 알고 있는 척했다. "일을 시작하기 전에 램벌리의 치즈맨네 집에 대해서 더 알아봐야 되겠어. 이 편지는 역시 로버트 퍼거슨에게서 온 걸세. 그런데 그는 자네를 알고 있다고 하네그려."

"나를 안다고!"

"편지를 직접 읽어 보게."

홈즈는 나에게 그 편지를 넘겨주었다. 편지 위에는 앞에서 말한 로버트 퍼거슨의 주소가 적혀 있었다.

홈즈 선생님께

저의 고문 변호사가 선생님을 추천해 주며 찾아뵙고 의논하라고 했지만, 이 사건은 너무 미묘한 문제이기 때문에 말씀드리기가 몹시 난처합니다. 이 사건은 사업상 친하게 된 제 친구의 일입니다. 그는 질산염 수입 거래에서 알게 된 페루 사람인 한 상인의 딸과 5년 전 결혼했습니다. 부인은 아름다웠으나 외국 태생이라는 점과 또 종교가 달라 늘 부부 사이의 관심사와 감정생활을 갈라놓게 하는 원인이 되었습니다. 그래서 그녀에 대한 사랑도 차츰 식어 갔으며, 그는 그들의 결합을 실패로까지 여기게 되었습니다. 그는 아내에게 자신이 결코 캐낼 수도, 이해할 수도 없는 성격의 일면이 있다는 사실을 발견했습니다. 무엇보다 괴로운 것은, 그녀는 여전히 아름다운 아내로서 그에게 완전히 헌신적이라는 사실이었습니다.

자세한 이야기는 선생님을 만나 뵌 뒤 말씀드리기로 하고, 지금은 일반적인 상황만을 알려 드림으로써, 선생님께서 이 사건에 관심을 가지시기를 바라는 마음으로 이 편지를 쓰고 있습니다.

그런데 그의 아내는 평소의 상냥하고 온순한 그녀의 성격과 정반대되는 괴상한 면모를 보이기 시작했습니다. 그는 이번 결혼이 재혼으로서 전처 소생의 아들이 하나 있습니다. 아들은 불행히도 어렸을 때 사고로 몸을 다쳤으나 상냥하고 온순한 15살 된 소년입니다. 그런데 그의 아내는 두 번이나 아무런 이유 없이 이 불쌍한 어린아이를 때렸습니다. 한번은 막대기로 쳐서 그 애 가슴에 회초리자국이 생겼답니다.

 그러나 이것은 이제 겨우 한 살인 그녀가 낳은 아기에게 한 행동에 비하면 아무것도 아닙니다. 한 달 전쯤 유모가 볼일이 있어 아기를 잠깐 혼자 있게 한 일이 있었습니다. 아파서 미칠 듯이 울어대는 아기의 자지러진 울음소리에 놀란 유모가 서둘러 돌아와 방에 들어섰을 때, 유모는 여주인인 아기 어머니가 아기에게 매달려서 아기 목을 물어뜯는 광경을 목격했습니다. 아기 목에는 작은 상처가 났고, 상처에서는 피가 흘러 내렸습니다. 겁이 난 유모는 주인을 부르려고 했으나, 부인은 제발 그러지 말라고 애원을 하면서 침묵의 대가로 5파운드를 주었습니다. 부인은 유모에게 아무런 설명도 해주지 않았으나 이럭저럭 일은 수습되었습니다.

 그 일은 유모에게 꽤 큰 충격을 주었기 때문에 그 뒤부터 유모는 부인을 가까이에서 감시하기 시작했으며, 유모 자신도 몹시 사랑하는 아기의 곁을 잠시도 떠나지 않고 보살폈습니다. 유모가 부인을 감시하자, 그녀도 유모를 감시하는 것 같았습니다. 부인은 유모가 부득이 아기 곁을 떠나야 할 일이 생기는 그 틈을 노리고 있는 듯했습니다. 유모는 아기를 보호했고, 밤낮으로 말없이 유모를 감시하는 부인은 마치 양을 노리는 이리같이 호시탐탐 기회를 엿보고 있었습니다. 선생께서는 믿기 어려운 일이라고 생각하실지 모르겠으나, 나는 심각하게 한 아기의 생명과 한 여자의 정신 상태를 판가름하는 중대한 문제로서 의논드리고 있는 것입니다.

 마침내 유모는 더 이상 아기 아버지에게 숨길 수 없게 되었습니다. 유모의 신경은 완전히 지쳐 더 이상 버틸 수가 없자, 그녀는 모든 것을 아기 아버지에게 이야기했습니다. 선생님께서도 지금 그렇게 생각하시듯이 그는 꼭 미친 사람의 이야기를 듣고 있는 것만 같았습니다. 아기 아버지는 그의 부인이 상냥한 아내이며 전실 아들을 때리는 것 말고는 자애로운 어머니라는 것을 잘 알고 있었습니다. 그런데 무슨 이유로 그녀는 친자식인 사랑스러운 아기에게도 상처를 입히는 것일까요? 아기 아버지는 유모에게 꿈을 꾼 게 아니냐고 야단치면서 정신 이상자 같은 그런 의심을 해서는 안 되며, 아내에 대한 중상은 결코 용서할 수 없다고 말했습니다. 그런데 그들이 이야기하는 동안 갑자기 아기의 까무러칠 듯한 울음소리가 들려 왔습니다. 그는 유모와 함께 아기 방으로 뛰어 들어갔습니다. 홈즈 선생님, 아기 침대 곁에 무릎을 꿇고 앉았다가 일어나는 아내의 모습과, 아기의 벗겨진 목에서 흘러내린 피가 시트를 적시고 있는 광경을 보았을 때의 그 놀라움을 상상해 보십시오. 공포에 질려 그가 아내의 얼굴을 쳐다보니, 그녀의 입술 언저리에 피가 묻어 있었습니다. 의심할 것도 없이 불쌍한 아기의 피를 마신 것은 바로 그녀였습니다.

이렇게 해서 사건은 드러났습니다. 그녀는 지금 그녀의 방에 갇혀 있습니다. 가두어 놓은 이유는 설명할 필요가 없겠지요. 그녀의 남편은 거의 미치다시피 했습니다. 그 사람이나 저도 흡혈귀에 대해선 아는 게 별로 없습니다. 우리는 흡혈귀란 전혀 다른 나라에서 일어나는 허황된 이야기로만 알고 있었습니다. 그런데 영국 서섹스 지방의 한복판에서 이런 일이 일어나다니요! 모든 자세한 이야기는 내일 아침에 선생님을 직접 찾아뵙고 말씀드리겠습니다. 저를 만나 주십시오. 불쌍한 사람을 위해 부디 선생님의 위대한 능력을 발휘해 주십시오. 승낙해 주신다면, 램벌리의 치즈맨네 집 퍼거슨에게로 전보를 쳐 주십시오. 그러면 내일 아침 10시에 선생님 댁을 방문하겠습니다. 안녕히 계십시오.

로버트 퍼거슨

덧붙임──선생님의 친구 왓슨 박사가 블랙히스 럭비 팀 선수로 활약할 때, 저는 리치먼드 팀의 스리쿼터였습니다. 이것이 제가 할 수 있는 유일한 저의 개인 소개입니다.

"물론 그를 기억하고 있지." 편지를 내려놓으며 나는 말했다. "키가 큰 퍼거슨, 그는 리치먼드 팀의 가장 훌륭한 스리쿼터였었네. 그는 참 마음이 좋은 친구였는데, 옛친구의 사건을 다루게 되었군."
홈즈는 생각에 잠겨 나를 쳐다보더니 머리를 저었다.
"왓슨, 자네에게는 개발되지 않은 무제한의 가능성이 있어. 전보를 치게. '당신의 사건을 기꺼이 맡겠습니다'라고."
"당신의 사건이라고!"
"우리 탐정소를 마음 약한 사람들의 위안소라고 생각해서는 안 되네. 물론 이 사건은 그의 일임에 틀림없어. 퍼거슨에게 전보를 친 뒤 내일 아침까지 푹 쉬도록 하세."
다음날 아침 정확하게 10시가 되자, 퍼거슨은 우리 방에 나타났다. 나의 기억에 남아 있는 퍼거슨은, 키가 크고 몸이 유연하며 스피드가 있는 날쌘 몸으로 상대방의 뒤를 공격하여 여러 차례 괴롭힌 일이 있는 선수였다. 그의 전성시대를 아는 사람으로서, 보잘것없이 변한 운동선수의 몸을 보게 되는 것처럼 괴로운 일은 없을 것이다. 그의 멋진 체격은 자취도 없이 사라졌고, 아름다웠던 노르스름한 머리카락은 듬성듬성 빠졌으며 어깨는 구부정했다. 나는 그에게 거의 연민을 느낄 뻔했다.
"잘 있었나, 왓슨?" 그래도 목소리만은 여전히 깊이 있고 우렁찼다. "자네 모습도 전에 올드 디어 공원에서 나와 함께 뛰던 때와는 많이 변했네. 나도 많이 달라졌겠지? 이 사건이 일어난 이틀 전부터 갑자기 폭삭 늙은 것 같네. 홈즈 선생, 전보를 잘 받아 보았습니다.

친구 일인 것처럼 숨겨 보았자 선생의 눈은 속일 수 없다는 것을 알았습니다."

"사건 당사자와 직접 이야기하는 게 일이 훨씬 수월합니다."
홈즈가 말했다.

"물론 그러시겠지요. 그러나 아내를 보호하고 도와 줘야 하는 제 처지를 생각해 보십시오. 어떻게 하면 좋겠습니까? 이런 이야기를 경찰서에 가서 할 수도 없지 않습니까? 그리고 아이들도 보호해야 합니다. 홈즈 선생님, 아내는 미친 걸까요? 아니면 핏속에 이상한 물질이 흐르고 있는 게 아닙니까? 선생님께서는 이와 비슷한 사건을 다루어 본 경험이 있으십니까? 제발 저를 도와주십시오. 저는 지금 어찌할 바를 모르겠습니다."

"잘 알겠습니다, 퍼거슨 씨. 자리에 앉으셔서 침착하게 제가 묻는 말에 대답해주십시오. 저는 지금 정신이 맑은 상태에 있으니, 해결책을 찾을 수 있을 것으로 확신합니다. 그럼, 먼저 그 사건이 있은 뒤 당신이 한 일을 말씀해 주십시오. 당신의 아내는 아이들과 아직도 가까이 있습니까?"

"정말 무서운 광경이었습니다. 아내는 무척 사랑스러운 여자입니다. 그녀는 온 마음과 영혼을 기울여 저를 사랑하고 있습니다. 제가 이 끔찍하고도 믿을 수 없는 비밀을 알아 버린 것이 아내에게는 칼로 가슴을 찌르는 듯한 아픔을 안겨 준 듯합니다. 그녀는 저에게 말조차 하지 않으려고 합니다. 제가 아무리 야단을 쳐도 대답은커녕 절망과 광란에 찬 눈으로 저를 바라볼 뿐이었습니다. 그러다가 아내는 자신의 방으로 뛰어 들어가 문을 안으로 잠갔습니다. 그 뒤로 아내는 저를 만나기를 거절하고 있습니다. 아내에게는 결혼 전부터 데리고 있는——하녀라기보다는 오히려 친구 같은 돌로레스라는 하녀가 있습니다. 그 여자가 아내에게 먹을 것을 날라다 주고

있습니다."
"그러면 아기는 이제 안전하겠군요?"
"유모인 메이슨 부인이 잠시도 아기 곁을 떠나지 않고 있습니다. 그 여자는 완전히 믿을 만합니다. 제가 걱정하고 있는 것은 오히려 불쌍한 잭입니다. 선생님께 말씀드렸듯이 그애는 두 번이나 아내에게 매를 맞았습니다."
"상처가 생길 정도는 아니었겠지요?"
"네, 그러나 아내는 그애를 심하게 때렸습니다. 더구나 그애는 남에게 해를 끼치지 못하는 절름발이니 더욱 더 무서운 일입니다."
퍼거슨 씨의 수척한 얼굴은 그의 아들 이야기를 꺼내자 잠시 부드러워졌다.
"그 가엾은 어린것의 모습은 보는 사람의 마음을 측은하게 합니다. 어렸을 때 높은 곳에서 떨어져 척추가 휘었습니다. 그러나 마음은 더할 수 없이 고운 아이랍니다."
홈즈는 어제 그에게서 온 편지를 집더니 다시 읽어 보았다.
"퍼거슨 씨, 그 밖의 동거인은 없습니까?"
"하녀가 둘 있으나 다 요즘에 고용한 이들입니다. 그리고 마구간 손질을 하는 마이클이 집에서 잠만 잡니다. 그 밖에는 아내, 저, 큰아들 잭, 아기, 돌로레스, 그리고 메이슨 부인이 모두입니다."
"결혼할 즈음 아내에 대해서 잘 알고 있었습니까?"
"몇 주일 동안 교제한 뒤 곧 결혼했습니다."
"돌로레스는 당신 아내와 얼마나 오랫동안 함께 있었습니까?"
"꽤 오래됐을 겁니다."
"그러면 돌로레스는 당신보다 그녀의 성격을 더 잘 알겠군요?"
"아마 그럴 겁니다."
홈즈는 무엇인가를 적었다.

"제 생각으로는 램벌리로 가 봐야 할 것 같습니다. 개인적으로 조사할 게 있습니다. 부인께서 우리의 출현을 괴로워하신다거나, 우리 때문에 불편해하실지도 모르니 우리가 가면 여관에서 묵겠습니다."

"홈즈 선생님, 그런 데까지 신경을 써 주셔서 대단히 감사합니다. 빅토리아 역 발 2시 기차를 타고 오시면 편할 겁니다." 퍼거슨은 안도의 표정을 지으며 말했다.

"물론 꼭 가겠습니다. 퍼거슨 씨, 최선을 다해 힘써 보겠습니다. 왓슨도 저와 함께 갈 겁니다. 그런데 떠나기 전에 확실히 알아야 할 게 있습니다. 제가 보건대, 그 불행한 여인은 그녀의 친 아기와 그리고 당신의 아들을 둘 다 모두 구타한 셈이 되는군요."

"그렇습니다."

"그러나 구타하는 방법이 달랐습니다. 당신의 아들은 때렸다지요?"

"한 번은 회초리로, 또 한번은 손으로 미친 듯이 때렸습니다."

"그애를 때리는 이유를 말하지 않았습니까?"

"아니오, 단지 그애를 미워한다고 말했습니다. 몇 번이고 이 말만 되풀이했습니다."

"계모가 전실 자식을 미워하는 경우는 많습니다. 그런 걸 전부인에 대한 질투라고 하지요. 부인은 본디 질투심이 강합니까?"

"네, 몹시 강합니다. 격렬한 열대 지방 특유의 기질인 것 같습니다."

"아들의 나이가 15살이라고 하셨는데, 그만한 나이라면 몸은 비록 말을 안 듣는다 해도 정신은 꽤 성숙했을 텐데요. 아들은 매 맞은 데 대해 아무런 말을 하지 않았습니까?"

"네, 그 애는 얻어맞을 아무 이유가 없다고 말했습니다."

"그 두 사람은 보통 때 사이가 좋았습니까?"
"아닙니다. 그들 사이에는 전혀 애정이 없었습니다."
"그 애는 애정이 깊은 아이라고 말씀하시지 않았습니까?"
"이 세상에 그 애만큼 귀중한 아들은 없을 겁니다. 제 인생은 그 애의 인생을 위한 겁니다. 그 애는 제가 무슨 말이나 행동을 하든지 그대로 따릅니다."
다시 홈즈는 무엇인가를 노트에 적었다. 잠시 그는 생각에 골몰했다.
"재혼하기 전, 당신은 아들과 굉장히 친했겠군요, 매우 가깝게 지냈지요?"
"네, 아주 가까웠습니다."
"본디 애정이 깊은 아이라니 죽은 친어머니의 추억에도 몹시 애착이 있었겠군요."
"네, 몹시 그리워했습니다."
"참으로 흥미로운 성격의 소년인 것 같습니다. 또 한 가지 문제가 있는데, 어린아이에 대한 공격과 당신 아들에 대한 매질은 동시에 일어났습니까?"
"첫 번째에는 그랬었습니다. 광란이 일어나자 그녀는 어린아이 둘 모두에게 분노를 퍼부었나 봅니다. 두 번째에는 잭만 혼자 얻어맞았습니다. 메이슨 부인이 아기에겐 아무런 이상이 없었다고 말했습니다."
"그거 참, 문제가 복잡해지는데……."
"홈즈 선생님, 그게 그토록 중요한 문제입니까?"
"중요할 수도 있습니다. 사람들은 흔히 가설을 먼저 세우고, 시간을 들여 그것을 증명할 자료들을 모읍니다. 어떻게 보면 이것은 나쁜 습관이라고 할 수도 있겠지요. 그러나 인간의 본성은 약하기 마련입니다. 여기 있는 당신의 옛 친구가 나의 과학적 수사 방법을 과장해서 말할까 두렵습니다. 어쨌든 지금 단계에서 보건대 이 문제는 해결할 수 있다고 분명히 말씀드리고 싶습니다. 그럼, 빅토리아 역에서 2시에 만납시다."

램벌리의 여관에 가방을 두고 나왔을 때, 바깥은 잿빛 안개가 자욱한 11월 저녁이었다. 구불구불한 진흙길을 한참 달려 마침내 퍼거슨이 살고 있는, 외진 곳에 위치한 고색창연한 농가에 도착하였다. 건물 중심부는 몹시 낡았으나 옆쪽은 새로 수리했고, 높이 솟은 튜더식 굴뚝이며 이끼가 끼고 경사가 급한 호섬의 널판자로 이은 지붕 등 집은 꽤 컸으나 산만한 모습이었다. 문 앞의 층계는 닳았고 포치에 붙인 낡은 타일에는, 치즈 한 덩어리를 든 남자의 수수께끼 같은 그림이 그려져 있는데 이 집을 지은 사람의 모습인 것 같았다. 안에 들어가니 천장은 무거운 참나무 대들보로 물결 모양을 이루었으며, 울퉁불퉁한 마루는 아래로 꺼져 있었다. 낡아서 썩은 듯한 냄새와 퀴퀴한 냄새가 한데 섞인 묘한 냄새가 허물어져 가는 집 전체에 배어들고 있었다.

퍼거슨 씨는 우리를 커다란 가운뎃방으로 안내했다. 1670년이라고 쓰어진 커다란 동판이 붙어 있는 구식 벽난로 속에서는 통나무가 활활 타고 있었다.

방 안을 휘둘러보니 시대와 장소를 망라한 여러 모양의 물건들로 복잡하게 장식되어 있었다. 벽의 절반은 향토적인 장식판자를 붙여 놓았는데, 17세기에 살았던 이 집을 지은 농부가 만든 것 같았다. 벽의 아랫부분은 안목있게 선택된 현대 물감으로 칠해져 있고, 한쪽 벽의 윗부분은 참나무 판자 대신에 노란 석고를 발랐으며, 그 위에 지금 2층에 누워 있는 페루 태생의 부인이 가져온 것으로 보이는 남아메리카의 향토적인 용구와 무기들이 걸려 있었다. 홈즈는 호기심이

서섹스의 흡혈귀 157

일어난 모양으로 자리에서 벌떡 일어나서 주의 깊게 그것들을 관찰했다. 홈즈는 골똘히 생각에 잠기며 제자리로 돌아오더니 갑자기 외쳤다.

"어이, 이리 와!"

방구석 바구니에 스패니얼 한 마리가 누워 있다가 불편한 걸음으로 주인을 향해 걸어 나왔다. 뒷다리가 불규칙하게 움직였으며 꼬리는 땅에 축 쳐져 있었다. 스패니얼이 퍼거슨의 손을 핥았다.

"홈즈 선생님, 왜 그러십니까?"

"이 개는 어디 아픕니까?"

"수의사도 원인을 모르고 있습니다. 일종의 마비 증세인 것 같습니다. 개 뇌막염일 거라고 추측하고 있습니다. 그러나 지금은 많이 좋아졌습니다. 곧 나을 겁니다. 그렇지, 칼로?"

그렇다는 듯이 개는 꼬리를 흔들었다. 개는 슬픈 눈으로 우리들을 번갈아 쳐다보았다. 우리가 자기 이야기를 하고 있는 것을 아는 모양이었다.

"갑자기 이렇게 되었습니까?"

"하룻밤 사이에 증세가 나타났지요."

"그게 언제쯤입니까?"

"4개월쯤 전입니다."

"이상하군요. 뭔가 암시적입니다."

"홈즈 선생님, 무엇을 발견해 내셨습니까?"

"이미 생각했던 바를 확인했을 뿐입니다."

"무엇을 생각하셨습니까, 홈즈 선생님? 제발 숨기지 말고 말씀해 주십시오. 선생님께서는 어려운 수수께끼를 풀고 있는 것처럼 생각되시겠지만 저에게는 생사가 달린 문제입니다. 아내가 살인자가 되느냐, 아이들을 위험 속에 영원히 내버려 두느냐의 심각한 문제입니다. 제발 장난은 하지 마십시오, 홈즈 선생님."

몸집이 큰 럭비의 스리쿼터는 부들부들 떨고 있었다. 홈즈는 그의 어깨를 부드럽게 두드렸다.

"퍼거슨 씨, 해결이 난다 해도 당신에게 여전히 고통을 줄까 두렵습니다. 그러나 최선을 다해서 도와 드리겠습니다. 지금 당장은 더 이상 말하기 곤란하지만 이 집을 떠나기 전에 모든 것을 밝혀내겠습니다."

"그렇게만 될 수 있다면 오죽 좋겠습니까? 죄송하지만, 아내 방에 올라가 용태를 살피고 내려오겠습니다."

그가 잠시 자리를 비우자 홈즈는 벽에 걸린 진기한 물건을 열심히 들여다보았다. 퍼거슨이 돌아왔을 때 그의 어두운 얼굴을 보니, 아무런 진전이 없다는 것을 알 수 있었다. 퍼거슨 씨가 말했다.

"돌로레스, 차 좀 내와요. 그리고 아씨가 잡숫고 싶어하는 것은 뭐든지 원하는 대로 갖다 드리도록."

"아씨께선 몹시 편찮으셔요." 그녀는 분노의 눈빛으로 주인을 바라보며 외쳤다. "잡수시고 싶은 게 없대요. 몹시 괴로워하시니 의사 선생님을 모셔 와야 돼요. 아씨를 이대로 혼자 내버려 두다간 큰일나겠어요."

퍼거슨 씨는 어찌할 바를 모르고 나를 바라보았다.

"괜찮다면 내가 한 번 올라가 보겠네."

"아씨가 왓슨 의사를 만나 줄까?"

"모시고 가겠어요. 허가를 맡을 필요는 없어요. 아씨께서도 의사를 부르시고 계시니까요."

"그러면 함께 올라가게."

나는 걱정으로 떨고 있는 그녀를 따라 계단을 올라가 낡은 복도를 걸어갔다. 복도 맨 끝에 단단히 잠긴 묵직한 문이 있었다. 퍼거슨도 밀치고 들어가기에 좀 힘들어 보이는 문이었다. 돌로레스가 주머니에서 열쇠를 꺼내어 돌리자 참나무 판자가 삐걱거렸다. 내가 안으로 들어가자, 그녀도 재빨리 뒤따라 들어와 다시 문을 잠갔다.

침대 위에는 몹시 높은 열에 시달리는 여인이 누워 있었다. 그녀는 의식이 몽롱한 채 몸을 일으켰다. 그러나 낯선 사람인 줄 알자 그녀는 안심한 듯이 한숨을 쉬고 베개에 머리를 눕혔다. 나는 그녀의 곁으로 가서 몇 마디 위로의 말을 하면서 맥과 열을 재 보았다. 맥도 빨랐고 열도 높았다. 그러나 그녀의 증상은 신체적 고통에서 온 것이라기보다는 정신 또는 신경의 흥분으로 온 것 같았다.

"이틀 동안이나 이렇게 누워 계셨습니다. 돌아가실까봐 걱정이 되어서 못 견디겠어요."

돌로레스가 말하자 부인은 빨갛게 열이 오른 아름다운 얼굴을 내게로 돌렸다.

"제 남편은 어디에 있나요?"

"아래층에 있는데, 부인을 몹시 보고 싶어합니다."

"남편은 만나고 싶지 않아요. 결코 만나지 않겠어요." 그녀는 일시적인 광란 상태에 빠진 것 같았다. "악마! 악마! 그런 악마에게 제가 무슨 일을 할 수 있겠어요?"

"제가 도와 드릴 일은 없습니까?"

"없습니다. 아무도 저를 도와 줄 수 없어요. 모든 건 다 끝났습니다. 망해 버렸어요. 제가 하려고 했던 모든 노력이 수포로 돌아갔어요."

부인은 이상한 환각 속에 빠진 것 같았다. 그 착한 퍼거슨을 보고 악마라니 당치도 않은 소리였다.

"부인, 남편은 당신을 아주 사랑하고 있습니다. 그는 이번 사건으로 몹시 슬퍼하고 있습니다."

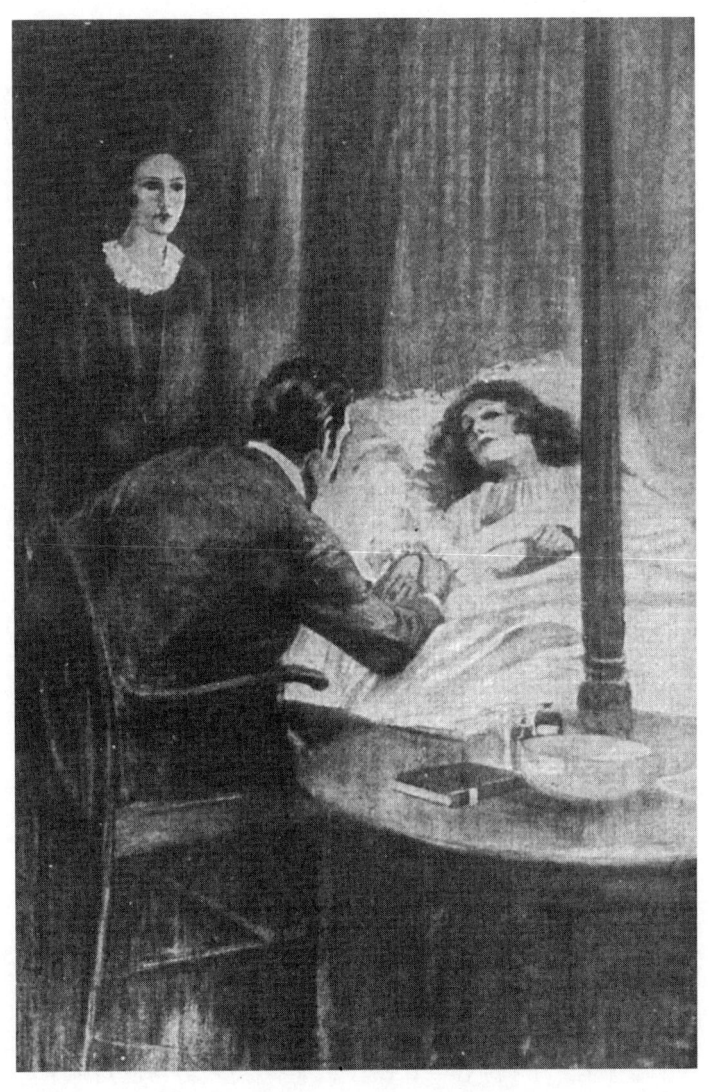

그녀는 번쩍거리는 눈으로 나를 쳐다보았다.

"그가 저를 사랑하고 있다는 건 저도 잘 알고 있어요. 저는 그를 사랑하지 않는 줄 아세요? 저는 그의 가슴을 아프게 하느니보다는 차라리 저 자신을 희생할 만큼 그를 사랑하고 있어요. 이것이 제가 그를 사랑하는 방식이지요. 그런데도 그는 저를 그렇게 생각하다니요? 저에게 그런 말을 하다니……."

"그는 비탄에 빠져 있어서 모든 것을 이해할 수가 없는 모양입니다."

"네, 이해할 수 없을 거예요. 그러나 그는 저를 믿어야 했어요."

"남편을 만나 보시겠습니까?"

내가 넌지시 물어 보았다.

"싫어요. 남편이 제게 퍼부은 끔찍한 말들을 잊을 수 없어요. 그의 얼굴을 두 번 다시 보고 싶지 않아요. 그만 나가 주세요. 선생님께서도 저를 도와 줄 수 없을 겁니다. 그에게 한 마디만 전해 주세요. 아기를 보고 싶어요. 저에게는 내 아기를 돌볼 권리가 있어요. 이 말뿐이에요."

그녀는 벽 쪽으로 돌아눕더니 더 이상 아무 말도 하지 않았다.

아래층으로 내려오니, 퍼거슨과 홈즈는 여전히 난로 곁에 앉아 있었다. 퍼거슨은 침울하게 나의 이야기를 들었다.

"어떻게 아기를 들여보낼 수 있겠나? 그랬다가 갑자기 아내가 발작을 일으키면 어쩌려구. 아내가 자리에서 일어났을 때, 아내의 입술에 묻었던 핏자국을 도저히 잊을 수 없네." 그는 그때 일을 생각하고 부르르 몸을 떨었다. "아기는 메이슨 부인이 안전하게 돌봐 주고 있네. 유모 곁을 떠나게 해서는 안 되네."

이 집에서는 가장 세련되어 보이는, 게다가 눈치도 빠른 하녀가 차를 내왔다. 그녀가 차를 따르자 문이 열리면서 한 소년이 방 안으로 들어왔다. 창백한 얼굴의 금발 소년이었다. 그는 뜻하지 않은 아버지의 모습을 발견하자, 기쁨으로 눈을 빛내며 마치 소녀처럼 두 팔로 아버지의 목을 끌어안았다.

"아빠, 벌써 돌아오셨어요? 나는 아직 안 오신 줄 알았어요. 그런 줄 알았으면 여기서 기다릴걸. 오셔서 정말 기뻐요."

퍼거슨 씨는 좀 난처한 듯한 표정을 짓더니 부드럽게 아들의 품에서 몸을 뺐다.

"애야." 그는 정답게 아들의 노란 머리를 쓰다듬으며 말했다. "홈즈 선생님과 왓슨 박사를 모시고 오느라고 서둘러 왔단다."

"탐정가인 홈즈 선생님이세요?"

"그렇단다."

소년은 뚫어질 듯이 우리를 쳐다보았다. 몹시 경계의 빛을 띤 눈이었다.

"아기는 어떻습니까? 한 번 보고 싶습니다."

홈즈가 말했다.

"메이슨 부인에게 가서 아기를 데려오라고 해라."

퍼거슨 씨가 말하자 소년은 이상스럽게 비틀거리는 걸음으로 방을 나갔다. 의사인 내가 보건대 척추를 다친 게 분명했다. 소년이 곧 돌아오자 그 뒤에 키가 크고 마른 여인이 색슨과 라틴의 피가 알맞게 조화된, 눈이 검고 금발머리의 아름다운 아기를 안고 들어왔다. 퍼거슨 씨는 아기가 퍽 귀여운 모양이었다. 그는 곧 아기를 받아 안고 부드럽게 얼렀다.

"이 어린것의 몸에 상처를 입히다니." 퍼거슨 씨는 혼자 중얼거리며 통통한 아기의 목에 생긴 조그만 상처를 들여다보았다.

이 순간 나는 홈즈의 모습을 눈여겨보았다. 그는 무엇에 열중한 표정을 짓고 있었다. 그의 얼굴은 상아 조각같이 굳어졌으며, 아버지와

아기를 잠시 쳐다보더니 그 반대편 쪽에 있는 무언가를 의혹의 눈으로 뚫어지게 바라보았다. 홈즈의 눈길을 따라 내가 추측할 수 있는 것은 그가 빗물이 떨어지는 음산한 정원을 내다보고 있는 것이었다. 그러나 바깥 덧문이 반쯤 닫혀 있어서 밖의 경치가 보이지 않는 것을 보니 그가 주시하고 있는 것은 분명히 유리창인 모양이었다. 그는 미소를 짓더니 눈길을 다시 아기에게로 돌려 토실토실한 아기 목의 새빨간 상처를 들여다보았다. 아무 말 없이 홈즈는 조심스럽게 관찰했다. 마침내 그는 조그만 아기의 손을 잡아 흔들었다.
"잘 있거라, 아가야. 세상에 태어나면서부터 큰 시련을 겪고 있구나. 메이슨 부인, 조용히 할 이야기가 있는데요."
홈즈는 유모 곁으로 자리를 옮겨, 잠시 진지하게 몇 마디 주고받았다. 나는 맨 마지막 말만을 간신히 들을 수 있었다.
"걱정하지 마십시오, 모든 게 곧 잘 될 겁니다."
까다롭고 조용한 성품의 유모는 아기를 데리고 나갔다.
"메이슨 부인은 어떤 사람입니까?"
"겉보기에 좋은 인상은 아니나 마음은 착한 사람으로, 아기를 헌신적으로 보살핍니다."
"잭, 너도 유모를 좋아하니?"
홈즈가 갑자기 소년에게 물었다. 감정이 금방 표면에 나타나는 소년의 얼굴은 어두워지더니 고개를 저었다.
"잭, 이제 그만 나가거라." 그가 말했다. 그러면서 그는 아들이 완전히 사라질 때까지 애정이 담뿍 어린 눈으로 뒷모습을 지켜보았다. 소년이 나가자 퍼거슨 씨는 말을 계속했다. "홈즈 선생님, 공연히 헛수고만 시켜 드리는 것 같습니다. 선생님께서 대체 무얼 하실 수 있단 말입니까? 저를 동정만 하실 뿐이지요. 이 문제는 너무 미묘하고 복잡해서 선생께서도 다루기 힘든 사건인 것 같습니다."
"네, 확실히 미묘한 사건입니다." 홈즈는 장난스런 웃음을 지었다. "그러나 복잡한 문제는 아닌 것 같습니다. 이번 일에서 저는 지적인 연역법을 사용했습니다. 본디 연역 추리는 저마다 별개의 사건들에 의해 논증되면, 주관은 객관이 되고 마침내 확실한 결론을 내릴 수 있게 됩니다. 베이커 거리를 떠나기 전에 저는 모든 추리를 끝마쳤습니다. 여기에 온 것은 단지 관찰과 확인을 하기 위해서입니다."

"홈즈 선생님, 모든 것을 다 알고 계시면서, 왜 저의 가슴을 이렇게 죄게 만드십니까? 저더러 더 이상 어떻게 참으란 말입니까? 어떻게 하면 좋을까요? 선생님께서 모든 진실을 알고 계시는 한, 어떻게 그 사실을 아셨는지에 대해서는 묻지 않겠습니다."

"물론 설명해 드리겠습니다. 그리고 그 과정도 반드시 아셔야 합니다. 제 방식대로 일을 처리하는 것을 허락해 주시겠지요? 왓슨, 부인이 우리를 만날 수 있을까?"

"열은 있으나 정신은 말짱한 상태일세."

"그럼, 됐어. 부인 앞에서 일을 마무리 지어야 되겠네. 우리 모두 그녀의 방으로 올라가도록 하세."

"아내는 저를 만나지 않을 겁니다."

"아닙니다. 만나 줄 겁니다." 홈즈가 말했다. 그는 종이에다 몇 마디 적었다. "왓슨, 자네가 먼저 들어가서 부인에게 이 쪽지를 전하게."

나는 층계를 올라가 조심스럽게 문을 여는 돌로레스에게 쪽지를 주었다. 잠시 뒤 울부짖는 소리가 들렸다. 그것은 기쁨과 놀라움이 뒤섞인 목멘 소리였다. 돌로레스가 다시 나왔다. 그녀가 말했다.

"모두들 들어오시랍니다."

나의 부름에 퍼거슨 씨와 홈즈가 올라왔다. 방에 들어가자 퍼거슨 씨는 침대에서 일어나 앉은 그의 아내 쪽으로 달려갔다. 그러나 그녀는 남편의 손을 뿌리쳤다. 퍼거슨 씨는 맥없이 팔걸이의자에 주저앉았다.

"돌로레스는 자리를 피해 줬으면 좋겠는데요." 홈즈가 말했다.

"아, 그러나 부인께서 돌로레스와 함께 있고 싶으시다면 괜찮겠습니다. 퍼거슨 씨, 저는 여러 가지 사건 의뢰로 바쁜 몸입니다. 그래서 저의 수사 방법은 언제나 간단하고 직접적입니다. 수술을 가장 빨리 하는 외과의사가 환자에게 고통을 제일 적게 주는 법이지요. 제가 먼저 하고 싶은 말은 어떻게 하면 당신 마음의 고통을 덜어주느냐 하는 겁니다. 당신의 아내는 매우 착하고 아름다우며 자기 자신을 학대하는 여인입니다."
퍼거슨 씨는 기뻐서 소리를 지르며 일어났다.
"그 사실을 제게 증명해 보여 주시면 선생님을 평생의 은인으로 모시겠습니다."
"그렇게 하겠습니다. 그러나 그렇게 되면 당신은 또 다른 방향으로 상처를 받게 됩니다."
"아내의 결백만 입증된다면 어떠한 상처라도 달게 받겠습니다."
"그럼, 말씀드리겠습니다. 베이커 거리에서 이야기를 들을 때부터, 저의 이성적인 추리는 흡혈귀란 당치도 않은 말이라고 생각했습니다. 이런 일은 영국 범죄 사상 한번도 일어난 적이 없습니다. 그러나 당신의 관찰은 정확했습니다. 부인이 아기의 침대에서 일어날 때 입술에 피를 묻히고 있었다고 말씀하셨었지요?"
"네."
"피가 흐르는 상처를 빠는 것은 피를 마시기 위해서라기보다 다른 이유로 빨 수도 있다는 사실을 생각해 보시지 않았습니까? 영국 역사에도 어떤 여왕이 독을 제거하기 위해 상처를 물어뜯었다는 이야기가 있습니다."
"독을?"
"남아메리카와 관계가 깊은 집안입니다. 제가 직접 와서 이 물건을 보기 전에 저의 직관은 이미 벽에 걸린 이러한 무기들의 존재를 느끼고 있었습니다. 거기엔 반드시 독이 묻어 있으리라고 생각했습니다. 새총 옆에 있는 조그마한 화살통이 비어 있는 것을 보았는데, 그것은 제가 예상했던 대로였습니다. 어린아기가 독약이나 극약을 묻힌 화살에 찔렸을 때, 그 동맥을 핥아 내지 않으면 아기가 목숨을 잃는 것은 자명한 일입니다."

"그리고 이 개를 보십시오! 만약 어린이가 이런 독화살에 찔렸다면 틀림없이 이 개처럼 병신이 될 겁니다. 저는 처음에는 개가 화살에 찔렸으리라고는 미처 생각을 못했으나 곧 사실을 알게 되었고, 모든 것이 제가 생각했던 그대로였습니다.

이제 아시겠습니까? 당신 아내는 그걸 두려워했던 겁니다. 부인께서는 아기가 화살에 찔린 걸 보았으므로 아기의 생명을 구하기 위해 피를 빨았던 것입니다. 그러나 부인께서는 당신이 소년을 얼마나 사랑하고 있는지 알고 있기 때문에, 당신 마음이 상처입을까 봐 두려워서 모든 진실을 숨겨 왔던 것입니다."

"잭이!"

"나는 당신이 방금 아기를 어를 때 소년의 표정을 관찰했습니다. 그의 얼굴은 덧문이 닫혀진 반대편 유리창에 비쳤습니다. 그토록 심한 질투와 잔인한 증오심은 여느 사람의 얼굴에서는 찾아보기 힘든 모습이었습니다."

"나의 잭이!"

"퍼거슨 씨, 괴롭더라도 진실을 아셔야 합니다. 왜곡된 사랑과 당신에 대한 광적이고도 과장된 사랑, 그리고 죽은 어머니에 대한 추억이 그로 하여금 이와 같이 끔찍한 행동을 저지르게 했습니다. 그의 영혼은 불구인 자신의 몸과 비교해 볼 때 건강과 아름다움을 모두 지닌 이 귀여운 아기가 견딜 수 없이 미웠을 것입니다."

"세상에! 도저히 믿어지지 않습니다."

"부인, 제가 진실을 말했습니까?"

부인은 베개에 얼굴을 파묻고 흐느껴 울었다. 그녀는 남편에게로 얼굴을 돌렸다.

"여보, 내가 어떻게 말할 수 있었겠어요? 당신에게 큰 타격을 주리라는 염려에서 못했어요. 그래서 저 자신보다는 다른 사람의 입을 통해서 사실을 알게 되기를 기다리고 있었어요. 마력을 가지신 것 같은 이분께서 모든 것을 알고 있다고 쓴 쪽지를 보내왔을 때 저는 정말 기뻤습니다."

"잭은 한 1년 동안 바닷가로 휴양을 보내는 게 좋을 것 같습니다." 홈즈가 의자에서 일어나며 말했다. "그런데 부인, 한 가지 여쭈어 볼 게 있는데, 부인이 잭을 때린 것은 이해할 수 있습니다. 모성의 인내심도 한계가 있는 법이니까요. 하지만 어떻게 이틀 동안이나 아기와 떨어져 있을 용단을 내리셨습니까?"

"메이슨 부인에게 사실을 이야기했어요. 그녀는 알고 있었답니다."

"그렇군요. 제가 상상했던 대로입니다."

퍼거슨은 감정을 억누르느라고 부들부들 떨리는 손을 내밀며 침대 곁에 서 있었다.

"왓슨, 이제 우리는 퇴장할 때가 되었네." 홈즈가 속삭였다. "우리가 충직한 돌로레스의 팔을 붙들고 나가세나. 한쪽 팔을 붙잡게. 다른 한쪽은 내가 잡겠네." 홈즈는 문을 닫으며 말했다. "남은 문제는 스스로 해결하도록 하고, 우리는 곧 떠나는 게 좋겠어."

이 사건에 대해 한 가지 더 기록할 게 있다. 다음은 홈즈가 이 사건을 알선해 준 사람에게 보낸 편지 내용이다.

흡혈귀에 대해
19일자 당신의 서신에 의하여 착수했던, 귀하의 고객인 민싱 골목의 차 중매상인 로버트 퍼거슨 씨 사건에 대해 보고를 드립니다. 그 일은 만족할 만한 결론을 보게 되었습니다. 사건을 알선해 주셔서 감사합니다.

11월 21일 베이커 거리에서
셜록 홈즈

The Three Garridebs
세 사람의 개리뎁

　이 사건은 희극이라고도, 비극이라고도 할 수 있다고 본다. 이 사건으로 말미암아 개리뎁 씨의 이성은 마비되었고, 나는 부상을 당해 피를 흘렸으며, 또 한 사람은 법의 처벌을 받게 되었다. 그러나 확실히 이 사건에는 희극적인 요소가 포함되어 있다. 정확한 판단은 독자 자신들이 내려 주기 바란다.
　나는 그날을 똑똑히 기억하고 있다. 왜냐하면 이 사건은 홈즈가 그의 뛰어난 공적에 수여된 나이트 작위를 거절했던 바로 그달에 일어났었기 때문이다. 나이트 수여에 관한 이야기는 언젠가 말할 기회가 있을 것이다. 홈즈의 동료로서 그리고 또 믿을 수 있는 벗으로서의 나의 직책이 경솔히 행동하지 못하게 하고 있어, 지금은 그 문제에 대해서 그 이상의 언급은 피하고자 한다. 어쨌든 그 일로 해서 나는 이 사건이 일어난 정확한 날짜까지 기억하고 있다. 그날은 남아프리카 전쟁이 끝난 지 얼마 안 된 1902년 6월 30일이었다. 홈즈는 가끔 그렇게 해 왔던 대로 며칠 동안 자리에 누워 있었다. 그날 아침에야 침대에서 일어난 손에 긴 풀스캡 서류를 들고 그의 근엄한 잿빛 눈을 흥미롭게 빛내며 말했다.

"왓슨, 잘하면 돈벌 일이 생길 것 같네. 자네 개리뎁이라는 성을 들어 본 적이 있나?"

나는 들어 본 적이 없다고 말했다.

"그거 유감이군. 개리뎁이라는 성을 가진 사람을 찾아오면 돈을 벌 수 있는데."

"아니, 뭐라고?"

"그것을 이야기하려면 길어지네. 참 별난 일도 다 있지. 그동안 많은 사건들을 다루면서 인간성이 복잡하다는 것을 알고는 있지만, 정말이지 이건 갈수록 태산이군그래. 그 친구가 우리를 염탐하러 곧 여기에 나타날 걸세. 그때까지는 뭐라 이야기할 수 없네. 그동안 우리 그 이름이나 찾아보세."

마침 탁자 위에 전화번호부가 있었으므로 나는 별 기대 없이 책장을 들쳤다. 그랬더니 놀랍게도 전화번호부에 그 이상한 이름이 실려 있었다. 나는 기뻐서 소리를 질렀다.

"찾았어, 홈즈! 여기 있네!"

홈즈는 내게서 전화번호부를 빼앗아 들었다.

"N. 개리뎁. 런던 서구 리틀 라이더 거리 136번지. 안됐네, 왓슨. 이 사람은 바로 내게 편지를 보낸 사람이야. 전화번호부 주소와 편지 봉투 주소가 똑같네. 우리가 찾아야 할 사람은 이 사람 말고 동명이인이어야 하네."

허드슨 부인이 쟁반에 명함을 들고 들어왔다. 나는 그것을 집어들었다.

"여기 또 있네!" 나는 놀라서 외쳤다. "그런데 이름이 다르군. 존 개리뎁, 미국 캔자스 주 무어빌의 변호사."

홈즈는 명함을 보며 미소를 지었다.

세 사람의 개리뎁 173

"왓슨, 한번 더 애를 써야 되겠네. 이 사람도 이미 각본에 나타난 인물이야. 그런데 이 사람이 오늘 아침 나를 만나러 오겠다니 전혀 뜻밖인데. 그러나 이 사람이야말로 내가 알고 싶어하는 사건의 전말을 말해 줄 사람일 걸세."

잠시 뒤 그가 방에 들어왔다. 변호사 존 개리뎁 씨는 작달막한 키에 건강해 보였으며, 대부분의 미국 사업가가 그러하듯이 말쑥하게 면도를 한 단정한 모습이었다. 전체 느낌은 오동통하고 어린이다운 데가 있으며, 얼굴 가득히 띤 야해 보이는 미소가 나이보다 훨씬 젊은 인상을 주었다. 그의 눈은 남을 끄는 데가 있었다. 사람의 눈만큼 그의 내면생활을 적나라하게 나타내는 것은 없을 것이다. 그의 눈은 밝고 민첩하게 움직였으나, 생각의 변화에 민감한 반응을 나타냈다. 그의 악센트는 미국식이었으나 영국식 스피치의 정통성을 벗어나지는 않았다.

"홈즈 선생이십니까?" 그는 물으면서 우리들을 번갈아 쳐다보았다. "아, 사진하고 똑같군요. 저와 성이 같은 네이선 개리뎁 씨로부터의 편지를 받아 보셨습니까?"

"앉으십시오. 잘 오셨습니다. 그렇지 않아도 한 번 뵙고 싶었습니다." 홈즈는 손에 편지를 들고 있었다.

"이 편지에서 이야기하고 있는 존 개리뎁 씨지요? 그런데 영국에 오래 계셨습니까?"

"그건 왜 물으십니까, 홈즈 선생?" 하고 말한 그는 감정을 잘 나타내는 그 눈 속에 의혹의 빛을 띠는 것 같았다.

"당신의 양복이 모두 영국제이기 때문입니다."

개리뎁 씨는 웃음을 터뜨렸다.

"선생의 재빠른 솜씨는 책에서 읽어 잘 알고 있었지만 설마 내가 그 재료가 될 줄은 꿈에도 생각지 않았습니다. 그런데 어떻게 아셨습니까?"
"코트의 어깨 재단법과 구두의 앞부리를 보고 그걸 모를 사람이 어디 있겠습니까?"
"이런! 그런 데서 영국 냄새가 나리라곤 전혀 생각지 못했군요. 사업차 이곳에 와서 얼마 동안 묵었더니, 선생께서 보시다시피 제 겉모양은 거의 런던 사람같이 되어 버렸습니다. 어쨌든 선생께서도 귀중한 시간이실 테고 저도 고작 양복 재단법 같은 이야기를 하려고 이곳에 찾아온 것은 아니니까, 손에 들고 계시는 그 편지에 대한 이야기를 하기로 하지요."
웬일인지 손님은 홈즈의 태도에 초조함을 느꼈는지 그 둥근 얼굴에 불쾌한 빛을 띠었다.
"참으십시오, 개리뎁 씨!"
홈즈가 달래는 목소리로 말했다.
"나의 실없는 객담이 때로는 사건과 밀접하게 관련될 수도 있다는 사실은 왓슨에게 물어 보면 알 수 있을 것입니다. 그런데 왜 네이선 개리뎁 씨와 함께 오시지 않았습니까?"
"대체 무슨 이유로 그가 이 일에 선생을 끌어들이려고 하는지 모르겠습니다." 방문객은 화를 내며 물었다. "선생은 무슨 음모를 꾸미고 계십니까? 그와 나 사이의 개인적인 일에 불과한데, 탐정을 끌어들이고 있다니! 오늘 아침에 그를 찾아갔을 때, 그가 이 어리석은 행동을 모두 제게 이야기했습니다. 그래서 제가 여기로 온 것입니다. 정말이지 불쾌하기 짝이 없습니다."
"개리뎁 씨, 그를 책망하지 마십시오. 일을 성사시켜 보려는 열망에서 한 행동일 겁니다. 그렇게 되면 당신에게도 그에게도 모두 좋은 일이 아닙니까? 그는 내가 정보를 많이 가지고 있다는 것을 알고 있기 때문에 저의 도움을 청한 것입니다."

세 사람의 개리뎁 175

방문객의 성난 얼굴이 차차 누그러졌다.
"그렇다면 이야기는 달라집니다만. 오늘 아침, 그를 만나러 갔더니 그가 탐정에게 편지를 보냈다는 이야기를 하기에 저는 곧 이곳 주소를 물어 이리로 곧장 온 것입니다. 경찰이 개인적인 일에 간섭하는 것은 원하지 않습니다. 그러나 선생께서 우리를 도와 그 사람을 찾아 주신다면 하나도 해로울 건 없겠지요."
"자, 이제 일은 원만하게 됐군요. 모처럼 오셨으니 당신 입으로 상세한 사정을 말씀해 주십시오. 여기 있는 내 친구는 자세한 내용을 모르고 있습니다."
개리뎁 씨는 적의를 품은 눈으로 나를 쳐다보았다.
"이분도 내용을 알아야 합니까?"
"우리는 언제나 함께 일을 합니다."
"그렇다면 비밀로 감추어 둘 필요는 없겠군요. 그럼, 간단하게 사실을 말씀드리겠습니다. 캔자스 주 출신 사람이라면 알렉산더 해밀턴 개리뎁 씨가 누구라는 것을 구태여 설명하지 않아도 다 압니다. 그는 부동산 투자로 돈을 벌어 뒤에 시카고에서 소맥 판매장을 운영했습니다. 그는 이렇게 해서 번 돈을 영국의 한 주만한 크기에 상당하는 아칸서스 강에서 포트 도지에 이르는 광대한 토지를 샀습니다. 목초지, 삼림지, 경작지, 광산 등, 그 지역에는 지주에게 돈벌이를 시켜 줄 온갖 종류의 토지가 다 들어 있어 돈으로 환산하면 어마어마합니다.

그러나 그에게는 일가친척이 하나도 없었습니다. 있었다면 제가 모를 리 없지요. 그는 그의 성이 희귀한 것에 대해 이상한 자부심을 가지고 있었습니다. 우리는 성이 같은 이유로 서로 알게 됐습니다. 저는 그 즈음 토피카 시에서 변호사 노릇을 하고 있었는데, 하루는 한 노인이 찾아와 그의 성과 똑같은 성을 가진 사람을 만나

보는 게 소원이라고 말했습니다. 그는 저 말고 또 다른 개리뎁 씨를 찾는 데 혈안이 되어 있었습니다. '제발 또 다른 개리뎁 씨를 찾아 주게!' 그는 나에게 애원했습니다. 그러나 나는 바쁜 몸이기 때문에 한가롭게 사람을 찾을 시간이 없다고 거절했습니다. '그 사람만 찾아내면 그 대가는 지금 자네가 하고 있는 일과 비할 바가 아닐 걸세'라고 말했지만, 나는 그가 농담을 하는 줄 알았습니다. 그러나 곰곰이 생각을 하니 그의 말 속에는 깊은 뜻이 담겨 있었습니다. 그래서 나는 내 일을 집어치우고 곧장 개리뎁 씨를 찾기 시작했습니다.

그 뒤 1년도 안 되어 그는 세상을 떠났습니다. 그는 캔자스 주에서는 일찍이 보지 못했던 괴상한 유언장을 남겨 놓았습니다. 재산을 3등분으로 갈라놓고, 제가 두 명의 개리뎁 씨를 찾을 경우에 한해서 저마다 1인당 3분의 1씩의 토지를 소유하도록 유언했습니다. 한 사람에게 돌아오는 토지는 돈으로 환산하면 약 500만 달러입니다. 그러나 세 사람이 안 될 경우에는 한 푼도 못 받게 해 두었습니다.

변호사 일을 집어치우고 개리뎁 씨를 찾으러 돌아다닌다는 것은 저에겐 큰 모험이었습니다. 그러나 미국 안에서는 단 한 명도 발견할 수 없었습니다. 전국을 샅샅이 뒤졌으나 찾지 못했습니다. 그래서 영국으로 건너왔습니다. 다행히도 런던 시내 전화 번호부에서 그 이름을 찾아냈습니다. 그래서 이틀 전 그를 찾아가 모든 이야기를 해주었습니다. 그는 저와 마찬가지로 외로운 사람이라 친척 가운데 남자는 하나도 없고 여자만 두어 명 있을 뿐이었습니다. 그러나 불행히도 유언장에는 세 명의 성인 남자라고 지정되어 있습니다. 선생도 아시다시피 이제 한 명만 더 찾으면 됩니다. 그러니 우리를 도와 남은 한 명만 찾아 주신다면 충분한 사례를 드리겠습니다."

 "왓슨, 잘 들었나?" 홈즈가 웃으며 말했다. "어때, 내가 별난 이야기라고 말하지 않았나? 그런데 선생, 신문 광고에 내는 게 가장 빠른 방법일 텐데요."

 "물론 신문에도 냈습니다. 그러나 여태껏 아무런 소식이 없습니다."

 "그래요? 그렇다면 문제는 어려워지는군요. 시간이 있으면 저도 알아보도록 하겠습니다. 그런데 토피카에서 오셨다고 하셨지요? 그곳에 친지 한 사람이 살고 있었는데요, 1890년에 시장을 지낸 라이샌더 스타 박사로 지금은 돌아가셨습니다."

 "참으로 훌륭한 분이셨지요. 아직도 그분의 성함을 기억하고 있습니다. 새로운 일이 생기면 선생께 연락하겠으니 선생께서도 저에게 일이 되어가는 사정을 알려 주십시오. 내일이나 모래쯤 선생을 다시 찾아뵙겠습니다" 하고 말한 뒤 미국인 방문객은 물러났다.

 홈즈는 파이프를 입에 물더니, 얼굴에 이상한 미소를 띠고 한참 동안 앉아 있었다.

 "무슨 생각을 하고 있나?"

 참다못해서 내가 물었다.

 "왓슨, 아무래도 수상해. 이상하단 말이야!"

 "뭐가 수상해?"

 홈즈는 입에서 파이프를 뺐다.

 "왓슨, 수상하고말고. 세상에 그런 당치도 않은 거짓말을 믿을 사람이 어디 있나? 그에게 정면 공격을 시도하려 했으나, 내가 그에게 속고 있는 채 내버려 두는 게 현명할 것 같았어. 팔꿈치가 닳아 빠진 영국제 외투와 1년이나 넘게 입어서 무릎이 쑥 나온 바지를 입고 나타나서 런던에 방금 도착한 미국인 행세를 하다니. 그리고

그런 신문 광고는 본 적이 없네. 내가 신문 광고란을 무심히 지나치는 법이 없다는 것은 자네도 잘 알지? 새를 잡으려면 덫을 놓아야 하네. 나는 여태껏 수탉을 꿩으로 잘못 보고 넘어간 적은 한 번도 없었네. 토피카의 라이샌더 스타 박사는 나도 모르는 사람이야. 이제 자네도 알겠지? 그가 거짓말을 하고 있다는 것을. 그 친구가 미국인이라는 것은 사실이야. 그러나 런던에서 몇 해 살아서 미국식 악센트가 다 없어졌네. 그가 이 게임을 하는 이유가 무얼까?

개리뎁 씨를 찾는 참된 동기는 무엇일까? 아무튼 흥미로운 사건이야. 그 사람은 악한이거나, 복잡한 성격을 지닌 머리가 비상한 인물임에 틀림없네. 우리에게 사건을 의뢰한 사람도 사기꾼인지 모르겠어. 왓슨, 그에게 전화를 걸어 보게."
전화선을 타고 가늘게 떨리는 목소리가 들렸다.
"네, 네, 제가 네이션 개리뎁입니다. 홈즈 선생이십니까? 선생과 이야기를 나누고 싶습니다."
내 친구가 수화기를 바꿔들었기 때문에 나는 홈즈가 하는 말만 들을 수 있었다.
"네, 그가 다녀갔습니다. 전혀 모르는 사람이라고 그러셨지요……. 언제요? ……이틀 전에요! ……네네, 물론 굉장한 일입니다. 오늘 저녁 댁에 계시겠습니까? 그 사람은 없으면 좋겠습니다……. 좋습니다. 그러면 가겠습니다. 왜냐하면 그 사람이 없는 데서 선생과 이야기를 나누고 싶기 때문입니다……. 왓슨 박사와 함께 가겠습니다……. 선생의 편지를 보니 외출을 통 안하신다구요……. 네, 6시쯤 도착하겠습니다. 미국인 변호사에게는 우리가 간다는 말을 하지 마십시오……. 그럼, 안녕히 계십시오."
아름다운 봄날 저녁이었다. 생각만 해도 소름이 끼치는 타이번 트리(옛날에 타이번 강가의 느릅나무 가지에서 교수형이 행해졌음)에서 얼마 안 되는 곳에 있는 에지웨어 거리의 좁은 뒷길인 라이더 거리는 황혼이 비스듬히 스며들어 온통 황금빛으로 물들어 있었다. 우리가 발길을 향하고 있는 집은 조지아 식으로 된 건물로 정면의 벽돌은 군데군데 부서졌고, 아래층에는 밖으로 튀어나온 창이 두 개 나 있었다. 우리의 의뢰인은 일층에 살고 있는데, 밖으로 낮은 창문이 나 있는 그 뒷방은 넓은 방으로 그는 잠만 깨면 모든 시간을 그 방에서 보내는 것 같았다. 홈즈는 그 괴상한 이름이 씌어져 있는 작은 문패를 주의 깊게 들여다보았다.

"여기서 꽤 오래 살고 있나 보군." 홈즈가 색깔이 바랜 문패의 표면을 가리켰다. "그의 진짜 이름이 틀림없어. 이건 중요한 사실일세."

계단을 올라가니 홀에는 층마다 임대 사무실과 개인 방 이름을 표시한 안내판이 있었다. 이 집의 분위기는 일반 주택 냄새는 전혀 없고 꼭 방랑 독신자들이 몰려 사는 집 같았다. 의뢰인은 손수 문을 열어 주면서 일하는 여자가 4시에 퇴근해서 미안하다고 말했다. 네이선 개리뎁은 키가 크나 앙상한 몸집에 등이 굽고 머리가 벗어진 60살이 넘어 보이는 노인이었다. 그의 얼굴은 시체같이 창백했고 탄력없이 흐느적거리는 피부는, 그가 운동을 통 안 하는 사람임을 여실히 나타내 주었다. 커다란 둥근 안경과 앞으로 뻗친 염소 수염은 구부정한 그의 자세와 함께 비길 데 없이 괴이한 인상을 풍겼다. 그러나 이렇게 괴짜로 보이긴 하지만 전체적인 그의 인상은 상냥했다.

방 안도 주인 모습 못지않게 괴상했다. 꼭 작은 박물관 같았다. 벽에는 지질학적, 해부학적으로 분류해 놓은 표본으로 가득 찬 벽장과 진열장이 죽 늘어서 있었다. 문 앞 양쪽 진열장에는 나비와 나방의 표본 상자가 가득 차 있었다. 한가운데에 있는 커다란 탁자 위에는 온갖 종류의 파편들이 너저분하게 널려 있고 중앙에는 관이 굵은 강력한 현미경이 우뚝 서 있었다. 방을 한 번 휘둘러보고 난 나는 이 주인의 여러 방면의 흥미에 대해서 몹시 감탄했다. 이쪽에 옛날 동전 수집 상자가 쌓여 있는가 하면 저쪽에는 석기시대 유물 더미가 쌓여 있고, 테이블 바로 뒤의 진열장에는 화석 뼈가 진열되어 있었다. 첫 칸에는 석고로 된 두개골의 모형이 있었으며, 그 아래에는 '네안데르탈' '하이델베르크' '크로마뇽'이라는 이름이 붙어 있었다. 그는 여러 방면에 걸쳐 연구를 하고 있는 게 분명했다. 네이선 개리뎁은 손에 부드러운 가죽 조각을 들고 동전을 닦으면서 우리 앞으로 다가섰다.

"시라쿠사(고대 카르타/고인의 도시) 전성기의 화폐입니다." 네이선 개리뎁은 동전을 손에 쥐며 말했다. "시리아는 급작스럽게 멸망했지만, 저는 그들의 전성기 문화를 최고로 치고 있습니다. 다른 사람들은 알렉산드리아 문화를 더 치기도 합니다만. 죄송하지만 이것들을 치워 놓겠습니다. 왓슨 박사시지요? 저기 있는 일본 화병을 이리로 옮겨 놓아 주시겠습니까? 제 취미를 이제 아셨겠지요? 의사는 저보고 외출도 하고 운동도 좀 하라고 야단치지만, 할 일이 이렇게 많은데 언제 돌아다닐 틈이 있겠습니까? 저 벽장 안에 하나 가득 있는 목록표를 작성하는 데만 꼬박 3개월이 걸렸답니다."

홈즈는 호기심 어린 얼굴로 그의 모습을 훑어보았다.

"외출은 통 안 하십니까?"

"때때로 소더비나 크리스티 경매장에 나가는 일 말고는 방을 비운 적이 없습니다. 취미라고는 오직 연구에만 몰두하는 겁니다. 홈즈 선생, 생각해보십시오. 제가 그 어마어마한 재산에 대한 이야기를 들었을 때 얼마나 큰 충격을 받았을까를. 그것은 기쁘다기보다는 차라리 무서운 충격이었습니다. 이제 한 명의 개리뎁 씨만 찾으면 됩니다. 꼭 발견할 수 있을 테지요. 제겐 남동생이 있었는데 불행히도 몇 년 전에 죽었습니다. 여자 친척은 몇 명 있으나 자격이 없다고 합니다. 그러나 이 세상 어딘가에 또 다른 개리뎁 씨가 살고 있을 겁니다. 선생께서 이상한 사건들을 다루신다는 이야기를 들은 적이 있어 그렇게 외람된 편지를 보낸 것입니다. 물론 그 미국 신사의 말대로 우선 그가 말한 주의 사항을 지키는 것이 도리겠지만, 그러나 제가 한 일은 결국 잘한 행동이었다고 생각합니다."

"정말 현명하게 행동하셨습니다. 그런데 일이 잘 되어 토지를 상속받는다 해도 미국에 있는 땅을 어떻게 관리하시렵니까?"

홈즈가 물었다.

"네, 그 문제가 있긴 합니다. 그러나 무슨 일이 있어도 이 수집품이 있는 곳을 떠날 수는 없습니다. 하지만 그 미국 신사가 일만 성사되면 그 땅은 자기가 책임지고 팔아 주겠다고 약속했습니다. 돈으로 환산하면 무려 500만 달러나 된다고 합니다. 지금 경매장에는 제 수집품 중에 빠져 있는 12개의 표본이 나와 있는데, 몇 백 파운드가 없어서 그것을 못 사고 있는 형편입니다. 제가 500만 달러를 가지게 될 것을 상상해 보십시오. 그렇게 되면 저의 수집품은 완벽하게 되어 이 방면에 대한 최고 권위자가 될 것입니다. 저는 현대의 한스 슬론(18세기 영국의 대박물학자)과 같은 인물이 될 것입니다."

네이션 개리뎁의 눈은 안경 속에서 흥분으로 반짝거렸다. 그는 선량한 사람인 것이 확실했다. 분명히 네이션 개리뎁은 또 한 사람의 개리뎁을 찾는 일이라면 어떤 괴로움도 마다할 것 같지 않았다.

"저는 선생을 한 번 뵈러 왔을 뿐, 연구를 방해할 생각은 없습니다. 그리고 일을 하기 위해서는 의뢰인과의 직접적인 개인 접촉이 있어야 합니다. 선생에 대해서는 모든 것을 알았으나, 그 미국인에 대해서는 아는 게 하나도 없으니 몇 가지 물어 보겠습니다. 그가 이틀 전 이곳을 방문하기 전까지 선생은 전혀 그를 모르고 있었습니까?"

"네, 지난 화요일에 그가 저를 찾아오기 전까지 전혀 몰랐습니다."

"오늘 우리들의 인터뷰에 대해 말하던가요?"

"네, 곧장 저를 찾아왔어요. 그는 몹시 화를 냈습니다."

"왜요?"

"그는 제가 선생님의 도움을 청한 것이, 그의 명예를 손상시키는 일로 생각하고 있었습니다. 그러나 돌아갈 때 그의 기분은 대단히 좋은 것 같았습니다."

"기분이 좋아진 이유를 선생께 설명하지 않았습니까?"

"아니오, 아무 말도 안 했습니다."
"혹시 그가 돈을 요구하지는 않았습니까?"
"그런 짓은 하지 않았습니다."
"그의 태도에서 이상한 것을 발견하지 못했습니까?"
"발견 못했습니다."
"그에게 저와의 약속을 이야기했습니까?"
"네, 말했습니다."
홈즈는 생각에 잠겼다. 나는 홈즈가 당황해하는 모습을 보았다.
"이 수집품 중에 값나가는 물건이 있습니까?"
"없습니다. 저는 부자가 아니니까요. 이것은 훌륭한 수집품이기는 하나 값이 나가는 것은 하나도 없습니다."
"그럼, 도둑이 훔쳐 갈 염려는 없겠군요."
"이런 것을 탐낼 도둑은 없습니다."
"이 집에서 몇 년 사셨습니까?"
"약 5년 됩니다."
홈즈의 질문은 계속 두들기는 노크 소리에 중단되었다. 주인이 문을 열기가 무섭게 미국인 변호사가 흥분해서 방으로 뛰어 들어왔다.
"마침 계셨군요!" 변호사는 머리 위로 신문을 흔들며 소리쳤다.
"네이선 개리뎁 씨, 제가 때맞춰 온 것 같습니다. 축하합니다. 선생은 이제 부자가 되셨습니다. 그 사람을 찾아냈습니다. 이제 모든 일은 끝났습니다. 홈즈 선생, 죄송합니다. 선생의 도움이 필요 없게 되었습니다."
변호사가 우리 의뢰인에게 신문을 넘겨주자 네이선 개리뎁 씨는 선 채로 연필로 표시한 광고를 뚫어지게 바라보았다. 홈즈와 나는 어깨 너머로 광고를 읽어 보았다.

하워드 개리뎁

농기구 제조업자.

바인더, 수확기, 경운기, 조파기(條播機), 써레, 농업용 짐수레, 사륜짐마차, 기타 모든 농기구 일체.

깊이 판 우물도 시공함.

애스턴의 글로브너 빌딩으로 연락 바람.

"만세! 드디어 세 번째 인물을 발견했군요."
집주인이 외쳤다.
"버밍검으로 문의를 내었습니다. 그랬더니 그곳에 있는 저의 대리인이 지방 신문에 난 광고를 보내 주었습니다. 빨리 서둘러야 되겠습니다. 그에게 선생이 내일 오후 4시에 그의 사무실로 찾아가겠다는 편지를 보냈습니다."
"제가 그 사람을 만나 봐야 합니까?"
"홈즈 선생, 어떻게 생각하십니까? 현명한 행동이라고 생각하지 않으십니까? 제가 가면 떠돌아다니는 미국인이 허황된 이야기를 한다고 믿지 않으면 어떻게 합니까? 그러나 네이선 개리뎁 씨는 신뢰할 수 있는 영국인이니 그가 하는 이야기는 믿을 겁니다. 원하신다면 저도 함께 갈 수도 있습니다만, 그러나 내일 저는 몹시 바쁩니다. 곤란한 일이 생긴다면 제가 곧 뒤따라가겠습니다."
"그렇지만 저는 요 몇 해 동안 여행을 해본 일이 없는데요."
"그건 이유가 안 됩니다. 제가 모든 계획을 짜 놓았습니다. 12시에 여기서 출발하면 2시쯤 그곳에 도착할 겁니다. 그러면 그날 밤으로 집에 돌아오실 수 있습니다. 선생이 하실 일은 그를 만나 모든 사정을 설명하고, 그가 진짜 개리뎁 씨임을 증명하는 선서 구술서를 받아오는 겁니다."

그는 거드름을 부리며 다음과 같은 말을 덧붙였다.
"제가 미국 한복판에서 이 일 때문에 여기까지 온 것에 비하면 선생께서 160킬로미터쯤 여행하는 것은 아무것도 아니지 않습니까?"
"그렇고말고요. 이 신사분이 하시는 말씀이 옳습니다."
홈즈가 말했다.
네이선 개리뎁은 침울한 표정을 지으며 어깨를 움츠렸다.
"갔다 오지요. 선생께서 제 생애에 가져다 줄 영광을 생각하면 무슨 일을 못하겠습니까?"
"잘 생각하셨습니다. 갔다 오신 뒤 제게도 연락 주시기 바랍니다."
홈즈가 말했다.
미국인이 시계를 들여다보며 말했다.
"저는 바빠서 이만 물러가겠습니다. 네이선 씨, 내일 와서 배웅을 해 드리겠습니다. 홈즈 선생, 먼저 실례하겠습니다. 안녕히 계십시오. 내일 밤이면 좋은 소식을 들을 수 있을 겁니다."
미국인이 나가자 내 친구의 얼굴은 밝아지더니 당혹한 표정이 사라졌다.
"개리뎁 씨, 선생의 수집품을 쭉 훑어보고 싶습니다. 저는 직업상 여러 방면에 대한 지식을 알아야 하는데, 이 방이야말로 그러한 지식의 보고인 것 같습니다."
의뢰인은 기쁨에 넘쳐 안경 너머로 보이는 커다란 두 눈이 빛났다.
"선생께서는 학식이 많은 분이라는 이야기를 들었습니다. 바쁘지 않으시다면 지금이라도 마음대로 구경하십시오."
"유감스럽게도 지금은 시간이 없습니다. 그러나 이 표본들은 저마다 명칭이 붙어 있고, 또 분류가 잘 되어 있어 선생의 설명 없이도 혼자 구경할 수 있을 것 같습니다. 내일 제가 혼자 와서 구경해도 괜찮겠습니까?"

"물론이지요. 언제든지 환영하겠습니다. 이 방은 내일 잠겨 있을 텐데, 그러나 4시 전이면 지하실에 샌더즈 부인이 있으니까 소리만 지르면 문을 열어 줄 겁니다. 열쇠를 가지고 있으니까요. 제가 미리 이야기해 놓겠습니다."

"저는 내일 오후 한가한데, 선생께서 그렇게 해주신다면 더할 나위 없이 좋겠습니다. 그런데 어느 소개소에서 이 집을 소개해 주었습니까?"

의뢰인은 갑작스러운 질문에 놀라는 표정이었다.

"에지웨어 거리의 홀로웨이 앤드 스틸 소개소입니다. 그런데 그건 왜 물어 보십니까?"

"저는 건축물에 대해서 고고학적인 흥미를 가지고 있습니다." 홈즈가 웃으며 말했다. "이 집의 건축 연도는 앤 여왕 때인지 혹은 조지아 때인지 잘 모르겠군요."

"조지아 때에 지은 게 확실합니다."

"그렇습니까? 저는 좀더 오래된 걸로 생각했었습니다. 어쨌든 정확한 연대를 알게 되어서 다행입니다. 안녕히 계십시오. 개리뎁 씨, 내일 버밍엄에 잘 다녀오시기 바랍니다."

소개소는 그다지 멀지 않았지만 찾아가 보니 이미 닫혀 있어서 우리는 베이커 거리로 돌아왔다. 홈즈가 이 일에 대해 입을 연 것은 저녁을 먹고 난 뒤였다.

"일은 바야흐로 종말에 접어들었네. 자네도 대강 윤곽을 잡았을 테지?"

"나는 뭐가 뭔지 전혀 모르겠네."

"머리는 선명히 나타났고 꼬리는 내일 볼 수 있을 걸세. 자네, 아까 그 광고에서 이상한 점을 발견하지 못했나?"

"plough(경운기)를 plow로 잘못 썼더군."
"잘 봤네. 왓슨, 자네 그동안 실력이 늘었어. 영국식 영어로는 철자가 틀렸으나 미국식 영어로는 흔히들 그렇게 쓰고 있지. 원고 그대로 인쇄를 해서 그런 걸세. 사륜짐마차(buckboard)라는 것도 미국에서만 쓰는 말이네. 깊이 판 우물(artesian well)도 여기보다 미국에 더 널리 보급된 시설물이지. 전형적인 미국식 광고야. 자네 짚이는 것이 없나?"
"미국인 변호사 자신이 낸 광고라는 것만은 틀림없는데, 이런 광고를 낸 그 뜻이 어디 있는지는 모르겠네."
"거기에는 두 가지 이유가 있다고 보네. 어쨌든 그는 우리의 착한 의뢰인을 버밍엄으로 잠시 내쫓으려 하고 있네. 나는 우리 의뢰인에게 헛된 수고를 하지 말라고 충고하려 했으나, 다시 생각해보니 그를 가게 내버려 두고 빈집에서 무슨 일이 일어나는지 지켜보는 게 더 낫겠다고 생각했네. 내일이 되면, 왓슨, 모든 것이 명백해질 걸세."
다음날 아침 홈즈는 일찍 일어나서, 곧바로 외출했다. 점심 때 돌아온 그의 얼굴을 보니 몹시 무거워 보였다.
"왓슨, 생각했던 것보다 일이 훨씬 더 심각하네. 이번 일은 상당히 위험한데 자네, 괜찮겠나?"
"홈즈, 위험을 함께 겪은 게 이번이 처음이 아니지 않나. 다만 이번 일이 우리가 함께 하는 마지막 사건이 안 되기를 빌 뿐일세. 대체 무엇이 그리 위험하단 말인가?"
"우리는 지금 힘든 사건을 다루고 있네. 존 개리뎁이라는 인물의 정체를 알아냈어. 그는 다름 아닌 악명 높은 '살인자' 에반스야."
"누군지 모르겠는데."
"자네는 잘 모를 걸세. 무슨 정보나 얻을까 해서 경시청에 있는 친구 레스트레이드를 만나러 갔었네. 전과자 기록부에 그 미국인 친구의 얼굴이 없을까 하고 찾아보았더니 아니나 다를까, 그 동그란 얼굴이 싱긋 웃고 있지 뭔가. '제임스 윈터, 별명 모어클로프트, 또한 살인자 에반스'라고 사진 아래 그의 이름이 적혀 있더군." 홈즈는 주머니에서 봉투를 꺼냈다. "그의 기록을 몇 가지 적어 가지고 왔네. 나이는 46살. 시카고 출신. 미국에서 세 사람을 살해했음. 정치 세력을 통해 탈옥함. 1893년 영국에 건너옴. 1895년 1월 워틀루 거리의 나이트 클럽에서 카드 놀이를 하다 상대편을 권총으로 쏴 죽였음. 싸움의 발단은 죽은 사람이 먼저 시비를 걸었다고 함. 죽은 사람은 로저 프레스코트로 시카고의 유명한 지폐와 동전 위조범으로 판명됨. 살인자 에반스는 1901년 출옥함. 그 뒤 계속 경찰의 감시를 받고 있으며 최근엔 정직한 생활을 하고 있는 것으로 알려짐. 매우 위험한 인물임. 몸에 무기를 지니고 다님. 왓슨, 우리가 잡으려고 하는 새는 이렇게 모험을 좋아한다네."

"대체 그가 이번에는 무슨 게임을 벌이려고 하는 건가?"

"이야기할 테니 잘 들어 보게. 나는 아침에 곧장 소개소를 찾아갔었네. 우리의 의뢰인은 그의 말대로 그 집에서 5년째 살고 있다고 하더군. 그가 오기 전에 한 1년 동안은 집을 세놓지 않고 비워 두었었다네. 전에 그 집에 살던 사람은 월드론이라고 부르는 신사였다더구먼. 복덕방에서도 그를 잘 기억하고 있었네. 그런데 갑자기 그가 행방불명이 되어 어태까지 소식을 들을 수 없다는 거야. 그는 거무튀튀한 얼굴에 키가 크고 수염을 길렀다네. 그는 살인자 에반스가 쏘아 죽인 프레스코트임에 틀림없어. 경찰의 기록부에도 그는 키가 크고 피부가 검으며 수염을 길렀다고 적혀 있었네. 이상의 것을 종합해 볼 때 우리의 순진한 의뢰인이 박물관처럼 차려 놓은 그 방은 바로 미국인 범죄자 프레스코트가 살았던 방이었네. 이것으로 사슬 하나는 연결이 된 셈일세."
"그 다음 일은?"
"이제 나가서 결말을 보아야 되겠네." 홈즈는 서랍에서 권총을 꺼내더니 나에게 건네주었다. "나는 낡은 총을 갖고 가겠네. 그 거친 서부의 친구가 그 별명에 걸맞게 함부로 총을 휘두를지 모르니 우리도 그와 맞설 준비를 해야지. 왓슨, 한 시간만 낮잠을 자게. 그러면 라이더 거리로 모험을 하러 갈 시간이 될 걸세."

우리는 정각 4시에 네이선 개리뎁 씨 집 앞에 도착했다. 관리인인 샌더즈 부인이 우리를 안내해 방문을 열어 주었다. 홈즈는 그녀에게 이 방을 떠날 때 모든 것을 잘 정돈해 놓고 가겠다고 약속했다. 바깥문이 닫히고 나서, 돌아가는 그녀의 모자 끝이 창 앞을 지나가는 모습이 보였다. 아래층에는 이제 우리 두 사람만이 남아 있었다. 홈즈는 재빨리 방 안을 훑어보았다. 방의 어두운 구석에 있는 진열장 하나가 벽에서 약간 떨어진 곳에 놓여 있었다. 우리는 그 뒤에 웅크리고 숨었다. 홈즈는 낮은 목소리로 앞으로 벌어질 일을 대강 설명해 주었다.

"그 친구는 우리의 상냥한 의뢰인이 방을 비워 주기를 바라고 있어. 의뢰인은 외출하는 일이 없기 때문에 그를 내쫓을 계획을 짠 걸세. 그는 비할 데 없이 머리가 비상한 녀석이야. 왓슨, 그는 악의 천재이네. 이 방 주인의 괴상한 이름이 그로 하여금 기상천외한 음모를 꾸미게 했어. 그는 교묘하게 각본을 짜기 시작했네."
"그가 원하는 것이 무엇일까?"
"그걸 보기 위해 우리가 여기에 숨은 게 아닌가? 어쨌든 우리의 의뢰인하고는 아무 상관없는 일이네. 그가 살해한 사람과 관계되는 일이지. 그들은 한때 공범자였네. 이 방 어딘가에 범죄의 비밀이 숨겨져 있을 테지. 처음에 나는 우리 친구가 본인도 모르게 범죄의 대상이 될 만한 귀한 물건을 수집품 중에 가지고 있는 게 아닌가 의심했었네. 그러나 로저 플레스코트가 이 방에서 살았다는 사실을 알게 되자 모든 일은 명백히 드러났네. 자, 왓슨, 인내심을 갖고 어떤 일이 벌어지는지 참고 기다려 보세."

시간 가는 게 이때처럼 지루하게 느껴진 적은 없었다. 바깥문이 열리고 이어 닫히는 소리가 들리자, 우리는 더욱 몸을 숨겼다. 열쇠 돌리는 날카로운 금속성이 난 뒤 미국인이 방 안으로 들어왔다. 그는 문을 살그머니 잠근 뒤 방 안을 샅샅이 훑어보더니 코트를 벗었다. 그는 성큼성큼 방 가운데 있는 탁자 앞으로 걸어왔다. 그리고 탁자를 한쪽으로 밀어놓더니 밑에 깐 양탄자를 걷어서 둘둘 말아 놓았다. 그런 다음 안주머니에서 조립식 지렛대를 꺼내 들고 마룻바닥에 무릎을 꿇고 앉아 무슨 일인지 열심히 했다. 얼마 뒤 마루판자 뜯는 소리가 들렸다. 이어서 우리는 나무판자 뚜껑이 열리는 광경을 보았다. 살인자 에반스는 성냥을 그어 초에다 불을 붙이더니 이내 구멍 속으로 사라졌다.

우리도 이제 행동을 개시할 때가 되었다. 홈즈는 내 손목을 잡아 신호했다. 우리는 살금살금 기어서 마루판자를 들어 낸 곳으로 다가갔다. 소리가 나지 않게 조심조심 기어갔는데도 낡은 나무판자에서 삐걱거리는 소리가 났는지, 미국인이 머리를 쑥 내밀고 바깥을 내다보았다. 그러다가 우리의 모습이 눈에 띄자 당황과 분노의 눈초리로 노려보았으나 그의 머리를 겨누고 있는 두 개의 권총이 있다는 것을 알자 그는 오히려 쑥스러운 듯 쓴웃음을 지었다.

"아!" 그는 차갑게 말했다. "홈즈 선생, 나 때문에 그동안 수고 많이 하셨소. 게임을 하는 동안 선생은 처음부터 나를 무던히 괴롭혔습니다. 자, 이번 승부에선 제가 졌습니다. 선생께서 완전히 이기셨습니다."

순간 그는 가슴에서 재빨리 권총을 뽑더니 두 방을 쏘았다. 나는 갑자기 넓적다리에 뜨거운 쇠덩어리가 꿰뚫는 것 같은 느낌을 받았다. 그러나 홈즈의 권총이 에반스의 머리를 스쳐 가는 소리가 났다. 에반스가 피를 흘리며 마룻바닥에 쓰러지는 광경과 홈즈가 그에게서 총을 뺏는 모습이 어렴풋하게 보였다. 그런 다음 나의 친구는 나를 그의 힘센 팔로 안아 의자에 앉혔다.

"왓슨, 많이 다쳤나? 부탁이니 제발 다치지 않았다고 말해 주게!"

한 번 부상을 당해 볼 만도 했다. 가면 같은 차가운 얼굴 밑에 숨어 있는 홈즈의 뜨거운 우정과 사랑의 깊이를 내 눈으로 직접 볼 수 있었으니 내 몸이 몇 번을 다친다 해도 좋았다. 맑고 날카로운 그의 눈은 눈물로 흐려지더니 꽉 다문 입술이 떨리기 시작했다. 이때 처음으로 나는 위대한 두뇌에 못지않게 홈즈의 마음도 아주 훌륭하다는 것을 알 수 있었다. 보잘것은 없었으나 일편단심이었던 나의 봉사가 뜻밖의 순간에 이렇게 극진한 보답을 받게 되었다.

"괜찮아, 홈즈, 조금 긁혔을 뿐이야."

홈즈는 주머니칼로 내 바지를 찢었다.

"다행이네." 그는 안도의 숨을 내쉬며 기쁘게 말했다. "피부 표면만 스쳤군." 홈즈는 얼빠진 얼굴로 앉아 있는 미국인을 냉혹한 눈길로 노려보았다. "천만다행인 줄 알게. 만약 왓슨이 죽었다면 자네도 살아서 이 방을 나가지는 못했을 걸세. 어디 할 말이 있거든 말좀 해봐."

미국인은 아무 말도 하지 않고 얼굴을 찡그리기만 했다. 나는 홈즈의 어깨에 기대어 열려 있는 비밀 문을 통해 자그마한 지하실 안을 들여다보았다. 지하실 안은 에반스가 켜 놓은 촛불로 환했다. 우리의 눈은 녹슨 기계더미에 멈춰졌다. 바닥에는 종이 두루마리와 병들이

세 사람의 개리뎁

어지럽게 널려 있고 작은 탁자 위에는 조그맣게 잘라 놓은 종이더미가 가지런히 쌓여 있었다. 홈즈가 말했다.
"인쇄 시설이군, 위조 지폐범의 비밀 아지트네."
"그렇습니다." 미국인은 비틀거리며 일어서더니 곧 의자에 깊숙이 앉으며 말했다. "일찍이 런던에는 없었던 가장 대규모적인 설비입니다. 저것은 프레스코트가 설치한 인쇄기입니다. 저 탁자 위에 있는 종이 뭉치는 프레스코트가 만든 100파운드짜리 지폐 2천 장인데, 이것은 어디서나 통용될 수 있습니다. 자, 마음대로 가지십시오. 이것으로 타협을 하고 저를 놓아 주십시오."
홈즈가 소리내어 웃었다.
"에반스, 우리가 그럴 사람들로 보이나? 영국 땅에 자네가 숨을 만한 곳은 없네. 자네가 이 방에 살았던 프레스코트를 쏘았지?"
"네, 그래서 5년 동안 감옥에 있었습니다. 그러나 시비를 건 것은 그였지요. 오히려 저는 상을 받아야 마땅했을 텐데, 5년 징역을 받았습니다. 이 세상의 누구도 프레스코트가 돈을 위조하고 있다는 사실을 모르고 있었습니다. 제가 그를 죽이지 않았다면 런던은 그의 위조 지폐로 홍수를 이루었을 겁니다. 그의 인쇄 시설 장소를 알고 있는 사람은 저 혼자밖에 없었습니다. 제가 이 방에 눈독들이고 있는 것을 의아하게 생각하셨겠지요? 그 괴상한 이름의 얼간이 곤충학자가 하루 종일 이 방에 웅크리고 앉아 잠시도 방을 비우지 않으니 전들 어떻게 하겠습니까? 그를 외출하게 만드는 수밖에 도리가 없었습니다. 숫제 그를 죽였다면 오히려 일은 쉬웠을 겁니다. 그러나 저는 상대편이 총을 들고 대항하지 않는 한 사람을 쏘지 못하는 마음 약한 놈입니다. 홈즈 선생, 제가 무슨 나쁜 일을 했습니까? 저는 위조 지폐를 만드는 일에 가담하지도 않았고, 또 늙은 노인을 다치게 하지도 않았습니다. 저를 어떻게 하시겠습니까?"

"방금 살인 미수죄를 저지르지 않았나? 그러나 그건 내가 관계할 일이 아니고 경찰에서 알아서 처리하겠지. 지금 내가 할 일은 자네를 체포하는 거야. 왓슨, 경시청에 전화를 걸게. 이건 완전히 예상 밖의 일인데."

이상이 살인자 에반스가 기발하게 창작한 세 사람의 개리뎁에 대한 이야기이다. 그 뒤 우리는 그 불쌍한 늙은 의뢰인이 그의 허황된 꿈의 충격에서 깨어나지 못했다는 소식을 들었다. 공중누각이 무너지자 그는 넋을 잃고 말았다. 그는 요즈음 브릭스턴의 요양소에 있다고 한다. 프레스코트의 인쇄 시설을 발견하자 경찰은 환호성을 올렸다. 경시청에서도 그 시설물이 존재한다는 사실은 알고 있었으나 프레스코트가 죽었기 때문에 어떻게 할 도리가 없었던 것이다. 에반스가 큰 공로를 세운 것은 사실이었다. 그래서 상황을 정확히 판단 못한 몇 명 유능한 범죄 수사 대원들은 사회의 큰 위험물인 위조 지폐를 미연에 방지한 에반스에게 오히려 상을 내려야 한다고 우길 정도였다. 그러나 냉정한 법정은 이러한 소리를 무시하고 살인자에게 유죄 판결을 내렸다.

Thor Bridge
소르 다리 사건

채링 크로스에 자리 잡은 콕스 은행 지하 금고에는 낡아 찌그러진 양철 상자가 하나 보관되어 있을 것이다. 뚜껑 위에는 내 이름인 의학박사 존 H. 왓슨, 인도 군(軍) 소속이라고 페인트로 씌어 있다. 상자 안은 셜록 홈즈가 그동안 수사해 온 괴이한 사건들의 기록으로 가득 차 있다. 그 가운데 몇몇은 아주 재미없는 건 아니지만, 사건을 해결하지 못한 완전한 실패 사례로 최종적인 설명이 없기 때문에 발표하기 곤란하다. 이러한 미해결 사건은 학생들에게는 호기심을 일으킬지 모르겠지만, 일반 독자들에게는 별 흥미가 없을 것이다.

수수께끼로 남아 있는 사건 중에는 집으로 우산을 가지러 갔다가 행방불명이 된 제임스 필리모어 씨의 이야기도 있다.

또 하나 괴상한 사건은 앨리시아라는 이름의 조그만 범선이 어느 봄날 아침 안개가 자욱한 바다를 출범했는데, 그 배는 그 뒤 어느 곳에도 나타나지 않았고 승무원에 대해서도 아무런 소식을 들을 수 없었다.

세 번째로 주목할 만한 이야기로는 유명한 언론인이며 결투가인 이

사도라 페르사노 씨의 사건이 있다. 어느 날 그는 성냥갑을 열다가 실성해 버렸다. 그 성냥갑 속에는 과학계에 아직 알려지지 않은 이상한 벌레가 잔뜩 들어 있었다. 이것은 과학으로도 설명할 수 없는 사건이었다. 이와 같이 해결되지 못한 사건 말고도, 한 가족의 비밀에 관계되는 문제이므로 세상에 알리기 곤란한 사건도 있다. 나는 물론 한 개인의 신뢰를 저버릴 생각은 조금도 없다. 나의 친구가 한가한 시간을 갖게 되면, 함께 이러한 사건은 따로 분류해서 어떤 기록은 완전히 없애 버릴 생각이다.

그 밖의 사건들은 내가 존경하는 사람들의 명예를 손상시키지 않는 범위 내에서 가능한 한 많이 발표하려고 한다. 어떤 사건은 나도 직접 수사에 관여하여 나 자신 증인으로서 이야기할 수 있는 사건도 있지만, 어떤 사건은 수사에 내가 전혀 참여하지 않았고 또 했더라도 아주 미미한 부분에만 관계했기 때문에 제삼자의 이야기를 듣고 기록한 사건도 있다. 다음 이야기는 내가 직접 경험한 사건 가운데 뽑아낸 것이다.

10월 어느 날, 바람이 몹시 부는 아침이었다. 나는 옷을 갈아입으면서 뒤뜰에 외롭게 서 있는 플라타너스의 마지막 남은 잎새들이 나풀나풀 바람에 나부끼는 모습을 바라보았다. 아침을 먹으러 내려가면서 오늘 아침은 홈즈의 기분이 우울할 것이라고 생각했다. 모든 위대한 예술가가 그렇듯 그는 주위 환경에 쉽게 감동을 받는 성격이었다. 그러나 의외로 그는 식사를 거의 끝내 가고 있었으며, 기분도 명랑하고 즐거워 보였다. 그러나 즐거워하는 순간에도 그의 특징인 불길한 모습이 살짝 엿보였다.

내가 물었다.

"홈즈, 무슨 일이 있나?"

"자네도 이젠 귀신이 다 되었군. 내 비밀을 꼭 집어내니. 그래, 사건이 있네. 근 한 달 동안 일이 없어 침체되어 있었는데 이제 다시 뛰어야겠어."
"나도 끼워 주겠나?"
"그걸 말이라고 하나? 자, 새로 온 요리사의 계란 삶은 솜씨라도 음미하여 보게. 그 일이 끝나면 토론을 하기로 하세. 이 사건은 어제 패밀리 헤럴드 지에서 읽은 기사와 관련이 있는 것 같네. 계란을 요리하는 것 같은 하찮은 일이라도, 알맞게 익히기 위해서는 정성들여 시간을 재며 요리를 해야 되네. 그 잡지에 난 사랑의 로맨스 기사도 그냥 지나치면 안 되겠어."
5분쯤 지나 식탁을 치운 뒤 우리는 얼굴을 마주대고 앉았다. 홈즈는 주머니에서 편지를 꺼냈다. 홈즈가 물었다.
"자네 금광왕인 닐 깁슨 씨를 아나?"
"미국 상원의원 말인가?"
"그래, 그는 서부에서 상원의원으로 한 번 당선된 적이 있었네. 그러나 그는 세계에서 제일가는 금광왕으로 더 유명하지."
"알고 있어. 몇 년째 영국에서 살고 있다지? 그의 이름은 유명하잖은가."
"그는 5년 전 햄프셔에서 꽤 큰 저택을 사들였어. 자네도 그의 부인의 비극적인 종말을 들었겠지?"
"물론. 방금도 그 생각을 했네. 그 사건으로 그가 유명해졌지. 그러나 자세한 내막은 모르고 있네."
홈즈는 의자 위에 놓인 신문 몇 장을 가리켰다.
"이 사건의 의뢰가 들어오다니, 정말 뜻밖이야. 이럴 줄 알았으면 그 기사를 따로 스크랩해 놓았을 텐데. 이 사건은 세상을 깜짝 놀라게 했지만 생각같이 그렇게 어려운 문제는 아닐세. 형사 피고인인 흥미 있는 인물에 대한 명백한 증거가 있네. 검시 배심원도 형사 법원도 모두 그녀의 유죄에 의견을 함께하고 있네. 이제 윈체스터 순회 재판의 판결만 남아 있을 뿐이야. 승산 없는 일을 맡지 않았나 하는 염려가 좀 있네. 왓슨, 사실을 밝혀 낼 수는 있으나 법원의 판결을 뒤집어 놓기는 힘들 것 같아. 예기치 않은 새로운 사실이 반증되지 않는 한, 우리 의뢰인이 바라는 그런 기적은 일어나지 않을 걸세."

"의뢰인이라고?"

"아, 깜박 잊었군. 이 편지를 읽어 보게."

편지는 힘찬 달필로 다음과 같이 씌어 있었다.

셜록 홈즈 선생께

신이 창조한 여인 중 가장 훌륭한 여자인 그녀를 구해 보려는 아무런 노력도 하지 못한 채 그냥 죽게 내버려 둘 수는 없습니다. 저는 이 사건에 대한 진상을 설명할 수 없습니다. 아니, 그들에게 그녀의 결백을 주장할 입장이 못 됩니다. 선생께서도 이 사건을 물론 알고 계시리라고 믿습니다. 이 사건을 모르는 사람이 세상에 어디 있겠습니까? 온 나라의 이야깃거리지요. 그러나 한 사람도 그녀 편을 드는 사람은 없습니다. 이러한 부당함이 저를 미치게 만들고 있습니다. 그 여자는 파리 한 마리도 죽이지 못하는 성격입니다.

내일 오전 11시에 선생을 찾아뵙겠으니, 부디 어둠 속에 있는 저에게 광명을 비춰 주시기 바랍니다. 혹 제가 해결의 실마리를 갖고 있으면서 미처 모르고 있는지도 모릅니다. 선생만이 그녀를 구해 줄 오직 한 분이십니다. 선생께서 일생일대 능력을 보여 주고 싶으시다면 제발 이 기회에 발휘해 주시기 바랍니다. 안녕히 계십시오.

클래리지 호텔에서, 10월 3일

J. 닐 깁슨

홈즈는 아침 식사 뒤에 피운 파이프의 담뱃재를 털어 낸 다음, 다시 담배를 채워 넣었다.

"지금 그 신사를 기다리고 있는 중일세. 자네가 자세한 내용을 알기 위해 이 신문들을 다 읽어 볼 시간은 없을 걸세. 자네의 지적인 흥미를 돋우기 위해 요점만 말해 주겠네.

그는 세계적으로 이름난 막강한 재력을 가진 사람이지만, 내가 알기로는 난폭하고 무서운 성격의 인물이야. 이번 비극의 희생이 된 그의 부인에 대해서는 젊음이 다 지난 한물 간 여자라는 것밖에 아는 사실이 없네.

그런데 묘하게도 집에는 젊고 매력적인 여자 가정교사가 두 아이를 맡아 가르치고 있었네. 이 세 사람이 관련된 사건은 오랜 전통을 가진 영지의 중심부인 대저택에서 일어났네. 부인은 집에서 8백 미터쯤 떨어진 다리에서 늦은 밤중에 어깨에 숄을 두른 야회복 차림으로 머리에 권총을 맞고 쓰러져 있었지. 근처에는 무기도 없었고, 저격한 흔적도 찾을 수 없었네. 아무리 뒤져도 총을 발견하지 못했어.

왓슨, 이 점을 유의해서 듣게. 범죄는 저녁 늦게 일어난 게 분명하네. 사냥터지기가 11시쯤 시체를 발견했고, 곧 경찰과 의사가 와서 집 안으로 옮기기 전에 검시를 했네. 내가 너무 요약해서 이야기했나? 그래도 알아들을 수 있겠지?"

"그럼, 알아듣고말고. 그런데 왜 가정교사를 의심하나?"

"무엇보다도 뚜렷한 증거가 있기 때문이야. 구경(口徑)이 시체의 탄환 자국과 일치될 뿐만 아니라 꼭 한 발만 쏜 권총이 그녀의 옷장 바닥에서 나왔다네." 홈즈는 눈을 똑바로 뜨고 단어 하나하나를 또박또박 되풀이해서 말했다. "그녀의——옷장——바닥에서——" 그런 다음 홈즈는 입을 다물었다. 어떤 생각이 그의 머리를 스친 것 같았

다. 나는 감히 방해하지 못하고, 조용히 그의 얼굴만 바라보았다. 갑자기 그는 명랑한 모습으로 되돌아왔다. "글쎄, 왓슨. 권총이 나온 거야. 피할 수 없는 증거이지. 그래서 두 배심원도 그녀를 진범으로 보고 있네. 그리고 죽은 부인은 바로 그곳에서 만나겠다고 약속을 한 가정교사의 서명이 있는 종이쪽지를 손에 쥐고 있었네. 어떤가?

거기에는 그럴 만한 이유가 있지. 상원의원 깁슨 씨는 매력 있는 인물이야. 부인이 죽으면, 그는 이미 그의 고용인으로서 특별한 관심을 쏟고 있었던 어여쁜 가정교사와 쉽게 결혼할 수 있으리란 이야기지. 사랑, 재산, 권력, 이 중년 남자는 모든 것을 다 갖추고 있다네. 더러운 이야기지, 왓슨. 정말 치사해!"

"추악한 이야기로군."

"가정교사에게는 알리바이가 없네. 오히려 그녀는 바로 그 시간에 비극이 일어난 소르 다리에 있었다는 사실을 시인했어. 부인할 수 없었을 걸세. 지나가던 마을 사람이 그녀를 그곳에서 보았다니까."

"그것이야말로 결정적인 치명타로군."

"왓슨, 그 다리는 난간이 달린 좁은 돌다리인데, 다리 부근은 연못의 폭이 가장 좁은 지역으로, 물길이 깊고 물가에는 갈대가 덮여 있다고 하더군. 흔히들 그 연못을 소르 연못이라고 부르고 있지. 바로 그 다리 입구에 부인이 죽어 넘어져 있었어. 이것이 사건의 모든 이야기일세. 그런데 의뢰인이 약속 시간보다 빨리 온 모양이군."

빌리가 문을 열었다. 그러나 그가 말한 것은 전혀 생소한 이름이었다. 말로 베이츠 씨는 우리 모두에게 낯선 인물이었다. 그는 마르고 신경질적인 용모에 겁먹은 눈으로 안절부절못하면서 어찌할 바를 모르고 서 있었다. 나의 직업적인 눈으로 판단하건대 그에게는 신경쇠약 증세가 있는 것 같았다.

"몹시 흥분하신 것 같습니다. 앉으십시오. 11시에 다른 약속이 있어서 시간 여유가 별로 없습니다." 홈즈가 말했다.

"알고 있습니다." 방문객은 헐떡이며 숨넘어가는 사람같이 짧게 내뱉었다. "깁슨 씨와 약속을 하셨지요? 그는 저의 주인입니다. 저는 그의 저택을 돌보는 관리인입니다. 홈즈 선생님, 그는 나쁜 사람입니다. 아주 극악무도한 악한이에요."

"심한 말씀을 하시는군요, 베이츠 씨."

"홈즈 선생님, 시간이 없기 때문에 이렇게 강조해서 이야기를 해야 잘 알아들으실 겁니다. 그 사람이 여기서 저를 만나게 되면 큰일납니다. 그는 약속 시간을 꼭 지킵니다. 그러나 저는 더 일찍 올

수가 없었습니다. 오늘 아침에야 그의 비서인 퍼거슨 씨가 선생님과의 약속을 제게 알려 주었습니다."
"아니, 그의 관리인이라면서 그것도 모르고 있었습니까?"
"해고를 당했습니다. 1주일 안으로 저는 이 노예 같은 생활을 벗어날 수 있습니다. 그는 무정한 사람입니다. 홈즈 선생님, 그는 잔인하기 그지없습니다. 세상에 알려진 자선 사업은 그의 개인 생활의 죄악을 감추기 위한 하나의 가리개에 불과합니다.

그의 부인이야말로 그의 가장 큰 희생물이었습니다. 그는 부인에게 잔인하게 굴었습니다. 선생님, 그는 마치 야수 같았습니다. 부인이 어떻게 해서 죽었는지는 모르겠으나, 분명한 것은 부인의 인생을 그렇게 비참하게 만든 것은 바로 그였다는 점입니다. 부인은 브라질 태생으로 열대성 기질을 지닌 분이었습니다. 선생님도 알고 계시지요?"
"아니, 처음 듣는 소리입니다."
"열대 지방 태생에, 성격 또한 정열적이었습니다. 한 마디로 말해서 부인은 태양과 정열의 딸이었습니다. 부인은 여자가 할 수 있는 모든 애정을 바쳐서 남편을 사랑했습니다. 그러나 그녀의 육체적인 매력이 시들게 되자——젊었을 적에 부인은 몹시 아름다웠다고 합니다——남편은 그녀를 거들떠보지도 않았습니다. 우리는 모두 그녀를 좋아했으며, 또 동정했고, 그녀를 구박하는 주인을 몹시 증오했습니다. 주인은 수단이 좋고 또 교활합니다. 이것만은 꼭 이야기해야 되겠습니다. 절대로 그의 겉모습에 넘어가지 마십시오. 가면 뒤에 숨어 있는 그의 정체를 주의하시기 바랍니다. 이제 가야 되겠습니다. 붙잡지 마십시오. 주인은 정각에 들어올 겁니다."
방문객은 깜짝 놀라 시계를 보며 허둥지둥 문을 열더니 사라졌다. 잠시 침묵이 흐른 뒤 홈즈가 입을 열었다.

"깁슨 씨는 아주 충직한 관리인을 두었군. 그의 충고도 새겨 볼 만하네. 이제 깁슨 씨가 나타날 시간이 되었어."

정각 11시가 되자 계단을 밟는 묵직한 발소리가 들리더니 드디어 유명한 백만장자의 모습이 나타났다. 그의 모습을 보니 그의 관리인이 왜 그를 무서워하고 싫어하는지, 또한 그의 사업상 라이벌들이 왜 그를 혐오하는지 그 이유를 알 것 같았다. 만약 내가 조각가가 되어 강철 같은 신경과 가죽같이 질긴 양심을 가진, 사업에 성공한 인물을 조각해야 될 경우라면 나는 틀림없이 닐 깁슨 씨를 모델로 삼을 것이다.

그는 키가 크고 말랐으며, 골격이 튀어나온 용모는 열망과 탐욕으로 이글거렸다. 그의 모습은 에이브러햄 링컨과 비슷하나 그보다 품위가 낮은 사람을 연상하면 틀림없을 것이다. 그의 얼굴은 화강암을 조각해 놓은 것처럼 선이 뚜렷하고 표정이 굳었으며, 울퉁불퉁한 게 무자비한 인상을 주었다. 얼굴에는 위험한 상처 자국이 여러 개 있었다. 짙은 눈썹 아래 빛나는 잿빛 눈이 날카롭게 우리를 번갈아 쏘아 보았다. 홈즈가 내 이름을 소개하자 그는 형식적으로 내게 머리를 숙인 뒤 위풍당당하게 내 친구 곁으로 바짝 의자를 당기더니, 홈즈와 거의 무릎을 맞대다시피 가까이 앉았다.

"홈즈 선생, 이야기를 시작해도 되겠습니까? 돈은 얼마든지 내겠습니다. 진실만 밝혀주신다면 돈이 문제겠습니까? 그 여자는 결백합니다. 그녀를 석방시켜야 합니다. 선생께서 하실 일은 바로 이겁니다. 선생의 명예를 걸고, 이 일을 해결해 주시기 바랍니다."

"저의 보수는 고정되어 있습니다." 홈즈가 차갑게 말했다. "무보수로 일할 때 말고는 이 원칙을 지키고 있습니다."

"돈에 무관심하시다면 그럼, 명성을 생각해 보십시오. 영국의 모든 신문에 선생의 이름이 나게 되면 미국에서도 선생의 인기는 매우 빠르게 치솟을 겁니다. 그러면 선생은 두 대륙에서 이름을 떨치게 되시는 겁니다."

"고맙습니다, 깁슨 씨. 저는 인기 같은 것에 관심이 없습니다. 오히려 익명으로 일하기를 원한다는 것을 아시게 되면 깁슨 씨는 무척 놀라실 테지요. 저를 매혹시키는 것은 사건 그 자체입니다. 시간을 낭비하는 것 같군요. 이제 본론으로 들어갑시다."

"신문 기사를 통해 대강 이야기를 알고 계시리라 믿습니다. 무슨 말부터 꺼내야 좋을지 모르겠군요! 선생께서 궁금한 게 있거든 물어 보십시오. 대답해 드리겠습니다."

"그럼, 한 가지 물어 보겠습니다."

"무엇입니까?"

"던바 양과는 어떤 관계였습니까?"

금광왕은 사나운 표정을 짓더니 의자에서 반쯤 일어났다. 얼마 뒤 그는 냉정을 되찾았다.

"홈즈 선생, 이와 같은 질문을 하시는 것은 선생의 권리이며 아울러 선생의 의무라는 걸 잘 알고 있습니다."

"그렇게 생각하는 게 좋을 겁니다."

홈즈가 말했다.

"우리의 관계는 주인과 가정교사의 사이로서, 어린아이를 동반하지 않을 경우에는 개인적으로 이야기한 적도, 만난 적도 없습니다."

홈즈는 의자에서 벌떡 일어났다.

"나는 바쁜 사람입니다. 이런 무의미한 대화로 시간을 낭비할 수 없습니다. 안녕히 가십시오."

방문객도 따라 일어섰다. 그는 홈즈보다 키가 훨씬 컸다. 짙은 눈썹 밑에 있는 눈은 분노로 번득였으며 창백한 두 눈은 빨갛게 흥분되었다.

"홈즈 선생, 왜 그러십니까? 이 사건을 맡지 않으시겠습니까?"
"네, 깁슨 씨. 못 맡겠습니다. 제 말뜻을 알아들으셨을 텐데요?"
"네, 알겠습니다. 그런데 그 저의가 무엇입니까? 값을 올리려고 그러는 겁니까, 아니면 자신이 없어서 그러는 겁니까? 대체 이유가 뭡니까? 나도 대답을 들을 권리가 있습니다."
"물론이지요. 한 가지 이유를 말씀드리겠습니다. 이 사건은 가뜩이나 처음부터 복잡한데 거기에 거짓 정보까지 끼어들면 일은 더욱더 어려워집니다."
"내가 거짓말을 한다는 뜻입니까?"
"저는 가능한 한 그런 표현을 쓰려고 하지 않았지만 선생께서 그런 말을 쓰시기 좋아한다면 굳이 부인하지는 않겠습니다."
 백만장자의 얼굴 표정이 악마처럼 변하면서 뼈마디가 툭 불거진 주먹을 들어올리자, 나는 겁이 나 자리에서 벌떡 일어났다. 그러나 홈즈는 싱긋이 웃으며 파이프를 집었다.
"시끄럽게 굴지 마십시오, 깁슨 씨. 아침 식사 뒤엔 아무리 사소한 언쟁이라도 하게 되면 머리가 어지러워집니다. 맑은 아침 공기에 산책이라도 하시고 머리를 식히는 게 선생에게 좋을 겁니다."
 깁슨 씨는 애써 격분을 억눌렀다. 나는 단 1분 동안에 뜨거운 분노의 격정에서 냉정과 경멸하는 듯한 무관심의 표정으로 변한 그의 초인적인 자제력에 오직 감탄할 뿐이었다.
"이것은 선생이 선택할 일입니다. 이제 선생께서 어떤 식으로 일을 처리하는지 알았습니다. 선생께서 그처럼 꺼려 하시는 사건을 억지로 맡게 할 수는 없습니다. 홈즈 선생, 선생은 오늘 아침 나에게 너무 심하게 구셨습니다. 나는 선생보다 더 강한 사람도 굴복시킨 적이 있습니다. 누구도 나를 꺾을 수는 없지요."
"많은 사람들이 그렇게 이야기하더군요. 그러나 저는 저대로의 고

집이 있습니다." 홈즈가 웃으며 말했다. "안녕히 가십시오, 깁슨 씨, 선생은 아직 배우셔야 할 게 많은 것 같습니다."
 방문객이 소리를 내며 나갔다. 홈즈는 꿈꾸는 듯한 눈을 천장에 고정시킨 채 태연히 담배만 피웠다. 홈즈가 마침내 입을 열었다.
 "왓슨, 무슨 생각을 했나?"
 "홈즈, 그 사람은 그의 앞에 놓인 장애물은 모조리 다 부술 것 같은 사람으로 보이네. 아까 베이츠 씨가 이야기한 대로 그는 자기 아내까지도 장애물로 생각한 것 같아. 그래서……."
 "바로 보았네. 나도 같은 생각이야."
 "가정교사와의 관계는 어떤 것이었나? 자네는 알고 있는 것 같은 말투였는데."
 "왓슨, 한 번 허세를 부려 본 거야. 다정하고, 틀에 박히지 않고, 사무적이 아닌 그의 편지투와 대조해 볼 때, 그의 터놓지 않는 태도는 전혀 기대 밖이었네. 그는 그의 죽은 부인보다 여자 가정교사와 더 가까운 관계에 있었던 게 틀림없어. 진실을 알아야 그 세 사람의 진짜 관계를 이해하게 될 걸세. 자네는 내가 그에게 한 정면 공격과 그리고 그가 어떻게 태연히 내 공격을 받아넘겼는지 똑똑히 보았지. 내가 그들의 관계를 확실히 알고 있다는 인상을 주기 위해 그를 위협한 거야. 그런데 실은 나도 그 점이 의심스럽단 말이야."
 "그가 다시 돌아오지 않을까?"
 "돌아올 걸세. 그는 반드시 돌아와야 돼. 일을 이렇게 벌여 놓고, 그대로 떠날 수는 없을 거야. 보게, 벨이 울리지 않나? 그의 발자국 소리가 들리네. 잘 오셨습니다, 깁슨 씨. 왓슨 박사에게 선생께서 좀 늦으신다고 이야기하고 있었습니다."
 금광왕은 나갈 때보다 기분이 많이 누그러져서 들어왔다. 그의 상처 입은 자존심은 아직도 분한 눈초리에 뚜렷이 나타나 있었다. 그러나 목적을 달성시키기 위해 그는 이렇게 굴복해 왔다.
 "곰곰이 생각해 보았습니다, 홈즈 선생. 내가 경솔했었습니다. 사실이 어떻든 간에 선생께서는 진실을 알 권리가 있고, 그 점에 대해서는 저도 이의가 없습니다. 그러나 제발 던바 양과 저와의 관계는 건드리지 말아 주십시오."
 "그것을 알아야만 사건을 해결할 수 있습니다."
 "하기는 그렇기도 합니다만. 선생은 치료하기 전에 환자의 모든 증세를 알고 싶어하는 외과의사 같으시군요."
 "적절한 표현입니다. 환자가 의사를 속이려고 할 때는 반드시 어떤 이유가 있는 법인데, 선생은 무슨 사유로 사실을 감추려고 합니까?"
 "선생께서도 시인하시겠지만, 남자들에게 한 여자와 어떤 관계에 있느냐는 노골적인 질문을 했을 때, 그들의 관계가 진실로 진지한 사이라면 대부분의 남자들은 답변을 회피할 것입니다. 추측하건대 모든 인간들은 외부 침입자의 간섭을 받지 않는 영혼의 한구석에 혼자만의 조그만 안식처를 마련하고 있습니다. 그런데 선생께서 갑자기 나의 이 안식처를 들추어내려고 하시는군요. 그러나 그걸 아셔야만 그녀를 구해 줄 수 있다니 할 수 없습니다. 자, 들어오셔서 마음대로 탐색해 보십시오. 선생이 원하시는 게 무엇입니까?"
 "진실입니다."
 금광왕은 입을 다물고 잠시 생각을 정돈하는 것 같았다. 그의 냉혹하고 움푹한 얼굴은 점점 슬프고 진지한 표정으로 변해 갔다.
 "홈즈 선생, 그럼 짤막하게 말씀드리겠습니다." 마침내 그가 입을 열었다. "말하기 힘들 뿐만 아니라 괴롭기 그지없습니다. 브라질에서 금광 탐색을 하던 시절에 아내를 만났습니다. 마리아 핀토는 마나오스 정부의 관리 딸로 몹시 아름다웠습니다.

나는 그 즈음 젊었고 또 정열적이었습니다. 이제 다시 냉정과 비판적인 눈으로 그 무렵을 돌이켜 보아도 그녀는 경탄할 만한 보기 드문 미인이었습니다. 그녀의 천성은 깊고 풍부했으며 정열적이고 또한 헌신적이었으나, 열대 기질로 감정과 이성이 불균형을 이룬 게 내가 알고 있었던 미국 여자와는 전혀 다른 점이었습니다. 어쨌든 나는 그녀를 사랑하게 되어 결혼을 했습니다.

사랑의 열기는 금방 식었으나 그래도 몇 해 동안은 그 흔적이 남아 있었습니다. 그 뒤 얼마 동안 시간이 흐른 뒤 나는, 그녀와 나 사이에 아무런 공통점이 없다는 것을 발견하게 되었습니다. 나의 사랑은 식어 갔습니다. 그녀의 사랑도 식어 갔더라면 마음은 훨씬 편했을 겁니다.

그러나 선생께서도 그런 기질의 여자를 잘 알고 계실 테지만, 그 어떤 것도 그녀의 사랑을 떼어놓을 수 없었습니다. 제가 그녀에게 심하게 군 것을 어떤 사람은 잔인하다고까지 말합니다만, 실은 나에 대한 그녀의 사랑을 죽이기 위해서였습니다. 그래서 그녀가 나를 증오하게 되면 그편이 우리 모두에게 마음 편할 것 같았습니다. 그러나 아무것도 그녀의 마음을 움직이지 못했습니다. 22년 전 아마존 강둑에서 나를 사랑하던 때와 마찬가지로 그녀는 이 영국 숲 속에서도 변함없이 열렬히 나를 사랑했습니다. 그녀는 한결같이 헌신적이었습니다.

그때 그레이스 던바 양이 나타났습니다. 그녀는 광고를 보고 지원해 우리 두 아이들의 가정교사가 되었습니다. 선생께서도 신문에 난 그녀 사진을 보셨겠지요? 온 세상 사람들이 굉장한 미인이라고 찬사가 대단했습니다. 나는 누구보다 더 도덕적인 체 위장하고 싶지는 않습니다. 고백하건대 같은 지붕 아래 살며 그녀와 매일 얼굴을 대하게 되자 나는 그녀에게 연정을 품지 않을 수 없었습니다. 홈즈 선생님,

나를 비난하시렵니까?"

"그런 감정이라면 누구나 가질 수 있습니다. 그러나 그녀에게 선생의 감정을 알렸다면 비난받으셔야 합니다. 왜냐하면 그녀는 어떤 의미에서는 선생의 보호를 받아야 할 위치에 있기 때문입니다."

"네, 그렇습니다."

홈즈가 야단을 치자 백만장자의 눈에는 아까 보이던 그 분노의 빛이 다시 떠올랐다.

"나는 실제 이상으로 잘난 체하는 사람이 아닙니다. 일생을 통해 내가 바라는 모든 것을 손아귀에 넣었습니다. 그러나 내가 무엇보다도 원하는 것은 그녀의 사랑과 그녀를 소유하는 것이었습니다. 나는 그녀에게 이 말을 했습니다."

"아니, 선생이 그녀에게 그런 이야기를 했습니까?"

홈즈는 언짢은 표정으로 말했다.

"나는 그녀에게 될 수만 있다면 결혼을 하고 싶다고 말했습니다. 그러나 그것만은 내 힘으로 할 수 없는 일이었습니다. 돈도 필요 없고, 다만 그녀를 행복하고 편안하게 해주는 것이 나의 소원이라고 이야기했습니다."

"매우 로맨틱하시군요."

홈즈가 비꼬아 말했다.

"홈즈 선생, 나는 여기에 사실을 밝히러 온 거지 선생의 도덕적 심문을 들으러 온 것이 아닙니다."

"내가 이 사건을 맡는 것은 그 여자를 위해서입니다." 홈즈가 단호히 말했다. "이미 시인하신 대로 당신은 한지붕 아래 사는 무방비 상태의 가련한 처녀를 망치려고 했는데, 생각하기에 따라서 그 죄는 지금 구속되어 있는 그녀의 살인 혐의보다 훨씬 더 나쁜 일인지도 모릅니다. 당신 같은 부자들은 이 세상이 그러한 죄를 용서하도록 매수당

할 만큼 타락하지 않았다는 사실을 잘 명심하시기 바랍니다."

놀랍게도 금광왕은 홈즈의 이러한 비난에도 침착했다.

"나도 그렇게 생각하고 있습니다. 내가 의도한 대로 계획들이 실현되지 않은 것을 하느님께 감사드립니다. 그녀는 거절했습니다. 그리고 곧바로 집을 나가겠다고 말했습니다."

"그런데 왜 안 나갔습니까?"

"무엇보다도 던바 양에겐 부양할 가족들이 있었습니다. 그녀 자신을 희생하더라도 가족은 내버려 둘 수 없었습니다. 나는 다시는 그녀를 괴롭히지 않겠다고 맹세를 했고, 그래서 그녀는 남아 있기로 동의했습니다. 그리고 또 한 가지 이유가 있습니다. 던바 양은 나에 대한 그녀의 영향력을 알고 있었습니다. 그것은 이 세상 누구의 영향력보다도 강력했습니다. 그녀는 좋은 방향으로 그것을 사용했습니다."

"어떻게요?"

"던바 양은 저의 사업 내용을 알았습니다. 홈즈 선생, 내 사업은 방대합니다. 한 사람이 운영하기에는 벅찰 정도로 큽니다. 모든 것을 내 마음대로 세우고 부술 수 있습니다. 그러나 대부분의 경우, 나는 파괴했습니다. 이것은 개인에게만 국한된 게 아닙니다. 사회, 도시, 그리고 국가에까지도 막대한 영향력을 행사했습니다. 사업이란 비정한 게임입니다. 약자는 탈락되고 맙니다. 나는 게임에 언제나 이겼습니다. 결코 자신을 배신한 적이 없었습니다. 다른 사람이 쓰러지는 것도 상관치 않았습니다. 그러나 던바 양의 견해는 달랐습니다. 그녀의 생각이 옳았던 것 같습니다. 그녀는 한 사람이 필요 이상으로 많은 부를 축적하기 위해 다른 수많은 사람의 생활을 짓밟아서는 안 된다는 신념을 갖고 있었습니다. 저는 던바 양의 이야기에 귀를 기울였고, 그녀는 저를 감화시킴으로써 그녀 자신도 세상에 한 역할을 하고 있다고 생각하게 되었습니다. 그래서 던바 양은 내 곁을 떠나지 않았던 것입니다. 그런데 그만 이 사건이 일어났습니다."
"사건이 일어난 이유를 말씀해 주십시오."
금광왕은 두 손으로 머리를 감싸며 깊은 생각에 잠겼다.
"그녀에게는 참으로 불리한 이야기이지만 사실대로 말씀드리겠습니다. 여자들의 내면 생활이란 복잡하기 그지없지요. 남자들의 판단으로는 도저히 상상할 수 없는 행동을 할 때가 많습니다. 처음에 저는 갑자기 그녀가 여느 때의 그녀답지 않은 이상한 태도를 취하는 것을 보고 큰 타격을 받았습니다. 아, 한 가지 머리에 떠오르는 것이 있군요. 홈즈 선생, 이것은 중요한 사실인 것 같습니다.

아내는 몹시 질투심이 강한 여자였습니다. 육체를 질투할 때와 마찬가지로 정신을 질투할 때도 광란적이었습니다. 아내는 자신이 결코 어찌 할 수 없었던 나의 정신과 행동에 던바 양이 큰 영향력을 발휘하고 있다는 사실을 눈치챘습니다. 그것은 선의의 영향력이었으나 아내의 질투는 사그라질 줄 몰랐습니다.

아내의 증오심은 반광란 상태였습니다. 그녀의 피에는 아마존의 뜨거운 피가 늘 흐르고 있었습니다. 그녀는 아마도 던바 양을 죽일 계획을 세웠을 겁니다. 아니면 총으로 위협해서 이 집을 나가라고 위협했을 겁니다. 어쨌든 두 여자는 격투를 벌였을 것입니다. 그 바람에 총이 땅에 떨어지면서 총을 쥐고 있던 아내를 쏜 것인지 모릅니다."
"그 가능성은 저도 생각했었습니다. 계획적인 살인에 그녀가 억울하게 말려들었군요."
"그런데 던바 양은 단호하게 부인하고 있습니다."
"끝까지 그렇게 버티지는 않겠지요. 그런 끔찍한 상황에서는 당황한 나머지 총을 든 채 서둘러 집으로 달려올 수 있습니다. 그녀는 무슨 일을 하고 있는지 의식조차 못한 채, 옷장 안에다 총을 내던졌을 겁니다. 총이 옷장 속에서 발견되었을 때, 그녀는 완강하게 부인하며 거짓말을 늘어놓았겠지만 이미 총은 설명할 수 없는 증거품이 되었지요. 그런데 이와 같은 추측에 동의하지 않는 사람이 누구입니까?"

"던바 양 자신입니다."

"그래요!"

홈즈는 시계를 들여다보았다.

"오늘 아침에 면회 허가서를 얻어 저녁 기차로 윈체스터에 내려가겠습니다. 그녀를 직접 만나 보게 되면 사건 해결에 큰 도움이 될 것 같습니다. 그러나 지금으로서는 선생이 바라는 대로 해결을 보리라는 장담은 하기 어렵습니다."

면회 신청이 늦어져서, 우리는 그날 윈체스터에 가는 대신 닐 깁슨 씨의 장원(莊園)이 있는 햄프셔의 소르 영지로 갔다. 깁슨 씨는 우리와 함께 가지 않았지만, 우리는 이 사건을 제일 먼저 수사한 카벤트리 경사의 주소를 알아 가지고 찾아갔다. 그는 키가 크고 마르고 얼굴이 창백했으며, 태도가 비밀스럽다 못해 신비스럽기까지 했다. 그는 세상에서 일반적으로 아는 사실보다 무언가를 더 알고 있고, 또 누구인가를 의심하는 듯했다. 그는 술수도 쓸 줄 알아, 갑자기 음성을 낮춰 무슨 중대한 대목이라도 이야기하듯이 소곤소곤 말하는데 듣고 보면 별것도 아닌 이야기였다. 이와 같은 계략을 몇 번 부리더니, 그는 갑자기 상냥하고 정직한 사람으로 변해서 사실은 이 사건이 그의 능력에 부친다고 솔직히 시인한 다음 기꺼이 우리를 도와주겠다고 약속했다.

"홈즈 선생님, 어쨌든 경시청보다는 선생님께서 오신 게 더 낫습니다. 경시청이 이 사건에 끼어들게 되면 우리 지방 경찰은 신뢰를 잃게 되고, 또 형편없다고 욕을 얻어먹기 쉽습니다. 그러나 선생님은 혼자서 모든 걸 처리한다는 이야기를 들었습니다."

"나는 수사상 표면에 나타나지는 않을 거요." 홈즈의 이 한 마디가 침울한 경사의 마음을 안심시켜 놓은 것 같았다. "내가 이 사건을 해결한다고 해도 내 이름이 세상에 공표되지 않도록 조치하겠소."

"그렇게 해주신다면 더 바랄 것이 없습니다. 선생님의 친구이신 왓슨 박사님도 물론 신뢰할 수 있겠지요? 그럼 홈즈 선생님, 제가 한 가지 여쭈어 보겠습니다. 선생님한테만 하는 이야기인데요……." 그는 입을 떼기 힘든 모양이었다. "닐 깁슨 씨가 수상하지 않습니까?"

"나도 그렇게 생각하오."

"던바 양을 아직 못 만나 보셨습니까? 그녀는 여러 면으로 훌륭한 여자입니다. 그는 아마 그의 아내가 죽기만을 바랐을 겁니다. 그리고 미국인들은 언제나 권총을 몸에 가까이 지니고 있습니다. 그 총은 깁슨 씨의 권총입니다. 선생님도 알고 계시겠지요?"

"증거가 있소?"

"네, 그것은 그의 쌍권총 중의 하나입니다."

"쌍권총이라? 그럼, 나머지 하나는 어디에 있소?"

"깁슨 씨는 온갖 종류의 권총을 다 가지고 있습니다. 그 짝을 찾아내지는 못했으나 권총 케이스를 보니 분명히 쌍권총이었습니다."

"쌍권총이라면서 나머지 한 짝이 있어야 하오."

"그 집에 권총을 그대로 두고 나왔으니, 지금이라도 다시 조사해 볼 수 있습니다."

"조사는 나중에 하기로 합시다. 먼저 현장 검증부터 해야 되겠소."

우리는 지서로 사용하고 있는 카벤트리 경사의 누추하고 작은 오두막집의 방에서 이야기를 나누었다. 8백 미터쯤 걸어가 바람에 나부끼

소르 다리 사건 219

는 히드 숲과 누렇게 시든 고사리 덤불을 건너가니, 소르 장원으로 들어가는 옆문이 나타났다. 거기서 오솔길로 들어가 꿩 양식장을 지나 넓은 공터로 나아가니, 언덕 위에 서 있는 반은 튜더 식이고 반은 조지아 식인 거대한 목조 저택의 웅장한 모습이 눈에 들어왔다. 우리는 갈대가 무성한 연못가에 섰다. 연못의 가운데 부분은 잘록해서 그 위로 마차가 건너다닐 수 있도록 돌다리가 놓여 있었다. 다리 양옆의 물길은 깊어 보였다. 우리의 안내인은 다리 입구에서 발을 멈추더니 한 지점을 가리켰다.

"여기가 깁슨 부인이 쓰러져 있던 자리입니다. 나는 저 돌을 기준으로 기억해 놓았습니다."

"시체를 안으로 옮기기 전에 그 광경을 보았소?"

"네, 제가 맨 먼저 현장에 왔습니다."

"누가 당신을 불렀소?"

"깁슨 씨입니다. 경보기가 울리자 그는 하인과 함께 이곳으로 달려와 경찰이 올 때까지 현장을 그대로 두라고 말했습니다."

"현명하게 처리했군. 신문을 보니 아주 가까운 거리에서 총을 쏜 것 같던데."

"네, 아주 가까운 거리였습니다."

"부인의 관자놀이 근처에서 쏘았나 보지요?"

"바로 그 뒤에서 쏘았습니다."

"시체는 어떤 자세로 누워 있었소?"

"엎어져 있었습니다. 몸부림친 흔적도 없었고, 무기도 없었습니다. 왼쪽 손에 던바 양의 짤막한 쪽지만을 꼭 움켜쥐고 있었습니다."

"움켜쥐고 있었다고?"

"네, 너무 꽉 쥐고 있어서 손가락을 펴기가 힘들 정도였습니다."

"중요한 사실을 알았소. 거짓 단서를 위해 죽은 뒤에 누군가가 그

녀의 손에 쪽지를 올려놓은 것은 아니라는 사실을 분명히 확인했소. 편지 내용이 몹시 짧은 걸로 기억하고 있는데, '8시에 소르 다리로 나가겠습니다──G. 던바'라는 내용이었지요?"
"네, 그렇습니다."
"뭐라고 변명하던가요?"

"그녀는 순회 재판 때 말하려고 변명을 보류하고 있습니다. 지금은 아무 말도 하지 않고 있습니다."
"참 이상한 일이로군. 그리고 편지 내용도 모호하기 짝이 없구려."
"제가 감히 말씀드리면, 그 쪽지만이 이 사건의 유일한 증거품이라고 생각하고 있습니다."
홈즈는 머리를 저었다.
"정말로 그녀가 쓴 편지라면 적어도 사건이 일어나기 한두 시간 전에 받았을 텐데, 어째서 부인은 그때까지 이 쪽지를 손에 쥐고 있었을까요? 무슨 이유로 이것을 조심스럽게 손에 쥔 채 다리에 나왔단 말이오? 이미 약속된 만남인데 무슨 필요가 있어 그 쪽지를 가지고 있었을까요? 이상하지 않소?"
"선생님께서 그렇게 말씀하시니까 수상하다는 생각이 듭니다."
"잠시 조용히 앉아 생각을 해야 되겠소."
홈즈는 다리 난간에 앉았다. 그의 재빠른 잿빛 눈은 날카롭게 사방을 둘러보았다. 갑자기 그는 벌떡 일어나 반대편 난간으로 가더니 주머니에서 렌즈를 꺼내 돌 표면을 면밀히 들여다보았다.
"이상한데." 그가 말했다.
"네, 난간 돌에 이가 빠졌지요. 지나가던 사람이 그랬나 봅니다."
난간의 돌 색깔은 회색이었다. 그런데 꼭 6펜스 동전 크기만큼 하얗게 벗겨져 있었다. 가까이 가서 보니 표면이 무엇으로 세게 치는 바람에 떨어져나갔음을 알 수 있었다.
"무엇에 심하게 부딪친 모양이오." 홈즈가 생각에 잠겨 말했다. 그는 지팡이로 난간을 두드려 보았다. "그래, 심한 충격을 받은 게 확실하군. 위에서 아래를 향해 내리쳤어. 왜냐하면 이 부분은 난간의 아래 언저리가 아니오?"
"그러나 그곳은 시체가 쓰러져 있던 지점에서 열다섯 발자국쯤 떨

어진 거리입니다."

"그 정도 거리가 되겠소. 얼핏 보기에 이것은 사건과 아무런 관계가 없는 것처럼 보이지만, 그러나 아무 관련 없어 보인다는 그 사실이 중요하오. 여기서 더 이상 조사할 것은 없소. 발자국도 없었다고 말했지요!"

"땅이 단단하게 굳었기 때문에 발자국을 찾아내기가 불가능합니다."

"그럼, 가 봅시다. 집 안에 들어가 당신이 이야기한 무기를 조사해 봐야 되겠소. 그런 다음 원체스터에 가서 던바 양을 만나 봐야겠소."

닐 깁슨은 아직도 돌아오지 않았다. 아침에 찾아왔던 신경질적인 베이츠 씨가 우리를 맞아들였다. 그는 모험을 좋아하는 그의 주인이 평생 동안 수집한 것으로 보이는 여러 모양과 크기의 총들을 악마 같은 표정을 지으며 신이 나서 보여 주었다.

"깁슨 씨에겐 적이 많습니다. 그와 친했던 많은 사람들이 모두 그에게서 돌아섰습니다. 그는 침대 옆 서랍 속에 늘 실탄을 장전한 권총을 넣어 두고 잡니다. 그의 성격은 난폭하기 그지없어 우리는 모두 그를 무서워합니다. 그 불쌍한 부인께서도 남편의 위협에 꽤 시달리셨을 겁니다."

"그가 부인에게 육체적으로 난폭하게 굴었습니까?"

"아니, 그런 적은 없습니다. 그러나 그는 하인들 앞에서도 부인에게 모욕적인 냉혹한 말을 퍼붓곤 했습니다."

정거장으로 가는 길에 홈즈가 말했다.

"우리 백만장자의 가정생활은 그리 행복하지 못했군. 왓슨, 오늘은 수확이 많았네. 새로운 사실을 몇 가지 알게 되어, 이제 얼마쯤 결론을 내릴 수 있게 되었어. 베이츠 씨가 아무리 그의 주인에게 불리한 증언을 해도, 경보기가 울렸을 때 그는 서재에 있었음이 분명하네. 저녁 식사는 8시 반에 끝났고, 모든 것은 여느 날과 다름없었네.

경보기는 저녁 늦게 울렸으나 그 비극은 종이쪽지에 적힌 바로 그 시각에 일어났음이 틀림없어. 깁슨 씨는 5시에 집에 돌아온 뒤 밖에 나간 증거가 전혀 없네. 그리고 던바 양은 다리에서 깁슨 부인과 만날 약속을 했다는 사실을 시인했네. 거기다가 변호사가 그녀에게 변명을 보류하라고 충고했기 때문에 그녀는 아무런 해명도 하지 않고 있네.

그 젊은 숙녀에게 몇 가지 중요한 질문을 할 게 있는데 그녀를 보기 전까지는 마음을 놓을 수가 없어. 한 가지 혐의가 벗겨지지 않는 한 이번 사건은 그녀에게 불리할 것이라는 사실을 고백하네."
"그게 무엇인데?"
"그녀의 옷장에서 권총이 발견된 사실 말일세."
"그래, 나도 그것이 결정적인 타격이라고 생각했네."
내가 소리치듯 말했다.
"그런데 그렇지 않아, 왓슨. 이 사건을 신문에서 처음 읽었을 때부터 나는 이 점을 수상쩍게 생각했었네. 그런데 지금 사건을 직접 다루고 보니 역시 그 점에 희망을 걸 수밖에 없군. 우리는 언제나 일의 일관성을 주시해야 하네. 일관성이 없는 곳에는 반드시 의심할 만한 일이 있기 마련이야."
"무슨 말인지 못 알아듣겠는데."
"자, 왓슨. 라이벌을 제거하려고 냉혹하게 머릿속에 그려 보게. 자네가 음모를 세워 보게. 쪽지를 전했네. 상대방이 왔고 자네는 총을 갖고 있네. 범죄는 능숙하고 완벽하게 끝났네. 그런데 자네는 교묘하게 범행을 한 다음, 증거를 없애기 위해서는 인접한 늪 속에라도 던져 버리면 갈대 뿌리가 영원히 끌어안고 있어 줄 텐데 그것을 잊고 조심스럽게 총을 집으로 가져다 제일 먼저 발각될 옷장에다 넣는 어리석은 행동을 함으로써 모든 일을 망쳐 버리겠나? 그렇다면 자네와 절친한 나까지도 자네가 음모를 세웠다고 볼 수는 없을 걸세. 왓슨, 자네는 이런 식의 서투른 장난은 하지 않겠지?"
"글쎄, 흥분한 순간에는 그럴 수도 있겠지."
"왓슨, 말도 안 되는 소리 하지 말게. 냉정하게 일을 꾸미는 사람은 뒤처리도 냉정하게 마무리하는 법일세. 지금 우리는 심각한 상황 아래 놓여 있네."
"자세한 이야기를 해주게."
"그녀에게 결정적으로 불리한 증거품이었던 총이, 사실은 사건을 해결하는 중요한 단서가 되고 있네. 권총에 대해서도 던바 양은 모르는 일이라고 부인하고 있네. 그녀는 절대로 거짓말을 안하는 성격이지. 그러나 총은 분명히 그녀의 옷장 속에서 발견되었네. 그렇다면 누가 총을 옷장 속에 일부러 갖다놓은 게 틀림없어. 누군가가 그녀에게 혐의를 뒤집어씌우기 위해서 한 짓이야. 바로 그 사람이 범인이라는 생각이 안 드나? 이제 수사가 어떤 방향으로 진척되는지 알겠지?"

면회 허가서를 얻지 못해 그날 밤은 원체스터에서 묵었다. 다음날 아침 던바의 변호사인 조이스 커밍즈 씨와 함께 독방에 수감되어 있는 그녀를 면회할 수 있었다. 던바 양이 아름답다는 것은 익히 들어 아는 사실이지만, 정작 그녀를 만났을 때 그녀가 준 인상은 도저히 잊을 수 없었다. 그 거만한 백만장자가 그녀에게 감동되어, 그녀에 의해 내면생활이 인도되었다는 게 조금도 무리가 아닌 것 같았다.

강하고 뚜렷한 윤곽, 그러면서도 섬세한 던바 양의 얼굴을 보았을 때, 그녀가 아무리 격렬한 행동을 하게 될 때라도 타고난 그녀의 고귀함이 언제나 착한 일을 하도록 인도하는 것 같았다. 던바 양은 거무스름한 피부에 키가 크고 고상한 용모에 위엄 있는 품위를 지니고 있었다.

그러나 그녀의 검은 눈은 덫에 걸린 짐승이 올가미를 뚫지 못해 어쩔 줄 몰라하듯이 호소하는 듯한 애처로운 표정을 짓고 있었다. 던바 양은 나의 유명한 친구가 자신을 돕는다는 것을 알게 되자, 창백한 뺨에 홍조가 돌았으며 가느다란 희망을 안고 우리를 바라보았다.

"닐 깁슨 씨한테서 우리 관계를 들으셨나요?"

던바 양은 떨리는 낮은 목소리로 물었다.

"네, 이 사건에 무고하게 끌려들어 고생을 하시는군요. 실제로 뵙게 되니 깁슨 씨 말씀대로 던바 양이 그에게 끼친 영향력도, 또 그와의 관계가 결백하다는 것도 모두 사실인 것을 알겠습니다. 그런데 왜 법정에서 진실을 밝히지 않으셨습니까?"

"이러한 수모는 더 이상 참을 수 없어요. 시간이 흐르게 되면 한 가족의 괴로운 내면 생활을 폭로하지 않아도 모든 일이 잘 해결될 줄 알았지요. 그러나 갈수록 일이 더 심각해지는 것 같습니다."

"던바 양!" 홈즈가 진지하게 외쳤다. "결코 낙담하지 마십시오. 커밍즈 씨가 지금으로서는 모든 게 불리하다고 이야기하고 있지만, 우리가 승소할 수 있도록 최선을 다하겠습니다. 죄인인 제 자신을 학대한다는 것은 잔인한 기만입니다. 당신을 도와 드릴 수 있도록 진실을 말씀해 주십시오."

"숨기지 않고 모든 것을 말씀해 드리겠어요."

"그러면 깁슨 부인의 관계를 사실대로 말씀해 주십시오."

"홈즈 선생님, 부인은 저를 증오했습니다. 부인의 핏속을 흐르고 있는 그 강렬한 열대 태양처럼, 부인은 저를 무섭게 미워했습니다. 부인은 사태를 분별치 못하는 여자였습니다. 제게 대한 증오심은 그녀의 남편에 대한 사랑의 강도만큼 강했습니다.
 부인은 우리의 관계를 오해했던 것 같습니다. 저는 부인을 거스를 생각은 조금도 없었습니다. 그러나 사랑이라는 것을 육체적인 면으로만 생각하는 부인은 부인의 남편과 저의 정신적이며 영적이기도 한 유대 관계를 이해하지 못했습니다. 제가 부인을 내쫓고 그 집에 들어앉기 위해서 부인의 남편을 유혹하는 줄로 생각했었나 봅니다.
 돌이켜 생각하니 저에게도 잘못이 있었습니다. 불행의 원인이었던 제가 그 집에 그대로 남아 있었던 게 큰 실수였습니다. 그러나 제가 그 집을 나왔더라도 그들은 계속 불행한 생활을 했을 겁니다."
"던바 양, 그날 밤에 일어났던 이야기를 자세히 설명해 주십시오."
"홈즈 선생님, 제가 아는 한 진실을 말할 수는 있어요. 그러나 저는 그것을 증명할 입장이 못 됩니다. 변명도 설명도 할 수 없어요."
"본인이 할 수 없다면 제삼자가 변호를 할 수 있습니다."
"그날 밤 저는 소르 다리에 나갔었습니다. 아침에 깁슨 부인으로부터 쪽지를 받았습니다. 편지는 아이들 공부방 탁자 위에 있었는데, 부인이 직접 갖다 놓은 것 같았습니다. 중요한 이야기가 있으니 저녁 식사 뒤 다리에서 만나자고 애원하면서 둘만의 비밀로 하고 싶으니 정원의 해시계 옆에 답장을 몰래 갖다 놓아 달라고 부탁했습니다. 그렇게 비밀로 쉬쉬 하는 게 이상했지만 저는 부인의 요청대로 약속을 받아들였습니다. 부인은 편지를 다 읽은 뒤 그것을 없애 버리라고 부탁했기 때문에 저는 쪽지를 공부방 벽난로에 태워 버렸습니다. 부인은 남편을 몹시 무서워했습니다. 그는 부인을 너무 거칠게 대했기 때문에 저는 그를 자주 책망했습니다. 그래서 저는 부

인이 남편 모르게 저를 만나려는 줄로만 생각했었습니다."
"그래서 부인은 당신의 답장을 갖고 나왔군요."
"네, 부인이 죽었을 때 손에 제 답장을 쥐고 있었다는 이야기를 듣고 깜짝 놀랐어요."
"그 뒤에 어떻게 되었습니까?"
"약속대로 그곳에 나갔습니다. 다리에 도착해 보니 부인은 벌써 와서 저를 기다리고 있었습니다. 그때까지 저는 그녀가 그렇게도 끔찍하게 저를 미워하는 줄은 상상도 못했습니다. 부인은 미친 사람 같았습니다. 아니, 정말로 미쳐 있었습니다. 가슴속에 그런 무서운 증오심을 지닌 채, 어떻게 그런 태연한 얼굴로 저를 매일같이 대했었는지 기가 막힐 뿐이었습니다. 부인이 제게 퍼부은 말은 기억조차 하기 싫습니다. 부인은 불 같은 격정으로 온갖 욕설을 다 퍼부

소르 다리 사건 229

었습니다. 저는 대답을 못했습니다. 아니, 할 수가 없었습니다. 부인의 얼굴만 쳐다봐도 무서웠습니다. 저는 손으로 귀를 틀어막으면서 도망갔습니다. 제가 그곳을 떠날 때, 부인은 저주스러운 욕설을 퍼부으면서 다리 입구에 서 있었습니다."

"그 지점은 부인이 쓰러져 있던 장소와 같습니까?"

"그곳에서 조금 떨어진 지점이었습니다."

"던바 양이 떠난 바로 뒤에 부인이 곧 총을 맞았다고 가정한다면, 총소리를 뚜렷이 들으셨겠군요?"

"아뇨, 못 들었어요. 홈즈 선생님, 그 무서운 광란에 너무 떨리고 무서운 나머지 마음을 진정시키려고 곧장 제 방으로 뛰어 들어갔습니다. 그래서 밖에서 무슨 일이 일어났는지 신경을 쓸 겨를이 없었습니다."

"방으로 돌아오셨다고 말씀하셨는데, 이튿날 아침까지 쭉 그곳에 계셨습니까?"

"네, 경보기가 울리고 부인이 죽었다는 소리를 듣고서 저는 하인들과 함께 밖으로 나갔습니다."

"깁슨 씨를 보았습니까?"

"다리에서 돌아오는 그를 만났습니다. 깁슨 씨는 의사와 경찰을 불렀습니다."

"그때 그가 몹시 당황해하던가요?"

"깁슨 씨는 자제력이 강한 사람입니다. 그는 감정을 얼굴 표면에 좀처럼 나타내지 않습니다. 그러나 누구보다도 그를 잘 알고 있는 제가 보니 그는 분명히 몹시 근심스러운 표정이었습니다."

"이제 가장 중요한 대목을 이야기해야 되겠습니다. 권총이 당신 방에서 발견되었는데, 전에 그 총을 본 적이 있습니까?"

"맹세코 없어요."

"언제 그것을 발견했습니까?"
"다음날 아침, 경찰이 찾아냈습니다."
"옷장 안에 있었습니까?"
"네, 옷장 바닥에 있었지요."
"그 총이 언제부터 그곳에 있었는지 추측할 수 있습니까?"
"아침 식사 전까지는 없었던 걸로 압니다."
"어떻게 그걸 확신할 수 있습니까?"
"아침에 옷장을 정리했었으니까요."
"알겠습니다. 누가 당신 방에 들어와서 당신에게 죄를 뒤집어씌우기 위해 권총을 갖다 놓았군요."
"분명히 그런 것 같아요."
"언제 갖다 놓은 것 같습니까?"
"식사 시간이나, 아니면 공부방에서 아이들에게 공부를 가르칠 때 말고는 틈이 없었을 겁니다."
"쪽지를 받은 뒤, 방에 쭉 계셨습니까?"
"네, 약속 시간 전까지 방을 비우지 않았어요."
"감사합니다. 던바 양. 도움이 될 만한 다른 사실이 있으면 말씀해 주십시오."
"그 이상은 모릅니다."
"다리의 돌난간에 심하게 내리친 흔적이 있고, 시체가 있던 반대편 난간에 새로 긁힌 자국이 있습니다. 그 이유를 아십니까?"
"우연한 일이겠지요."
"아닙니다, 던바 양. 수상합니다. 하필이면 왜 그 자국이 비극이 일어난 바로 그 시각에, 그리고 또 바로 그 장소에 생겼겠습니까?"
"글쎄요. 돌에는 여간해서 상처가 나는 일이 없을 텐데요."

홈즈는 대답하지 않았다. 그의 창백한 얼굴이 갑자기 긴장하고 무슨 생각에 사로잡힌 듯한 표정을 보였는데, 이것이야말로 그의 천재성이 맹렬한 활동을 시작한 증거임을 나는 경험을 통해 알고 있었다. 결정적인 것을 포착한 게 분명했다. 변호사, 던바 양, 그리고 나 세 사람은 모두 아무 말도 않고 긴장된 침묵 속에서 그를 바라보았다. 갑자기 그는 의자에서 벌떡 일어나더니 다음 단계의 일을 서둘러 하러 가는 것 같았다. 그가 외쳤다.

"왓슨, 일어나게!"

"무슨 일입니까, 홈즈 선생님?"

"걱정하지 마십시오, 던바 양. 곧 소식 전해 드리겠습니다. 공정하신 신의 도움으로 저는 이 사건을 모조리 밝혀내겠습니다. 내일 결과를 아시게 될 겁니다. 던바 양, 그동안 저는 모든 의혹의 장막을 걷어 올리고 진실의 빛을 찾아내겠습니다."

윈체스터에서 소르 장원까지는 얼마 되지 않는 거리였다. 그러나 초조함 속에서 하는 여행이라 나에게는 무척 긴 시간으로 느껴졌다. 홈즈도 여행이 굉장히 지루한 모양이었다. 그는 안절부절못하면서 가만히 앉아 있지를 못했다. 발장난을 치다가 또 그의 길고 섬세한 손가락으로 옆에 있는 쿠션을 두드리기도 했다. 목적지가 가까워 오자 그는 갑자기 나의 맞은편 자리에 앉더니——우리는 일등석에 탔다——나의 무릎에 손을 얹고 장난꾸러기 같은 표정으로 나의 눈을 말똥말똥 들여다보았다.

"왓슨, 자네 이번 여행에도 권총을 휴대하고 왔겠지?"

내가 권총을 지니고 다니는 것은 홈즈를 위해서였다. 그는 문제에 한 번 몰두하면 신변의 안전 같은 것은 신경을 쓰지 않았다. 나의 이 권총은 그를 위험에서 몇 번이나 구해 냈는지 모른다. 나는 그에게 이 일을 상기시켰다.

"그래, 자네 말이 맞네. 난 이 사건에 정신이 나갔네. 그런데 권총은 가지고 왔겠지?"

나는 뒷주머니에서 다루기 쉬운 짧고 성능이 좋은 조그만 권총을 꺼냈다. 그는 걸쇠를 풀고 탄약통을 빼낸 뒤 총을 면밀히 검사했다.

"꽤 무거운데."

홈즈가 말했다.

"그럼, 아주 단단하게 만들어졌지."

그는 잠시 생각에 잠겼다.

"왓슨, 자네의 총이 지금 수사하고 있는 이 사건의 해결에 큰 역할을 할 걸세."

"자네, 농담을 하고 있나?"

"왓슨, 나는 지금 진지하게 이야기하고 있는 중일세. 그런데 먼저 실험을 해봐야 되겠어. 실험이 성공하면 모든 것이 명백해질 걸세. 그 실험을 이 작은 총으로 해야 한단 말이야. 자, 한 발의 탄약을 꺼낸 뒤 나머지 다섯 발의 탄약은 제자리에 두었네. 그리고 나서 안전 걸쇠를 올려놓았네. 이렇게 하면 일을 재현하기가 수월할 걸세."

나는 홈즈의 마음속을 좀처럼 헤아릴 수가 없었다. 그는 나에게 설명 한 마디 해주지 않고 조그만 햄프셔 역에 도착할 때까지 깊은 생각에 잠겨 있었다. 역에서 내려 다시 15분 동안을 덜컹거리는 마차로 달려 그 경사의 집에 도착했다.

"홈즈 선생님, 무슨 단서라도 찾으셨습니까?"

"모든 것은 왓슨 박사의 권총에 달려 있소. 그런데 10미터 길이의 끈을 좀 얻어 와야겠소."

나의 친구가 말했다.

다행히도 마을의 가게에서 튼튼하게 꼰 실을 한 타래 구할 수 있었다.

"필요한 건 다 준비되었군. 당신도 함께 이번 여행의 마지막 여정을 떠나기로 합시다."

해는 막 서산을 넘고 있었고, 넘실거리는 햄프셔의 초원은 경탄할 만한 가을의 장관을 보여 주고 있었다. 경사는 내 친구의 정신 상태를 의심하는 듯 사뭇 비판적이고 회의에 찬 눈초리로 우리 뒤를 비틀거리면서 쫓아왔다. 범행 현장이 가까워 오자 나의 친구는 여느 때의 냉정을 잃고 몹시 초조해했다.

"왓슨, 자네는 나의 이런 증세를 본 적이 있지? 이러한 일에는 직감이 있기 마련이야. 그러나 가끔은 그 직감이 들어맞지 않을 때가 있어. 윈체스터의 감방에서 갑자기 그 생각이 머리에 떠올랐네. 그러나 직감이기 때문에 백의 하나라도 틀릴 확률이 있단 말일세. 하지만 지금 와서 어떻게 하겠나? 할 수 있는 데까지 해보는 수밖에……."

걸어가면서 그는 총의 손잡이에다 끈의 한쪽 끝을 단단히 매었다. 우리는 비극의 현장에 도착했다. 경사를 앞장세우고 그는 시체가 있었던 정확한 지점을 표시해 놓았다. 그런 다음 그는 수풀 속을 뒤져 꽤 묵직한 돌덩어리를 주워 왔다. 그러더니 끈의 한쪽 끝을 돌에다 묶어서 난간 위에 실을 걸어 놓아 돌이 수면 위로 대롱대롱 매달리게 만들었다. 그는 난간에서 몇 발자국 떨어진 운명의 그 지점으로 가더니 총을 들고 서서, 총과 그 반대편에 있는 무거운 돌을 묶은 끈을 팽팽하게 잡아당겼다. 홈즈가 외쳤다.

"자, 잘 보게!"

말이 떨어지기가 무섭게, 그는 권총을 머리 있는 데로 올리더니 손을 놓았다. 순간 총은 돌의 무게로 인해 그쪽으로 끌려가 날카로운 소리와 함께 돌난간에 부딪치며 물 속으로 사라졌다. 홈즈는 무릎을 꿇고, 난간을 유심히 들여다보더니 굉장한 것을 발견한 모양으로 기쁨의 환호성을 울렸다.
"이보다 더 정확한 증명은 할 수 없을 걸세. 자네의 권총이 문제를 해결했네!"
이렇게 말하면서 그는 난간 돌 아래에 생긴, 처음 것과 똑같은 크기로 부서진 곳을 가리켰다.
"오늘 밤은 여관에서 묵어야겠네."
홈즈는 그 자리에서 일어서면서 놀란 얼굴로 서 있는 경사를 쳐다보았다.
"당신은 쇠갈고리를 얻어 가지고 와서 왓슨 박사의 총을 건져 내시오. 그 총 말고도 복수의 집념이 강한 부인이 자신의 범행을 위장하고 결백한 던바 양에게 살인죄의 누명을 씌우기 위해 숨겨 놓은 총과 끈, 그리고 돌멩이를 함께 찾아 낼 수 있을 거요. 깁슨 씨에겐 내일 아침 내가 찾아가겠다고 전해 주오. 던바 양의 결백을 입증해 주어야 되겠소."
저녁 늦게까지 우리는 마을 여관에서 담배를 피워 물고 앉아 있었다. 홈즈는 사건의 전모를 간략하게 설명해 주었다.
"왓슨, 자네의 기록부에 소르 다리 사건을 덧붙이면서, 그동안 내가 누려 왔던 명성을 잃게 되지 않을까 걱정되네. 나는 이제 머리가 둔해졌고, 내 기술의 바탕인 상상과 현실의 조화에 실패를 하고 말았네. 고백하건대 돌난간의 긁힌 자국이 문제 해결의 큰 단서였네. 그것을 중점해서 수사했으면 좀더 빨리 해결을 보았을 텐데.
그 불행한 부인은 너무나 교묘하고 치밀한 범행을 꾸몄기 때문에 부인의 음모를 푸는 것은 쉬운 일이 아니었네. 이 사건만큼 잘못된 사랑이 어떤 결말을 초래하는지 명확히 가르쳐 준 사건은 없을 것 같네.
부인은 던바 양을 육체적인 라이벌로 생각했었네. 단순한 정신적

라이벌이었더라도 부인의 성격으로는 도저히 용납할 수 없는 일이겠지. 부인의 너무나도 노골적인 애정에 대한 반발에서 나온 남편의 거친 행동과 냉혹한 말들을 부인은 죄 없는 가정교사의 탓으로 생각했었네. 부인은 처음에 자살하기로 결심했어. 그리고 이왕 자

살할 바엔 던바 양에게 살인 누명을 뒤집어씌우고 죽기로 결심했네.

한 단계 한 단계를 추리해 볼 때, 모든 계획들은 더할 나위 없이 완벽하게 진행되었지. 던바 양이 범행 현장에 있었다는 증거를 남기기 위해 미리 그녀의 답장을 받아 놓았네.

그러나 경찰이 쪽지를 찾아 내지 못할까 염려한 나머지, 죽는 순간까지 그것을 손에 쥐고 있었어. 이 사실 하나만으로도 충분한 의심을 살 만했지. 그런 다음 부인은 남편의 권총 수집품에서 쌍권총을 몰래 꺼내어 하나는 그녀가 사용하도록 남겨 두고, 다른 하나는 한적한 숲 속에 들어가 총을 한 방 발사한 뒤, 아침에 던바 양의 옷장 속에 숨겨 놓았네.

저녁에 부인은 총을 없애 버리기 위한 계획으로 세밀히 물색해 놓은 장소인 다리로 내려갔네. 던바 양이 나타나자 죽기를 작정하고 나선 부인은 마음속 깊이 맺힌 온갖 증오의 욕설을 다 퍼부었네. 던바 양이 견디지 못하고 도망가자 부인은 그 끔찍한 계획을 실행했네.

풀어진 고리들을 모두 제자리에 연결시켜 이제 쇠사슬은 완전한 것이 되었네. 아마 신문에선 맨 먼저 왜 연못을 뒤지지 않았느냐고 공박할 걸세. 그러나 그것은 사건의 전모가 밝혀진 뒤에나 하게 될 일이지. 어떤 물건을 찾는지, 또 어느 지점에 있는지 위치도 분명히 모르면서 갈대가 무성한 연못을 뒤진다는 것은 쉬운 일이 아니야.

왓슨, 우리는 뛰어난 한 여인과 또한 훌륭한 한 남자를 구해 내었네. 그들은 결혼하게 될까? 아주 가망 없는 일은 아니라고 생각하네. 경제계는 인생의 교훈을 가르쳐 주는 '비애학교'에서 많은 것을 배우고 나와 새사람이 된 닐 깁슨 씨를 발견하게 될 걸세."

The Creeping Man
기어다니는 남자

　셜록 홈즈는 20년 전 대학가를 뒤흔들고 런던의 지식인 사회에 큰 반향을 일으켰던 추악한 소문을 없애기 위해서는, 프레스베리 교수에 관한 괴이한 이야기를 언젠가는 발표해야 한다고 생각하고 있었다. 그러나 여러 가지 장애가 있어서 이 괴상한 사건의 진상은 홈즈의 다른 사건 기록들과 함께 상자 속 깊숙이 묻혀 여태껏 햇빛을 보지 못하고 있었다. 마침내 이제 우리는 허가를 얻어, 홈즈가 은퇴 직전에 다루었던 사건들에 끼워서 이 사건도 함께 세상에 발표하기로 결정했다. 그러나 아직도 이 사건의 발표에는 세심한 주의와 신중함이 필요했다.

　1903년 9월 어느 일요일 아침 일찍 나는 홈즈의 간단한 전보를 받았다.
　"별일 없으면 와 주게. 바쁜 일이 있어도 꼭 와 줘야 하네——S. H."
　이 즈음에 이르러 홈즈와 나의 관계는 좀 묘한 것이었다. 홈즈의 습관은 어떤 한계 안에서 집착하는 면이 있는데, 홈즈에게 있어서 나의 존재는 그의 습관 중의 하나가 되어 있었다. 그의 곁에는 바이올린, 독한 담배, 애용하는 검은 파이프, 색인부, 그리고 내가 꼭 있어야만 했다. 그 밖의 것은 아무래도 좋았다. 사건이 생기면 홈즈는 누구에겐가 마음을 의지하려고 했다. 따라서 내가 할 역할은 분명했다.

나는 또한 홈즈의 마음을 날카롭게 갈아 주는 숫돌 역할을 했다. 나는 그에게 자극을 주었고, 그는 내 앞에서 혼자 말하는 것을 좋아했다. 그는 나의 존재를 전혀 의식하지 않고 이야기했으며, 어떤 때는 꼭 잠꼬대를 하는 사람 같았다. 그럴 때면 습관처럼 나는 그의 이야기에 대한 반응의 뜻으로 가끔씩 말참견을 하곤 했다. 내 머리가 둔해서 그의 이야기를 잘못 따라가 그를 화나게 할 때면, 그러한 짜증은 오히려 그의 불꽃 같은 직관과 감수성을 더욱더 깊이 생각하고 재빠르게 번쩍이도록 자극을 주었다. 이상이 홈즈와의 동맹관계에서 내가 한 보잘것없는 역할이었다.

베이커 거리에 도착하자, 홈즈는 파이프를 입에 문 채 눈살을 찌푸리며 팔걸이의자에 웅크리고 앉아 있었다. 아마 무슨 성가신 문제가 생긴 모양이었다. 손을 흔들어 자리에 나를 앉게 하더니, 거의 30분 동안이나 나를 아는 체도 하지 않고 생각에 잠겨 있었다. 이윽고 그는 그 묘한 미소를 띠며 망상에서 깨어나더니 마치 내가 이 방에 방금 들어오기라도 한 듯 새삼스레 다시 인사를 했다.

"왓슨, 한동안 생각에 잠겨 있었던 것을 용서해 주게. 사실은 24시간 전에 아주 이상한 사건 의뢰가 들어왔어. 이 문제를 해결하기 위해서는 광범위하고 여러 각도에서 추리가 필요할 것 같네. 그래서 방금 수사 활동에 이용하는 개의 활약에 대해서 쓸 짤막한 논문 내용을 심각하게 생각하고 있던 것이라네."

"그건 이미 알려진 사실이 아닌가. 경찰견이니 탐정견이니 하는 개가 있다는 것은."

"아니야, 왓슨. 물론 그런 개들이 있다는 건 알고 있지. 그러나 이 문제는 그렇게 단순한 게 아닐세. 자네, 세상을 깜짝 놀라게 한 너도밤나무숲 사건을 기억하겠지? 그때 나는 어린아이의 심리를 관찰함으로써 잔혹한 아들의 성격에서 그 아버지의 범행을 추적해 냈네 (⟨셜록 홈즈의 모험⟩ 편)."
(⟨너도밤나무숲⟩참조)

"그 사건이라면 물론 기억하고 있지."

"개에 대한 사고(思考)의 방향도 그와 흡사하다네. 개는 가정생활을 반영하고 있어. 침울한 집에서 활기 있는 개를, 행복한 집에서 맥 빠진 개를 본 적이 있나? 사나운 사람이 기르는 개는 사나워지게 마련이고 위험한 사람이 기르는 개는 위험한 개가 되기 마련일세. 개란 주인의 성질을 가장 잘 반영하는 동물이지."

"홈즈, 그건 억지야."

나는 머리를 저으며 말했다.

그는 파이프에 담배를 채우더니 내 말은 들은 체도 하지 않고 다시 의자에 앉았다.

"내가 말한 추리 방법을 실제 문제에 적용시키는 것이 사건 해결의 지름길일세. 자네도 알다시피 아주 착잡한 사건이라 무엇보다도 실마리를 찾는 일이 시급하네. 그것만 찾게 되면 모든 것은 자연히 풀리게 될 거야. 프레스베리 교수의 충실한 울프하운드 로이는 왜 주인을 물려고 했을까 하는 데 문제가 있다고 보네."

나는 그만 실망해서 의자 깊숙이 앉았다. 이런 시시한 이야기를 하려고 바쁜 나를 이리로 불러냈단 말인가! 홈즈는 나를 흘긋 쳐다보았다.

"왓슨, 너무 낙담하지 말게. 심각한 사건일수록 발단은 이런 사소한 데서 시작된다는 것을 자네는 아직도 모르나. 자네 캠퍼드의 유명한 생리학자인 프레스베리 교수 이름을 들은 적이 있겠지? 그의 충실한 애견이 두 번이나 교수를 물었다는 것은 보통 일이 아니라는 생각이 들지 않나? 어떤가, 자네는?"

"개가 병이 든 모양이군."

"그 점도 생각해 보았네. 그러나 그 개는 다른 사람을 문 적이 없었고 아주 특별한 경우가 아니고는 주인에게 덤벼든 일도 없다는 거야. 아무리 생각해도 이상한 일일세. 참으로 괴이한 일이야. 지금 울리고 있는 벨 소리가 베네트 씨가 누르는 것이라면, 그는 약속 시간보다도 일찍 오는 것일세. 베네트 씨가 오기 전에 자네와 이야기를 좀 나누려고 했는데."

계단을 올라오는 빠른 발소리가 들리더니, 문을 날카롭게 두드리는 소리에 이어 새로운 의뢰인이 모습을 나타냈다. 키가 크고 용모가 단정하며 30살쯤 되어 보이는 그는 옷도 잘 입고 품위가 있었으나, 그의 태도에는 보통 세속적인 사회인의 침착성이 없이 학생다운 수줍음이 있는 것 같았다. 그는 홈즈와 악수를 한 뒤 놀란 표정으로 나를 쳐다보았다.

"홈즈 선생님, 이 사건은 신중히 취급해 주셔야 합니다. 프레스베리 교수에 대한 저의 개인적인 신뢰나 사회적인 체면을 고려해 주십시오. 제삼자 앞에서는 말하기가 곤란합니다."

"염려하지 마십시오, 베네트 씨. 왓슨 박사는 입이 무거운 사람입니다. 그리고 이 사건을 다루는 데에는 그의 도움이 필요합니다."

"홈즈 선생님 좋으실 대로 하십시오. 그러나 이렇게 비밀로 쉬쉬하는 저의 입장도 이해해주시기 바랍니다."

"왓슨도 이해할 것입니다. 왓슨, 이분은 위대한 과학자 프레스베리 교수의 조수인 트레버 베네트 씨일세. 교수와 한집에 살고 있으며 교수의 따님과 약혼한 사이일세. 이 정도라면 자네도 사정을 알 수

있겠지. 베네트 씨는 교수를 성실하게 헌신적으로 모시고 있어. 그런데 베일에 싸인 사건을 수사하기 위해서는, 얼마쯤 필요한 만큼은 내막을 알아야 합니다."
"네, 알고 있습니다, 홈즈 선생님. 제가 여기 온 것도 그 일 때문

입니다. 그런데 왓슨 박사께서도 내용을 알고 계신지요?"
"설명할 시간이 없었습니다."
"그러면 몇 가지 새로운 사실을 설명 드리기 전에 다시 처음부터 이야기를 해야 되겠군요."
"제대로 기억하고 있는지 머릿속에 정돈도 할 겸 해서 내가 대신 설명하겠습니다." 홈즈가 말했다. "왓슨, 교수의 명성은 온 유럽에 떨치고 있네. 그의 생활은 학구적이었고 여태껏 한 번도 스캔들의 대상이 된 적도 없었지. 그는 홀아비로 외딸인 에디스밖에는 혈육이 없네. 내가 알아본 바에 의하면 그는 남성적이고 독단적인 성격으로, 사람들은 그를 투지가 강한 인물로 평하고 있더군.

그런데 사건의 발단은 몇 달 전에 일어났네. 그의 생활 질서가 갑자기 파괴되었지. 환갑인 그가 비교 해부학회의 동료인 모피 교수의 따님과 약혼을 했어. 내가 보기에도 그건 나이 먹은 사람의 분별 있는 구애가 아니라, 마치 젊은이의 정열적인 광란 같았네. 아마 그보다 더 열렬한 연인의 모습은 볼 수 없을 걸세. 약혼녀인 앨리스 모피 양은 마음도 몸도 모두 완벽한 처녀로서 교수가 반한 것도 무리는 아니야. 그러나 가족들은 결혼을 반대했네."

손님이 말참견을 했다.
"우리는 그들의 결혼을 무리한 일이라고 생각했습니다."
"그렇고말고요. 그 결혼은 도가 지나친 부자연스러운 결합이었네. 프레스베리 교수는 부자이기 때문에 여자 쪽 아버지는 딸의 결혼을 굳이 반대하지는 않았지. 딸에게는 이미 여러 명의 구혼자가 있었으나, 그녀 나름의 의견이 있어 그녀는 세속적인 관점인 나이 같은 데 별로 신경을 쓰지 않는 성격이었네. 모피 양은 교수의 괴벽스러운 성격을 알고 있었지만 그를 좋아하는 것 같았어. 그러나 아무래도 나이 차이가 그들의 결혼에 큰 장애가 된다는 것은 부인할 수 없는 사실이지.

 바로 그러한 때 갑자기 어떤 베일이 교수의 정상적인 일상생활을 가리우기 시작한 걸세. 전엔 그런 행동을 한 적이 없었다고 하네. 그는 어디에 간다는 말 한 마디 없이 여행을 떠나 2주일 만에 지친 얼굴로 집에 돌아왔다는군. 여느 때 그는 매우 솔직한 사람이었는데, 이번 여행에 대해서는 가족에게 조금도 이야기를 해주지 않았네. 그런데 여기 있는 베네트 씨가 프라하에 있는 동창으로부터 편지를 받았는데, 그는 직접 교수와 이야기할 기회는 없었지만, 멀리서나마 프레스베리 교수를 뵙게 되어 반가웠다는 내용이었네. 그 편지로 가족들은 비로소 교수가 어디에 갔다 왔는지 알 수 있었다는군.

 이제 문제의 핵심으로 들어가네. 그 여행 이후로 교수는 이상하게 변하기 시작했어. 그는 남의 눈을 피하는 것 같았고, 아주 교활해졌지. 주위 사람들은 그가 예전의 교수가 아니라는 사실을 단번에 느끼기 시작했어. 그의 가슴은 무언가 어두운 그림자로 덮여 있는 것 같았네. 그러나 그의 지성은 조금도 변하지 않았지. 그의 강의는 여전히 훌륭했다는군. 그러나 그의 태도엔 무언가 새롭고 불길하고 전혀 뜻밖인 면이 있었어. 아버지에게 헌신적인 딸은 예전과 같은 부녀 관계로 돌이키려고 무진 애를 썼으며, 아버지의 가면을 벗겨 보려고 갖은 노력을 다했네. 베네트 씨도 애를 썼으나, 모든 것은 허사였네. 편지 사건에 관한 이야기는 베네트 씨가 직접 말해 줄 걸세."

"왓슨 선생, 교수님은 그동안 제게 비밀이 없었습니다. 그의 친아들이나 막냇동생이라 하더라도 제가 받은 것 이상의 신뢰는 못 받았을 겁니다. 그의 비서로서 저는 모든 서류를 맡겼기 때문에, 그에게 오는 편지는 일단 제 손을 거쳐 뜯어 본 뒤 종류대로 나누는 게 저의 임무입니다.

   그러나 이러한 관습은 그가 여행에서 돌아온 뒤 달라졌습니다. 그는 저에게 우표 아래 십자 표시를 한 편지가 런던에서 올 텐데, 그 편지는 뜯지 말고 직접 그에게 갖다 달라고 말했습니다. 그 뒤 이러한 편지가 몇 번 왔었는데, 런던 서부 중앙 지역의 소인이 찍힌 편지로 겉봉의 글씨를 보니 교양 없는 사람의 글씨체였습니다. 그리고 교수님이 답장을 보낸 게 분명한데, 저의 손을 통하지 않고 직접 부쳤나 봅니다."

"그리고 상자에 대해서도 이야기해 주십시오."

홈즈가 말했다.

"아, 그 상자 말입니까? 교수는 여행에서 조그만 나무 상자를 하나 가지고 왔습니다. 그 상자는 유럽에서 가져온 것이 분명했습니다. 왜냐하면 상자에는 독일풍의 그림이 조각되어 있었기 때문입니다. 그는 이 상자를 실험 기구를 넣어 두는 진열장 속에 보관했습니다. 어느 날 저는 주사관(注射管)을 찾으려고 진열장을 뒤지다가 그 상자를 열었습니다. 이것을 본 교수는 의외로 몹시 화를 내며 미친 사람처럼 제게 욕을 퍼부었습니다. 이런 무안은 생전 처음 당해 보는지라 저의 가슴은 몹시 아팠습니다. 제가 상자를 만진 건 단순히 주사관을 찾기 위해서였다고 몇 번이나 설명했는데도 저녁 내내 그는 저를 못마땅한 눈초리로 쳐다보았고 제가 한 행동이 원망스러운 것 같았습니다."

베네트는 주머니에서 조그만 수첩을 꺼냈다.

"그것은 7월 2일에 있었던 일이었습니다."

홈즈가 말했다.

"세밀하게 기록해 두셨군요. 정말 탄복했습니다. 기록한 날짜들은 요긴하게 쓰일 것 같소."

"이런 관찰 방법도 저의 위대한 선생님에게서 배운 것입니다. 그때부터 저는 그의 비정상적인 행동을 관찰하기 시작했으며, 그 이유를 밝혀내는 게 저의 의무라고 생각했습니다. 그래서 바로 7월 2일, 로이가 교수님이 서재에서 거실로 내려오자 교수님을 문 날부터 일지를 쓰기 시작했지요. 7월 11일에도 똑같은 일이 일어났고, 7월 20일에도 또 물려고 했었습니다. 그 뒤로 우리는 로이를 마구간에 가두었습니다. 로이는 사람을 잘 따르는 귀여운 개였습니다. 쓸데없는 이야기까지 해서 지루하신 모양이군요."

베네트는 자신을 나무라는 듯한 어조로 말했다. 홈즈는 이야기를 듣지 않고 있었음이 분명했다. 얼굴이 굳어진 채 멍하니 천장을 노려보고 있던 그는 비꼬는 말을 알아듣고서야 제 정신으로 돌아온 모양이었다.

"참, 이상한데!" 홈즈가 중얼거렸다. "이토록 꼼꼼한 기록은 저로서는 처음이군요, 베네트 씨. 그런데 사건의 경과는 대충 확인이 끝난 듯한데 당신 생각은 어떻습니까? 문제에 새로운 전개가 있다고 하셨는데……?"

그때 비로소 방문객의 얼굴에서 어두운 그림자가 걷히고, 다시 싹싹하고 솔직한 얼굴로 돌아왔다.

"바로 그저께 일어난 일입니다. 그날 저는 새벽 2시쯤에 잠이 깨었습니다. 그때 복도를 살금살금 지나가는 발자국 소리가 들렸습니다. 저는 문을 열고 몰래 밖을 내다보았습니다. 교수님의 침실은 복도 맨 끝에 있습니다."

"그게 언제입니까?"

홈즈가 물었다.

베네트는 당치도 않은 질문에 이야기가 중단된 것을 못마땅해했다. "그저께 밤이라고 이야기하지 않았습니까? 8월 4일이었습니다."

홈즈는 머리를 끄덕이고 살짝 웃음을 지으며 "말씀 계속하십시오" 하고 말했다.

"교수님 침실은 복도 맨 끝 방이기 때문에 계단을 내려가려면, 제 방 앞을 지나야 합니다. 홈즈 선생님, 그것은 정말 무서운 경험이었습니다. 저는 여느 사람만큼은 심장이 강하다고 믿고 있었는데, 그날 밤 그 광경을 보고는 소름이 오싹 끼쳤습니다.

복도는 어두웠으나 창문을 통해 한 줄기 불빛이 가늘게 들어오고 있었습니다. 시커먼 물체가 이쪽으로 기어오고 있는 모습이 어렴풋이 보였습니다. 그러자 불빛에 갑자기 정체가 드러났기에 살펴보니 그건 다름 아닌 바로 교수님이었습니다. 그런데 기어오고 있지 뭡니까. 홈즈 선생님, 분명히 복도를 기고 있었습니다! 손과 무릎을 완전히 마룻바닥에 대고 얼굴을 손 사이에 푹 숙인 채 기어오고 있었습니다.

그런데 조금도 괴로워하는 눈치가 없이 아주 능숙하게 움직였습니다. 그리하여 제 방문 앞을 지날 때 저의 가슴은 마구 뛰어 기절할 지경이었습니다. 간신히 용기를 내어 앞으로 달려 나가 그를 부축하려고 했습니다. 그러자 교수님은 몸을 일으켜 세우더니 차마 입에 담을 수 없는 욕설을 내뱉으며 제 옆을 지나서 계단으로 내려갔습니다. 한 시간 가까이 기다렸으나 그는 돌아오지 않았습니다. 거의 동틀 무렵이 되어서야 비로소 돌아오는 소리가 들렸습니다."

"자, 왓슨. 머리에 떠오르는 게 있으면 이야기해 보게."

홈즈는 진귀한 표본을 대하는 병리학자 같은 표정을 지으며 말했다.

"글쎄, 요통을 앓고 있었던 게 아닐까? 요통이 심한 경우엔 똑바로 서서 걷지 못하고 그렇게 기다시피 하는 수도 있네. 그렇지 않다면야 멀쩡한 사람이 왜 기겠나?"

"왓슨, 그렇게 평범한 생각만 하면 땅에 발을 디딘 채 한 발자국도 앞으로 나아가지 못할 걸세. 요통이라는 진단은 받아들일 수 없네. 그는 금방 몸을 꼿꼿이 세울 수 있었으니까."

"교수님의 건강이 요즘처럼 좋은 적은 없었습니다." 베네트가 입을 열었다. "제가 보기엔 요즘에 와서도 이처럼 원기왕성한 때는 없었던 것 같습니다. 이 문제는 경찰과 의논할 성질의 것도 못 되어서, 우리는 완전히 넋을 잃고 어찌할 바를 모르고 있습니다. 커다란 재난 속으로 우리 모두 빠져들어 가는 게 아닌가 도무지 걱정이 되어서 못 견디겠습니다. 제 약혼녀인 에디스도 저와 같은 생각이어서 우리는 더 이상 가만히 보고만 있을 수 없어 이렇게 선생님의 도움을 청하는 것입니다."

"정말로 호기심을 일으키는 암시적인 사건이로군. 왓슨, 어떻게 생각하나?"

"의사로서 나의 견해를 말한다면 이 문제는 정신병 의사가 다룰 사건일세. 그 노교수는 연애 사건으로 머리가 뒤죽박죽된 모양이야. 그는 정열을 식히기 위해 해외여행을 했을 걸로 생각되네. 편지와 상자는 그의 개인 사업과 관련이 있을 테지. 상자 안에 있는 건 공채, 혹은 주식, 증권 같은 게 아닐까?"

"그렇다면 무슨 연유로 셰퍼드가 주인을 물었단 말인가? 아니야, 왓슨. 그렇게 단순한 문제가 아닐세. 지금 내가 추측하건대;……."

홈즈가 그때 무슨 말을 하려고 했는지는 알 수 없었다. 왜냐하면 그 순간 문이 열리고 젊은 부인이 들어오는 바람에 이야기가 끊겼기 때문이다. 젊은 부인이 나타나자 베네트는 소리를 지르며 일어나더니 그녀를 향해 쏜살같이 달려갔다.

"에디스, 무슨 일이 일어난 건 아니겠지, 설마?"

"당신 뒤를 따라왔어요. 잭, 정말이지 무서워서 가만히 있을 수 어야지요. 집에 혼자 남아 있는 게 끔찍했어요."

기어다니는 남자 249

"홈즈 선생, 약혼녀 프레스베리 양입니다."

"일은 점점 결론으로 접어드는군. 왓슨, 그렇지 않나?" 홈즈는 싱긋 웃으며 물었다. "프레스베리 양, 새로운 일이 생긴 모양이로군요. 그래서 우리에게 그 사실을 알리러 오신 거지요?"

전통적인 영국 숙녀 타입인 총명하고 아름답게 생긴 우리의 새로운 방문객은 홈즈에게 살짝 웃으며 베네트의 옆자리로 가서 앉았다.

"베네트가 호텔을 떠난 걸 알고 이리로 오면 그를 만날 수 있으리라고 생각했어요. 선생님께 문제를 상의하러 가겠다고 제게 이야기해 준 일이 있었으니까요. 홈즈 선생님, 제발 불쌍한 저의 아버지를 위해서 힘써 주시기 바랍니다."

"노력해 보겠습니다, 프레스베리 양. 그러나 지금으로서는 아직 모호한 점이 많습니다. 아마 지금 말씀하시려고 하는 이야기 속에서 새로운 실마리를 잡게 될지도 모르겠습니다만……."

"어젯밤이었습니다, 홈즈 선생님. 하루 종일 아버지가 이상했어요. 아버지는 무슨 일을 했는지 전혀 기억 못하실 때가 가끔 있었습니다. 그러는 동안은 꿈속에서 사는 것 같았지요. 어제가 바로 그런 날이었습니다. 그런 때의 아버지는 저와 함께 지냈던 예전의 아버지와는 딴판으로 달라지십니다. 아버지의 겉모습은 변한 게 없으나, 속은 완전히 딴 사람 같았습니다."

"그래, 어떤 일이 있었습니까?"

"어젯밤 개가 아주 극성스럽게 짖어 대는 바람에 잠이 깼습니다. 불쌍한 로이는 그 뒤 쇠사슬에 묶여 마구간에 있지요. 잭이 선생님께 말씀드렸듯이 우리는 절박한 위험을 느끼고 있었기 때문에 저는 늘 침실 문을 잠그고 잡니다. 제 방은 3층에 있지요. 창에는 블라인드가 올려져 있었기 때문에 달빛으로 환한 밖을 내다볼 수 있었습니다. 개가 미친 듯이 짖어 대는 소리를 듣고 창가에 눈을 고정시켰을 때 저는 저를 쳐다보고 있는 아버지의 모습을 보고 깜짝 놀랐습니다. 놀라움과 공포로 저는 거의 실신할 뻔했어요. 아버지는 창틀에 몸을 의지하고 한 손으로 문을 열려고 했습니다. 그때 만약 문이 열렸다면 저는 기절했을 거예요.

홈즈 선생님, 제가 환영을 본 것은 절대로 아니에요. 제발 그렇게는 생각지 말아 주세요. 공포로 온몸이 마비되어 아버지의 얼굴을 본 시간은 겨우 20초가 될까말까 합니다. 그런 다음 아버지는 곧 사라졌습니다. 너무나도 놀란 나머지 저는 침대에서 곧장 일어나 창 밖을 내다볼 수가 없었습니다.

저는 아침까지 부들부들 떨면서 몸이 싸늘하게 식은 채 자리에 누워 있었어요. 아침 식사 때 아버지의 태도는 매섭고 난폭했으나, 어젯밤 일은 전혀 모르는 기색이었습니다. 그래서 저는 시내에 볼일이 있다면서 여기를 찾아온 것입니다."

홈즈는 몹시 놀란 표정으로 프레스베리 양의 이야기를 듣고 있었다.

"프레스베리 양, 침실이 3층에 있다고 말씀하셨는데 혹시 정원에

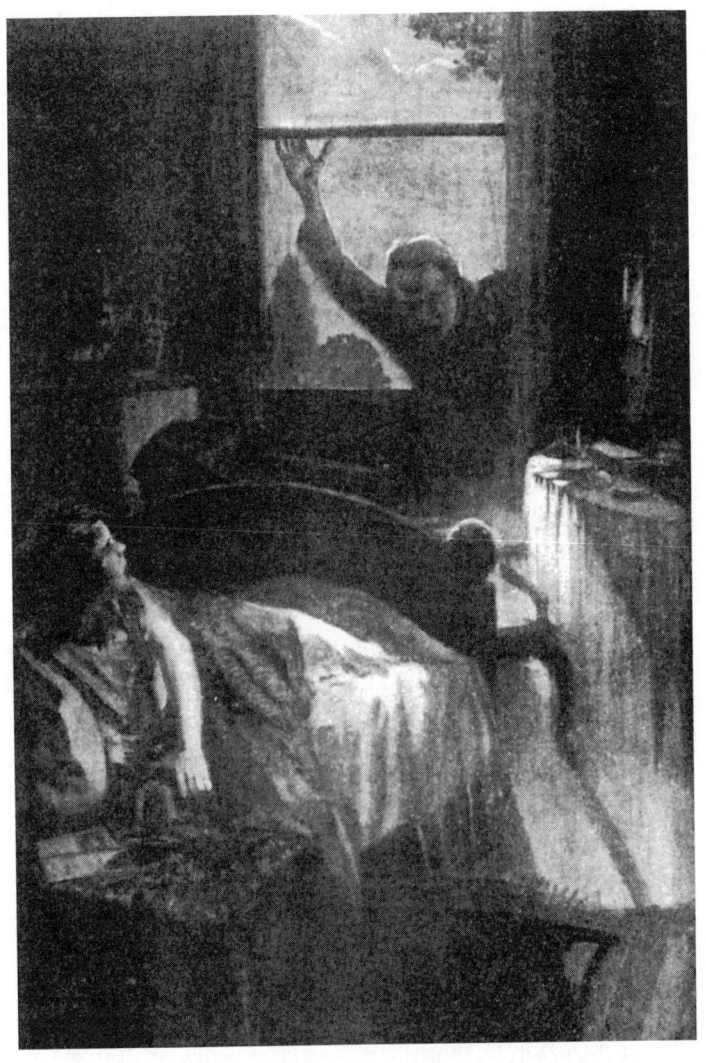

기다란 사닥다리가 있습니까?"
"없습니다, 홈즈 선생님. 그 점이 저도 의심스러워요. 맨몸으로는 도저히 올라올 수 없습니다. 그런데 아버지는 분명히 창틀에 올라왔어요."
홈즈가 말했다.
"9월 5일에 일어난 일이로군요. 그 일은 사건을 더 복잡하게 만드는군요."
프레스베리 양은 놀란 표정을 지었다.
베네트가 물었다.
"홈즈 선생님, 벌써 두 번이나 날짜를 물으셨는데 그게 사건과 무슨 관련이 있습니까?"
"있고말고요. 아주 중요합니다. 그러나 아직 충분한 자료는 되지 못하고 있습니다."
"혹시 당신은 달의 주기와 정신이상과의 관계에 대해서 생각하시는 건 아닙니까?"
"아닙니다. 그 점은 자신 있게 말할 수 있습니다. 어떻습니까, 그 수첩을 두고 갈 수 있겠습니까? 기록한 날짜들을 체크했으면 좋겠습니다. 왓슨, 이제 우리가 할 일이 뚜렷해졌네. 프레스베리 양이 이야기한 대로——훌륭한 관찰을 하셨습니다——교수는 특정한 날에 일어난 일들을 전혀 기억을 못하거나 혹은 거의 기억 못하는 증세가 있는 것 같네. 그러니 교수가 전에 우리와 약속을 한 것처럼 속이고 그를 방문해 보기로 하세. 그는 기억을 못해서 약속을 잊은 줄로 생각할 거야. 이렇게 해서 그를 직접 만나 볼 기회를 만들어야 되겠네."
"참 좋은 생각입니다." 베네트가 말했다. "그러나 한 가지 말씀드리고 싶은 것은 교수는 여느 때에도 화를 잘 내고 난폭합니다."

홈즈는 싱긋 웃었다.

"우리가 교수를 만나 보려고 서두르는 것은 그만한 이유가 있기 때문입니다. 베네트 씨, 내일 캠퍼드에서 만납시다. 내가 옳게 기억하고 있다면, 그곳에 맛이 그다지 나쁘지 않은 체커스라는 술이 있고, 그다지 더럽지 않은 여관이 있을 겁니다. 왓슨, 앞으로 2, 3일 동안은 불편해도 참고 지내야 되겠네."

월요일 아침 우리는 유명한 대학 도시를 향해 떠났다. 홈즈는 이번 여행에 대해서 아무런 설명도 없이 태평하게 앉아 있었으나, 광적인 사건의 수사에 참여하게 된 나로서는 앞으로 어떤 일이 벌어질지 궁금하여 못 견딜 지경이었다. 홈즈는 그가 짐을 풀어 놓은 때까지 아무런 암시도 주지 않았다.

"왓슨, 점심 식사 전에 교수를 방문해야 되겠어. 11시에 강의가 끝난 뒤 지금은 집에서 쉬고 있을 걸세."

"뭐라고 핑계를 대고 찾아가지?"

홈즈는 수첩을 꺼내 들여다보았다.

"8월 25일에도 이상한 증세를 보였어. 그는 아마 그날 일에 대해서 잘 기억 못 하고 있을 걸세. 약속대로 찾아왔다고 우리가 우기면 그도 아니라고 하지는 못할 거야. 넉살좋게 떼를 쓰는 수밖에 없어."

"어디 한 번 해보세."

"그렇지, 왓슨. 하는 데까지 해 봐야지. 상냥한 이곳 토박이가 우리를 안내해 줄 걸세."

우리를 태운 마차는 고색창연한 대학 건물을 지나 양쪽에 나무가 줄지어 선 찻길로 들어가더니 한 아름다운 집의 현관 앞에 멎었다. 잘 가꾼 잔디밭과 보랏빛 등나무 꽃이 우거진 교수의 집은 안락함을 넘어 꽤 사치스러워 보였다. 우리가 마차에서 내리자 앞 창가에 잿빛 머리가 나타났다. 짙은 눈썹 아래의 날카로운 눈이 커다란 안경 뒤로 우리를 내려다보고 있는 모습을 의식할 수 있었다.

 잠시 뒤 우리는 그의 서재로 안내되었다. 런던에 있는 우리를 이곳까지 오게 한 장본인인, 베일에 싸인 유명한 과학자가 우리 앞에 마주섰다. 그의 태도나 겉모습은 하나도 괴팍스럽지 않았다. 프록코트를 입고 있는 그 몸집은 꽤 컸다. 또한 풍채가 좋고 장중하며, 강단에 서는 사람에게서 느낄 수 있는 위엄이 몸에 배어 있었다. 그의 용모 중에서 가장 눈에 띄는 것은 눈이었다. 예리하고 주의 깊고 영리하다못해 오히려 교활해 보였다. 그는 우리의 명함을 들여다보았다.

 "앉으십시오. 그런데 무슨 일로 저를 찾아오셨습니까?"

 홈즈는 상냥하게 미소를 지었다.

 "교수님, 그거야말로 제가 여쭤 볼 말씀입니다."

 "나에게요?"

 "그럼 일이 잘못된 걸까요? 저는 제삼자를 통해서 캠퍼드의 프레스베리 교수가 저의 협조를 구한다는 이야기를 들었습니다."

 "그래요?"

 그의 강렬한 잿빛 눈은 심술궂은 적의로 가득 찼다.

 "그런 이야기를 들으셨습니까? 그 말을 전해 준 사람의 이름을 알고 싶습니다."

 "죄송합니다, 교수님. 그건 비밀로 해 두는 편이 좋을 것 같습니다. 만일 제가 잘못 들은 거라면 아직 폐를 끼친 것은 아니니까 차라리 사과를 하고 물러가기로 하겠습니다."

 "괜찮습니다. 그보다 좀더 자세한 내용을 알고 싶습니다. 저에게도 흥미로운 일이니까요. 그것을 증명할 만한 종이 메모나 편지 또는 전보 같은 거라도 갖고 계십니까?"

 "아무것도 없습니다."

"방문 구실을 정당화시키기엔 미비한 행동이로군요."
"대답을 안 하겠습니다."
홈즈가 말했다.
"좋습니다. 아무것도 묻지 않겠습니다."
교수가 거칠게 말을 이었다.
"선생이 말 안 해도 다 알아 낼 수 있습니다."
그는 방을 건너가더니 벨을 눌렀다. 곧 베네트가 서재에 나타났다.
"들어오게, 베네트. 이 두 분은 런던에서 오셨는데 내가 불러서 왔다고 우기고 있네. 자네는 내 편지를 모두 다루고 있으니 혹시 홈즈라는 사람에게 보내는 편지를 본 적이 있나?"
"못 봤습니다, 선생님."
베네트는 얼굴을 붉히며 대답했다.
"자, 일은 끝났소." 교수는 홈즈를 성난 얼굴로 노려보았다. 그는 탁자 위에 두 손을 올려놓고 몸을 앞으로 기댔다. "그러고 보니 선생의 저의가 심히 의심스럽소."
홈즈는 어깨를 움츠리고 말했다.
"쓸데없이 소란을 피운 일을 사과할 수밖에 없습니다."
"그런 변명이 어디 있습니까, 홈즈 선생!" 교수는 얼굴에 잔뜩 적의를 품은 채 높은 소리로 고함을 지르며 문을 딱 가로막더니 격렬한 몸짓으로 두 손을 흔들었다. "그렇게 쉽게 이 방을 나갈 수 있다고 생각하면 큰 오산입니다."
교수의 얼굴은 경련을 일으키며 이를 악물더니 인사불성의 분노 속에서 뜻 모를 말을 지껄였다. 베네트가 말리지 않았더라면 굉장한 소동이 벌어졌을 것이다.
"교수님! 위신을 생각하십시오! 대학에서 생길 물의도 생각해 보십시오. 홈즈 선생은 유명하신 분입니다. 그분을 이렇게 무례하게

대접해서는 안 됩니다."

부루퉁하게 화가 난 주인은 마지못해 자리를 비켜 주었다. 우리는 간신히 집을 빠져나와 한적한 찻길로 나왔다. 홈즈는 이 소란을 아주 재미있어하는 것 같았다.

"교수의 신경은 아무래도 정상이 아닌 것 같네. 우리의 침입이 좀 무례하긴 했지만, 아무튼 우리가 바라던 대로 그와 개인적인 접촉을 했으니 수확이 컸네. 그런데 왓슨, 그가 우리 뒤를 밟고 있는 것 같군. 그 빌어먹을 노인이 우리를 쫓아오고 있어."

뒤에서 뛰어오는 발소리가 들렸다. 그러나 다행히도 무서운 교수가 아닌 그의 조수가 찻길 커브에서 모습을 나타냈다. 그는 헐떡이며 달려왔다.

"홈즈 선생님, 죄송합니다. 사과드리려고 왔습니다."

"그럴 필요 없소. 직업상 그런 일은 아무렇지도 않소."

"아까처럼 교수님이 그렇게 화내시는 것을 본 적이 없습니다. 날이 갈수록 점점 심해지는 것 같습니다. 에디스와 제가 왜 걱정하고 있는지 이제 이해하셨겠지요? 그런데도 그의 정신만은 아주 말짱합니다."

"너무 말짱하더군요." 홈즈가 말했다. "그 점은 내가 잘못 판단했었소. 내가 생각했던 것보다 그의 기억력은 훨씬 좋은 것 같소. 이왕 여기 온 김에 프레스베리 양의 침실 창문을 구경했으면 좋겠는데."

베네트는 수풀 속으로 난 길로 들어서더니 건물의 한 면이 바라보이는 지점으로 우리를 안내했다.

"바로 저쪽입니다. 왼쪽에서 두 번째 창문입니다."

"그곳 같으면 도저히 그냥 올라갈 수 없겠는데……, 창 밑에 덩굴나무가 있는지 또는 발판으로 사용할 수 있는 물받이 홈통이라도 있는지 조사해 보았나요?"

"혼자서는 도저히 올라갈 수 없습니다."
베네트가 말했다.
"나도 같은 생각이오. 여느 사람이 거기를 기어서 올라간다는 것은 모험이나 마찬가지지요."
"홈즈 선생님, 한 가지 새로운 사실을 알려 드리겠습니다. 교수님이 편지를 보내는, 런던에 사는 상대방의 주소를 하나 알아냈습니다. 교수님이 오늘 아침 편지를 쓰는 것 같아서 그가 사용한 잉크 압지를 몰래 들여다보았습니다. 그의 신임 받는 비서로서 이와 같은 수치스런 행동을 하는 것이 제 본분에 어긋나는 일인 줄은 알고 있으나 주소를 알기 위해서는 어찌할 도리가 없었습니다."
홈즈는 그 압지를 잠깐 들여다보더니 호주머니에 넣었다.
"도라크? 참 이상한 이름이로군. 슬라브 계통인 것 같은데. 이것은 중요한 단서가 될 것 같군요. 베네트 씨, 오늘 오후에 우리는 런던으로 돌아가겠습니다. 이곳에 더 있을 필요가 없소. 범법 행위를 하지 않았으니 교수를 체포할 수도 없고, 미친 것도 아니니 감금할 수도 없어요. 현재로선 어떠한 조치도 불가능합니다."
"그렇다면 어떻게 해야 됩니까?"
"베네트 씨, 참고 기다리는 수밖에 없습니다. 일이 곧 벌어질 겁니다. 내 추측이 틀림없다면 다음 주 화요일에 사건은 절정에 이를 거요. 그날 다시 캠퍼드에 오겠소. 그런데 프레스베리 양이 그동안 지내기가 곤란할 텐데······."
"그건 염려 없습니다."
"위험이 완전히 사라질 때까지 그녀를 다른 데 있도록 하시오. 그 동안 교수는 마음대로 행동하도록 내버려 두고, 절대로 그를 방해해서는 안 됩니다. 그의 기분만 건드리지 않으면 아무 염려도 없을 겁니다."

"저기 좀 보십시오."

베네트가 놀란 표정으로 속삭였다.

나뭇가지 사이로 보니 몸을 똑바로 세운 키가 큰 교수가 현관을 나와 베네트를 찾는 모습이 보였다. 그는 윗몸을 앞으로 내밀고 손을 휘두르며 사방으로 머리를 돌려 두리번거리고 있었다. 마지막으로 이쪽을 쳐다보자 베네트는 나무숲을 빠져나가 교수에게로 달려갔다. 그들은 무언가 흥분한 목소리로 이야기하면서 안으로 들어갔다.

여관으로 돌아오면서 홈즈가 말했다.

"그러면 그렇지. 교수가 베네트를 혼자 있게 내버려 둘 리가 없지. 잠깐 그를 본 것만으로도 그가 명석하고 논리적인 두뇌의 소유자라는 걸 알 수 있었네. 탐정이 그의 뒤를 추적하고 있다는 사실을 알게 되자, 그의 감정은 미칠 듯이 폭발했을 걸세. 그는 그의 가족이 탐정을 끌어들인 것이라고 의심할 걸세. 아마 지금쯤 베네트가 곤욕을 치르고 있을걸."

홈즈는 우체국 앞에서 걸음을 멈추더니 전보를 쳤다. 저녁때 답신이 오자 홈즈는 다 읽은 뒤 전보를 내게 던져 주었다.

"커머셜 거리로 찾아가 도라크 씨를 만나 보았음. 나이가 지긋한 상냥한 보헤미아인인 듯함. 커다란 잡화상을 경영하고 있음——머서."

"머서는 오래 전부터 나를 도와주고 있는 사람이지. 그는 사업에 관한 한 모르는 게 없는 만능인이야. 교수가 비밀리에 편지 거래를 하는 도라크의 정체를 알아내는 게 무엇보다 급한 일이었네. 그런데 보헤미아인이라니 교수의 프라하 방문과 관계가 있군."

"일이 풀리기 시작하는 것 같아 다행이네. 지금 우리는 하나도 연결이 되지 않는 불가해한 일련의 사건들의 벽에 부딪치고 있는 것 같네. 예를 들자면 성난 개와 보헤미아 방문은 무슨 관련이 있으며, 또 교수가 밤중에 복도에서 기는 것하고 위의 두 사건과는 무슨 연관이 있는 것일까 하는 문제일세. 그리고 자네가 중요하게 생각하고 있는 날짜에 대한 것도 정말 궁금하기 짝이 없는 문제야. 나로서는……."

홈즈는 미소지으며 두 손을 비볐다. 홈즈가 앞서 이야기한 바 있는 그 유명한 포도주 한 병을 탁자 위에 놓고서 우리는 그 옛날식 여관의 낡은 거실에 마주앉아 있었다.

"그럼, 날짜에 대해서 먼저 설명하기로 하지." 홈즈는 이렇게 말하면서 손끝을 한데 모으며 마치 교실에서 강의하는 듯한 태도를 취했다. "그 우수한 젊은이의 수첩을 보니 7월 2일부터 사고가 일어났는데, 단 한 번의 예외를 빼고는 그 뒤부터 아흐레 간격으로 똑같은 발작이 일어나고 있네. 마지막 발작이 지난 금요일인 9월 3일에 있었고, 또 그전의 날짜도 아흐레 전인 8월 25일이었어. 이것은 절대로 우연의 일치가 아니야."

홈즈는 나도 그의 의견에 동의하기를 강요했다.

"이제 우리는 이런 가정을 세울 수가 있네. 교수는 아흐레 간격으로 지속 시간은 짧으나 매우 해로운 효능을 가진 독한 약을 복용하고 있음이 틀림없네. 타고난 그의 난폭한 성질은 그 약을 복용함으로써 더욱더 거칠어졌어. 프라하에서, 그 약의 사용법을 배워 왔고, 지금은 런던의 보헤미아인 중개상을 통해서 약을 공급받고 있네. 왓슨, 이제 모든 것이 연결되지?"

"그렇다면 개 사건이며, 교수가 유리창으로 딸의 방을 들여다본 이유와 복도를 기어 다닌 일은 어떻게 설명할 수 있겠나?"

"이제 시작이 아닌가? 다음 주 화요일까지는 아무 일도 일어나지 않을 테니까 그동안 베네트와 계속 연락을 취해 가며 이 아름다운 대학 도시에서 천천히 쉬기로 하세."

아침에 베네트가 찾아와서 어제의 일을 보고했다. 홈즈가 예상한 대로 그는 혼났던 모양이다. 우리가 나타난 것이 그 때문이라고 직접 대놓고 나무라지는 않았지만, 사사건건 그 일을 빗대어 놓고 심술궂게 굴었으며 베네트에 대해 심한 적의를 품고 있었던 것 같았다. 그러나 아침이 되자 그는 여전히 학생들의 찬탄을 받는 훌륭한 강의를 하기 위해 학교에 나갔다. 베네트가 말했다.

"그의 괴상한 발작 증세에도, 그의 정력과 활력은 그 어느 때보다도 왕성합니다. 두뇌도 더 명석해진 것 같습니다. 그러나 그는 예전에 우리가 알고 있던 사람이 아닙니다."

"앞으로 1주일 동안은 아무 일이 없을 겁니다. 나도 바쁜 몸이고 왓슨도 환자를 돌보아야 하니 다음 주 화요일 이 시간에 여기서 다시 만나기로 합시다. 그때 가서 모든 것을 해결해 놓고 떠나겠소. 그동안 무슨 일이 생기거든 곧 알려 주시오."

런던에 돌아온 뒤 며칠 동안 홈즈를 만나지 못했다. 월요일 저녁 홈즈로부터 내일 역에서 만나자는 짧은 편지가 왔다. 기차를 타고 캠퍼드로 가면서 홈즈의 이야기를 들어보니 그동안 아무 일도 일어나지 않았고 교수의 행동도 정상이었다고 했다. 저녁때 베네트가 우리의 숙소인 체커스로 찾아왔다.

"오늘 런던에서 소식이 왔습니다. 제 손을 못 대게 한, 우표 아래 십자표를 한 편지와 꾸러미가 도착했습니다. 그 밖에 다른 일은 없었습니다."

"보고는 그걸로 충분합니다." 홈즈가 음침하게 웃었다. "베네트 씨, 오늘 밤에 모든 결말이 날 거요. 내 추리가 정확하다면 지금부터 일의 계획을 세워야 되겠습니다. 당신은 교수의 행동을 잘 관찰해야 됩니다. 오늘 밤에는 자지 말고 망을 보십시오. 교수가 당신의 방문 앞을 지나가거든 그를 방해하지 말고 살금살금 그 뒤를 쫓아가시오.

왓슨과 나는 집 밖에서 지키고 있겠습니다. 그런데 당신이 이야기한 그 작은 상자의 열쇠가 어디 있는지 압니까?"

"교수의 시곗줄에 매달려 있습니다."

"상자 안의 내용을 꼭 조사해야 될 텐데, 최악의 경우엔 상자를 부수어서라도 봐야 되겠소. 집에 또 다른 사람은 없습니까?"

"마부 맥페일이 있습니다."

"그는 어디서 잠을 자나요?"

"마구간 위에 그의 방이 있습니다."

"그의 도움을 청할 수 있겠군. 이제 일이 전개될 때까지 기다리는 수밖에 없습니다. 잘 가시오. 그러나 내일 아침이 되기 전에 당신을 만나게 될 겁니다."

자정 무렵, 우리는 여관을 나와 교수의 저택 현관 맞은편 숲 속에 몸을 숨겼다. 상쾌한 밤이었으나 좀 추웠다. 따뜻한 외투를 입고 나와서 다행이었다. 바람이 산들산들 불었고 조각구름이 때때로 반달을 가리고 지나갔다. 앞으로 일어날 일에 대한 기대와 흥분이 없었더라면 참으로 으스스한 밤샘이었을 것이다. 내 친구가 이 괴상한 일련의 사건들의 결말이 다가왔다고 자신 있게 확신하는 바람에 나는 잔뜩 긴장을 한 채 집을 지켜보았다.

"만일 아흐레 간격이 맞아 들어간다면 오늘 밤 틀림없이 교수는 발작을 일으킬 걸세. 발작 증세는 그가 프라하를 방문한 뒤부터 생겼어. 그는 프라하에 있는 사람의 대리인인 런던의 보헤미아인 중개상으로부터 비밀히 약을 공급받고 있네. 오늘도 소포가 왔다고 하지 않던가? 그가 받는 약이 무엇인지, 그리고 왜 그 약을 복용하는지는 아직도 의문일세. 아무튼 모든 일은 프라하에서 꾸며진 것이 확실하네. 그는 아흐레 간격으로 약을 복용하라는 지시를 받은 모양이야. 이 점이 제일 먼저 나의 관심을 끌었네. 그런데 그의 증상이 몹시 심한 것 같더군. 자네, 그의 손가락 관절을 보았나?"
나는 못 보았다고 말했다.
"그렇게 굵고 툭 불거진 손가락 마디는 내 생전 처음 보았네. 왓슨, 나는 사람을 볼 때 언제나 손부터 먼저 보네. 그런 다음 소매 끝, 바지의 무르팍, 그리고 구두를 관찰하네. 그렇게 불거진 뼈마디는 인간의 진화 과정에서나 볼 수 있을 걸세." 홈즈는 갑자기 말을 멈추더니 손으로 이마를 탁 쳤다. "오, 왓슨. 정말 어리석기 짝이 없었네! 도저히 믿을 수 없는 일이야. 그러나 그것은 진실임에 틀림없어. 이제 모든 것을 알아내고야 말았네. 내가 왜 진작 그 생각을 못 했을까? 손가락 관절을 그렇게 무심히 보고 지나치다니! 그리고 개! 담쟁이덩굴! 내가 꿈속을 헤매고 있었던 모양이지? 저기 좀 보게, 왓슨. 교수가 나왔어. 그의 행동을 잘 관찰하게."

현관문이 천천히 열리고 홀 안의 램프 불빛을 뒤로 몸집이 큰 프레스베리 교수의 형체가 나타났다. 그는 실내복을 입고 있었다. 문 밖으로 나오자 그는 몸을 꼿꼿이 세우더니 팔을 앞으로 내밀었다. 찻길로 내려오자 그의 모습이 갑자기 이상하게 변했다. 그는 웅크리는 듯한 자세로 윗몸을 아래로 숙이더니 손과 발을 모두 땅에 짚고 정력이 넘치는 모양으로 이리저리 껑충껑충 뛰어다녔다. 현관 앞을 몇 번 왔다갔다하더니 집 모퉁이로 뛰어갔다. 그때 베네트가 현관문을 열고 나와서 그의 뒤를 살금살금 쫓아갔다. 홈즈가 외쳤다.

"왓슨, 이리 와 보게."

우리는 그 집의 뒷면이 보이는 숲 속에 몸을 숨겼다. 달빛으로 모든 것이 환하게 보였다. 담쟁이 잎으로 뒤덮인 담벼락에 몸을 웅크리고 있는 교수의 모습이 보였다. 우리가 그를 보았을 때 그는 갑자기 믿을 수 없으리만큼 기민한 동작으로 담을 기어오르기 시작했다.

이 나뭇가지에서 저 나뭇가지로 자유자재로 건너뛰며 올라가고 있었다. 무슨 목적이 있어서 올라가는 게 아니라 단지 즐거움을 위해서 하는 행동인 것 같았다. 그의 실내복은 그가 움직일 때마다 펄럭거려서 꼭 커다란 박쥐가 담벼락에 달라붙은 것 같았다. 이 장난도 싫증이 났는지 그는 곧 내려오더니 땅에 엎드려 앞서와 같은 괴상한 몸짓으로 마구간으로 갔다.

아까부터 짖고 있던 개는 마구간 밖에 나와 있었는데 이때 주인의 모습을 보자 갑자기 흥분하여 미친 듯이 짖어 댔다. 쇠사슬이 팽팽하게 당겨지고 몸을 부르르 떨며 무섭게 짖었다. 교수는 일부러 개 옆으로 다가가 몸을 웅크리고 엎드리더니 갖은 방법을 다해서 개를 놀리기 시작했다.

한 움큼 돌멩이를 주워 개의 얼굴에 던지더니 또 방금 꺾어 온 나뭇가지를 개의 입 언저리에다 들이대고 막 휘둘렀다. 그는 자제력을 완전히 잃은 채 개의 분노를 자극시키는 데에만 혈안이 되어 있었다. 우리는 그동안 많은 모험들을 보아 왔지만 이렇게 기괴하고 잔인한 광경은 처음 보았다. 점잖은 교수가 개구리처럼 땅바닥에 쭈그리고 앉아 온갖 잔인한 방법으로 개를 못살게 놀리고 있어 독이 오른 개는 그를 물어 죽이려고 미친 듯이 안간힘을 쓰고 있었다.

바로 그때 일이 벌어졌다. 쇠사슬은 상관없었으나 개목걸이가 컸던 탓으로 목이 그대로 빠져 버렸다. '잘그랑' 개목걸이가 땅에 떨어지는 소리가 들리더니 사람과 개는 곧 한덩어리가 되어 땅바닥에 구르기 시작했다. 분노한 개는 으르렁거렸고 교수는 마치 동물 같은 괴이한 공포의 소리를 질렀다. 그것은 교수의 생애에 있어 정말 극적인 순간이었다. 성난 개는 그의 목을 물어뜯었다. 송곳니로 너무나 깊숙이 물어서 우리가 그들을 떼어놓으려고 달려가 보니 교수는 이미 의식을 잃고 있었다. 우리도 개한테로 달려가는 것은 위험한 일이었으나

베네트의 목소리가 들리고 그가 나타나자 개는 곧 양같이 순해졌

다. 이 소란에 마부도 잠이 깨어 마구간 위 방에서 내려왔다.

"그럴 줄 알았습니다." 마부는 머리를 설레설레 흔들며 말했다. "전에도 여러 번 이런 광경을 목격했습니다. 그래서 머지않아 이런 불상사가 일어날 줄 알았습니다."

개를 가둔 뒤 우리는 교수를 집 안으로 옮겨 뉘었다. 의사 면허도 가지고 있는 베네트가 나를 도와서 그 상처를 치료했다. 날카로운 이가 경동맥 근처를 위험하게 스쳐서 출혈이 몹시 심했다. 30분 만에 위험한 고비가 지나서 모르핀 주사를 놓았더니 교수는 깊은 잠에 빠져들었다. 우리는 서로 얼굴을 쳐다보며 안도의 숨을 내쉬었다.

"일류 외과의사의 치료를 받아야 되겠군요."

내가 말했다.

"안 됩니다. 이 일은 우리 가족만 알고 있어야 합니다. 그래야만 안전합니다. 만약 이 일이 집 밖으로 새어나간다면 소문은 끝없이 퍼져 나갈 겁니다. 대학에서의 그의 권위와, 유럽 전체에 알려진 그의 명성과, 그리고 그의 딸의 입장을 생각해 보십시오."

"그렇겠군요." 홈즈가 말했다. "우리만 아는 비밀로 합시다. 그런데 이런 일이 다시 일어나지 않도록 서둘러 손을 쓸 일이 있소. 베네트 씨, 교수의 시곗줄에서 열쇠를 끄르시오. 맥페일은 환자를 지키고 있다가 무슨 일이 생기거든 우리에게 알리고. 그동안 우리는 신비한 상자를 열어 봐야 되겠소."

상자 안에는 별다른 것이 없었으나, 아무튼 그것만으로도 모든 것을 알기에 충분했다. 빈 약병 하나, 가득 찬 물약병 하나, 피하주사기 하나, 그리고 서투르고 알아보기 힘든 글씨로 쓴 편지 몇 장이 모두였다. 편지 봉투를 보니 비서의 손을 못 대게 한 십자 표시가 있었고, 모두 커머셜 거리의 A. 도라크에게서 온 것이었다. 편지 내용은 프레스베리 교수에게 새 물약을 보낸다는 청구서와 돈을 받았다는 영수증밖에 없었다. 봉투 하나가 또 있었는데 거기에는 교양 있는 사람의 필체로 주소가 씌어 있고, 프라하의 소인이 찍힌 오스트리아 우표가 붙어 있었다.

"중요한 단서를 찾았네."

홈즈가 소리를 지르며, 편지를 꺼내 읽기 시작했다.

존경하는 선생님께!

전날 선생님이 다녀가신 뒤 선생님의 치료법에 대해 열심히 생각해 보았습니다. 물론 특별한 사정이 있어 저의 치료를 받으려고 하시겠지만, 그 동안의 실험 결과에 의하면 이 치료에는 위험한 부작용이 따르기 마련이니 이 점을 미리 알고 계시기 바랍니다.

유인원의 혈청이 우수한 효능을 가진 것은 알고 있으나 지난번에도 말씀드렸듯이 구할 수가 없어 대신 얼굴이 까만 인도산 원숭이의 혈청을 사용했습니다. 원숭이는 기기도 하고 나무에 오르기도 하는 반면 유인원은 서서 걸을 수 있어서 아무래도 인간과 흡사한 점으로는 유인원이 더 낫다는 것은 부인할 수 없는 사실입니다.

한 가지 부탁드리고 싶은 것은 선생님이 저의 치료를 받고 있다는 이야기를 아무에게도 이야기하지 말아 주십시오. 영국에는 선생 말고 또 한 명의 고객이 있는데, 도라크라는 저의 대리인이 두 분께 약을 공급해 드릴 겁니다.

매주 치료 결과를 보고해 주시기 바랍니다.

안녕히 계십시오.

H. 로웬슈타인

로웬슈타인! 회춘의 비밀과 불로장생약을 연구하고 있는 신비한 과학자라고 신문에 난 기사를 읽은 적이 있었다. 프라하의 로웬슈타인! 로웬슈타인은 신비스러운 정력 강장제인 혈청을 연구했다고 보고했는데, 그가 혈청의 출처를 밝히지 않아 전문가들은 그의 치료법을 금지시키고 있었다. 나는 내가 아는 바를 간략하게 설명했다. 베네트는 선반에서 동물학에 대한 작은 책자를 꺼내들었다. 그는 읽기 시작했다.

"랑구르(긴꼬리원숭이), 히말라야 산맥에 서식하는 얼굴이 시커먼 커다란 원숭이의 일종으로, 원숭이 종류 중에서는 인간의 모습과 가장 비슷함. 여기 자세한 설명이 또 있습니다만 이것으로 충분합니다. 홈즈 선생님, 감사합니다. 이제 모든 의문이 풀렸습니다."

"참된 원인은" 홈즈가 말했다. "때늦은 사랑으로 조급해진 교수가 다시 한 번 젊음을 갖고 싶어한 데 있었소. 자연의 섭리를 역류하려고 하면 모든 것은 파괴되기 마련이오. 운명이 정해 준 길을 가지 않고 만물의 영장인 인간이, 더구나 교수 같은 최고의 지식인이 동물로 되돌아가려고 하다니!" 홈즈는 손에 작은 유리병을 들고 안에 든 맑은 액체를 들여다보며 앉았다. "로웬슈타인에게 이 약의 독성에 대해 형사 책임을 져야 한다고 편지를 쓰겠소. 그 이상 우리가 취할 조치는 없는 것 같군요. 그러나 이러한 일은 앞으로 또 일어날 겁니다. 다른 사람들이 좀더 나은 방법을 연구하겠지요. 젊어지고 싶어하는 인간의 본능이 있는 한, 이러한 위험은 언제나 존재하기 마련이오. 왓슨, 생각해 보게. 물질이나 쾌락 같은, 세속적인 즐거움만 추구하는 인간들은 하나같이 오래 살고 싶어서 안달하고 있네. 반면에 정신을 존중하는 사람들은 자연의 순리를 피하려 하지 않고 묵묵히 달게 받아들이고 있네. 말하자면 부적자(不適者) 생존의 법칙인 것 같네. 대체 이 세상은 어떤 구정물에 빠지려고 이러는지 모르겠네그려."

홈즈는 갑자기 꿈에서 깨어나 현실로 돌아온 사람처럼 벌떡 의자에서 일어났다.

"베네트 씨, 더 이상 할 말이 없군요. 그 동안의 여러 사건들을 이제 쉽게 연결할 수 있겠지요. 개는 당신보다도 더 빨리 주인의 변화를 눈치 챈 거요. 그 개는 냄새로 알았지요. 로이가 문 것은 교수가 아니라 원숭이였습니다. 또 로이를 놀린 것도 원숭이였고요. 높은 데 올라가는 것이 원숭이에게는 즐거운 습관이라서 그는 딸의 침실 창문까지 그냥 올라가 본 겁니다. 여보게, 왓슨. 아침 일찍 출발하는 런던으로 가는 기차가 있는데, 떠나기 전에 체커스에 가서 차나 한 잔씩 들기로 하세."

The Lion's Mane
사자의 갈기

　오랜 탐정 생활을 해 왔지만 이렇게 난해하고 희귀한 사건이 은퇴한 뒤 바로 내 곁에서 일어났다는 것은 확실히 기이한 일이 아닐 수 없다. 어둡고 침침한 런던 생활을 해오면서 나는 전원에서의 자연 생활을 오랫동안 꿈꾸어 왔기 때문에 은퇴하자 곧 서섹스에 조그만 집을 마련하여 은거 생활로 들어갔다.
　그즈음 내 오래된 친구 왓슨은 거의 만나지 못했다. 가끔 주말에 그의 방문을 받는 게 고작이었다. 그래서 이번 사건은 내 손으로 직접 발표하는 수밖에 없게 되었다. 왓슨이 함께 있었더라면 극적인 사건의 서두와 기상천외한 결말을 얼마나 박진감 있게 묘사할 수 있었을까! 그러나 상황이 이렇게 되고 보니 할 수 없이 나의 보잘것없는 평범한 문장으로나마 사자의 갈기에 얽힌 비밀을 하나하나 밝혀 보여야겠다.
　나의 별장은 영국 해협을 한눈에 바라볼 수 있는 백악(白堊) 절벽 남쪽 비탈에 서 있다. 이곳의 해안선은 온통 백악 절벽으로 되어 있어 가파르고 미끄러운 단 하나의 길고 꼬불꼬불한 길이 절벽 아래로

나 있는데, 이 길을 내려가면 만조 때에도 물에 잠기지 않는 조약돌과 자갈밭이 백 미터쯤 뻗어 있다. 또 해변 이곳저곳에는 만조 때마다 깨끗한 물이 가득 차 수영하기에 안성맞춤인 곳이 여러 군데 있었다. 아름다운 해안은 좌우로 쭉 몇 킬로미터나 계속되고 있는데, 그 중간에 한 군데 작은 후미가 있어 그곳이 풀워스 마을을 이루고 있었다.

별장은 쓸쓸했다. 나와 가정부 그리고 꿀벌이 외롭게 살고 있었다. 집에서 6백 미터쯤 떨어진 곳에는 해럴드 스택허스트의 유명한 대학 예비교가 있는데, 이곳에서는 몇십 명의 학생들이 유능한 교사 밑에서 여러 가지 전공과목을 공부하고 있었다. 스택허스트는 젊었을 때 유명한 조정(漕艇) 선수로 이름을 날렸으며, 또한 다재다능한 학자이기도 하다. 이곳에 정착한 뒤 나는 그와 곧 친해져서, 그는 초대를 받지 않고도 저녁 시간이면 서로 자유로이 드나들 수 있는 나의 유일한 친구가 되었다.

1907년 7월 끝 무렵 어느 날 밤이었다. 심한 폭풍우가 불어 바다에는 해일이 일고 삼킬 듯한 파도가 절벽을 마구 때렸으며 해변가의 작은 호수처럼 물이 괸 곳은 넘치는 바닷물로 자취도 찾을 수 없었다. 이튿날 아침 바람이 수그러지자 모든 자연은 새로 세수를 한 것처럼 그렇게 신선하고 깨끗해 보일 수가 없었다. 이런 상쾌한 날이면 집에 가만히 앉아 있을 수가 없었다. 나는 아침 식사 전에 산책을 하려고 집을 나섰다. 해변가로 가는 가파른 벼랑길을 내려가는데 누군가가 뒤에서 나를 불렀다. 돌아다보니 헤럴드 스택허스트가 손을 흔들며 인사를 했다.

"상쾌한 아침이로군요, 홈즈 씨. 홈즈 씨를 밖에서 만날 줄 알았습니다."

"수영을 하러 가는 길이군요?"

"알아맞히는 데는 여전히 귀신이십니다." 그는 불룩한 그의 주머니를 툭툭 치면서 웃었다. "맞았습니다. 맥퍼슨이 아침 일찍 나갔으니, 해변가에 내려가면 그를 만날 수 있을 겁니다."

피츠로이 맥퍼슨은 과학 교사로서 훌륭한 젊은이인데, 류머티즘 열로 인한 합병증인 심장병을 앓고 있었다. 그러나 그는 본디 운동을 좋아해서 몸에 무리가 되지 않는 한 여러 경기에 뛰어난 솜씨를 발휘하였다. 여름이건 겨울이건 그는 수영을 즐겨서 나도 가끔 어울려 함께 헤엄을 치곤 했다.

바로 그때 그의 모습이 나타났다. 그의 머리가 벼랑길 끝에 나타나더니 점점 모습이 드러났는데, 이상하게도 그는 술 취한 사람같이 비틀거리고 있었다. 순간 그는 무서운 비명을 지르며 손을 내젓더니 그만 고꾸라졌다. 그가 쓰러진 지점은 우리가 있는 곳에서 겨우 50미터쯤 떨어진 거리였다. 스택허스트와 나는 달려가 그를 일으켰다. 그는 분명히 숨을 거두고 있었다. 움푹 들어간 눈과 흙빛으로 변한 볼에는 이미 생기가 사라져 가고 있었다. 한순간 그는 얼굴에 경련을 일으키며 무슨 말을 하려는 듯 두어 마디 중얼거렸으나 하는 말이 분명치 않았다. 나의 귀에는 마지막으로 흘러나온 '사자의 갈기'라는 말이 들렸을 뿐이었다.

그것은 전혀 엉뚱하고 이해할 수 없는 말이었으나 달리 다른 뜻으로 해석할 수 없었다. 그런 다음 그는 땅에서 몸을 반쯤 일으켜 두 손을 허공에 휘두르더니 옆으로 폭 쓰러졌다. 그의 숨은 끊어졌다. 스택허스트는 갑작스러운 공포로 정신이 나간 듯 멍해 있었으나 나는 독자들이 상상하듯이 온 감각을 긴장시키고 있었다. 심상치 않은 사건으로 판단한 나는 재빨리 현장을 검사했다. 맥퍼슨은 바바리 코트에 바지만 입고 있었고, 구두는 끈도 매지 않은 채였다. 그가 넘어지자 어깨에 걸쳤던 바바리 코트가 벗겨지면서 미끄러져 내려가 알몸인 상반신이 드러났다. 우리는 놀라서 그의 몸을 들여다보았다. 그의 등

은 가느다란 철사 줄로 무섭게 얻어맞은 것처럼 검붉은 채찍 자국이 가득 나 있었다. 그가 얻어맞은 채찍은 잘 휘는 줄이었는지, 어깨를 넘어 갈비뼈가 있는 데까지 길고 매서운 자국이 나 있었다. 고통을 참기 위해 굉장히 심하게 아랫입술을 깨물었던지 턱에는 검붉은 핏방울이 맺혀 있었다. 그의 이지러지고 비틀어진 얼굴을 보니 얼마나 모진 고통을 겪었는지 역력히 느낄 수 있었다.

나는 시체 곁에 무릎을 꿇고 앉았고, 스택허스트는 그 옆에 서 있었다. 그때 웬 그림자가 비쳐서 올려다보니 아이안 머독이 우리 곁에 서 있었다. 머독은 대학 예비교의 수학 선생인데, 키가 크고 피부 빛이 검고 몸이 마른 청년으로 말수가 적고 언제나 혼자 동떨어져 살고 있으며 친구도 없는 것 같았다. 그는 수학의 고고하고 추상적인 세계에 혼자 살면서, 현실 세계엔 별 흥미가 없는 듯했다. 학생들 사이에서는 괴짜라는 소문이 났고, 또 조소의 대상이기도 했다.

아이안 머독에게는 이상하게도 이국적인 피가 흐르는 듯했다. 새까만 눈과 거무스름한 피부의 겉모습도 그렇지만, 그의 성격 또한 괴상해서 가끔 난폭할 정도로 무섭게 폭발하곤 했다. 언젠가는 맥퍼슨이 기르는 강아지가 그를 귀찮게 굴자 그 개를 집어 들어 유리창 밖으로 내던져 버린 일이 있었다. 스택허스트는 이 사건으로 그를 해고시키려고 했으나, 유능한 교사로서의 그의 능력 때문에 간신히 참았었다.

이렇게 괴상하고 복잡한 성격의 소유자인 그가 우리 곁에 불쑥 나타난 것이다. 비록 그때의 개 사건으로 죽은 사람에게 동정심을 못 느낄지 모르지만, 아무튼 그는 눈 앞에 벌어진 광경을 보자 몹시 놀라는 것 같았다.

"불쌍한 사람! 대체 어떻게 된 겁니까? 제가 도울 일은 없습니까?"

"당신은 이 사람과 함께 있었던가요? 아침에 일어난 일을 이야기해 주시오."

"아니오, 저는 오늘 아침 늦게 일어났기 때문에 아직 해변가에도 가지 않았습니다. 방금 학교에서 내려오는 길입니다. 어떻게 하면 좋겠습니까?"

"그럼, 서둘러 풀워스 경찰서에 달려가서 빨리 신고해 주시오."

아이안 머독은 대답도 하지 않고 달려갔다. 나는 곧 조사에 착수했는데, 스택허스트는 뜻하지 않은 참변에 놀라 넋을 잃고 시체 곁에 멍하니 있을 뿐이었다. 내가 먼저 할 일은 바닷가에 누가 있는지 확인하는 것이었다.

절벽 위에 서면 해안의 전경을 한눈에 내려다볼 수 있었다. 멀리 풀워스 마을 쪽으로 걸어가는 작은 사람의 그림자가 두셋 보일 뿐 사람 모습이라고는 하나도 없었다. 이를 확인한 나는 벼랑길을 천천히 내려갔다. 길은 점토와 부드러운 점회토에 백악이 섞여 있어 여기저기 오르내린 똑같은 발자국이 나 있었다. 오늘 아침 이전에는 아무도 이 벼랑길을 내려간 사람이 없는 것 같았다. 한 경사진 곳에는 손자국까지 나 있었다. 손가락 끝이 벼랑 위쪽으로 나 있는 것으로 보아 불쌍한 맥퍼슨이 아까 올라오면서 넘어질 때 생긴 자국인 것 같았다. 그가 무릎을 꿇은 듯한 움푹 파인 곳도 여러 군데 있었다.

길 맨 아래에는 밀물이 나간 뒤 꽤 큰 호수가 생겼다. 나는 마침내 맥퍼슨이 옷을 벗었던 장소를 발견했다. 바위 위에 그의 수건이 놓여 있는데 물기가 하나도 없는 것을 보니 그는 물에 들어가지 않았던 것이 분명했다. 내가 두어 번 자갈 위를 왔다갔다하며 살펴보니 모래 위에 그의 구두 발자국과 맨발 자국이 나 있었다. 이것으로 그는 물에 들어가지는 않았지만 수영할 채비는 했던 모양이다.

이렇게 되고 보니 문제는 분명해졌다. 지금까지 겪어 본 일이 없는 기괴한 사건이었다. 죽은 사람은 아무리 길어도 15분 이상은 해변에 있지 않았다. 스택허스트가 학교에서 곧 그의 뒤를 쫓아왔기 때문에 그 점은 의심할 여지가 없었다. 그는 수영을 하려고 옷을 벗은 모양이었다. 그런 다음 갑자기 그는 다시 옷을 허둥지둥 걸쳐 입었다──옷을 아무렇게나 걸치고 끈과 단추도 채우지 못한 채였다──그리고 그는 수영도 못하고 돌아왔다.

수건으로 물기를 닦을 틈도 없었나 보다. 그런데 무슨 이유로 그는 이렇게 야만스럽고도 잔인한 방법으로 채찍을 얻어맞아야만 했을까? 아랫입술을 깨물 만큼의 모진 아픔을 견디며 간신히 기어와서 죽고 말다니! 누가 이 야만적인 태형을 가했단 말인가? 절벽 아래에는 조그만 동굴이 여러 개 있지만 이미 하늘 한가운데 떠오른 햇살이 구석구석을 비추고 있어 숨을 만한 장소도 없었다. 저 멀리 해변에 사람 그림자가 있기는 하나 거리로 볼 때 이번 범행과는 시간 차이가 엄청나게 날 수밖에 없다. 맥퍼슨이 수영하려고 했던 넓은 호수에는 바닷물이 벼랑 밑까지 찰랑찰랑 차 있으며, 멀리 있는 사람은 그 호수를 건넌 반대쪽에 있는 것이다. 그리고 바다에는 고깃배가 서너 척 그리 멀지 않은 곳에 있었다. 그 배를 탄 사람들은 나중에라도 조사하려면 할 수 있었다. 그 밖에 의문 나는 일들이 몇 가지 있었으나 어느 것 하나도 확실한 증거를 주지는 못했다.

시체가 있는 곳으로 돌아오니 구경꾼 몇 사람이 둘러서 있었다. 물론 스택허스트는 아직도 있었고, 아이안 머독이 마을 순경인 앤더슨과 막 도착했다. 앤더슨은 몸집이 크고 빨간 수염을 기른 느리고 충직한 서섹스 주 출신으로, 이곳 사람 특유의 기질인 겉보기에는 말이 없으나 속에는 분별 있는 양식을 간직하고 있었다. 그는 열심히 귀담아들으며 우리가 이야기한 것을 수첩에 적더니 이윽고 내 곁으로 다가왔다.

"홈즈 선생님의 충고를 받게 되어 다행입니다. 이 사건은 저의 능력에 부치는 사건이라 일을 잘못 처리했다간 상관인 루이스로부터 말을 들을 것 같습니다."

나는 앤더슨에게 그의 직속상관과 의사를 불러오도록 말하고 그들이 올 때까지 현장을 그대로 보존하기 위해 아무것도 움직이지 못하게 했다. 그 사이에 나는 죽은 사람의 주머니를 뒤졌다. 손수건과 주머니칼, 그리고 조그만 명함 케이스가 나왔다. 명함 케이스 안에서 종이쪽지가 한 장 나왔으므로 나는 그것을 펴서 순경에게 주었다. 휘갈겨 쓴 여자 글씨였다.

그곳에서 기다리겠습니다——모드.

시간과 장소는 밝히지 않았지만 연인들의 밀회 약속인 것 같았다. 순경은 명함 케이스 속에 도로 쪽지를 넣더니 다른 소지품과 함께 그것을 바바리 코트 주머니 속에 집어넣었다. 그 밖에는 달리 조사할 것도 없어서 순경에게 절벽 아래를 샅샅이 한 번 더 살펴보라고 이른 뒤 나는 아침 식사를 하러 집으로 돌아왔다.

두어 시간 뒤에 스택허스트가 찾아와 시체를 학교로 옮겨 그곳에서 검시를 했다고 알려 주었다. 그는 중대한 뉴스를 가지고 왔다. 예상한 대로 절벽 밑 동굴에서는 아무것도 발견 못했으나 맥퍼슨의 책상 위 서류 속에서 풀워스 마을의 모드 벨라미 양에게서 온 연애 편지를 몇 장 발견했다고 했다. 아까 그 쪽지의 이름과 같은 여자임에 틀림없었다.

"경찰이 편지를 압수해 가서 지금 보여 드릴 수는 없지만, 심각한 사이였던 것 같습니다. 그러나 이 사건이 그녀의 약속과 관련되어 일어났다고는 생각되지 않습니다."

"같은 생각이오. 많은 사람들이 헤엄을 치는 곳에서 밀회 약속을 할 리야 없겠지요." 내가 말했다.

"맥퍼슨이 학생들과 함께 나가지 않고 혼자 나간 것도 우연한 일일 겁니다."

"정말 우연히 그렇게 된 것일까요?"

스택허스트는 생각에 잠겨 눈썹을 찌푸렸다.

"아이안 머독이 학생들을 못 나가게 했습니다. 아침 식사 전에 대수 자습을 시켰어요. 불쌍한 친구 같으니라구! 그는 이 사건으로 몹시 슬픔에 빠져 있답니다."

"듣자 하니, 그들은 사이가 나빴던 모양이던데요."

"한때 그런 적이 있었지요. 그러나 1년 전부터 머독은 어느 누구보다도 맥퍼슨과 가까이 지냈습니다. 그는 천성적으로 남에게 호감을 주는 성격이 아닙니다만……."

"그 점은 나도 알고 있습니다. 당신이 언젠가 나에게 그들이 개 때문에 싸운 이야기를 했었지요?"

"그건 지나간 일입니다."

"그래도 아직 앙심이 남아 있는지 어떻게 압니까?"

"그렇지 않아요. 그들은 완전히 화해를 했습니다."

"그래요? 그렇다면 그 여자에 대해서 좀더 알아봐야겠는데요. 당신은 그 여자를 아십니까?"

"이곳 사람치고 그 여자를 모르는 사람은 없습니다. 그 여자는 이 마을에서 제일가는 미인이지요. 맥퍼슨이 그녀에게 반했다는 이야기를 들을 적은 있으나 그렇게 가까운 사이였을 줄은 조금도 눈치채지 못했습니다."

"대체 어떤 여자인가요?"

"그녀는 풀워스의 배를 대부분 소유하고 있는 톰 벨라미 노인의 딸입니다. 그녀의 아버지는 어부로 출발해서 지금은 굉장한 부자가 되었지요. 그와 아들인 윌리엄이 사업을 운영하고 있습니다."
"풀워스로 그들을 만나 보러 갑시다."
"무슨 핑계를 대고 찾아갑니까?"
"그건 나에게 맡기시오. 불쌍한 그 사람이 그렇게 잔인한 방법으로 자신을 학대했을 리는 만무하고, 심한 상처로 보건대 누구한테 매질을 당했음이 틀림없소. 이 좁은 바닥에서 그의 교제 범위는 빤할 테니 그것을 추적해 보면 범죄 동기를 알 수 있을 겁니다."

비극적인 사건으로 인해서 마음이 침울하지만 않았다면 향기로운 백리향이 가득 핀 해변가를 거니는 것은 꽤 즐거운 산책이 되었을 것이다. 풀워스 마을은 반원형으로 생긴 만의 가장 깊은 굴곡에 있었다. 낡은 구식 건물 뒤에 몇 채의 신식 집이 언덕 위에 서 있었다. 스택허스트가 그 중 한 집을 가리켰다.

"탑 모퉁이에 있는 슬레이트 지붕이 그녀의 집입니다. 벨라미는 그의 집을 '안식처'라고 부르고 있지요. 이 사건과 관련이 없다면, 그는 우리를 기꺼이 맞아 줄 겁니다. 그런데 저기 좀 보십시오!"

'안식처'의 정원 문이 열리면서 한 사람이 나왔다. 키가 크고 껑충한 모습이 수학 선생인 아이안 머독임에 틀림없었다. 잠시 뒤 우리는 길에서 그와 똑바로 마주쳤다.

"여보게!"

스택허스트가 먼저 아는 체했다. 그는 수상쩍은 검은 눈으로 흘금 곁눈질을 하며 가볍게 목례를 하더니 그냥 지나쳐갔다. 그러나 교장이 그를 불러 세웠다.

"자네, 그 집에서 무슨 일을 하고 나오는 길인가?"

머독의 얼굴이 분노로 벌겋게 달아올랐다.

"제가 선생님의 부하 직원이라고 해서 저의 개인행동까지 일일이 간섭할 권리가 있다고 생각하시면 큰 오산입니다."

스택허스트는 화가 머리끝까지 치미는 모양이었으나, 간신히 참는 듯했다. 잠시 진정하는 듯하더니 그는 다시 분노를 폭발시켰다.
"머독! 어디다 대고 그런 불손한 말을 하나?"
"무례한 것은 바로 선생님이십니다."
"자네의 불손한 행위는 이번이 처음이 아니야. 그러나 이번만큼은 결코 용서할 수 없어. 될 수 있는 대로 빨리 다른 직장을 구하도록 하게."
"그러지 않아도 이곳을 떠날 생각입니다. 저를 학교에 남아 있게 했던 유일한 친구를 오늘 잃어 버려서 더 이상 이곳에 있을 필요가 없어졌습니다."
아이안 머독은 성큼성큼 앞으로 걸어갔다. 스택허스트는 성난 눈으로 그의 뒷모습을 노려보았다. "정말이지 어떻게 할 수 없는 친구야!" 그가 소리를 질렀다.
내가 보기에 아이안 머독은 이곳을 빠져나가기 위한 구실을 꾸미고 있는 것 같았다. 그에 대해 막연한 의심이 생기기 시작했다. 벨라미 씨가 혹시 이 사건에 대한 중요한 단서를 제공해 줄지도 모를 일이었다. 스택허스트도 다시 정신을 차려 우리는 집안으로 들어갔다.
벨라미 씨는 타는 듯한 빨간 수염을 기른 중년 남자였다. 그는 화가 난 것 같았으며 얼굴도 그의 수염 빛깔처럼 빨갛게 달아 있었다.
"할 말이 없습니다. 여기 있는 내 아들도……." 그는 구석 쪽에 앉아 있는 무뚝뚝한 표정의 힘세어 보이는 젊은이를 가리켰다. "……저와 마찬가지로 맥퍼슨이 모드에게 구혼한 것을 큰 모욕으로 여기고 있습니다. 선생님, 결혼이란 말은 집안에서 한 번도 꺼낸 적이 없었습니다. 그들은 몰래 편지를 보내고 만나기도 한 모양이나, 우리는 그러한 행동을 절대로 용납하지 않았습니다. 딸애는 어미 없이 자랐기 때문에 우리가 그애를 보호해야 합니다. 우리는 무슨 일이 있어도

……."

바로 그때 문이 열리면서 모드 양이 들어오자 벨라미 씨는 중간에서 말을 그쳤다. 그녀의 아름다움을 반박할 사람은 이 세상에 아무도 없을 것이다. 이런 뿌리 위에서, 이런 환경 속에서 이렇게 진귀한 꽃이 필 줄을 누가 상상이나 할 수 있겠는가? 나는 늘 이성이 감정을 지배하고 있기 때문에 여태껏 여자의 아름다움에 마음을 뺏겨 본 적이 없었다. 그러나 그녀의 윤곽이 뚜렷하고 완벽한 얼굴과 섬세한 색조 위에 떠도는 부드러운 신선미를 보았을 때, 나는 놀라움을 가지고 그녀를 바라보지 않을 수 없었다. 그녀를 한 번 보고 그녀에게 반하지 않는 청년은 한 명도 없을 것이다. 모드 벨라미 양은 눈을 크게 뜨고 격렬한 표정으로 해럴드 스택허스트 앞으로 다가왔다. 그녀가 말했다.

"피츠로이가 죽은 걸 이미 다 알고 있어요. 제게 특별히 하실 말씀이 있으면 서슴지 말고 이야기해 주세요."
"선생님의 학교에 근무하는 분이 와서 소식을 알려 주었습니다."
그녀의 아버지가 설명했다.
"왜 내 여동생이 이 사건에 끼어들어야 합니까?"
젊은이가 성난 목소리로 말했다.
모드 벨라미 양은 날카롭고 사나운 표정으로 오빠를 쳐다보았다.
"오빠, 제 일이니까 저 혼자 처리하도록 내버려 두세요. 사람이 살해된 것만은 사실이니까, 제가 범인을 잡는 데 도움이 될 수 있다면, 그것이야말로 죽은 사람에 대해 저의 최소한의 도리라고 생각합니다."
내 친구가 간략하게 사건에 대해 설명할 때 침착한 태도로 진지하게 듣는 그녀의 자태를 보니, 그녀는 겉모습만 아름다울 뿐 아니라 성격 또한 곧고 강한 것 같았다. 모드 벨라미 양은 내 기억 속에 가장 완벽하고 가장 뛰어난 여인으로 언제나 남아 있을 것이다. 그녀는 내 모습을 보고 이미 나를 알아보았다. 그녀는 이윽고 내게로 얼굴을 돌렸다.

"홈즈 선생님, 그들을 법에 의해 처단해 주세요. 그들이 누구라 할지라도 저는 선생님 편에서 선생님을 도와 드리겠어요." 그녀는 이렇게 말하면서 아버지와 오빠를 도전적인 눈으로 쏘아보았다.

"감사합니다. 저는 여자의 직감을 높이 사고 있습니다. 그런데 방금 '그들'이라고 말씀하셨는데, 그럼 범인이 한 사람이 이상이라고 생각하십니까?"

"저는 누구보다도 맥퍼슨을 잘 알고 있습니다. 그는 용감하고 또 힘이 세어서 단 한 사람의 힘으로는 그토록 무지막지한 짓을 수 없었을 거예요."

"모드 양에게 조용히 묻고 싶은 말이 있습니다."

"모드, 제발 이 일에 끼어들지 말아라."

그녀의 아버지가 볼멘 목소리로 말했다.

모드 벨라미 양은 곤경에 빠진 듯 나를 쳐다보았다.

"어떻게 하면 좋을까요?"

"온 세상이 곧 이 사건을 알게 될 겁니다. 그러니 제가 이 자리에서 말해도 조금도 상관없는 일입니다. 다만 비밀리에 수사를 진행하고 싶어서 그럴 따름인데, 정 아버님께서 허락하시지 않는다면 아버님께서도 입을 다물어 주시기만 하면 됩니다." 그런 다음 나는 죽은 사람의 주머니에서 그녀가 보낸 쪽지가 나왔다는 이야기를 했다. "검시 때 발견되었습니다. 모드 양, 그와의 관계를 솔직히 말씀해 주십시오."

"감출 이유가 없어요. 우리는 결혼하기로 약속했습니다. 그것을 비밀로 한 이유는 피츠로이에게는 거의 돌아가시게 된 늙은 아저씨가

한 분 계신데, 그는 피츠로이가 그의 마음에 들지 않는 결혼을 하면 한 푼의 유산도 남겨 주지 않겠다고 말했기 때문이에요. 그 밖의 다른 이유는 없어요."
"왜 우리에게 그런 사실을 숨겼니?"
벨라미 씨가 꾸중을 했다.
"아버지가 조금이라도 저를 이해해 주셨다면 진작 말씀드렸을 거예요."
"나는 내 딸이 우리와 신분이 다른 사람하고 결혼하는 것은 반대야."
"그런 이유로 우리의 결혼을 반대하셨다면 그건 아버지의 편견이에요. 이 약속에 대해서는……." 그녀는 드레스를 손으로 더듬더니 구겨진 종이쪽지를 꺼냈다. "이것이 그에게서 온 답장입니다."

 화요일 해가 진 뒤 해변가 그 장소에서 기다리겠습니다. 그때밖에 틈이 없습니다.
─── F.M.

"화요일이면 바로 오늘이지요? 그래서 오늘 밤 그를 만나러 나가려던 참이었어요."
나는 종이를 뒤집어 보았다.
"이건 우편으로 온 게 아니로군요. 어떤 방법으로 이 편지가 전달되었습니까?"
"그 질문에는 답변을 못 드리겠습니다. 그러나 그것은 이 사건과 아무런 관련이 없어요. 그 밖에 물어 보고 싶은 것이 있으면 얼마든지 대답해 드리겠습니다."
모드 벨라미 양이 말했듯이 그녀는 수사에 몹시 호의적이었으나 문제 해결에는 아무런 도움을 주지 못했다. 그녀는 약혼자에게 숨은 적이 있을 리가 없다고 잘라 말하면서, 그러나 그녀 곁에는 그녀를 흠모하는 남자가 몇 사람 있다는 사실을 고백했다.
"아이안 머독도 그 중 하나입니까?"
모드 벨라미 양은 얼굴을 붉히더니 당황해했다.
"한때 그런 적이 있었지요. 그러나 그는 마음을 돌려서 피츠로이와 저와의 관계를 누구보다도 잘 이해해 주었습니다."

다시 한 번 이 수상한 사람의 그림자가 좀더 뚜렷한 형태로 나의 뇌리를 스쳤다. 그에 대한 조사를 철저히 해 볼 필요가 있었다. 나는 그의 방을 몰래 뒤져 볼 생각을 했다. 스택허스트도 그를 의심하고 있으므로 그는 나를 기꺼이 도와 줄 것이다. 우리 손으로 기어코 실마리를 찾아 낼 수 있다는 희망을 안고 우리는 안식처의 방문을 끝마쳤다.

그로부터 1주일이 지났다. 검시를 해보아도 아무런 단서가 잡히지 않았다. 스택허스트는 신중하게 그의 부하를 탐색했다. 몰래 그의 방도 뒤졌으나 아무것도 찾아 내지 못했다. 나는 개인적으로 모든 문제점을 점검해 보았으나 새로운 실마리가 잡히지 않았다. 이번 사건처럼 내 능력의 한계를 뼈저리게 느껴 본 적은 없었다. 나의 상상력조차 이 비밀의 해결에 아무런 힘도 못 쓰고 있었다. 바로 이때 개 사건이 일어났다. 동네에 퍼진 소문을 듣고 나에게 처음으로 이 소식을 알려 준 사람은 우리 집의 늙은 가정부였다.

"선생님, 맥퍼슨의 개가 어떻게 되었다구요?"

"죽었습니다, 선생님. 주인의 죽음을 슬퍼하다가 개도 따라 죽었답니다."

"누구한테 들었습니까?"

"동네 사람들이 모두 알고 있어요. 그 끔찍한 사건이 있은 뒤 개는 1주일 동안 아무것도 먹지 않고 굶었대요. 그런데 오늘 학생들이 해변가에서 죽어 넘어져 있는 개를 발견했다지 뭡니까? 글쎄, 주인이 죽어 넘어졌던 바로 그 자리에 쓰러져 있더래요."

"바로 그 장소에!"

이 말이 나의 뇌리를 떠나지 않았다. 사건에 대한 어슴푸레한 윤곽이 머릿속에 생생히 떠오르는 것 같았다. 개가 주인을 따라 죽는다는 것은 아름답고 충성스러운 개의 성품일 수도 있다. 그런데 하필이면 그 장소에서 죽다니! 왜 그 쓸쓸한 바닷가를 숙명의 장소로 택했을까? 복수심에 불타는 원한으로 그의 몸을 제물로 바쳤단 말인가? 그게 가능한 일일까? 이러한 가능성은 희박한 것 같았다. 나의 마음 속엔 이미 새로운 계획이 세워지고 있었다. 잠시 뒤 나는 학교로 갔다. 스택허스트는 서재에 있었다. 그는 나의 요청대로 개를 발견한 두 학생인 서드버리와 블라운트를 불러왔다. 학생 중의 하나가 말했다.

"네, 작은 호수 옆에 쓰러져 있었습니다. 돌아가신 선생님의 발자국을 따라서 온 게 분명합니다."

나는 홀의 매트 위에 누워 있는 에어데일 종의 테리어를 보았다. 몸이 뻣뻣하게 굳고 눈은 튀어나왔으며 다리가 뒤틀려 있었다. 죽으면서 고통스러워했던 게 역력했다.

나는 학교를 나와 그곳으로 내려갔다. 석양이 지고 있어서 거대한 절벽의 그림자가 바다 위에 함석지붕을 덮은 듯이 시꺼멓게 드리워져 있었다. 두 마리의 새가 머리 위에서 빙빙 돌며 날카로운 소리로 울어 대는 것 말고는 생명체라고는 하나도 찾아볼 수 없는 몹시 한적한 장소였다. 석양 빛 속에서 나는 주인의 수건이 놓였던 바위 옆 모래 위에 쓰러져 누운 작은 개의 환영을 그려 보았다. 주위 그림자가 점점 더 짙어질 때까지 나는 오랫동안 생각에 잠겨 있었다. 내 머릿속은 여러 가지 생각으로 복잡해졌다.

독자 여러분은 이런 경우를 상상해 보기 바란다. 애타게 찾는 가장 중요한 물건이 분명히 그곳에 있는 것을 알고 있으면서도 손이 짧아 그것을 잡지 못할 때의 안타까운 마음을. 나는 바로 이러한 심정으로 죽음의 장소에서 혼자 멀거니 서 있었다. 마침내 몸을 일으켜 천천히 집을 향해 걷기 시작했다.

절벽길 꼭대기에 다다랐을 때 느닷없이 번개 같은 생각이 머리에 떠올랐다. 내가 그토록 열심히 찾던 실마리가 보이는 것 같았다. 왓슨이 그런 이야기를 써서 독자들 중에는 이미 알고 있는 사람도 있을 것이다. 나는 과학적인 체계는 없었지만 별 괴이한 지식들을 꽤 많이 알고 있었는데, 이러한 것들은 나의 수사 활동에 아주 유용하게 사용되었다. 내 머릿속은 온갖 종류 지식의 축적으로 꽉 차 있어서 어떤 것을 먼저 적용해야 좋을지 몰라 당황할 때가 많았다. 이번 사건에도 내 머릿속 보고(寶庫)가 큰 도움을 주리라는 확신을 가졌다. 아직은 막연하지만 어떻든 확인이 필요했다. 그것은 믿을 수 없는 허망한 추리일지도 모르겠으나, 그래도 언제나 가능성은 있는 법이다. 나는 끝까지 추적해 내겠다.

　나의 조그만 집에는 책으로 가득 찬 다락방이 있다. 나는 곧장 다락방으로 올라가 거의 한 시간 동안이나 책을 샅샅이 뒤졌다. 마침내 나는 초콜렛빛 바탕에 은 글씨로 장정된 조그만 책을 찾아내었다. 희미한 기억을 더듬으며 열심히 장을 들추기 시작했다. 그곳에서 나는 가능성이 희박하고도 믿기 어려웠던 명제가 사실임을 밝혀냈다. 그러나 확실한 증거품을 보기 전에는 아직도 속단을 내릴 수 없었다. 내일 아침 증거물을 찾을 생각으로 한동안 흥분해 있다가 밤늦게 침실로 돌아왔다.

　다음날 아침 일을 하러 나가려는데 귀찮은 방해꾼이 들어왔다. 아침에 일어나 차도 마시는 둥 마는 둥 부랴부랴 대문을 나서려고 하는데, 서섹스 경찰서의 버들 경감을 문에서 만난 것이다. 사려깊은 눈을 가진 침착한 그는 괴로운 표정으로 나를 쳐다보았다.

　"선생님의 풍부한 수사 경험을 알고 있습니다." 그가 입을 열었다. "제가 찾아온 것은 비공식적인 방문입니다. 맥퍼슨 씨 사건으로 인해 아주 난처한 입장에 빠져 있습니다. 문제는 체포를 하느냐 하지 않느냐입니다."
"아이안 머독 말입니까?"
"네, 선생님. 그 사람 말고 달리 누가 있겠습니까? 이곳은 한적한 마을이라 그 점은 다행입니다. 우리는 범위를 좁혀 가며 면밀하게 수사를 했습니다. 그가 하지 않았다면 대체 누구의 소행이겠습니까?"
"확증이라도 있습니까?"
그는 내가 한 것과 똑같은 자료를 수집해 놓았다. 머독의 성격과 그를 둘러싸고 있는 비밀에 대해 이야기했다. 개 사건 때 나타난 그의 격렬한 성격. 그 일로 인해 맥퍼슨과 싸운 일이 있었고, 또 벨라미 양에 대한 그의 애정을 질투했으리라는 점 등. 그는 내가 알고 있는 사실을 모두 말했으나 머독이 학교를 그만둘 준비를 하고 있다는 것 말고는 아무런 새로운 사실이 없었다.
"혐의가 있는 그를 도망가게 내버려 두었다가 나중에 무슨 일이 생기면, 제 입장이 어떻게 되겠습니까?"
무뚝뚝하고 무기력하게 생긴 그는 정말로 난처한 모양이었다.
"무엇보다도 가장 중요한 허점이 있습니다. 범행이 일어난 그날 아침에 그는 알리바이를 갖고 있습니다. 그 시간에 그는 학생들과 함께 있었고 맥퍼슨이 나타난 지 몇 분 뒤에 우리 뒤에서 쫓아왔었습니다. 그리고 이 점을 명심하시기 바랍니다. 맥퍼슨과 같이 힘센 사람이 단 한 사람을 못 막아 그렇게 무서운 폭행을 당했을 리는 만무합니다. 문제는 흉기에 얻어맞은 게 분명하다면 그 흉기가 어떤 것인가를 알아내는 데 있습니다."
"회초리나 휘기 쉬운 채찍 같은 것으로 얻어맞은 게 아닙니까?"
"상처 자국을 조사해 보셨습니까?"
"저도 보았고 의사도 검시했습니다."

"렌즈로 조심스럽게 검사해 보았는데 여느 채찍 자국과는 다른 데가 있었습니다."
"어떤 점이 다릅니까, 홈즈 선생님?"
나는 책상 서랍에서 확대한 사진 한 장을 꺼냈다.
"이런 경우에 나는 사진을 이용합니다." 내가 설명했다.
"매우 철저하게 일을 하십니다그려."
"이 정도는 약과지요. 오른쪽 어깨의 채찍 자국을 확대해 놓은 것입니다. 이상한 점을 발견해 내셨습니까?"
"전혀 모르겠습니다."
"상처 자국의 강도가 고르지 않습니다. 여기저기에 내출혈 흔적이 있습니다. 이 아래의 채찍 자국도 마찬가지입니다. 무슨 의미인지 이해하시겠습니까?"
"잘 모르겠습니다. 선생님은 이유를 아십니까?"
"알 수도 있고 모를 수도 있습니다. 좀더 시간이 지난 뒤 확실한 것을 말씀드리겠습니다. 채찍 자국 문제만 해결되면 범인을 쉽게 잡을 수 있습니다."
"이렇게 말하면 웃으실지 모르지만, 그러나 뜨겁게 달군 철사 그물로 등을 쳤다면 그물눈이 한데 겹친 부분은 심한 자국이 생기게 되겠지요."
"기발한 말씀을 해주셨습니다. 그렇다면 단단하게 묶은 작은 매듭을 연결해서 만든 아홉 개의 끈으로 된 채찍을 사용했을지도 모르겠군요."
"아, 그렇군요. 홈즈 선생님, 바로 그런 것 같습니다."
"버들 경감, 다른 이유를 생각하지 않을 수도 없습니다. 머독에게는 죄가 없는 게 확실합니다. 그 밖에도 우리는 맥퍼슨이 마지막으로 울부짖은 '사자의 갈기(Lion's Mane)'라는 말을 잘 음미해 봐야 합니다."
"아이안 뭐라고 한 것을 잘못 들은 게 아닙니까?"
"저도 그런 생각을 해보았었습니다. 그러나 두 번째 발음이 비슷하다면 또 모르지만 전혀 틀리니까요. 그는 비명을 지르듯이 말했습니다. 분명히 그 소리는 메인(갈기)이라고 했습니다."
"홈즈 선생님, 달리 무슨 방안이 없겠습니까?"
"있습니다. 그러나 확실한 증거를 잡기 전까지는 아직 공개할 수 없습니다."
"그럼, 언제쯤 알게 되겠습니까?"
"한 시간 안으로…… 어쩌면 더 빠를 수도 있습니다."
경감은 턱을 문지르며 의심스럽다는 듯이 나를 쳐다보았다.
"선생의 머릿속에 무엇이 있는지 들여다보고 싶습니다. 혹시 고기잡이배를 의심하는 게 아닙니까?"
"아닙니다. 배들은 시간으로 볼 때 너무 멀리 나가 있었습니다."
"그렇다면 벨라미 부자입니까? 그 아들은 몸집이 크고 기운이 세어 보였으며 그들 부자는 맥퍼슨을 그다지 좋지 않게 여기는 듯했습니다만, 그렇다고 그를 때려서 죽이기까지야 했겠습니까?"
"아닙니다. 제 일이 끝나기 전에는 아무 추측도 말아 주십시오."
나는 싱긋 웃었다. "자, 이제 저마다 자기 일을 하러 갑시다. 정오에 이곳에 오시면 저를 만날 수 있을 겁니다."
우리가 함께 밖으로 나가려고 하는데 갑자기 무서운 일이 일어났다.
바깥문이 벌렁 열리면서 복도에 비틀거리는 발자국 소리가 들리더니, 아이안 머독이 비틀거리며 방 안으로 들어왔다. 얼굴은 파랗게 질렸으며 머리는 헝클어졌고 옷은 엉망인 채 몸을 지탱하기 위해 앙상한 손으로 가구를 꽉 움켜쥐었다.

"브랜디! 브랜디!" 그는 헐떡거리며 외치더니 소파에 쓰러져 신음했다.

그는 혼자가 아니었다. 뒤에서 스택허스트가 모자도 쓰지 않은 채 숨을 몰아쉬며 미친 사람처럼 뛰어 들어왔다.

"그래, 브랜디를 주시오! 정신을 좀 차리게!" 그가 외쳤다. "이 사람은 마지막 숨을 몰아쉬고 있어요. 간신히 여기까지 끌고 왔습니다. 오다가 두 번이나 정신을 잃었을 정도입니다."

큰 컵으로 브랜디를 반 잔쯤 마시자 그는 정신이 드는 모양이었다. 그는 팔을 뻗치더니 어깨 위의 코트를 벗어던졌다.

"기름을 바르고 아편이나 모르핀을 먹게 해주시오! 제발 이 무서운 통증을 가라앉게 해주십시오!"

경감과 나는 그 광경을 보고 놀라움을 금치 못했다. 그의 벌거벗은 어깨에 나 있는 십자꼴 모양의 채찍 자국은 바로 피츠로이 맥퍼슨의 생명을 빼앗은 빨갛게 달아오른 이상한 그물 모양의 상처 자국과 똑같았다. 고통은 무서우리만큼 심했고 또 국부만이 아픈 게 아니라 몸 전체가 아픈지, 그는 한동안 숨이 멎을 듯 얼굴빛이 시꺼멓게 변했다. 그러자 긴 숨을 몰아쉬며 손으로 가슴을 두들겼다. 이마에서는 구슬 같은 땀이 비오듯 떨어졌다. 한순간 우리는 그가 죽는 줄 알았다. 그러나 계속 브랜디를 그의 목에 쏟아 넣으니 그는 조금씩 생기가 도는 모양이었다. 솜뭉치에다 샐러드 기름을 적셔서 상처를 닦아 주었더니 통증이 좀 사그라지는 듯했다. 마침내 그는 쿠션에 머리를 묻고 조용해졌다. 기진맥진한 몸으로 마지막 기력을 다해 그는 휴식을 취하고 있었다. 반수면 반실신 상태였으나 어쨌든 고통을 잊고 있는 것 같아서 다행이었다.

이런 상태이므로 그에게 자초지종을 물을 수도 없는 일이었다. 그러나 스택허스트가 목숨만을 건졌음을 알자 내가 있는 쪽으로 고개를 돌리더니 사태를 설명해 주었다.

"홈즈 씨, 대체 어떻게 된 일인지 모르겠습니다. 귀신이 곡할 노릇입니다!"

"어디서 그를 발견했습니까?"

"모래밭에서요. 불쌍한 맥퍼슨이 죽었던 바로 그 장소입니다. 이 사람도 맥퍼슨처럼 심장이 약했다면 여기까지 살아서 오지 못했을 겁니다. 여기 오는 도중에도 몇 번이나 그가 죽는 줄 알았지요. 학교까지 가기에는 너무 멀어 이리로 왔습니다."

"물가에 있었읍니까?"

"절벽을 내려가는데 외마디 비명소리가 들렸지요. 내려다보니 그가 물가에서 술 취한 사람같이 비틀거리고 있지 뭡니까. 뛰어 내려가 옷을 입히고 부축해서 이리로 데리고 온 겁니다. 홈즈 씨, 당신의

모든 능력을 발휘하여 이 저주스러운 악몽을 풀어 주기 바랍니다. 아니면 더 이상 살 수 없게 될 겁니다. 부디 당신의 세계적인 명성만 믿겠습니다."

"곧 해결할 수 있을 겁니다. 스택허스트 씨, 우리 함께 나갑시다. 경감님도 같이 가시지요. 당신 손에 살인자를 직접 넘겨 드리겠습니다."

의식을 잃은 머독을 가정부에게 맡겨 놓고 우리 셋은 죽음의 바닷가를 향해 떠났다. 자갈 위에는 머독의 타월과 속옷이 쌓여 있었다. 나는 천천히 물가를 걸었다. 경감과 스택허스트는 한 줄로 나란히 서서 나의 뒤를 따랐다. 물웅덩이의 깊이는 대부분 얕았으며 절벽 아래 부분은 1미터 남짓 되게 꽤 깊었다. 그곳의 물은 수정같이 맑아서 헤엄치는 사람은 누구나 수영하고 싶은 충동을 느낄 것 같았다. 절벽 아래는 바위가 울퉁불퉁하게 깔려서, 나는 조심스럽게 걸어가면서 물 속을 열심히 들여다보았다. 가장 깊고 물결이 잔잔한 곳에 오자 나의 눈은 드디어 애타게 찾고 있던 범인을 발견하고야 말았다. 나는 환호성을 올렸다.

"사이아네아다! 사이아네아 해파리! 자, 이것이 사자의 갈기의 정체입니다."

내가 가리킨 이상한 물체는 사자의 갈기처럼 생긴 엉킨 덩어리였다. 땅바닥 위에서 1미터 높이의 물 속 바위 시렁 위에 노란 머릿단 같은 모양에, 가운데 은색 줄이 있는 머리카락 같은 물체가 물 속에서 이상한 파동을 일으키며 오그라들었다 부풀었다하며 천천히 움직이고 있었다.

"이놈이 장난을 친 것이오, 모든 문제는 해결되었습니다. 나를 좀 도와주십시오, 스택허스트 씨! 이 살인자를 영원히 없애 버려야 되겠습니다."

나는 물가에 있는 커다란 둥근 돌을 집어 들어 물 속에 텀벙 던졌다. 파문을 일으킨 잔물결이 잔잔해지더니 돌이 물 속 바위 시렁 위로 가라앉는 게 보였다. 노란 얇은 막이 물속에서 펄럭거리는 것을 보니 돌에 직통으로 맞은 모양이었다. 끈끈한 기름찌꺼기가 돌 아래에서 스며 나와 물을 더럽히더니 천천히 물 표면으로 떠올라왔다.

"홈즈 선생님, 이게 뭡니까? 저는 이곳 태생으로 이곳에서 줄곧 살았지만 이런 물체는 생전 처음 봅니다. 서섹스 지방에서 서식하는 생물체가 아닙니다."

"그럴 겁니다. 그러나 지난번의 남서 폭풍이 이것을 몰고 왔습니다. 두 분 모두 저의 집으로 가십시다. 바다에서 이와 똑같은 위험을 당했던 사람이 그의 경험담을 쓴 책이 있습니다."

서재로 돌아오니 머독은 많이 회복되어 간신히 의자에 일어나 앉을 수 있었다. 그러나 아직도 정신이 얼떨떨한 채 가끔씩 일어나는 통증의 발작으로 몹시 괴로워했다. 그는 잘 알아들을 수 없는 작은 목소리로, 무엇 때문인지는 모르겠으나 별안간 온몸에 무서운 통증이 느껴져 죽을 힘을 다해 물가로 기어 나온 것밖에는 기억이 없다고 말했다.

"여기 그 책이 있습니다." 나는 작은 책을 들추면서 말했다. "이 책이 영원히 수수께끼로 남을 뻔한 비밀을 밝혀 주었습니다. 유명한 관찰가 LG 우드의 저서인 《야외 생활》입니다. 우드는 이 무서운 괴물을 만나 하마터면 생명을 잃을 뻔했습니다. 그래서 생생한 그의 경험을 토대로 이 책을 쓴 것이지요. 사이아네아 캐필라타라는 것이 그 물체의 학명인데, 이것에 쏘이면 코브라에 물린 것보다도 더 고통스럽고 생명이 위험하다고 합니다. 그럼, 내가 발췌하여 읽어 보겠습니다.

'헤엄치다가 수영자들은 물 속에서 한 움큼의 뜯어 낸 사자의 갈기와 은종이처럼 생긴 황갈색의 얇은 섬유막이 흐느적거리고 있는 것을 볼 기회가 있을 것이다. 이것이 바로 무시무시한 독침을 가진 사이아네아 캐필라타이니, 수영자는 각별히 조심해야 한다.'

좀더 자세한 그의 체험을 설명해 드리지요.

그는 어느 날 켄트 해안에서 수영을 즐기다가 큰 변을 당했습니다. 15미터쯤 떨어진 거리에 있어 거의 눈에 보이지도 않는 필라멘트에서 빛을 발사하는 물체를 발견했습니다. 가까이 접근했더라면 틀림없이 그는 죽었을 겁니다. 멀리서 스치기만 했는데도 그는 목숨을 잃을 뻔했으니까요. '온몸에 갑자기 연분홍빛 줄이 생겼는데 자세히 들여다보니 수많은 붉은 자국이 피부에 돋아났다. 그 자국마다 뜨겁게 달군 바늘로 신경을 콕콕 찌르는 것 같아 그 고통은 이루 말할 수 없었다.'

그러나 이러한 국부적인 고통은 아무것도 아니라고 이야기하고 있군요. '가슴에 통증이 오기 시작하는데, 마치 심장에 총알을 맞고 쓰러지는 것 같았다. 맥박은 끊어지고, 심장은 마지막 안간힘을 쓰는지, 예닐곱 번 세게 뛰었다.' 넓은 바다에서 그는 죽는 줄 알았답니다. 얼굴이 하얗게 질려 오그라든 그 이후의 일은 기억조차 못하겠다고 말하고 있습니다. 그는 브랜디 한 병을 꿀꺽꿀꺽 다 마신 뒤에야 정신을 차렸다는군요. 경감님, 이 책을 보십시오. 이 책이 불쌍한 맥퍼슨의 비극에 대한 충분한 설명을 해줄 것입니다."

"말하자면 제가 결백하다는 소리로군요." 아이안 머독이 쓴웃음을 금치 못하는 표정으로 말했다. "경감님, 그리고 홈즈 선생님, 저는 두 분을 탓하진 않습니다. 저는 당연히 의심받을 만한 행동을 했었습니다. 그래서 제가 구속될 경우 깨끗이 자살함으로써 저의 결백을 증명하려고 마음먹었었습니다."

"안 될 말이오, 머독. 나는 이미 단서를 잡았었소. 그래서 가능한 한 아침 일찍이 바닷가로 나가 범인을 확인한 뒤 억울한 누명을 쓰고 있는 당신을 한시바삐 구해 내려고 했었소."

"그런데 그걸 어떻게 아셨습니까, 홈즈 선생님!"

"나는 본디 닥치는 대로 책을 많이 읽고 또 기억력도 비상한 편이오. '사자의 갈기'라는 말이 뇌리에서 떠나지 않았소. 언젠가 이 단어를 책에서 읽은 기억이 나더군요. 당신도 방금 들어서 알겠지만 이것은 살아 있는 생물이오. 맥퍼슨은 물 위에 떠 있던 이 물체를 보았을 때, 얼핏 머리에 떠오른 형상이 사자의 갈기였던 거요. 그래서 그는 죽어 가면서 그의 생명을 빼앗아 간 괴물의 정체를 우리에게 가르쳐 준 것이오."

"이제 저에 대한 혐의가 완전히 풀렸군요." 머독이 천천히 일어나면서 말했다. "선생님들의 수사 방향을 대강 짐작하기 때문에 제가 몇 가지 사실을 설명해 드리겠습니다. 제가 그녀를 사랑했던 것은 사실입니다. 그러나 그녀가 친구인 맥퍼슨을 선택했을 때 저는 그 날부터 그녀의 행복을 위해 온 힘을 다해 그녀를 돕기로 결심했습니다. 저는 그들 곁에 비켜서서 그들의 중개인 노릇을 기꺼이 했습니다. 저는 그들의 두터운 신임을 받고 있었으므로 양쪽의 편지 심부름을 해주었습니다. 그녀는 늘 저를 정답게 대해 주었기 때문에 다른 사람이 저보다 먼저 와서 무자비한 태도로 그녀를 놀라게 할까 두려워서, 저는 서둘러 가서 그녀에게 친구의 죽음을 알려 준 것이었습니다. 사실을 말해도 선생님이 곧이듣지 않으실까봐, 그리고 또 제가 괴로워할까봐 그녀는 우리의 관계를 선생님께 말씀드리지 않았던 겁니다. 이제 모든 해결이 났으니 학교 숙소로 돌아가 푹 쉬어야겠습니다."

스택허스트가 손을 내밀며 말했다.

"내 신경이 곤두섰었네, 머독. 지나간 일을 용서해 주게. 앞으로는 서로 잘 이해하면서 지내보세."

그들은 사이좋은 친구처럼 팔짱을 끼고 나갔다. 경감은 황소 같은 눈을 부릅뜬 채 가만히 나를 쳐다보았다.

"선생님은 결국 해결하셨군요. 선생님에 관한 이야기는 진작부터 들었지만, 저는 결코 믿지 않았습니다. 정말 장하십니다!"

나는 머리를 가로저었다. 이와 같은 찬사를 받는 게 퍽 쑥스러웠다.

"나는 처음에 큰 실수를 저질렀습니다. 시체가 물 속에서 발견되었던들 이런 잘못은 없었을 텐데. 나는 그 불쌍한 친구가 물 속에는 들어가 보지도 않은 걸로 생각했었습니다. 그런데 어떻게 해서 바다 속 생물의 공격임을 알아냈느냐구요? 그래서 그동안 쩔쩔매다가 이제야 간신히 사건을 해결한 게 아닙니까? 저는 경찰의 무능을 이따금 비웃어 왔었는데, 경찰을 대신하여 사이아네아 캐필라타가 나에게 멋진 보복을 해주었습니다."

The Veiled Lodger
베일 쓴 여하숙인

 셜록 홈즈의 23년 동안의 탐정 생활 가운데 내가 17년을 그와 함께 했고, 그의 업적도 기록해 왔기 때문에 사실 내게는 마음대로 쓸 수 있는 자료가 엄청나게 많다. 그러므로 자료를 찾는 게 문제가 아니라, 어떤 자료를 선택하는지가 늘 문제가 된다. 선반 가득 연감이 즐비하고, 서류들로 가득찬 상자가 놓여 있다.
 이 자료들은 범죄학적인 측면에서뿐 아니라, 빅토리아 왕조 말기의 사교계 및 정치인의 추문을 연구하려는 사람에게 많은 도움을 줄 거라고 생각한다. 스캔들 같은 사건에 대해서는 가족의 명예와 유명한 조상들의 명성이 손상될 것을 두려워하는 가족들로부터 세상에 진상을 공표하지 말아 달라는 탄원조의 편지가 심심찮게 날아오는데, 이 점은 마음을 놓아도 좋을 것이다. 사려 깊고 직업적 명예를 소중히 여기는 홈즈는 공개하지 못할 사건들을 따로 분류해 놓았으며, 그들에 대한 신의를 결코 저버리지 않고 있다. 최근 이 서류들을 입수하여 파기해 버리려는 기도가 있었다. 나는 이에 대해서 심하게 반발하였다. 이처럼 난폭한 시도를 한 장본인들의 정체가 밝혀졌는데, 만약 그들이 또다시 이러한 무리한 요구를 청해 온다면 나는 홈즈의 권위를 위해서라도 직업 정치가, 등대지기 그리고 교양인으로 위장한 탐욕가에 관한 모든 비행을 세상에 공표할 것이다. 이 글을 읽는 독자 중 적어도 한 사람쯤은 나의 이 말에 쓴웃음을 지을 것이 틀림없다.

홈즈가 모든 사건에서마다 자신의 뛰어난 직관과 관찰력을 최대한 발휘한 것은 아니었다. 사건 해결을 위해 홈즈는 어떤 때는 무진 애를 먹기도 했으며, 또 어떤 때는 의외로 쉽게 풀기도 했다. 그러나 가장 참혹한 인간의 비극은 홈즈가 친히 끼어들 기회가 없었던 사건 중에서 대부분 발생하였다. 내가 지금 발표하려는 이야기도 그와 같은 사건 가운데 하나이다. 이 사건을 발표하면서 인명과 지명에 대해서는 가명을 썼다. 그 밖의 것은 실제 그대로임을 덧붙여 둔다.

어느 날 오전——1896년 끝무렵으로 기억된다——나는 홈즈로부터 서둘러 와 달라는 전갈을 받았다. 가 보니 홈즈는 담배 연기가 자욱한 방 안에 다정한 하숙집 여주인 타입의 늙수그레한 어머니 같은 부인과 마주앉아 있었다.

"사우스 브릭스턴에서 오신 메릴로 부인이시네." 홈즈가 손을 흔들며 소개했다. "왓슨, 메릴로 부인의 허락을 받았으니 자네의 불결한 습관대로 담배를 피워도 괜찮네. 부인께서 흥미 있는 이야기를 하실 모양인데, 자네도 들어 주면 좋겠어."

"내가 할 수 있는 일이라면 뭐든지……."

"이해해 주시기 바랍니다, 메릴로 부인. 제가 론더 부인을 방문하게 될 경우엔 입회인이 필요합니다. 이 점을 론더 부인께 미리 양해시켜 주십시오."

"제발 도와주세요, 홈즈 선생님. 그녀는 구원받게 되리라는 희망으로 선생님만 애타게 기다리고 있습니다."

"꼭 그렇다면 오늘 오후에 방문하겠습니다. 그러나 방문하기 전에 모든 사실을 정확히 알아야 되겠습니다. 다시 한 번 되풀이해서 이야기를 들려주신다면 왓슨 박사가 사태를 파악하는 데 도움이 될 겁니다. 론더 부인이 댁에서 7년째 하숙 생활을 하고 있는데, 그 부인의 얼굴을 본 적이 단 한 번밖에 없었다고 말씀하셨지요?"
"아예 보지 말걸 그랬어요!"
메릴로 부인이 말했다.
"네, 알겠습니다. 론더 부인의 얼굴은 무섭게 물어 뜯겨서, 차마 눈 뜨고 볼 수 없는 참혹한 모습이라고 했지요?"
"홈즈 선생님, 선생님도 도저히 그것을 얼굴이라고 부르진 못할 겁니다. 하루는 우유배달부가 2층 창가에서 밖을 내다보는 그녀의 모습을 흘끗 보고는 너무 놀라 들고 있던 우유통을 떨어뜨려 정원을 우유 바다로 만들어 놓은 적이 있답니다. 그 정도로 끔찍한 얼굴이에요. 제가 그녀를 보았을 때——그녀는 제가 들어온 줄 미처 모르고 있었습니다——그녀는 얼른 베일을 내리며 말했습니다. '메릴로 부인, 마침내 제가 베일로 얼굴을 가리는 이유를 알게 되었군요.'"
"그녀에 대해서 아는 이야기가 있습니까?"
"전혀 모릅니다."
"맨 처음 하숙하러 올 때 그녀의 신분에 대해서 이야기해 주지 않았습니까?"
"아무 말도 안 했습니다. 그녀는 현금으로 그것도 꽤 후하게 하숙비를 치릅니다. 3개월마다 한 번씩 미리 돈을 내며, 기간에 대해서도 아무 말이 없습니다. 저같이 가난한 여자로서는 이런 후한 하숙인을 두게 된 것이 여간 다행스러운 일이 아닙니다."
"그녀가 하필이면 왜 부인 집을 하숙으로 정했는지 그 이유를 말해 주지 않았습니까?"

"저의 집은 길 뒤편에서 좀 떨어진 곳에 자리잡고 있기 때문에 다른 집보다 조용한 편이지요. 그리고 또 한 가지 이유가 있다면, 저는 가족이 없이 혼자 삽니다. 이제 생각나는데 그녀는 여러 집을 보았으나 저의 집이 가장 마음에 들었던 모양이에요. 그녀는 조용히 쉴 집을 바랐기 때문에 저의 집을 택한 것 같습니다."

"그녀는 남에게 결코 얼굴을 내보이는 적이 없어 하숙 생활 7년 동안에 부인께서도 우연한 기회에 단 한 번밖에 그녀의 얼굴을 못 보았다고 했는데, 그렇다면 참으로 괴이한 일이 아닐 수 없습니다. 그동안 부인께서는 그녀의 얼굴이 어떻게 생겼는지 한 번 보고 싶지도 않았습니까?"

"홈즈 선생님, 그렇지 않습니다. 저는 하숙을 둔 것만으로 만족합니다. 그렇게 조용하고 폐를 끼치지 않는 하숙인은 좀처럼 만나기 힘들 거예요."

"그렇다면 뭐가 문제입니까?"

"그녀의 건강이 염려되어서 그렇습니다, 홈즈 선생님. 그녀는 몹시 쇠약해진 것 같아요. 더구나 그녀는 무서운 악몽으로 몹시 괴로워하고 있습니다. '살인이야!' 하고 그녀는 소리 질렀습니다. '살인!' 다시 한 번 부르짖는 소리가 들렸습니다. '당신은 잔인한 짐승이에요. 괴물이나 다름없어요!' 그녀는 울부짖었습니다. 한밤중이라 온 집안에 소리가 울려서 저는 밤새도록 부들부들 떨었습니다. 아침이 되자 저는 그녀에게 달려갔습니다. '론더 부인, 영혼에 괴로운 일이 있으시면 목사와 의논하세요. 그리고 경찰도 있으니 둘 중 하나를 택해서 도움을 청하세요' 하고 제가 말했습니다. '뭐라구요? 경찰은 절대로 안 돼요. 목사도 지나간 과거를 돌이킬 수는 없어요. 그러나 죽기 전에 모든 진실을 알아 줄 사람이 있다면 제 마음이 편안해질 것 같군요.'

'그렇게 남에게 털어놓을 이야기가 아니라면 우리가 책에서 읽었듯이 탐정에게 의논하면 어떻겠어요?' 홈즈 선생님, 죄송합니다. 나는 그녀에게 선생님의 성함을 말했습니다. 그러자 그녀는 반기더군요. '아, 그분이 있었군요. 진작 그 생각을 못했다니 정말 어리석기 짝이 없어요! 메릴로 부인, 그분을 모셔다 주세요. 만약 오시지 않으려고 하거든, 그분에게 유명한 야생동물 쇼단의 론더 부인이라고 말해 주세요. 그리고 그에게 아버스 팔버라는 이름을 말해 보세요.' 여기 그녀가 아버스 팔버라고 쓴 쪽지가 있습니다. '제가 생각하는 대로의 인물이라면 그분은 이걸 보시고 꼭 와 주실 거예요.'"

"아, 그런 걸 갖고 오셨군요. 메릴로 부인, 좋습니다. 왓슨 박사와 의논할 게 있으므로 이야기를 좀 하다가 오후 3시쯤 그곳에 도착하도록 하겠습니다."

방문객이 어기적거리며 방을 나가자——어떠한 말로도 이보다 더 적절하게 메릴로 부인의 걷는 모습을 묘사할 수는 없을 것이다——홈즈는 방구석에 쌓여 있는 비망록 더미를 뒤지기 시작했다. 그는 몇 분 동안 종잇장을 홱홱 들추더니 마침내 무엇인가 찾았는지 만족한 표정을 지었다. 몹시 흥분한 얼굴로 그는 일어나지도 않고 책들이 사방에 흩어져 있는 마룻바닥에 책상다리를 하고 앉아 무릎 위에 책 한 권을 펼쳐놓았다.

"그 무렵에도 이 사건을 수상쩍다고 생각했었지. 왓슨, 여기 책 여백에 써넣은 글씨가 그것을 증명해 주지 않나. 그러나 그때 나는 어떻게 손을 쓸 수가 없었다네. 검시관이 잘못 판단을 내렸다고 확신은 했지만. 자네, 아버스 팔버의 비극이 생각나나?"

"기억이 안 나는데."

"그때도 자네는 나와 함께 일했었지. 그러나 뚜렷한 증거가 없었으

므로 이 사건에 대한 나의 의문은 피상적이었을 뿐 아니라, 내게 수사 의뢰를 해 온 사람도 없어서 그냥 넘어갔었네. 자네, 이 신문 내용을 자세히 읽어 보게."

"먼저 자네가 요점을 말해 주게."

"아주 간단한 이야기야. 자네도 내가 이야기하고 있는 그 무렵으로 거슬러 올라가 그때 일을 떠올려 보게. 론더는 세상에 널리 알려진 이름이지. 그는 그 무렵 유명한 흥행사였던 웜웰과 라이벌이었어. 아무튼 그가 그 무렵 술을 몹시 마셨다는 증거가 있기는 해. 비극이 일어났던 즈음은 그 자신도 그의 쇼도 내리막길에 접어들고 있었다네. 끔찍한 사건이 일어나던 밤 그의 곡마단은 버크셔의 조그만 마을인 아버스 팔버에서 하룻밤 묵게 되었어. 이 마을은 한적한 곳이라 관객을 모을 수 없어서 이날 밤은 공연이 없이 윔블던으로 가는 길에 하룻밤 머문 것이었네.

곡마단에는 가장 유명한 프로, 북아프리카 산의 사자 쇼가 있었어. 사자 이름은 사하라 킹이며 론더와 그의 아내는 우리 안에 들어가서 사자와 함께 쇼를 했었네. 신문에 실린 그들의 공연 모습을 찍은 사진에서도 보듯이 론더는 돼지같이 무지막지하게 생겼는데 반대로 그의 아내는 아주 아름다웠어. 검시할 때도 증언한 바와 같이 사자가 그 무렵 난폭했었다는 몇 가지 징조가 있긴 했으나, 사자가 그들 두 사람만은 아주 잘 따랐기 때문에 여느 때 같이 론더 부부는 아무런 주의도 하지 않고 사자의 우리 안에 들어갔었네.

사자에게 먹이를 주는 일은 론더나 그의 아내만이 맡아서 했네. 때로는 부부가 함께 가기도 했고 또 혼자서 갈 때도 있었지. 그러나 이 일만큼은 결코 남에게 시킨 적이 없었어. 왜냐하면 그들 손으로 먹이를 날라다 줌으로써 사자가 그들을 보호자로 여기게 되어 절대로 그들에게는 달려들지 않으리라는 생각에서였네. 바로 사건이 일어났던 그날 밤 그들은 함께 먹이를 주러 갔었네. 그런데 무서운 일이 일어난 거야. 그러나 그때의 내막은 아직까지 정확히 밝혀지지 않고 있지.

한밤중에 캠프 사람들은 동물이 으르렁대는 소리와 여자가 울부짖는 소리에 잠을 깼네. 남자들은 램프를 들고 뛰어나갔고, 그 불빛에 의해서 무서운 광경이 드러났어. 론더는 열린 사자우리 문에서 9미터쯤 떨어진 채 자빠져 있었어. 우리 옆에는 론더 부인이 엎어져 있었는데 사자가 그녀 위에서 으르렁거리고 있었지.

그녀의 얼굴은 심하게 찢겨 그때로서는 살아날 가망이 없다고 생각했었지. 힘센 레오나르도를 선두로 광대 글릭스 등 서커스 단원 몇 명이 합세해서 막대기로 사자를 끌어내어 우리 안으로 몰아넣은 뒤에 문을 잠가 버렸어. 어떻게 해서 우리 문이 열렸는지는 알 수가 없어. 론더 부부가 우리 안에 들어가려고 문을 열자 갑자기 사자가 그들에게 달려들었다고밖에는 달리 추측할 수가 없었네.

사건 해결에 도움이 될 만한 증거는 하나도 없었는데, 다만 한 가지 이상한 것은 심한 고통으로 정신착란을 일으킨 부인이 그들

부부가 살았던 포장마차 안으로 옮겨질 때 계속해서 '겁쟁이! 비겁한 사람!' 하며 헛소리를 지르더라는군. 여섯 달 뒤에 부인은 목숨을 건져 증언을 할 수 있게 되었으나, 이미 그전에 검시가 열려 사자의 뜻밖의 습격으로 인한 사망이라는 확고한 판결이 내린 뒤였어."

"그런데 다른 가능성이 있다는 이야기인가?" 내가 말했다.

"자네 말 한번 잘 했네. 버크셔 경찰의 젊은 에드먼드로 하여금 의심하게 만든 한두 가지의 의문점이 있었네. 참, 똑똑한 젊은이지. 그는 뒤에 인도의 알라하바드로 전근되었어. 하루는 그가 내 집에 들러 담배를 피우며 이야기를 꺼내기에 비로소 나도 이 사건에 관심을 갖게 되었네."

"몸이 마르고 노란 머리를 한 청년 말인가?"

"바로 그 사람이지. 자네, 그를 금방 기억해 내는군."

"그는 무엇을 의심하고 있었나?"

"우리 둘은 모두 의심했네. 사건을 처음부터 재검사하는 것은 엄청나게 힘든 일이야. 그럼, 사자의 입장에 서서 사건을 관찰해 보기로 하세. 사자는 문 밖으로 나왔어. 자유를 찾은 사자가 무슨 일을 하였겠나? 사자는 론더에게 달려들기 위해 여섯 발자국쯤 앞으로 뛰었네. 론더는 뒤돌아서 달아나고 있었네——사자는 발톱으로 그의 뒤통수를 찔렀어——그리고는 그를 땅에다 때려눕혔어. 그런데 사자는 계속 앞으로 달려 숲 속으로 도망가지 않고, 몸을 돌려 우리 곁에 있는 여자를 덮쳐 그녀의 얼굴을 물어뜯었어. 그녀의 울부짖음은 그녀를 살려 주러 오지 않는 남편을 원망하는 소리인 것 같았는데, 이미 죽어 넘어진 불쌍한 론더가 어떻게 그녀를 도울 수 있단 말인가? 그렇지 않겠나?"

"그래, 말도 안 되는 소리지."

"그리고 또 한 가지 의문점이 있네. 지금 돌이켜 생각하니 아무래도 이 점이 가장 수상해. 사자의 으르렁거리는 소리와 여자의 울부짖는 비명 속에 섞여서 공포에 질린 남자의 외마디 소리를 들었다는 사람이 있네."
"두 말할 것도 없이 론더가 지른 소리겠지."
"아니, 해골이 부서진 사람이 어떻게 소리를 지를 수 있단 말인가? 여자의 소리와 함께 남자의 울부짖음 소리를 들었다는 증인이 적어도 두 명은 되네."
"그때 캠프는 온통 아우성이었을 게 아닌가? 나는 다른 관점에서 상황을 설명할 수 있을 것 같네."
"그렇다면 얼마나 좋겠나? 이야기 좀 해보게."
"사자가 밖으로 풀려나왔을 때 론더 부부는 우리에서 열 발자국쯤 떨어져 서 있었네. 사자를 본 남자는 뒤로 도망가다 쓰러졌네. 여자는 우리 안에 들어가 문을 닫으려고 했어. 그곳이야말로 가장 안전한 피신처였지. 그녀가 우리로 뛰어가는데, 사자가 번개같이 달려들었네. 남편이 뒤돌아서 도망갔기 때문에 사자의 성을 돋구었다고 생각한 그녀는 남편의 비겁한 행동에 몹시 분개했어. 만약 그들이 사자를 정면으로 대했다면 그들은 사자를 어를 수 있었을 걸세. 그래서 그녀는 겁쟁이라고 남편을 향해 외친 거야."
"멋있는 추측일세, 왓슨. 그런데 자네의 귀중한 추리에는 꼭 한 가지 흠이 있군."
"그게 뭔가, 홈즈?"
"그들이 둘 다 우리에서 열 발자국쯤 떨어져 있었다면, 그럼 누가 우리 문을 열었단 말인가?"
"원한과 미움을 품은 자가 일부러 우리 문을 열어 놓았으리라는 가능성이 있지 않나?"

"그 부부는 사자와 다정하게 우리 안에서 함께 장난도 치며 늘 같이 쇼를 해서 사자가 누구보다도 따르던 사람들인데, 무슨 이유로 갑자기 사자가 주인을 공격했을까?"
"아까 말한 그 사람이 사자를 약올려 놓았을 걸세."
홈즈는 잠시 아무 말 없이 생각에 잠겨 앉아 있었다.
"자네 말에도 일리가 있네. 론더에게는 적이 많았어. 에드먼드의 이야기로 보아 그는 술을 마시면 몹시 난폭해진다고 하더군. 몸집이 크고 무서운 장사인 그는, 서커스 계에 종사하는 다른 사람들을 공연히 미워했고 또 때리기도 잘 했다네. 아까 방문객이 이야기한 대로 밤중에 죽은 남편을 떠올리며 괴물이라고 소리친 론더 부인을 이해할 수 있을 것 같네. 그러나 사실이 밝혀질 때까지 속단은 금물이야. 왓슨, 찬장에 차가운 갯가재 요리와 모트라셰의 붉은 포도주 한 병이 있네. 론더 부인을 방문하기 전에 먹고 기운을 내세."
이륜마차가 메릴로 부인 집 앞에서 멈추자 뚱뚱한 부인이 현관문을 연 채 딱버티고 서서 우리를 기다리고 있었다. 집은 누추했으나 한적한 곳이라 조용했다. 그녀는 하숙인을 놓칠까봐 몹시 걱정하고 있었다. 그래서 그녀는 이층으로 우리를 안내하기 전에 제발 불행한 결말이 나지 않도록 힘써 달라고 우리에게 애원했다. 그녀를 안심시킨 뒤 우리는 이층으로 따라 올라갔다. 계단에는 다 떨어진 융단이 깔려 있었다. 우리의 신비스러운 하숙인이 머무르고 있는 방은 마치 오랫동안 사용하지 않은 것처럼 창문도 꽉 닫혀져 있었고, 곰팡이 냄새가 물씬 나는 통풍이 잘 안 되는 방이었다. 짐승을 우리에 가둬 놓았던 벌로 운명의 저주를 받았는지 이제는 그녀 자신이 짐승처럼 우리에 갇혀 있었다. 그녀는 어두운 방구석에 놓인 다 부서져 가는 의자에 앉아 있었다. 오랫동안 운동을 하지 않은 탓으로 그녀의 몸매가 망가져 있었지만, 그러나 젊었을 때에는 아름다웠을 것 같은 자태였다.

요염한 자태가 아직도 남아 있었다. 그녀의 얼굴을 덮은 두꺼운 검정 베일은 윗입술까지만 가리고 있었다. 우리는 윤곽이 뚜렷한 입술과 섬세한 턱의 곡선을 볼 수 있었다. 그녀가 뛰어난 미인이었으리라는 것을 쉽게 짐작할 수 있었다. 목소리 또한 차분하고 상냥했다.

"제 이름을 이미 알고 계시리라고 생각합니다, 홈즈 선생님. 그래서 저를 방문해 주신 거지요?"

"그렇습니다, 부인. 허지만 제가 이 사건에 관심을 가지고 있으리라는 것을 어떻게 아셨는지 궁금합니다."

"건강을 회복하자, 저는 지방경찰 수사관인 에드먼드 씨가 사건을 추적하고 있는 것을 알았습니다. 그때 그에게 거짓말을 한 것이 후회가 됩니다. 진실을 털어놓는 게 훨씬 현명했을 텐데요."

"언제나 진실만을 이야기하는 것이 가장 현명한 행동이지요. 그런데 무슨 까닭으로 거짓 증언을 했습니까?"

"제삼자의 운명이 이 사건에 관계되어 있기 때문입니다. 저는 그가 가치 없는 인간이라는 것을 알고 있습니다. 그러나 제 양심으로는 그를 파멸시킬 수 없었습니다. 우리는 아주 가까운 사이였습니다 …… 몹시 가까왔습니다!"

"그럼, 지금은 그의 존재를 상관하지 않아도 된단 말입니까?"

"네, 홈즈 선생님. 그는 죽었습니다."

"그렇다면 왜 경찰에다 모든 사실을 밝히지 않습니까?"

"이 사건에는 그 사람 말고도 또 한 사람이 관계되어 있기 때문입니다. 또 한 사람이란 다름 아닌 바로 저 자신입니다. 경찰 조사로 세상에 스캔들이 퍼지는 것을 저는 참을 수가 없습니다. 저는 오래 살고 싶지 않습니다. 그러나 마음 편하게 죽는 게 소원입니다. 저는 이 끔찍한 이야기를 편견 없이 들어 줄 사람을 바랐습니다. 그래서 제가 죽은 뒤에는 모든 진실이 밝혀지기를 원하고 있습니다."

"과분한 말씀입니다. 그러나 저도 책임이 있는 몸입니다. 이야기를 다 듣고 난 뒤 경찰에 알려야 할 사건이라면 저로서는 그 의무를 포기하겠다는 약속을 못 드리겠습니다."

"홈즈 선생님, 저는 그렇게 생각하지 않습니다. 저는 요 몇 년 동안 선생님의 탐정책을 숙독했기 때문에 선생님의 성격이나 수법 등을 잘 알고 있습니다. 운명의 신이 저에게 남겨 준 유일한 즐거움은 독서밖에 없었습니다. 저는 세상의 어떠한 쾌락도 동경하지 않습니다. 그러나 어쨌든 저의 비극적인 사건에 대한 진실을 들어 주시기 바랍니다. 그런 뒤 선생님이 저를 불행하게 만드신다면 그것도 할 수 없는 일이겠지요. 어쨌든 다 말해야만 제 마음이 편안해질 것 같습니다."

"왓슨과 저는 기꺼이 듣겠습니다."

여인은 의자에서 일어나더니 서랍에서 사진을 꺼냈다. 그것은 분명히 직업 곡예사였다. 체격이 훌륭한 남자로, 툭 튀어나온 가슴 근육에 우람한 팔을 팔짱끼고 텁수룩한 수염 아래 넘쳐흐르는 미소를 띠고 있었다. 체격에 자신만만함을 가진 독선적인 미소였다.

"이 사람이 레오나르도입니다." 그녀가 말했다.

"그때 증언을 한 힘센 레오나르도 말입니까?"

"네, 바로 그 사람입니다. 그리고 이 사람은 제 남편입니다."

정말로 무시무시한 얼굴이었다. 사람이라기보다는 돼지 같았다. 돼지 중에서도 난폭한 멧돼지였다. 그에게는 야수에게서나 볼 수 있는 무섭고 거친 면이 있었다. 누구든지 그가 이를 부드득 갈며 거품을 내뿜는 모습을 그 천한 입에서 엿볼 수 있을 것이며, 그 사납게 노려보는 작은 눈은 악의에 가득 차 있었다. 목 아래로 처진 살이며 징글징글한 그의 얼굴은 그가 폭한일 뿐 아니라 짐승이라는 사실을 잘 말해 주고 있었다.

"이 두 개의 사진을 보셨으니, 제 이야기를 이해하시는 데 도움이 될 것입니다. 저는 톱밥 위에서 자라난 불쌍한 서커스단 소녀였습니다. 10살이 채 되기도 전에 혹독한 훈련을 받으며 자랐지요. 제가 여인으로 성장하자, 그 사람은 저를 사랑하기 시작했습니다. 그의 사랑이란 다른 게 아니라 육욕 그 자체였습니다. 저는 할 수 없이 그의 아내가 되었습니다. 결혼하는 날부터 저의 인생은 글자 그대로 지옥이었습니다. 그는 저를 못살게 괴롭히는 악마와도 같았습니다. 서커스 단원 중 그것을 모르는 사람이 없었습니다. 그는 다른 사람들이 보는 앞에서도 저를 구박했습니다. 제가 가끔씩 불평을 하면 그는 나무에 저를 묶어 놓고 채찍으로 때렸습니다. 단원들은 모두 저를 동정했고 그를 증오했습니다. 그러나 그들이 저를 위해서 무슨 일을 할 수 있었겠습니까? 그들은 하나같이 그를 두려워했습니다. 여느 때에도 그는 사나웠지만 특히 술을 먹으면 그는 살인마처럼 난폭해졌습니다. 그는 끊임없이 단원들에게 폭행을 일삼았습니다. 야수에 가까울 정도로 잔인하게 두들겨 팼습니다. 그러나 그에겐 돈이 많아 벌금 같은 건 문제가 되지 않았습니다. 일류 단원들이 하나 둘씩 우리 곁을 떠나 서커스는 이제 내리막길에 접어들었습니다.

쇼가 유지된 것은 레오나르도와 저 그리고 광대인 지미 글릭스가 남아 있었기 때문입니다. 서커스단이 이 지경으로 몰락했는데도 그는 계속 난폭하게 굴었습니다. 바로 그때쯤 레오나르도가 제게 다가왔습니다. 선생님께서도 사진을 통해 보신 바와 같이 그의 체격은 정말로 뛰어났습니다. 그러나 그때 저는 그의 훌륭한 육체 뒤에 숨은 그의 보잘것없는 소심한 마음을 알았습니다. 하지만 그 무렵 제 남편과 비교해 볼 때 그는 마치 천사 가브리엘과 같았습니다. 그는 저를 동정해서 여러 모로 저를 도와주었습니다. 마침내 우리의 감정은 사랑으로 변했습니다. 깊고 깊은 정열에 찬 사랑이었습니다.

남편은 우리 사이를 의심했습니다. 그러나 그는 난폭하게 굴긴 하면서도 한편으론 겁도 많았습니다. 그리고 레오나르도는 그가 두려워하는 유일한 사람이었습니다. 남편은 복수하기 위해서 전보다 더 저를 구박했습니다. 어느 날 밤 제가 심한 비명을 지르자 참다 못해 레오나르도가 우리 부부의 숙소인 포장마차 앞까지 뛰어나온 적이 있었습니다. 그날 밤 레오나르도와 저는 우리의 앞날에 닥쳐올 비극을 예감했습니다. 우리는 그것을 피할 수 없다는 것을 알았습니다. 남편은 갈수록 제정신이 아니었습니다. 그래서 우리는 남편을 죽이기로 했습니다.

레오나르도는 영리하고 교활한 두뇌를 가지고 있었습니다. 그가 모든 계획을 짰습니다. 그러나 그를 탓할 수는 없습니다. 왜냐하면 저는 그와 함께 모든 계획을 준비했기 때문입니다. 이제 두 번 다시 그런 일은 생각하기도 싫습니다. 우리는 곤봉을 만들었습니다——레오나르도가 그것을 만들었습니다——납덩어리에다 다섯 개의 기다란 쇠갈고리를 휘게 매달아 꼭 사자의 발톱같이 만들었습니다. 이 몽둥이로 남편을 쳐서 죽인 뒤 사람들에게 사자가 발톱으로 달려들어 죽인 것처럼 증거를 남겨 놓기 위해 그런 모양으로 만든 겁니다.

남편과 제가 습관대로 사자에게 밥을 주러 나갔을 때, 밤은 칠흑같이 깜깜했습니다. 우리는 함석 물통에 날고기를 하나 가득 들고 갔습니다. 레오나르도는 우리가 사자 우리로 가는 길에 지나치는 커다란 포장마차 구석에서 남편을 기다리고 있었습니다. 그러나 그의 행동이 너무 느려서 우리는 그가 미처 곤봉을 휘두르기도 전에 그의 곁을 이미 지나쳤습니다. 그런데 그는 발끝을 들고 우리 뒤를 쫓아왔습니다. 저는 곤봉이 남편의 해골을 부수는 소리를 들었습니다. 그 소리를 듣는 순간 저의 가슴은 기쁨으로 울렁거렸습니다. 저는 앞으로 뛰어가 사자 우리의 빗장을 열었습니다.

바로 그때 무서운 일이 일어났습니다. 사람의 피 냄새를 맡은 사자가 무섭게 흥분했습니다. 야수의 본능으로 그 동물은 사람을 죽이고 싶은 충동을 느꼈나 봅니다. 제가 빗장을 열자 사자는 번개같이 밖으로 뛰어나오더니 저에게 덤벼들었습니다. 그 순간 레오나르도가 저를 구해 줄 수 있었습니다. 그가 앞으로 뛰어나와서 곤봉으로 사자를 쳤다면, 그는 사자를 위협할 수 있었을 겁니다. 그러나 그는 정신을 잃었습니다. 나는 그가 공포에 떠는 소리를 지르며 뒤돌아서 도망가는 모습을 보았습니다. 바로 그 순간 사자의 이빨이 제 얼굴을 물어뜯었습니다. 뜨겁고 추악한 냄새의 입김이 너무도 독해서 저는 고통을 거의 의식조차 못했습니다. 두 손바닥으로 피가 철철 흘러내리는 뜨거운 턱을 움켜쥐면서 저는 도움을 청하는 소리를 질렀습니다. 캠프가 술렁거리는 소리가 들렸습니다. 그리고 어렴풋이 레오나르도와 글릭스, 그 밖에 몇몇 사람들이 사자 발톱 아래에 깔린 저를 끌어내던 광경이 생각납니다. 이것이 저의 마지막 기억입니다. 그 뒤 제가 의식을 되찾은 것은 몇 달 뒤의 일이었습니다. 건강을 회복한 뒤 거울에 비친 제 얼굴을 보았을 때, 저는 사자를 저주했습니다──아, 제가 얼마나 사자를 원망했는지 아세요?──제 얼굴을 망쳐서 그런 게 아닙니다. 제 생명마저 빼앗아 가지 못한 사자가 저주스러웠을 뿐입니다. 홈즈 선생님, 저에게는 다만 한 가지 소원이 있습니다. 다행히 그것을 만족시킬 만한 충분한 돈이 있습니다. 이 비참한 얼굴을 누구에게도 보이기 싫어 저는 혼자 숨어 살기로 작정했습니다. 그래서 저를 아는 사람이 하나도 없는 이런 한적한 곳에서 은거 생활을 하고 있는 겁니다. 이것이

저에게 남겨진 운명입니다. 불쌍한 한 마리의 상처 입은 짐승이 죽음을 예감하고 굴 속으로 기어들어가고 있습니다. 이것이 유지니아 론더의 최후입니다."

불쌍한 여인의 이야기가 끝나자 우리는 얼마 동안 묵묵히 침묵 속에 앉아 있었다. 홈즈는 그의 긴 팔을 뻗치더니 여태껏 그에게서 보지 못했던 깊은 연민의 표정으로 그녀의 손을 어루만져 주었다.

"참, 안됐군요! 사람의 운명이란 정말 이해하기 힘듭니다. 운명이 앞으로 부인께 보상을 베풀어 주지 않는다면 이 세상은 그야말로 잔인하다고밖에 말할 수 없습니다. 그런데 레오나르도는 그 뒤 어떻게 되었습니까?"

"그 뒤 저는 그를 만난 적도, 그에 대한 이야기를 들은 적도 없습니다. 그에게 그런 지독한 감정을 품고 있었던 제가 나빴던 것 같습니다. 그는 일시적인 기분으로 저를 사랑했는지도 모릅니다. 그러나 여자의 사랑이란 그렇게 쉽사리 지워지는 게 아닙니다. 그는 짐승의 발톱 밑에서 신음하는 저를 내버려 둔 채 혼자 도망갔습니다. 그러나 저는 그를 제 손으로 교수대에 보낼 수는 없었습니다. 저 자신에 대해서는 앞으로 어떻게 되든지 조금도 두렵지 않습니다. 저에게는 생명을 이어 나가며 사는 것보다 더 무서운 형벌은 없으니까요. 저는 레오나르도와 그의 운명 사이에 줄곧 서 있었습니다."

"그런데 그가 죽었다면서요?"

"그는 지난 달 마르기트 근처에서 수영을 하다 익사했습니다. 신문에서 그 기사를 읽었습니다."

"부인이 한 이야기 중에서 다섯 개의 갈고리가 달린 굵은 몽둥이가 가장 색다르고 교묘하다고 생각되는데, 그 뒤 그가 그것을 어떻게 처리했을까요?"

"저도 잘 모르겠습니다. 그러나 캠프 근처에 깊은 못이 있는 백악갱(白堊抗)이 있었습니다. 아마 그 물 속에 던져 넣었을 겁니다."
"이제 더 이상 문제될 건 하나도 없습니다. 이 사건은 끝났습니다."
"네, 사건은 끝났습니다." 그녀가 되풀이 말했다.
우리는 가려고 일어섰다. 그러나 부인의 목소리에는 홈즈의 주위를 끄는 무언가 불길한 것이 있었다. 홈즈는 몸을 재빨리 그녀에게로 돌렸다.
"부인의 생명은 부인의 것이 아닙니다. 누구도 생명을 마음대로 할 수 없습니다."
"산다고 해서 제가 무슨 쓸모가 있겠습니까?"
"무슨 말씀을 그렇게 하십니까? 고통을 견뎌 내며 묵묵히 살아가는 그 자체야말로 이 조급한 세상에 대한 하나의 귀중한 교훈입니다."
여인의 대답은 정말 끔찍했다. 그녀는 베일을 걷어올리고 불빛을 향해서 걸어왔다.
"선생님께선 이런 꼴이 되고도 견딜 수 있겠습니까?"
그녀는 말했다.
처참한 모습이었다. 너무도 참혹해서 무슨 말로 그 쥐어뜯긴 얼굴을 묘사할 수 있을는지! 비참하게 망가진 얼굴에 두 개의 반짝이는 아름다운 눈이 비애를 가득 담은 채 우리를 바라보고 있어 오히려 그 모습이 한층 더 무서운 인상을 안겨 주었다. 홈즈는 연민과 항거의 몸짓으로 손을 올렸다. 잠시 뒤 우리는 함께 방을 나왔다.

이틀 뒤 내가 홈즈를 찾아갔을 때 그는 벽난로 위에 놓여 있는 조그만 푸른 병을 자랑스럽게 가리켰다. 나는 그것을 집어 들었다. 병

에는 빨간 극약 딱지가 있었다. 병마개를 열자 향긋한 살구 냄새가 났다.

내가 물었다.

"청산 아닌가?"

"바로 맞췄네. 우편으로 왔어. '저를 죽음으로 유혹하는 이 약병을 선생님께 보냅니다. 선생님의 충고를 따르기로 했습니다.' 간단히 쓴 편지와 함께 말일세. 왓슨, 이것을 보낸 용감한 여인이 누구인지 알 수 있겠지."

The Retired Colourman
은퇴한 물감 제조업자

 그날 아침 따라 셜록 홈즈는 몹시 우울하고 사색에 잠긴 모습이었다. 모든 일에 빈틈이 없고 현실적인 그가 이처럼 심각한 표정을 짓고 있는 것을 보니 틀림없이 무슨 일이 있었던 것 같았다.
 "자네, 그를 보았나?"
 홈즈가 물었다.
 "방금 나간 늙은이 말인가?"
 "그래."
 "문에서 마주쳤네."
 "자네 눈에는 그 사람이 어떻게 보이던가?"
 "시름에 가득 찬 무력하고 쇠약해 보이는 노인이던데."
 "잘 보았네, 왓슨. 그는 슬픔에 싸여 있는데다가 무기력하다네. 어쩌면 우리 인생이란 것도 결국은 비애에 찬 무력한 것이 아닐까 하는 생각이 드네. 그의 이야기는 모든 인간의 인생사를 대변해 주고 있는 듯한 느낌일세. 우리는 저마다 자기 나름대로 인생의 목표를 세워서 그곳에 도달하려고 안간힘을 쓰면서 살고 있네. 그리하여 천신만고 끝에 간신히 손에 움켜쥐었다고 해보세. 그러나 결국 우리 손에 남게 되는 것은 무엇이란 말인가? 덧없는 환영, 아니 환영보다도 더 비참한 고통만이 남을 뿐일세."
"그 사람도 자네의 의뢰인인가?"
"그렇다고 할 수 있겠지. 사실은 경시청에서 보낸 사람이야. 때때로 의사가 불치의 환자를 돌팔이 의사에게 넘기듯이 경찰이 그를 나에게 보냈네. 경찰로서는 아무런 손을 쓸 수가 없는 모양이야. 그리고 앞으로 그는 더 이상 불행해질 건덕지도 없고……."
"무슨 일인데 그런가?"
홈즈는 탁자 위에서 꾸깃꾸깃 구겨진 명함을 집어 들었다.
"조시아 엠버리, 그는 물감 제조회사인 브릭펄 앤드 엠버리의 하급 사원이었다고 이야기하더군. 왓슨, 자네도 그림물감 상자에서 그 회사 상표를 본 적이 있을 걸세. 그는 돈을 꽤 많이 모은 뒤 61살에 은퇴해서 루이셤에다 집을 한 채 마련했다네. 이제야말로 고된 일을 벗어나 좀 쉬어 보려고 마음 먹었지. 사람들은 모두 그의 남겨진 일생은 아무런 걱정이 없을 것으로 보았네."
"물론 다들 그렇게 생각하겠지."
홈즈는 봉투 뒷면에 끄적거린 글씨를 흘끗 보았다.
"왓슨, 그는 1896년 은퇴해서 1년 뒤인 1897년에 20살 아래의 여자와 결혼했어. 사진이 실물 그대로라면 그녀는 굉장한 미인이네. 상당한 재산과 젊은 아내, 그리고 한가한 시간, 이것이 그의 앞에 활짝 펼쳐진 여생이었네. 그러나 그로부터 2년 뒤 자네도 보다시피 그는 다 쭈그러진 비참한 늙은이로 변해 버렸네."
"무슨 일이 일어났구먼?"
"참, 고루한 이야기일세, 왓슨. 배신한 친구와 바람난 아내 때문이야. 엠버리에게는 단 한 가지 취미가 있는데, 그것은 체스 놀이라고 하네. 다행히 집 근처에 체스를 좋아하는 젊은 의사가 살고 있었다는군. 그의 이름은 레이 어네스트 박사라고 여기 적혀 있네. 어네스트는 자주 집에 놀러 와 장기를 두었기 때문에 자연히 엠버리 부인과도 친숙해졌겠지. 그런데 자네도 보았듯이 우리 불쌍한 의뢰인의 마음은 어떤지 몰라도 외양은 못생긴 편이지. 그런데 그들은 지난 주일에 어디론가 함께 자취를 감춰 버렸어. 더 고약한 것은 의리 없는 그 여자가 남편이 평생 저축해서 모은 돈을 몽땅 들고 도망간 거야. 우리가 그녀를 찾아낼 수 있을까? 돈도 함께 말이야. 우리에게는 케케묵은 고루한 이야기지만, 조시아 엠버리에게는 매우 심각한 사건이지."
"그래, 어떻게 하려고 하나?"
"왓슨, 어서 대답해 주게. 자네 나 대신 일 좀 해 줘야겠어. 나는 이 사건 말고도 오늘로서 그 위기가 절정에 달한 콥틱 교의 주교 사건으로 정신이 없다네. 그래서 나는 루이셤에 갈 틈이 없으니, 자네가 대신 그곳을 답사하고 와야 되겠네. 그 늙은이는 내가 직접 가야 된다고 우겼으나 그에게 내 형편을 설명해 주었으니, 그는 자네를 기다리고 있을 걸세."
"그렇다면 할 수 없지. 그런데 내가 가서 제대로 일을 하고 돌아올지 걱정스럽군. 하지만 최선을 다해 보겠네."
이렇게 해서 여름날 오후, 나는 내가 끼어든 이 일이 일주일 뒤에는 영국 전체를 발칵 뒤집어 놓을 크나큰 사건으로 비약될 줄은 꿈에도 모르는 채, 루이셤을 향해 떠났다. 내가 일을 마치고 베이커 거리로 돌아온 것은 저녁 늦게였다. 홈즈는 의자 깊숙이 수척한 몸을 파묻고 앉아서 독한 담배 연기를 줄곧 뿜어 대며 이야기를 듣기도 귀찮다는 듯이 눈을 아래로 내리깔고 있었다. 그러나 이야기 도중에 의문 나는 부분에 이르자, 그는 갑자기 눈썹을 치켜뜨고 두 개의 잿빛 눈

을 칼날같이 번쩍거리며 나를 뚫어지게 바라보았다. 그렇지 않았더라면 나는 그가 졸고 있는 줄로 알았을 것이다.

"사람들은 조시아 엠버리의 집을 정박소라고 부르더군. 홈즈, 자네도 흥미 있을 거야. 그 집은 가난한 귀족이 몰락할 대로 몰락해서 사는 것 같았어. 자네도 그런 특별한 지역을 쉽게 상상할 수 있을 거야. 단조로운 벽돌 거리들, 지리한 교외의 도로, 이 거리의 한가운데 오른쪽으로 고색창연하고 쾌적한 장소에 그의 낡은 집이 서 있는 걸세. 뜨거운 태양으로 바싹 구워진 높은 담은 지의(지의류에 속하는 식물의 총칭)로 잔뜩 얼룩이 지고, 담 꼭대기에는 이끼가 파릇파릇 돋아 있었네. 이런 종류의 담은……."

"왓슨, 자네, 시를 읊는 건가?" 홈즈가 차갑게 말했다. "나 같으면 그냥 높은 벽돌담이라고 말하겠네."

"맞았어. 마침 거리에서 담배를 피우며 빈둥거리는 사람에게 물어 보지 않았더라면 그 집을 못 찾을 뻔했어. 그런데 그 사람에 대해서 이야기를 좀 해야겠네. 그는 키가 크고 피부가 거무튀튀하며 수염이 텁수룩한 게 꼭 군인 타입이었어. 그는 내 물음에 대답으로 고개를 끄덕였는데, 나중에 잘 생각해 보니 그때 그는 나를 의심스러운 눈초리로 쳐다보고 있었던 것 같아.

 정원을 들어서자, 엠버리 씨가 찻길을 내려오는 모습이 보였어. 오늘 아침에 언뜻 그를 보았을 때도 좀 이상하게 생긴 사람이라고 생각했지만, 햇빛 아래에서 자세히 보니 그의 모습은 정말 괴상하더군."
"나도 그렇게 보았네. 그 사람에 대한 자네의 인상을 듣고 싶어."
홈즈가 말했다.
"그는 글자 그대로 완전히 풀이 죽어 있었어. 그는 무거운 짐 나르는 일을 했는지 등이 구부정하더군. 그러나 그는 내가 생각했던 것처럼 허약한 체질은 아닌 것 같았네. 그의 어깨와 가슴 골격은 굉장히 널찍하더군. 그런데 아래로 내려갈수록 점점 가늘어져서 다리는 아주 가냘팠어."
"왼쪽 구두는 쭈글쭈글한데, 오른쪽 구두는 말짱하지 않던가?"
"그건 미처 못 보았네."
"괜찮아. 못 봤어도 상관없어. 한쪽 다리가 의족이야. 그건 그렇고, 계속 이야기하게."
"낡은 밀짚모자 아래로 구불구불한 잿빛 곱슬머리가 삐져나왔고, 그의 얼굴은 무언가 사납고 열띤 표정을 짓고 있었으며, 온몸은 잔뜩 굳어 있었어."
"잘 관찰했네, 왓슨. 그가 자네에게 무슨 말을 하던가?"
"그는 신세타령을 늘어놓기 시작했지. 우리는 함께 정원으로 걸어 들어갔어. 물론 걸어가면서 나는 둘레를 유심히 관찰했네. 난 태어

나서 그렇게 손질을 하지 않고 내버려 둔 정원은 처음 보았네. 잡초들이 제멋대로 자라고 있었어. 어떤 부인이라도 정원을 그 지경으로 내버려 두지는 못할 걸세. 집 안도 마찬가지로 지저분하기 짝이 없더군. 이 경황 중에도 불쌍한 노인은 집이 더러운 게 부끄러웠던지 뒤늦게나마 집 안을 정리하려고 애쓰는 것 같았어. 홀의 한가운데 초록색 페인트 통이 놓여 있었고, 노인은 왼쪽 손에 커다란 붓을 들고 있었네. 그는 나무 발판 위에서 페인트칠을 하고 있었던 것 같아.

그는 지저분한 거실로 나를 데리고 들어가 우리는 그곳에서 많은 이야기를 나누었어. 그는 자네가 직접 오지 않아서 퍽 섭섭한 모양이었어. '사실 기대할 형편도 못 되지요. 저같이 초라한 사람이, 그리고 이제는 돈 한 푼 없는 몸이 되었으니, 셜록 홈즈 선생같이 유명하신 분을 감히 무슨 염치로 모시겠습니까?' 라고 말하더군.

나는 그에게 보수 문제는 염려 말라고 안심시켰네. '물론 홈즈 선생님같이 훌륭하신 분은 일 자체의 보람 때문에 탐정 일을 하시겠지만, 이 사건을 다루시게 되면 여러 가지 배울 점이 많을 거요. 적나라한 인간성을 다시 한 번 느끼게 될 거요. 왓슨 선생, 세상에 그런 배은망덕한 연놈들이 어디 있겠소? 저는 여태껏 아내의 요구를 거절한 적이 한 번도 없었소. 그러나 아내는 항상 제멋대로였지요. 그리고 저는 그 젊은이를 아들과 같이 사랑해서 그는 자주 내집을 드나들었지요. 그런데 그들은 이렇게 무참히 저를 배반한 거요. 왓슨 선생, 정말 끔찍한 세상이오!'

한 시간 이상이나 그는 이 말을 계속 되뇌는 거였어. 그는 전혀 그들의 음모를 눈치 채지 못했던 거야. 집에는 낮에 와서 일해 주고 저녁 6시에 돌아가는 하녀를 빼고는 두 부부만 살고 있었다네. 바로 그날 저녁 늙은 엠버리는 아내를 위해 헤이마켓 극장의 표를 두 장 샀었다는군. 그런데 막상 집을 나서려고 하니까 부인이 머리가 아프다면서 집에서 쉬겠다고 하더라는 거야. 할 수 없이 그는 혼자 극장에 갔어. 그의 말은 틀림없는 사실이야. 그는 내게 사용하지 않은 아내의 극장표를 보여 주었네."

"그거 참, 주목할 만한 일이로군." 홈즈는 흥미가 느껴지는 듯한 목소리로 말했다. "계속 이야기하게, 왓슨. 자네의 이야기를 들어 보니 사건이 꽤 흥미진진해지는 것 같은데. 자네는 극장표를 주의해 봤겠지? 좌석 번호를 기억할 수 있겠나?"

"자네가 그걸 물어 볼 줄 알았어." 나는 신이 나서 대답했다. "초등학교 때의 내 출석번호와 똑같아서 금방 외었지. 31번이야."

"훌륭하네, 왓슨! 그럼, 그의 자리는 30번 아니면 32번이겠군."

"그럴 걸세." 나는 어리둥절해서 대답했다. "그리고 B열이네."

"그 정도면 됐어. 그리고 다른 이야기는 안하던가?"

"그가 금고실이라고 부르는 방을 보여 주더군. 은행의 금고같이 물샐 틈 없는 방이었어. 철문과 셔터, 그리고 도난 경보기도 장치되어 있었네! 그녀는 이중 열쇠를 가지고 있었던 모양이야. 아무튼 현금과 유가증권까지 합해서 약 7000파운드를 훔쳐가지고 달아났다고 하네."

"유가증권이라! 유가증권은 처분할 수 없을 텐데……."

"그로서는 경찰에 증권의 목록을 모두 신고해서 그나마 건지려고 희망을 걸고 있는 모양이야. 그는 그날 밤 12시쯤 극장에서 돌아와 보니 벌써 방은 난장판이 되어 있고, 방문과 창문이 모두 열린 채 도둑은 도망가 버렸다는 군. 편지나 쪽지 한 장도 남겨 놓지 않았고, 아직까지 아무런 소식조차 없다는 거야. 그는 곧 경찰에 신고했다고 하네."

홈즈는 몇 분 동안 생각에 잠겨 있었다.

"자네, 그가 페인트칠을 하고 있다고 했는데 대체 어디를 칠하고 있던가?"
"복도를 칠하고 있더군. 그런데 금고실의 문과 방의 목조물은 이미 칠을 끝마치고 있었네."

"자네 같으면 이런 경황에 집을 치장할 겨를이 있겠나?"

"'사람이란 괴로움을 잊기 위해서는 무슨 일이든 해야 하오'라고 그는 말하더군. 확실히 수상하기는 해. 그러나 그 사람 자체가 워낙 괴짜야. 그는 내 앞에서 자기 아내 사진을 북북 찢지 않겠나. 몹시 격렬한 표정을 지으면서 사납게 움켜쥐고 찢더군.

'그녀의 밉살스러운 얼굴을 두 번 다시 보고 싶지 않소' 하고 그는 버럭 소리를 질렀어."

"왓슨, 더 이상 할 이야기가 있나?"

"한 가지 꼭 할 이야기가 있네. 블랙히스 역으로 나와 기차를 탔는데, 기차가 막 떠나려고 할 때에 갑자기 어떤 남자가 내가 탄 바로 옆찻간으로 뛰어오르는 것을 보았네. 홈즈, 자네도 알다시피 나는 사람 얼굴을 굉장히 잘 알아보지 않나? 그는 틀림없이 아까 내가 길을 물어 보았던 바로 그 키가 크고 시꺼먼 사람이었어. 런던 다리에서 또 그를 만났는데, 그만 사람들 틈에서 그를 놓치고 말았네. 그는 분명히 내 뒤를 쫓고 있었어."

"틀림없네, 틀림없어! 키가 크고 시꺼먼 수염을 기른, 아까 자네가 말한 잿빛 색안경을 쓴 사람이지?"

"홈즈, 자네는 요술쟁이 같군. 그래, 그는 잿빛 색안경을 쓰고 있었어."

"그리고 매소닉 넥타이핀을 꽂고 있었지?"

"세상에, 홈즈!"

"놀랄 것 없네, 왓슨. 간단히 알 수 있는 일이야. 그러나 우선 급한 문제부터 생각해 보기로 하세. 솔직히 말해서 이 사건은 너무 흔한 이야기라 내 관심을 끌 만한 게 못 되었는데, 이제 보니 뜻밖에도 굉장히 빨리 어려운 방향으로 진전되고 있는 것 같네. 그런데 자네는 몇 가지 중요한 점을 놓치고 왔어. 그러나 자네가 관찰한 것만으로도 웬만한 추측은 충분히 할 수 있네."
"내가 무엇을 빠뜨렸나?"
"너무 상심 말게. 자네는 내가 매정한 사람이라는 걸 잘 알지 않나? 누구도 그보다 더 잘 해내지는 못할 걸세. 아마 자네만큼 일을 해낼 사람은 없을 거야. 그러나 확실히 자네는 아주 중요한 것을 소홀히 지나쳤어. 동네 사람들에게 엠버리 부부에 대한 이야기를 물어 보았나? 이것은 퍽 중요한 자료가 될 텐데. 어네스트 박사는 어떤 인물인가? 난봉꾼이라고 소문나 있지는 않은지? 자네가 여자에게 말을 건네면 모두들 친절하게 도와주지 않던가? 우체국 여직원이나 식료품가게 여자에게 슬쩍 물어 보아도 좋았을걸. 블루앤커에서 젊은 처녀와 실없는 이야기를 부드럽게 속삭이며 그녀에게서 중요한 정보를 얻어 내던 자네 모습이 떠오르네. 왜 이번에는 그런 능력을 발휘하지 못했나?"
"그 일이라면 지금이라도 다시 가서 알아 오겠네."
"그만둬. 내가 벌써 다 조사했네. 이미 그곳에 전화를 걸어 알아보았고 또 경시청의 도움을 받았네. 방 안에 가만히 앉아 있어도 얼마든지 자료를 수집할 수 있어. 모든 것을 종합해 보니 조시아 엠버리의 인품이 선명하게 나타나더군. 그는 지독한 구두쇠일 뿐만 아니라 혹독한 남편이었어. 그는 마음을 놓을 수가 없어 집에다 금고실까지 만들어 놓고 그곳에다 많은 돈을 보관해 두었네.

 젊은 총각인 어네스트 의사는 엠버리와 체스 친구인 것을 기회로 자주 그의 집에 드나들면서 엠버리 부인을 망쳐 놓았어. 여기까지의 이야기는 참 단순한 거지. 이걸로 끝난다면 더 이상 할 이야기도 없을 거야. 그러나 아직은 속단할 수 없어! 아직은 말이야!"
"무슨 어려운 일이라도 있나?"
"내 생각으로는 아마…… 왓슨, 좀 쉬도록 하세. 모든 것을 잊어버리고 음악이나 들으러 가세. 오늘 밤 앨버트 홀에서 카니아가 노래를 부르는데, 빨리 옷을 갈아입고 저녁 식사를 한 뒤 음악회에 가세."

다음날 아침, 나는 여느 때처럼 일어났다. 그러나 빵 부스러기와 계란 껍질을 보니 홈즈는 일찍 일어나 벌써 나간 모양이었다. 탁자 위에는 쪽지가 놓여 있었다.

 왓슨에게——조시아 엠버리 씨 사건으로 알아볼 일이 있어 나갔다 오겠네. 이 일을 끝마치게 되면 사건의 윤곽이 대강 드러날 걸세. 3시쯤 돌아올 테니 기다려 주게. 자네에게 할 이야기가 있어.
셜록 홈즈

낮에 홈즈는 한동안 모습을 나타내지 않더니 정각 3시에 심각하고 지친 듯한 모습으로 돌아왔다. 그럴 때는 그를 혼자 있도록 내버려두는 게 상책이었다.

"엠버리 씨는 아직도 오지 않았나?"

"안 왔네."

"그래! 여기서 그를 만날 줄 알았는데……."

그런 걱정은 하지 않아도 되었다. 바로 그때 엠버리 노인이 그의 근엄한 얼굴에 몹시 걱정스럽고 당황한 표정을 지으며 들어왔다.

"방금 전보를 받았습니다, 홈즈 선생님. 대체 어떻게 된 영문인지 모르겠습니다."

그가 홈즈에게 전보를 주자 홈즈는 큰소리로 읽었다.

"빨리 오십시오, 선생이 최근 도난당한 재산에 대한 정보를 알려드리겠습니다——엘만, 목사관."

"리틀 파링턴에서 2시 10분에 보냈군. 리틀 파링턴이라면 웨섹스에 있는데, 파링턴에서 멀지 않은 곳이야. 엠버리 씨, 물론 곧 떠나셔야 되겠지요? 목사라고 하니 믿을 만한 사람인 것 같습니다. 내 인명록이 어디 있지? 아, 여기 그의 이름이 있네. J.C. 엘만, 학사, 리틀 파링턴의 모스무어에 거주함. 왓슨, 기차 시간표를 봐주게."

"5시 20분에 리버풀 역을 떠나는 기차가 있네."

"잘 되었네, 왓슨. 자네가 함께 가 드려야겠네. 자네의 도움과 충고가 필요할 걸세. 바야흐로 사건은 중요한 위기에 접어들었네."

그러나 우리의 의뢰인은 선뜻 떠나려고 하지 않았다.

"홈즈 선생님, 도대체 말도 안 되는 소리입니다. 그 사람이 무엇을 안단 말입니까? 공연히 시간과 돈을 낭비할 뿐입니다."

"아무것도 모르고 있다면 뭐 하러 전보를 쳤겠습니까? 가겠다고 곧 전보를 치십시오."

"갈 필요가 없습니다."

홈즈는 강경한 태도를 보였다.

"엠버리 씨, 이렇게 확실한 근거가 잡혔는데도 가시길 거절한다면, 경찰에서도 그리고 저 자신도 당신을 이상스럽게 생각할 수밖에 없습니다. 그렇다면 저의 수사 활동에 흥미가 없으신 걸로 생각하겠습니다."

의뢰인은 홈즈의 이 말에 덜컥 겁이 나는 모양이었다.

"아닙니다. 그런 식으로 오해하지 마십시오. 가 보겠습니다. 그러나 생각해 보십시오. 그 목사가 무엇을 안다고 하니 얼마나 얼토당토않은 이야기입니까? 그러나 선생님께선 그렇게 생각하시는 것 같지 않으니……."

"가 보면 알게 되겠지요."

홈즈가 힘주어 말했다.

이리하여 우리는 여행을 떠나게 되었다. 방을 나가기 전 홈즈는 나에게 한마디 충고를 했다.

"그를 잘 감시하게. 그가 도중에 도망가거나 돌아가자고 하면 곧 가까운 전화 박스로 가 내게 한마디 '도망쳤어'라고 전해 주게. 그러면 여기서 내가 뒷일을 처리하지."

리틀 파링턴은 직행 노선이 없어서 교통이 퍽 불편했다. 나는 태어나서 그처럼 불쾌한 여행은 처음이었다. 날씨는 무덥고 기차는 느렸으며, 옆에 앉은 사람은 시무룩한 얼굴로 말 한마디 하지 않았을 뿐 아니라 가끔씩 이번 여행은 아무 소용없을 거라고 냉소하듯 내뱉는 것이었다. 역에 내려서도 3킬로쯤이나 마차를 타고 들어가 목사관에 도착했다. 몸집이 커다란 엄숙하고 좀 거만해 보이는 목사가 서재에서 우리를 맞아들였다. 우리가 보낸 전보가 그 앞에 놓여 있었다.

"무슨 일로 오셨습니까?" 그가 물었다.

"당신의 전보를 받고 왔습니다." 내가 설명했다.

"전보라구요! 나는 그런 것을 보낸 적이 없는데요."

"조시아 엠버리 씨에게 그의 아내와 그의 돈에 대해서 알고 있다고, 전보를 보내지 않으셨습니까?"

"농담이시겠지요. 그렇지 않다면 이상한 일인데요. 나는 그런 이름을 들어 본 적도 없고 더구나 전보를 보낸 적도 없습니다."

의뢰인과 나는 놀라서 서로 쳐다보았다.

"일이 잘못된 것 같습니다. 혹시 이곳에 다른 목사관이 또 있습니까? 이게 그 전보입니다. 분명히 엘만이라는 이름으로 목사관에서 보낸 걸로 되어 있습니다만."

"이곳에는 목사관이 하나밖에 없습니다. 이 전보는 누군가 나를 중상하기 위해서 보낸 것 같습니다. 경찰을 통해 진상을 알아보겠습니다. 선생들과 더 이상 이야기하고 싶지 않습니다."

 엠버리 씨와 나는 다시 거리로 나와 자세히 살펴보니 이 마을은 영국에서 가장 오랜 된 산골인 것 같았다. 우체국에 가 보았으나 이미 문이 닫혀 있었다. 다행히 근처에 전화가 있어서 나는 홈즈에게 이 놀라운 소식을 알려 줄 수가 있었다.
 "그거 참, 이상한데!" 멀리서 홈즈의 목소리가 들렸다. "별일이

다 있군! 왓슨, 그런데 오늘 밤엔 기차 편이 없는데 어떻게 하지? 자네 시골 여관에서 하룻밤쯤 잔다고 너무 싫어하지 말게. 할 수 없으니 조시아 엠버리와 하룻밤 잘 지내보게."

전화가 끊어지면서 홈즈의 껄껄 웃는 소리가 들렸다.

엠버리가 구두쇠라는 소문은 사실임이 곧 드러났다. 그는 여행비용이 많이 들었다고 투덜대면서 돌아갈 때는 3등석을 타자고 우기더니, 여관 값도 못 내겠다고 소란을 피웠다. 다음날 오전중에 우리는 마침내 런던에 도착했다. 여행 도중 우리 두 사람의 기분이 얼마나 불쾌하였던가는 이루 말로 표현할 수 없을 정도였다.

내가 말했다.

"베이커 거리에 들렀다가 집으로 가시지요. 홈즈가 새로운 지시를 준비하고 있을지 모르겠습니다."

"이번 일과 같이 또 허탕이면 아무 소용없지 않습니까?"

엠버리는 심술궂은 표정으로 말했다. 그러면서도 그는 내 뒤를 따라왔다. 나는 홈즈에게 우리의 도착 시간을 미리 전보로 알려 두었다. 그러나 홈즈는 집에 없었고, 루이셤에서 우리를 기다리겠다는 쪽지를 써 놓았다. 놀랍게도 루이셤에 도착해 보니 우리 의뢰인의 거실에는 홈즈만 앉아 있는 게 아니었다. 준엄하고 냉혹한 표정의 남자가 홈즈 곁에 앉아 있었는데, 잿빛 안경을 쓴 피부가 거무튀튀한 사람으로 매소닉 넥타이핀을 꽂고 있었다.

"친구인 버커 씨네." 홈즈가 나에게 말했다. "엠버리 씨, 이분도 당신의 사건에 대단한 흥미를 갖고 계십니다. 그러나 우리와는 별도로 일하고 있습니다. 그런데 우리 둘 다 당신에게 물어 볼 말이 있습니다."

엠버리 씨는 무겁게 자리에 앉았다. 그는 위험이 눈앞에 닥쳐온 것을 눈치 챈 것 같았다. 나는 그의 긴장된 눈 가장자리가 경련을 일으키는 것을 보았다.
"무슨 질문입니까, 홈즈 선생님?"
"단지 이 말 한 마디입니다. 시체를 어디다 감췄습니까?"
 노인은 무섭게 소리를 지르며 자리에서 일어났다. 그는 앙상한 손으로 허공을 움켜쥐었다. 그리곤 입을 벌렸는데, 꼭 사나운 맹수같이 보였다. 잠시 뒤 그는 육체뿐만 아니라 정신도 비뚤어진 악마 같은 본래의 모습으로 돌아왔다. 그는 의자에 쓰러지더니 마치 나오려는 기침을 막듯이 손으로 입을 가렸다. 순간 홈즈는 호랑이같이 날쌔게 그의 목을 움켜잡더니 그의 얼굴을 방바닥에다 대고 두들겼다. 하얀 알약이 그의 헐떡거리는 입속에서 튀어나왔다.
"이런 짓은 하지 마십시오, 엠버리 씨. 신사답게 일을 처리합시다. 버커 씨, 어떻게 할까요?"
"문 앞에 마차를 대기시켜 놓았습니다."
 과묵한 버커 씨가 대답했다.
"정거장까지는 몇백 미터 거리밖에 안 되니, 우리 함께 걸어갑시다. 왓슨, 자네는 여기서 기다리게. 30분 뒤에 다시 돌아오겠네."
 늙은 물감 장수는 힘이 장사였으나, 사람 다루는 데 능숙한 두 사람의 손에서는 꿈쩍도 못했다. 몸부림치고 팔다리를 비틀면서 그는 마차 안으로 끌려들어갔다. 나는 혼자 남아 음산한 집을 지켰다. 나간 지 30분이 채 못 되어 홈즈가 젊은 경감과 함께 돌아왔다.
"버커는 서에 남아서 경찰 조서 꾸미는 일을 도와주고 있네. 왓슨, 그의 이름을 처음 듣나? 그는 탐정계에서 내 라이벌이야. 자네가 키가 큰 시꺼먼 사람 이야기를 했을 때, 나는 그 사람인 줄 단번에 알았네. 그는 몇 가지 사건을 훌륭히 해결하여 인정을 받고 있지. 경감님도 그를 알고 계시리라고 믿습니다만."
"그는 몇 번인가 우리 일에 간섭한 적이 있습니다."

경감은 그다지 기분이 좋지 않은 듯이 말했다.

"나와 마찬가지로 그의 수사 방법도 좀 특이한 데가 있지. 그런데 경감님도 알다시피 변칙적인 수사 방법이 때때로 유익할 때가 있습니다. 당신네 경찰같이 강제로 규칙에 따른 수사를 한다면 그 불한당이 행여나 자백을 할 것 같소?"

"그 말에도 일리가 있습니다. 그러나 홈즈 선생, 경찰도 나름대로 수사를 진행하고 있었습니다. 확증을 잡지 못해서 여태껏 미적거리고 있었던 겁니다. 그런데 선생께서 저희로서는 도저히 상상도 못할 수법으로 이 일에 덤벼들어 사건을 해결해 놓으셨으니, 이제 우리 경찰의 위신은 여지없이 땅에 떨어져 버렸습니다."

"그 점은 염려 마십시오. 나는 사건의 표면에 나서지 않겠습니다. 내가 이야기하면 버커도 나와 행동을 같이 할 겁니다."

경감은 이제 마음이 놓이는 모양이었다.

"그렇게 해주신다면 더할 나위 없이 고맙겠습니다. 칭찬을 받든지 욕을 얻어먹든지 선생은 별관심이 없으시겠지만, 신문의 신랄한 공격에 답변해야 되는 저희 경찰로선 입장이 퍽 난처합니다."

"물론 그렇겠지요. 틀림없이 기자들의 질문이 있을 것이니 답변할 준비를 해야 됩니다. 머리있는 기자라면 먼저 어떤 점 때문에 그를 의심하기 시작했으며, 또 무엇으로 확증을 잡았느냐고 반드시 물어 올 겁니다."

경감은 당황한 표정을 지었다.

"홈즈 선생, 저희는 아직 수사 내용을 모르고 있습니다. 선생께선 그가 그의 아내와 정부를 살해한 혐의로 세 가지 증거를 잡았다고 했으며, 또 그가 자살을 기도했던 것으로 보아 이것은 결국 그가 실질적으로 죄를 자백한 거나 다름없다고 하셨습니다. 자세한 내막을 알고 싶습니다."

"그런데 수사 지시는 해 놓으셨습니까?"
"저기 순경 세 명이 오고 있습니다."
"그럼, 빨리 일을 끝내기로 합시다. 시체는 이 근처에 감추어 두었을 겁니다. 지하실과 정원을 뒤져 봅시다. 그러나 정원은 모두 파헤치지 않아도 될 겁니다. 이 집은 수도가 생기기 전에 지은 집이라서 마당 어딘가에 쓰지 않는 우물이 있을 겁니다. 그곳을 잘 뒤져 보십시오."
"어떻게 이 사실을 알았으며, 또 어떤 방법으로 수사를 해 나갔습니까?"
"먼저 수사 방법부터 설명해 드리겠습니다. 경감님도 궁금하겠지만 이 사건 해결에 중요한 역할을 한 여기 앉아 있는 내 친구를 위해서라도 자초지종을 털어놔야겠습니다. 무엇보다도 먼저 그 사람의 정신 상태를 관찰해 보시기 바랍니다. 그는 여느 사람과 달라서 그에게는 교수형보다는 차라리 귀양을 보내는 편이 더 적절할 것 같습니다. 그는 현대 영국인이라기보다는 중세 이탈리아인 기질에 가까운 성격을 가졌습니다. 그는 지독한 구두쇠라서 부인을 어찌나 구박했는지 그녀는 때를 보아 그의 곁을 떠날 준비를 하고 있었던 것 같았습니다.

그런데 때마침 체스를 즐겨하는 의사가 이 집을 드나들게 되었습니다. 교활한 엠버리는 체스를 무척 잘 두었습니다. 대부분의 구두쇠가 그렇듯이 그는 질투가 강했습니다. 그의 질투는 미칠 듯한 광증으로 변했습니다. 그들의 관계가 어떠했는지는 확실히 모르겠으나, 아무튼 그는 그들이 음모를 꾸미고 있다고 의심하기 시작했습니다. 그는 복수하기로 마음먹은 다음 쥐도 새도 모르게 잔인하기 이를 데 없는 범행 계획을 세웠습니다. 여기 와 보십시오!"
홈즈는 마치 이 집에 살았던 것처럼 능숙하게 우리들을 복도로 이 끌어 가더니 열린 금고실 문 앞에서 발을 멈췄다.
"푸! 페인트 냄새가 몹시 나는군요!" 경감이 소리를 질렀다.
"바로 이것이 첫 실마리였습니다. 왓슨이 잘 관찰해 주어 이 사실을 알았습니다. 그런데 그는 별 의심없이 생각하더군요. 나는 수상하게 생각했습니다. 왜 그는 하필이면 이런 경황에 집 안을 강한 냄새로 가득 차게 만들었을까? 분명 그는 의심받을 만한 범죄의 냄새를 감추기 위해서 다른 냄새로 집 안을 채웠던 것입니다.

보시다시피 이 방은 철문과 셔터 장치가 되어 있는 완전히 밀폐된 방입니다. 이 두 사실을 묶어서 생각할 때 이상한 점을 느끼지 못하겠습니까? 나는 내 눈으로 직접 이 집을 조사하기로 마음먹었습니다. 이 사건이 심상치 않은 것을 느꼈기 때문입니다. 그리고 왓슨 의사의 예민한 눈으로 기억한 극장 좌석표를 조사해 보았더니 그날 저녁 B의 31번 석도 32번 석도 모두 비어 있었습니다. 엠버리는 그날 저녁 극장에 가지 않았습니다. 따라서 그의 알리바이는 거짓임이 드러났습니다. 그는 알리바이를 주장하기 위해 그의 아내의 좌석표를 나의 빈틈없이 재빠른 친구에게 보여 주었습니다.

이제 문제는 내가 어떻게 그 집을 들어가 조사할 수 있었느냐 하는 것입니다. 나는 교통이 몹시 불편한 시골로 대리인을 보냈습니다. 그래서 엠버리를 그곳으로 불러내어 그날 밤 집에 돌아오지 못하게 만들었습니다. 그리고 왓슨을 함께 보내어 엠버리를 감시하도록 했습니다. 그 선량한 목사의 이름은 내 인명록에서 찾아낸 걸세, 왓슨. 이제 이해가 되나?"
"정말 대단하십니다."
경감이 두려운 듯한 목소리로 말했다.
"남의 집에 숨어드는 것쯤 나로서는 식은 죽 먹기입니다. 수사를 하려면 이런 일이 필요할 때 많습니다. 내가 이곳에서 발견한 게 무엇인지 압니까?

 방 굽도리에 있는 가스 파이프를 보십시오. 벽의 모서리에도 파이프가 올라가고 있습니다. 그리고 저 구석에 마개가 있습니다. 보시다시피 파이프가 금고실을 통과하고 있습니다. 파이프 한쪽 파이프 마개는 활짝 열려 있습니다. 밖에서 스위치를 틀면 이 방 안은 순식간에 가스로 가득 찰 겁니다. 문도 셔터도 닫힌 이 좁은 방 안에선 누구라도 2분 이상 있을 수 없을 겁니다. 그 악마 같은 노인이 무슨 핑계를 대어 그들을 이 방 안으로 유인했는지는 모르겠으나, 일단 이 안에 들어 온 이상 그들 목숨은 그의 손아귀에 쥐어진 것입니다."

경감은 흥미 있는 눈초리로 파이프를 들여다보았다.

"우리 경관 중 한 사람이 가스 냄새에 대해 이야기한 적이 있었습니다. 물론 그 뒤 창문과 문을 활짝 열어 놓았겠지요. 페인트칠을 하면서 말입니다. 그의 말에 따르면 사건 전날부터 페인트칠을 시작했다고 합니다. 다음 이야기를 계속해 주십시오, 홈즈 선생."

"생각지도 않은 일이 일어났습니다. 동이 틀 무렵 식기실 창문을 통해 나오려고 하는데, 누군가가 내 칼라를 잡고 소리를 질렀습니다. '불한당 같으니, 거기서 무엇을 하고 있는 거야?' 머리를 돌려 뒤를 돌아다보니 색안경을 쓰고 다니는 내 친구이면서 라이벌인 버커가 서 있지 않겠습니까! 이상한 곳에서 우연히 부딪치게 된 우리는 서로 마주 보고 웃을 수밖에 없었습니다.

 버커는 어네스트 박사 가족의 의뢰로 수사를 하고 있었는데, 그도 나와 같은 결론을 내리고 있었습니다. 그는 며칠 동안 이 집을 감시하고 있었는데, 왓슨 박사를 이 집에 드나드는 의심스러운 인물로 점찍어 놓고 있었습니다. 그는 왓슨 때문에 가뜩이나 신경을 곤두세우고 있는데, 웬 남자가 식기실 창문을 타넘는 것을 보고는

더 이상 참을 수가 없어 달려들었던 것입니다. 물론 나는 그에게 현재의 상황을 이야기해 주고 함께 사건을 수사하기로 합의했습니다."

"우리와 함께 수사를 할 것이지, 하필이면 왜 그와 손을 잡았습니까?"
"경찰이 어떤 태도로 나올지 시험해 보고 싶었던 겁니다. 나는 경찰이 이 사건에서 손을 뗀 줄로 생각했습니다."
경감은 미소를 지었다.
"홈즈 선생, 잘 알겠습니다. 이제 이 사건에서 손을 떼시고 저희에게 모든 권한을 넘겨주시기 바랍니다."
"물론 그렇게 하겠습니다. 그게 바로 나의 습관입니다."
"경찰의 이름으로 선생께 감사를 드립니다. 사건은 곧 일단락짓겠습니다. 시체를 찾는 건 시간문제입니다."
"한 가지 소름끼치는 증거를 보여 드릴 게 있습니다. 아마 엠버리도 이것은 발견하지 못했을 겁니다. 경감님, 이제 모든 사건의 결과를 알게 되었으니…… 자신을 죽은 사람의 입장에 놓고 당신이라면 그때 어떻게 행동할 것인가를 한 번 생각해 보십시오, 약간의 상상력이 필요하겠지만 그러나 충분히 해볼 만한 가치가 있습니다. 이 좁은 방 안에 갇혀 있다고 상상해 봅시다. 2분 뒤엔 죽습니다. 방 밖에는 악마 같은 노인이 당신을 조롱하며 회심의 미소를 짓고 있습니다. 이럴 때 당신은 무엇을 하겠습니까?"
"메시지를 쓰겠습니다."
"바로 그것입니다. 당신은 어떻게 해서라도 죽어 가고 있다는 사실을 사람들에게 알리고 싶을 겁니다. 그러나 종이에 쓸 수는 없습니다. 거기에다 쓰면 살인마에게 금방 발각되기 때문입니다. 벽에다 쓰면 누군가가 읽어 볼 수 있을 겁니다. 자, 여기 좀 보십시오! 벽 아래 굽도리 바로 위에 자주색 연필로 끄적거린 글씨를 읽어 보십시오, '우리들은……' 이것이 전부입니다."
"그게 무슨 뜻입니까?"
"땅바닥에 쓰러져서 간신히 적은 것입니다. 불쌍한 이 친구는 마룻바닥 위에 죽어 넘어지면서 썼습니다. 그러나 하고 싶은 말을 다 쓰기도 전에 그의 숨은 끊어졌습니다. 그는 이 말을 쓰려고 했을 겁니다. '우리들은 살해당했습니다.'"
"저도 그렇게 읽었습니다. 그럼 홈즈 선생, 시체에서 자주색 연필을 찾아낼 수가 있겠군요?"
"찾아낼 수 있을 겁니다. 그의 재산은 어떻게 되었는지 궁금하지 않습니까? 분명히 한 푼도 도둑맞지 않았습니다. 그는 아직도 채권을 손에 지니고 있습니다. 그 확증을 잡았습니다.

안전한 장소에 그것을 감춰 놓았다는 것을 경감님도 쉽게 추측할 수 있을 겁니다. 사건이 잠잠해지면, 다시 그것을 꺼내와, 동네 사람들에게는 죄인들이 뉘우치고 훔친 것을 돌려보냈다고 말하거나 또는 그들이 길에 떨어뜨리고 갔다고 말했을 것입니다."
경감이 말했다.
"홈즈 선생, 모든 문제를 완벽하게 해결해 주셨습니다. 하지만 그가 경찰에 신고한 것은 당연한 행동이었으나 어쩌자고 감히 홈즈 선생님께 수사 의뢰를 했는지, 그 점이 의문입니다."
"지나친 자만 때문입니다! 그는 굉장히 영리한 사람이라서 아무도 그의 일에 간섭하지 못하도록 연막을 친 겁니다. 그를 의심하는 이웃 사람들에게 그는 이렇게 말할 수 있습니다. '내가 밟고 있는 절차를 보십시오. 나는 경찰뿐만 아니라, 홈즈 선생님에게도 수사 의뢰를 요청하고 있습니다'라고요."
경감은 웃음을 터뜨렸다.
"홈즈 선생, 이 사건은 내가 기억하는 한 가장 지능적인 사건입니다."
그로부터 이틀 뒤 홈즈는 주간지 〈노스 서레이 업저버〉 한 부를 내게 던져 주었다. 신문에는 '정박소의 공포'로 시작해서 '경찰 수사의 눈부신 성과'로 끝난 요란한 제목 아래 사건의 전말에 대한 자세한 기사가 실려 있었다. 무엇보다도 마지막 구절이 볼만했다. 내용은 다음과 같다.

맥키넌 경감의 날카로운 후각은 범죄의 냄새를 감추기 위해 칠한 페인트 냄새 속에서 가스 냄새를 맡아 냈으며, 또한 금고실이 죽음의 방으로 쓰여졌으리라는 대담한 추론을 끌어내었다. 이러한 계속적인 의문들은 마침내 개집으로 교묘하게 위장된 못 쓰는 우물 속에서 시체를 발견하게 됨으로써 결정적인 확증을 잡았다. 이 사건의 해결로 경찰의 수사력은 영국 범죄사상 찬란한 금자탑을 세워 놓았다.

"맥키넌은 훌륭한 친구이네." 홈즈가 너그럽게 웃으며 말했다. "왓슨, 이 신문을 기록 보관철에 잘 철해 놓게. 언젠가 진실을 말할 날이 오겠지."

Shoscombe Old Place
쇼스컴 장원

 셜록 홈즈는 오랜 시간 현미경을 들여다보고 있었다. 한참 만에 그는 몸을 일으키더니 의기양양한 얼굴로 나를 쳐다보았다.
 "아교가 나왔어, 왓슨. 틀림없이 아교야. 자, 이것을 좀 들여다보게."
 나는 고개를 숙여 눈의 초점을 렌즈에 맞췄다.
 "그 솜털은 트위드 코트에서 나온 실이고, 두루뭉수리 뭉쳐 있는 잿빛 덩어리는 먼지일세. 왼쪽에 바늘 같은 게 묻어 있지? 그 가운데 갈색 얼룩이 있는데 잘 보게. 틀림없이 아교가 아닌가?"
 "그렇군." 나는 웃으며 말했다. "자네 말이 맞네. 그런데 무슨 일이 생겼나?"
 "확실한 증거를 잡았네. 자네도 기억하겠지? 세트판클라스 사건 때 죽은 경관 곁에서 모자가 발견된 것을. 그런데 혐의자로 체포된 사람이 그의 모자가 아니라고 우기고 있네. 그는 액자 만드는 직공으로서 항상 아교를 사용하고 있다네."
 "자네, 이 사건을 맡았나?"

 "아닐세. 경시청에 다니는 친구 메리벨로부터 수사를 도와 달라는 부탁을 받았어. 내가 얼마 전에 소매 끝 솔기에서 아연과 구리의 줄밥을 찾아내어 동전 위조범을 잡은 이후, 경찰에선 현미경의 중요성을 인식하기 시작했지." 홈즈는 조바심을 하며 시계를 들여다보았다.
 "새로운 방문객이 찾아온다고 약속했는데, 아마도 늦는 모양일세. 그런데 왓슨, 자네 경마에 대해서 잘 아나?"
 "알고말고, 연금으로 들어오는 수입의 절반을 경마에 투기하고 있는걸."
 "그럼, 나에게 경마에 대한 기초 지식을 설명해 줄 수 있겠군. 로버트 노버튼 경이란 대체 누군가? 그 이름을 듣고 생각나는 게 없나?"

"그 사람이라면 잘 알지. 그는 쇼스컴 장에 살고 있네. 나의 여름 별장이 그 근처이기 때문에 잘 알고 있어. 노버튼이라면 자네도 알 만한 이름일 텐데."

"어떻게 내가 아나?"

"그는 뉴마켓 히스에서 커즌 거리의 유명한 고리대금업자인 샘 브루어를 말채찍으로 휘갈긴 적이 있었네. 거의 죽을 만큼 심하게 때렸었지."

"대단한 인물이로군! 모든 일을 그런 식으로 처리하는 사람인가?"

"그는 위험한 인물로 정평이 나 있네. 아마 영국에서 가장 용감한 기수일 걸세. 몇 년 전에도 대장애물 경마 대회에서 2등을 했었네. 그는 그 세대 중에서 가장 과도하게 정력을 소모하는 대표적인 인물일 거야. 젊었을 때에는 굉장한 멋쟁이로 이름을 날렸을 뿐 아니라 권투 선수이자 육상 선수이기도 하고 또한 경마에 무모한 투기를 잘하며, 여자와 염문도 많은, 아무튼 이것저것 손 안 대는 게 없지."

"샅샅이 알고 있군, 왓슨! 그만 하면 대강 짐작할 수 있네. 자, 이젠 쇼스컴 장에 대해 이야기 좀 해 주게."

"그 저택은 쇼스컴 영지 한가운데 서 있는데, 그곳에는 유명한 쇼스컴 말 사육장과 경마 훈련장이 있네."

"훈련원의 수석 조련사가 존 메이슨이지?"

홈즈가 불쑥 말했다. "왓슨! 내가 너무 잘 안다고 해서 놀라지 말게. 지금 펼쳐들고 있는 이 편지가 바로 그에게서 온 것일세. 쇼스컴에 대해서 알고 싶은 게 많으니 좀더 자세히 이야기해 주지 않겠나."

"쇼스컴 스패니얼이 유명하지. 자네도 개 전시회 때 이름을 들어 본 적이 있을 걸세. 영국에 있는 유일한 혈통이지. 그 개들은 쇼스컴 저택 귀부인의 대단한 자랑거리라네."

"로버트 노버튼 경의 부인인가?"

"로버트 경은 총각이야. 내가 보기에 그는 결혼할 타입이 아니야. 그는 홀로 된 누님인 베아트리스 펄더 부인과 함께 살고 있어."

"그녀가 남동생 집에 와서 사는 건가?"

"아닐세. 장원은 그녀의 죽은 남편인 제임스 경의 소유였어. 노버튼하고는 아무 상관이 없지. 그러나 장원은 종신 소유 재산이기 때문에 부인이 죽은 뒤에는 동생의 소유가 될 걸세. 그녀의 수입은 해마다 받는 소작료에 의존하고 있네."

"동생인 로버트 경이 그 돈을 다 낭비하겠군."

"그 추측이 맞을 걸세. 그는 악독한 사람이어서 누님의 생활도 망쳐 놓았을 거야. 그런데도 그녀는 동생에게 아주 잘한다는군. 그런데 쇼스컴에서 무슨 일이라도 일어났나?"

"그냥 좀 알고 싶어서 그러는 걸세. 아, 마침 자세한 것을 설명해 줄 방문객이 오는 모양일세."

문이 열리고 심부름꾼이 웬 사람을 데리고 들어왔다. 키가 크고 면도를 말끔히 했으며, 말이나 혹은 소년들을 감독하는 사람들에게서 볼 수 있는 근엄하고 굳은 표정을 한 남자였다. 존 메이슨은 그 자신에게도 엄격한 것 같았다. 그는 침착하게 인사를 하더니 홈즈가 가리키는 의자에 앉았다.

"홈즈 선생, 제 편지를 받으셨습니까?"

"네, 그런데 아무런 설명도 씌어 있지 않더군요."

"곤란한 문제라서 편지에다 자세한 내용을 쓸 수가 없었습니다. 그리고 이 문제는 이루 말할 수 없이 복잡합니다. 그래서 직접 찾아뵙고 말씀드리려고 찾아온 겁니다."

"그렇다면 어련히 잘 알아서 처리한 행동이겠습니까?"

"홈즈 선생, 무엇보다도 저의 주인인 로버트 경이 미친 것 같습니다."

홈즈는 눈썹을 치켜떴다.

"여기는 베이커 거리이지, 힐 거리가 아닙니다. 그런데 무슨 근거로 그렇게 단정 내리시는 겁니까?"

"홈즈 선생, 사람이란 누구나 한 번쯤은 이상한 행동을 할 수 있습니다. 그러나 두 번 계속하게 되면 거기엔 어떤 까닭이 있기 마련입니다. 하물며 그의 모든 행동이 다 이상한데 어찌 놀라지 않을 수 있겠습니까? 쇼스컴 프린스와 더비 경마 대회가 그의 머리를 돌게 만든 것 같습니다."

"프린스는 말의 이름입니까?"

"네, 그렇습니다. 영국에서 가장 훌륭한 말이지요. 나로서는 그보다 더 좋은 말은 없으리라고 생각합니다. 그럼, 모든 걸 솔직하게 털어놓겠습니다. 선생은 신사이시니까 소문을 내지는 않으시겠지요? 로버트 경은 이번 더비 경마 대회에서 꼭 우승을 해야 합니다. 그는 여기에 목숨을 걸고 있으며, 또한 이번 대회가 그의 마지막 기회입니다. 그는 이번 경기를 위해 막대한 돈을 빌렸습니다. 굉장히 불리한 조건으로 꾼 돈이라 40파운드를 빌리면 갚을 때는 100파운드를 돌려주어야 하는 엄청난 고리대금입니다."

"그렇게 훌륭한 말이라면 경기에 이길 승산이 클 텐데, 돈을 빌리기가 그렇게 힘이 듭니까?"

"사람들은 프린스가 얼마나 뛰어난 경마인 줄 모르고 있습니다. 로버트 경은 경주마의 염탐에 귀신 같습니다. 프린스에게는 배다른 동생이 있는데 그들 둘은 거의 구별할 수 없을 만큼 똑같습니다. 그러나 질주를 시켜 보면 1펄롱에 2마신(馬身) 차이가 납니다. 로버트 경은 그 두 마리 말을 교묘히 이용하고 있습니다. 그는 하루 종일 말과 경마에만 온 신경을 쏟고 있습니다. 그의 온 인생은 이번 경기에 달려 있습니다. 그는 경기 대회 때까지만은 빚 독촉을 받지 않을 수가 있습니다. 그러나 만약 프린스가 경기에서 진다면 그의 인생을 끝장입니다."
"필사적인 도박이로군요. 그런데 어떤 점에서 미친 것 같습니까?"
"무엇보다도 그의 모습을 보면 단번에 알 수 있습니다. 그는 밤에도 거의 잠을 안 자고 하루 종일 마구간에서 살다시피 합니다. 눈은 사납게 번득이고, 신경은 병적으로 날카로워졌습니다. 그리고 베아트리스 부인에 대한 그의 태도도 그렇게 달라졌을 수가 없습니다."
"아니, 뭐라구요?"
"그들 남매는 언제나 사이가 좋았습니다. 취미도 같아서 그녀는 동생과 마찬가지로 말을 사랑했습니다. 날마다 같은 시간에 그녀는 말을 보러 왔습니다. 특히 그녀는 프린스를 가장 귀여워했습니다. 프린스는 마차 소리를 들으면 벌써 귀를 쫑긋 세우고 나와 그녀가 주는 설탕을 받아먹었습니다. 그런데 지금은 모든 것이 끝장났습니다."
"아니, 왜요?"
"그녀는 이제 말에 대한 관심이 없어졌나 봅니다. 벌써 1주일째 그녀는 마구간을 그냥 지나치며, 전처럼 프린스에게 사랑스러운 아침 인사를 보내 주지 않습니다."
"로버트 경과 싸운 게 아닙니까?"
"아마도 굉장히 격렬하게 싸운 모양입니다. 그렇지 않다면 그가 무슨 마음으로, 그녀가 친자식처럼 애지중지하는 스패니얼을 다른 사람에게 줘버리겠습니까? 그는 며칠 전에 집에서 5킬로쯤 떨어진 클렌돌의 그린 드래곤 여관 주인 바네스에게 그 개를 주었습니다."

"그거 참, 이상한 일이군요."

"그녀는 심장이 약하고 또 수전증이 있어 바깥에 오래 나가 있지 못합니다. 그래서 그는 매일 저녁 두 시간씩 하루도 빠짐없이 누님의 방에서 함께 시간을 보냈었습니다. 그녀는 동생에게 끔찍이 잘 해 주었기 때문에, 그는 누님을 위한 일이라면 무엇이든지 다 했습니다. 그러나 이젠 모든 것이 달라졌습니다. 로버트 경은 누님 곁에 가까이 가지도 않습니다. 그녀는 몹시 마음 아파하고 있으며, 부루퉁하여 술만 마시고 있지요. 홈즈 선생, 글쎄 물고기처럼 술만 홀짝홀짝 마시고 있는 겁니다."

"동생과 사이가 좋을 때에도 그녀는 술을 마셨습니까?"

"네, 한 잔씩 들었습니다. 그러나 요즈음은 저녁마다 한 병씩 마십니다. 홈즈 선생, 무언가 불길한 일이 생긴 것 같습니다. 무엇하러 주인은 밤중에 다 쓰러져 가는 교회 지하실에 내려가는 걸까요? 대체 그곳에서 누구와 만나는지 모르겠습니다."

홈즈는 두 손을 비볐다.

"말씀을 계속하십시오, 메이슨 씨. 이야기가 점점 흥미로워지는 것 같습니다."

"주인이 밖에 나가는 것을 처음 본 사람은 하인 우두머리였습니다. 한밤중 12시에 비가 몹시 쏟아지는데 그가 밖으로 나가더랍니다. 다음날 밤 저는 잠을 자지 않고 깨어 있었는데, 그는 또다시 밖으로 나갔습니다. 스테폰스와 저는 그의 뒤를 쫓아갔습니다. 그러나 그것은 쉬운 일이 아니었습니다. 우리가 그의 뒤를 밟고 있는 것을 들키면 큰일이기 때문입니다. 한번 화가 나면 그는 아무에게나 주먹을 휘두르는 무서운 분입니다. 그러므로 겁이 나서 가까이 쫓아가지는 못했지만, 일정한 거리를 두고 그의 뒤를 몰래 밟았습니다. 그가 나아가고 있는 곳은 유령이 나온다는 소문이 있는 교회의 지하 납골당이었습니다. 그리고 그곳에서 한 사람이 그를 기다리고 있었습니다."
"귀신이 나오는 지하 납골당이라니, 그게 어떤 곳입니까?"
"쇼스컴 장에는 오래되어 황폐한 교회가 있습니다. 너무 오래되어서 아무도 정확한 건축 연대를 모르고 있지요. 교회 아래에는 귀신이 나온다는 소문이 있는 지하실이 있습니다. 그곳은 낮에도 깜깜하고 습기 차 아무도 그곳에 가려고 하지 않습니다. 하물며 밤중에 그곳에 들어갈 만한 용기를 가진 사람은 우리 마을에는 하나도 없을 겁니다. 그러나 주인은 겁이 없습니다. 그는 이 세상에서 무서워하는 게 하나도 없습니다. 그렇지만 한밤중에 그곳에 무엇을 하려고 들어가는지 모르겠습니다."
"잠깐만!" 홈즈가 말했다. "그곳에 또 한 사람이 있었다고 했는데, 그는 집안 하인 가운데 하나가 아닐까요? 얼핏 보았기 때문에 그를 못 알아본 거겠지요."
"아닙니다. 처음 보는 사람이었습니다."
"어떻게 그걸 확신할 수 있습니까?"
"홈즈 선생, 그의 모습을 똑똑히 보았습니다. 둘째 날 밤이었습니다. 로버트 경은 돌아서서 우리 곁에 지나갔습니다. 스테폰스와 저는 달빛 때문에 들킬까봐 토끼새끼처럼 덤불 속에서 부들부들 떨고 있었습니다. 그의 뒤에서 움직이는 또 한 사람의 소리가 들렸습니다. 로버트 경이 지나가자, 우리는 용기를 내어 덤불 속에서 나와 마치 달빛 속을 산책하는 사람처럼 유유히 그에게로 다가갔습니다. '안녕하십니까? 그런데 댁은 누구십니까?' 제가 물었습니다. 그는 우리가 다가오는 소리를 못 들었던 모양입니다. 그는 얼굴을 홱 돌려 뒤를 돌아보더니 마치 지옥에서 나온 악마라도 본 것처럼 냅다 소리를 지르며 걸음아 나 살려라 하고 어둠 속으로 달아났습니다.

잠시 뒤 그의 모습도 소리도 사라져 그가 누구인지, 또 무엇 때문에 거기 있었는지 도무지 알 수가 없었습니다."

"달빛 아래라 그의 얼굴을 똑똑히 볼 수 있었겠군요."

"네, 얼굴이 노오란 게 초라한 행색이었습니다. 그와 로버트 경은 무슨 관련이 있는 것 같습니다."

홈즈는 생각에 잠겨 멍하니 앉아 있었다. 마침내 홈즈가 물었다.

"베아트리스 부인의 시중은 누가 듭니까?"

"하녀인 캐리 에번스가 보살핍니다. 그녀는 5년 가까이나 부인을 모셔 왔습니다."

"그녀는 부인에게 충실합니까?"

메이슨 씨는 우물쭈물 얼버무렸다.

"아주 헌신적이었습니다. 그러나 누구에게 헌신적이었느냐는 질문은 하지 말아 주십시오."

"호!" 홈즈가 외쳤다.

"이런 이야기는 함부로 지껄일 수가 없습니다."

"잘 알겠습니다. 메이슨 씨. 상황을 충분히 짐작하겠습니다. 왓슨 박사로부터 이야기를 들어서 어떤 여자도 그 앞에서는 무사할 수 없다는 것을 알고 있습니다. 그 일 때문에 남매 사이에 싸움이 일어난 건 아닙니까?"

"그들의 스캔들은 오래 전부터 알려진 사실입니다."

"그러나 베아트리스 부인만 모를 수도 있습니다. 그녀가 갑자기 그 사실을 알았다고 가정해 봅시다. 그녀는 하녀를 내쫓으려고 할 것입니다. 그러나 동생이 반대하겠지요. 심장이 약하고 또 잘 걷지도 못하는 환자인 그녀는 동생과 강경하게 맞싸울 수도 없을 겁니다. 보기 싫은 하녀가 아직도 그녀 곁에 있으니, 부인은 말도 안하고 부루퉁해서 애꿎은 술만 마실 수밖에요. 화가 난 로버트 경은 그녀의 애완견을 빼앗아 남에게 주어 버렸습니다. 이렇게 모든 일이 연결되지 않습니까?"
"그렇게 생각할 수도 있습니다. 그러나……."
"그 일이 교회 지하실에 가는 것과 무슨 관련이 있느냐 말씀이지요? 네, 아직은 성급한 속단을 내릴 수 없습니다."
"그렇습니다, 홈즈 선생. 그것말고도 수상한 일이 또 있습니다. 로버트 경은 왜 죽은 사람의 시체를 파냅니까?"
홈즈는 놀라 자리에서 일어났다.
"바로 어제 선생님께 편지를 쓰고 난 뒤였습니다. 로버트 경은 런던에 갔었습니다. 그래서 스테폰스와 저는 교회 지하실에 내려가 보았습니다. 모든 것은 잘 정돈되어 있었으나 한쪽 구석에 사람의 뼈다귀가 쌓여 있었습니다."
"물론 경찰에 신고하셨겠지요?"
방문객은 음침하게 웃었다.
"선생, 이 문제는 경찰에서도 별 흥미가 없을 겁니다. 그것은 미이라의 해골과 몇 개의 뼈뿐이었습니다. 한 천 년 묵은 미이라 같았습니다. 맹세코 말씀드리지만, 전에는 그곳에 아무것도 없었습니다. 그것은 차곡차곡 챙겨져, 나무 널빤지로 덮어 놓았던 것입니다. 전에 그 구석은 언제나 비어 있었습니다."
"거기에 손을 대었습니까?"
"아닙니다. 그대로 두었습니다."
"잘 하셨습니다. 로버트 경은 외출했다고 했는데, 언제쯤 돌아옵니까?"
"오늘 돌아올 것 같습니다."
"로버트 경은 언제 스패니얼을 남에게 주었습니까?"
"꼭 1주일 전이었습니다. 그날따라 개가 유난히 짖었고 로버트 경은 아침부터 기분이 몹시 언짢은 것 같았습니다. 처음에 저는 그가 개를 집어 올리기에 개를 죽이려는 줄 알았습니다. 그러나 그는 기수인 샌디 베인에게 개를 주면서 꼴도 보기 싫으니 그린 드래곤 여관의 바네스에게 줘 버리라고 말했습니다."

홈즈는 얼마 동안 조용히 생각에 잠겨 앉아 있었다. 그는 아주 오래 된 독한 파이프를 입에 물고 있었다.

"메이슨 씨, 나로서는 무슨 이야기인지 도무지 핵심을 잡을 수가 없군요. 좀더 조리 있게 차근차근 말씀해 주십시오."

"이것을 보면 알게 될 겁니다, 홈즈 선생." 방문객이 말했다.

그는 주머니에서 종이뭉치를 꺼내더니 조심스럽게 풀었다. 뜻밖에도 새까맣게 탄 뼛조각이 나왔다. 홈즈는 비상한 관심을 가지고 들여다보았다.

"어디서 났습니까?"

"베아트리스 부인 방 아래에 있는 지하실 난로 속에서 주웠습니다. 한동안 이 난로는 사용되지 않았는데 로버트 경이 춥다고 불평을 해서 다시 때고 있습니다. 내 친구 허베이가 불을 때는데, 그는 바로 오늘 아침에 난로의 재를 긁어모으다가 이것을 발견했다고 하며 저에게 가지고 왔습니다. 그는 무서워서 보려고도 하지 않았습니다."

"정말 끔찍하군요. 왓슨, 이게 무언지 설명해 주게."

그것은 정말 숯덩이처럼 타서 해부학적인 관찰을 하기가 힘들었다.

"사람의 대퇴골일세."

홈즈의 얼굴은 심각해졌다.

"그래! 그는 언제 난로를 손질합니까?"

"매일 저녁 그 일을 끝마치고 그곳을 떠납니다."

"그렇다면 밤중에 누가 그곳에 내려갈 수도 있겠군요."

"네, 선생님."
"밖에서 직접 지하실로 들어갈 수 있습니까?"
"밖에도 문이 있습니다. 또 다른 문은 계단을 올라가면 베아트리스 부인 방으로 가는 복도와 통합니다."
"메이슨 씨, 깊은 곡절이 있는 것 같습니다. 차라리 추악하다고 말하는 게 옳겠습니다. 로버트 경은 지난밤 집에 없었다고 했지요?"
"네, 안 계셨습니다."
"그렇다면 누가 뼈를 태웠다손치더라도 그는 아니겠군요?"
"저도 그걸 모르겠습니다."
"아까 말씀하신 여관 이름이 뭐라고 하셨지요?"
"그린 드래곤입니다."
"혹 버크셔 부근에 좋은 낚시터가 없습니까?"
정직하기 그지없는 조련사는 홈즈의 뚱딴지 같은 질문에 얼떨떨한 모양이었다.
"네, 냇물에는 송어가 많고 호수에는 곤들매기가 많다는 이야기를 들었습니다."
"그거 참, 잘 되었습니다. 왓슨과 나는 소문난 낚시 광입니다. 그렇지 않나, 왓슨? 앞으론 그린 드래곤 여관으로 소식 전해 주십시오. 오늘 밤 그곳에 도착하겠습니다. 제가 뵙고 싶어 할 때 만날 수 있도록 여관으로 자주 편지 연락을 주시기 바랍니다. 사건을 깊숙이 파헤치기 위해서는 무엇보다도 당신의 도움이 필요합니다."
화창한 5월 저녁, 홈즈와 나는 쇼스컴의 조그만 간이역을 통과하는 1등석 기차를 탔다. 차 안에는 우리 말고는 아무도 없었다. 우리는 기차 선반 위에다 낚싯대, 낚싯줄, 바구니 등을 한 더미 올려놓았다. 역에 내린 뒤 다시 마차로 잠시 달리니 낡은 구식 건물의 여인숙이 나타났다. 운동을 좋아하는 주인 조시아 바네스가 반갑게 우리를 맞아들이더니 우리의 낚시 계획에 열심히 참견하였다.

"홀 호수에서 곤들매기를 잡는 게 어떻겠습니까?"

홈즈가 물었다.

여관 주인의 얼굴이 어두워졌다.

"글쎄요, 아마 힘들 겁니다. 고기를 잡기 전에 먼저 사람부터 잡힌 걸요."

"아니, 뭐라구요?"

"로버트 경 때문입니다. 그는 경주 말 염탐에 무섭도록 신경을 곤두세우고 있습니다. 낯선 두 사람이 그의 경마 훈련장 부근에 얼씬거리는 것을 보게 되면 그는 분명히 선생들을 염탐자로 의심할 것입니다. 로버트 경은 물불을 가리지 않는 성격입니다."

"로버트 경이 더비 경마 대회에 출전할 말을 훈련시키고 있다는 이야기를 들은 적이 있습니다."

"네, 참 좋은 말입니다. 그는 우리의 돈을 몽땅 빌려 경기에 투기했고, 그의 전 재산을 다 걸었습니다. 그런데……."

그는 우리를 의심스러운 눈으로 바라보았다.

"혹시 선생들이 경마장에서 오신 분들은 아니겠지요?"

"아닙니다. 저희는 런던 생활에 지쳐 버크셔의 신선한 공기를 마시러 도시에서 온 여행자입니다."

"그렇다면 여기에 잘 오셨습니다. 이곳은 휴양지로 나무랄 데 없는 곳입니다. 제가 한 말을 언짢게 생각하지 마십시오. 그는 말보다 주먹이 먼저 나가는 그런 사람입니다. 장원 안에만 들어가지 않는다면 관계없습니다."

"바네스 씨, 물론 그렇게 하겠습니다. 그런데 홀에서 캥캥대는 저 개는 상당히 좋은 스패니얼인 것 같군요."

"잘 보셨습니다. 그 개는 쇼스컴 순종입니다. 영국 안에 저 개보다 더 좋은 개는 없을 겁니다."
"저는 개를 굉장히 좋아합니다. 실례되는 질문일지 모르겠으나, 저렇게 훌륭한 개는 얼마나 나갑니까?"
"아마 굉장히 비쌀 겁니다. 이 개는 로버트 경이 제게 준 것입니다. 그래서 목에 줄을 매어 놓았습니다. 끈을 풀어 주면 당장 주인 집으로 도망갈 겁니다."
여관 주인이 방을 나가자 홈즈가 말했다.
"왓슨, 이제 손에 카드를 쥐긴 했는데, 게임을 한다는 건 쉬운 일이 아니야. 그러나 하루 이틀 안으로 결단을 내고 말 걸세. 로버트 경이 아직도 런던에 머무르고 있다고 했지? 그럼, 오늘 밤은 그의 공격을 받을 염려가 없을 테니, 그 침범하기 힘든 장원에 오늘 밤 숨어들어가야 되겠네. 두어 가지 확인해 볼 게 있어."
"대강 계획이 섰나, 홈즈?"
"단지 이것뿐일세. 일주일 전에 쇼스컴 집안에는 남에게 말 못할 깊은 사건이 일어났네. 그게 무슨 일이냐고? 그 뒤에 일어난 일련의 사건들을 보고 추측할 수밖에 없어. 쇼스컴 집안 사람들은 모두 괴상하고 복잡한 성격의 소유자인 것 같아. 그러나 오히려 그 점이 사건을 푸는 데 큰 도움을 주고 있네. 사실 정말로 풀기 힘든 문제는 특색 없고 평범한 사건들이라네. 그 동안의 데이터를 보면, 그는 그 뒤로 사랑하는 병든 누님을 만나지 않고 있네. 그리고 누님의 애지중지하는 개를 남에게 줘버렸어. 누님의 개를 자기 마음대로 말이야! 왓슨, 이상한 점을 못 느끼겠나?"
"별로, 동생이 몹시 심술궂다는 것 말고는."
"글쎄, 그렇게도 생각이 되겠지. 그러나 그렇게 단순한 문제가 아니야. 그들 사이에 정말 싸움이 있었다면, 그때부터 상황을 잘 살펴보도록 하세. 부인은 전과 다름없이 그녀의 방에서 묵고 있으나 습관이 달라졌어. 하녀와 같이 마차를 타고 바람을 쏘이나 전처럼 마구간에 들러 그녀가 가장 귀여워하는 프린스를 쓰다듬어 주지도 않네. 그리고 혼자서 술만 홀짝홀짝 마시고 있어. 이것은 사건을 은폐하기 위한 위장이야. 그렇게 생각되지 않나?"
"교회 지하실에서 일어난 일은 어떻게 하고?"
"그 문제는 따로 생각해야 되네. 사건은 두 가지 관점으로 나누어지는데, 이 두 가지를 뒤섞어서 생각하지 말게. 첫째는 베아트리스 부인에 관한 건데, 그녀의 행동은 종잡을 수 없는 악의 냄새를 풍기고 있네. 그렇지 않나?"
"나는 도무지 모르겠는데……."
"그래? 두 번째 문제는 로버트 경에 관한 거야. 그는 더비 경마 대회에서 우승하려고 혈안이 되어 있어. 그는 유대인 고리대금업자 손아귀에 붙잡혀 있기 때문에 여차하면 그의 재산은 경매에 붙여질 것이고, 경주용 마구간도 채권자 손에 넘어갈 걸세. 그는 대담하고 무모한 사람이야. 그리고 지금으로서는 누님의 수입에만 의존하고 있어. 누님의 하녀는 그의 충실한 끄나풀일세. 이제 좀 알 만한가?"
"그런데 지하 납골당 사건은?"
"그래, 지하 납골당! 왓슨, 생각 좀 해보세. 하지만 이건 단지 추악한 추측일 뿐이야. 논증을 필요로 하는 가설에 불과하지. 로버트 경은 그의 누님을 살해했네."
"홈즈, 그런 끔찍한 말을 함부로 하다니!"
"아니야, 왓슨, 가능한 일이야. 로버트 경이 혈통 좋은 가문의 출신이라는 것은 알고 있어. 그러나 우리는 때때로 독수리 무리에서 검은 매를 발견할 때가 있네. 자, 이제 이 추측에 대한 논증을 해 보이겠네. 그는 돈을 얻기 전에는 이곳을 떠나지 않을 걸세. 그런데 그 돈은 쇼스컴의 프린스가 경마 대회에서 우승을 해야만 벌어들일 수 있어. 그런 이유 때문에 그는 아직도 이곳에 머무르고 있는 걸세. 그러기 위해서 그는 시체를 처치해야 했고, 또 그녀로 분장시킬 대리인을 찾아야만 했네. 하녀는 그의 신임이 두터워서 별문제가 없었을 걸세. 그래서 그녀의 시체는 사람이 드나들지 않는 교회 지하실로 옮겨 놓았고, 우리가 이미 그 증거를 보았듯이 밤중에 난로에다 몰래 태워 버렸네. 왓슨, 이의가 있으면 말해 보게."
"무엇보다도 자네의 가설이 진실이라는 것을 증명해야 되네."
"왓슨, 그 확증을 잡기 위해서 내일 시험해 볼 일이 있네. 그동안 우리는 그에 대한 소문을 알아보기로 하세. 여관 주인과 술을 나누면서 뱀장어나 황어류에 대한 낚시 이야기를 하면, 그는 기분이 좋아 신나게 떠들 거야. 그렇게 되면 로버트 경 주변에 대한 동네 소문을 한바탕 지껄일 걸세."

이튿날 아침, 홈즈는 낚시를 하려고 해놓고 미끼를 안가져온 것을 깨달았다. 11시쯤 우리는 산책을 하러 나갔다. 그때 그는 주인의 양해를 얻어 검정 스패니얼을 데리고 갔다.

"이곳이 그 장소야." 앞에 우뚝 서 있는 독수리 문장이 새겨진 두 개의 높은 문을 향해 걸어가면서 홈즈가 말했다. "바네스 씨가 이야기한 바에 의하면, 늙은 부인은 정오경에 마차로 드라이브를 한다는데, 문이 열릴 동안 마차는 속력을 줄여 천천히 내려올 걸세. 그때가 되면 다시 마차가 속력을 내기 전에 마부를 멈추게 하여 그에게 몇 마디 물어 보게. 내 걱정은 하지 말게. 덤불에 숨어서 모든 것을 지켜보겠네."

별로 오래 기다리지 않았다. 5분 뒤에 멋진 두 마리의 잿빛 말이 경쾌하게 끄는 노란색 사륜마차가 찻길을 내려오고 있었다. 홈즈는 개와 함께 덤불에 숨었다. 나는 유유히 지팡이를 흔들면서 길 가운데에 서 있었다. 문지기가 뛰어나와 문을 열었다.

마차는 천천히 움직이고 있어서, 나는 마차에 탄 사람을 자세히 볼 수 있었다. 금발의 혈색 좋은 여자가 거만한 표정을 지은 채 왼쪽에 앉아 있었고, 오른쪽에는 환자인 듯한 등이 굽은 노인이 얼굴과 어깨에 아무렇게나 숄을 두르고 있었다. 마차가 큰길로 나오자 나는 위풍당당한 몸짓으로 손을 들었다. 마부가 마차를 멈추자 나는 그에게 로버트 경이 쇼스컴 저택에 계시냐고 물어 보았다.

바로 그때 홈즈가 숲 속에서 나오면서 개끈을 풀었다. 개는 즐거운 환호성을 지르며 마차 있는 데로 쏜살같이 달려가더니 마차 위로 껑충 뛰어올랐다. 그 순간 반가와 날뛰던 개는 갑자기 무서운 분노를 일으키더니 검정 스커트 자락을 물어뜯었다.

"마차를 달리게! 속력을 내!"

마부는 말을 세게 내리쳤고, 우리는 길가에 그대로 서 있었다.

"잘 했네, 왓슨. 일은 끝났어." 홈즈는 날뛰는 스패니얼의 목에 고리를 매면서 말했다. "이 개는 그의 여주인인 줄 알고 반가워했는데 가까이 가서 보고는 낯선 사람이라는 것을 알았네. 개는 절대로 사람을 잘못 보는 법이 없어."

"목소리도 남자 목소리였어!"

나도 흥분해 외쳤다.

"맞았어! 이제 손에 또 한 장의 카드를 쥐게 되었네. 하지만, 왓슨, 여전히 조심해서 게임을 진행시켜야 하네."

그날 홈즈는 더 이상의 계획이 없는 것 같았다. 그래서 우리는 시냇가에 나가 낚시질을 했다. 덕분에 저녁 식사 때에는 훌륭한 송어 요리를 먹을 수 있었다. 식사 뒤 홈즈는 새로운 행동을 개시할 신호를 하였다. 또다시 우리는 영지 정문으로 가는 아침에 나갔던 그 길목에 접어들었다. 런던에서 만났던 키가 크고 얼굴이 검은 조련사 존

메이슨 씨가 우리를 기다리고 있었다.
"안녕하셨습니까? 홈즈 선생의 쪽지를 받고 나왔습니다. 로버트 경은 아직 돌아오지 않았으나 오늘 밤에 돌아온다는 이야기를 들었습니다."
"집에서 교회까지는 멉니까?"
홈즈가 물었다.
"400미터쯤 됩니다."
"그러면 우리 모두 함께 지금 그곳으로 갔으면 좋겠는데——"
"홈즈 선생, 저는 선생님과 함께 있을 수 없습니다. 로버트 경이 도착하자마자 나를 불러 쇼스컴 프린스에 대한 상태를 물어 볼 것입니다."
"알겠습니다. 메이슨 씨. 당신 없이도 일할 수 있으니 지하실 있는 데까지만 우리를 안내해 주고 돌아가십시오."
달도 없는 캄캄한 밤이었으나, 메이슨 씨는 숲 속을 이리저리 잘도 헤치고 나갔다. 마침내 앞에 시커먼 건물 형태가 어렴풋이 나타났다. 우리는 한때 포치였던 것으로 보이는 부서진 틈으로 기어들어갔다. 안내자는 푸석푸석한 벽돌 더미를 손으로 더듬더니 구석에 있는 것을 찾아내었다. 그곳에는 지하실로 내려가는 가파른 계단이 있었다. 성냥을 그어 음침한 장소를 비춰 보았다. 퀴퀴한 냄새가 나는 게 금방이라도 귀신이 뛰쳐나올 듯 무시무시했으며, 거칠게 쌓은 돌벽은 다 바스러졌고, 바닥에는 한 무더기의 석관과 납관들이 줄지어 늘어서 있었다. 둥근 아치 형태를 그리는 조각된 관 뚜껑이 우리의 머리 위로 길게 그림자를 드리우고 있었다. 홈즈는 등에 불을 붙였다. 생생한 노란 터널 같은 불빛이 으스스한 광경을 환하게 드러내 보였다. 불빛이 관에 붙은 금속 폿말에 반사되어 광채를 내었다. 관들은 오랜 가문의 문장인 독수리 조각과 화관으로 조각되어 있어 죽은 뒤에도 집안의 명예를 가슴에 안고 있었다.
"메이슨 씨, 이곳에서 해골을 보셨다고 했는데, 그곳이 어딥니까?"
"바로 이 구석입니다."
조련사가 그쪽으로 성큼성큼 걸어갔다. 우리가 그곳으로 불을 비추자 그는 놀라서 아무 말도 못하고 장승같이 우뚝 섰다.
"없어졌습니다."
그가 말했다.
"예상한 바입니다." 홈즈가 껄껄 웃으며 말했다. "이미 그 뼈는 다 타서 난로 속에서 재로 발견되지 않았습니까?"
"맙소사, 천년 전에 죽은 사람의 뼈를 태워 어쩌자는 걸까요?"
메이슨이 물었다.
"우리가 온 건 그걸 조사하기 위해서입니다. 그 일은 시간이 좀 걸릴 것 같으니, 당신을 붙들지 못하겠습니다. 그러나 아침이 되기 전에는 사건을 매듭지어 놓겠습니다."
조련사가 떠나자, 홈즈는 조심스레 무덤들을 훑어보기 시작했다. 가장 연대가 오래 된 것은 색슨 시대로부터 노르만 시대를 거쳐서 18세기까지 이어져 내려오고 있었다. 거의 한 시간 이상 무덤을 조사한 뒤 홈즈는 지하 납골당 입구에 있는 납관 앞에 섰다. 나는 홈즈가 만족해서 혼자 조그맣게 부르짖는 소리를 들었다. 서두르는 그의 의미심장한 몸짓을 보니 분명한 해결의 실마리를 잡은 모양이었다. 렌즈를 꺼내더니 그는 무거운 관 뚜껑을 면밀히 살펴보았다. 그런 다음 그는 주머니에서 조립식 지레와 상자 뚜껑 따개를 꺼내어 관의 갈라진 틈에 집어넣고 지렛대를 눌렀다. 관은 두 개의 걸쇠로 못질을 했기 때문에 쉽게 빠개지면서 뚜껑이 열렸다. 그러나 관 속의 내용물을 채 볼 겨를도 없이 우리는 뜻밖의 방해를 받았다.

누군가가 교회 위를 걸어오고 있었다. 확고하고 빠른 발걸음이 뚜렷한 목적이 있어 이곳을 찾아온 모양으로, 이 지점을 환히 알고 있는 듯했다. 불빛이 계단을 비추더니 잠시 뒤 등을 손에 든 사람이 고딕식 아치 길에 모습을 나타내었다. 그의 형상은 무시무시했다. 몸집도 컸지만 태도 또한 거칠기 짝이 없었다. 그가 들고 있는 마구간용 등불로 억센 근육, 수염으로 텁수룩한 턱, 그리고 성난 눈매가 드러났다. 그는 구석구석 눈을 부라리며 훑어보더니 마침내 무서운 눈으로 홈즈와 나를 노려보았다.

"대체 당신들은 누구요?" 그가 소리를 냅다 질렀다. "남의 사유지에 들어와 무슨 짓을 하는 거요?"

홈즈가 아무런 대답도 하지 않자 그는 두어 발자국 앞으로 나오더니 가지고 온 무거운 지팡이를 들어올렸다.

"내 말이 안 들려? 당신들은 누군데 여기 와서 무슨 짓을 하는 거야?"

그의 곤봉은 공중에서 부르르 흔들렸다.

홈즈는 눈썹 하나 까닥하지 않고 당당하게 그의 앞으로 나갔다.

"로버트 경, 나야말로 묻고 싶은 게 있습니다." 홈즈는 단호한 목소리로 말했다. "이 사람은 누구입니까? 그리고 여기에 무엇 하러 나타나셨습니까?"

홈즈는 돌아서서 뒤에 있는 관 뚜껑을 젖혔다. 머리부터 발끝까지 한 장의 시트로 감싼 시체의 모습이 드러났다. 시트를 들추니 마녀 같은 용모에 코와 턱이 튀어나왔으며, 변색되어 바스러진 얼굴에서 흐릿하게 번득이는 눈이 우리를 노려보고 있었다.

남작은 외마디 소리를 지르며 뒤로 물러서더니, 석관에 간신히 몸을 기대었다.

"어떻게 알았습니까? 그래 어쩌자는 겁니까?"

그는 놀라서 외쳤으나, 그 난폭한 태도는 여전하였다.
"내 이름은 셜록 홈즈입니다. 남작께서도 저를 이미 알고 있으리라고 믿습니다. 저의 직업은 선량한 시민의 보호자로서 법을 준수하도록 만드는 일입니다. 남작이야말로 제게 할 말이 많은 겁니다."
로버트 경은 잠시 우리를 노려보았다. 그러나 홈즈의 조용하면서도 차가운 태도가 그의 생각을 변하게 만든 것이 확실했다.
"홈즈 선생, 하느님께 맹세코 말하지만 나쁜 짓은 하지 않았습니다. 모든 형세가 저에게 불리한 방향으로 되어 갔습니다. 저도 시인합니다. 그러나 달리 어쩔 도리가 없었습니다."
"물론 사정이 있으셨겠지요. 그러나 변명은 경찰 앞에서 하십시오."
로버트 경은 그의 넓은 어깨를 움찔거렸다.
"정 그러시다면 집에 함께 들어가서 진상을 규명하시기 바랍니다."
15분 뒤에 우리는 반들반들하게 닦은 총신들이 유리 상자 안에 진열된 총기실인 듯한 방으로 안내되었다. 방은 훌륭하게 장식되어 있었다. 로버트 경은 우리를 방에 남겨 놓고 혼자 나갔다. 그는 곧 두 사람을 데리고 들어왔다. 한 사람은 아침에 마차에서 보았던 혈색 좋은 젊은 여자였고, 또 한 사람은 조그만 생쥐처럼 생긴 남자로 기분 나쁘게 슬금슬금 눈치만 살피고 있었다. 두 사람 다 몹시 당황한 표정을 짓고 있는 것을 보니, 남작이 그들에게 아무런 설명도 하지 않고 다짜고짜 데리고 온 모양이었다.
로버트 경이 손을 흔들며 말했다.
"이분들은 노레트 부부입니다. 노레트 부인의 처녀 때 이름은 에번스로 우리 누님의 충성스러운 하녀로서 오랫동안 일해 왔습니다. 내가 이 부부를 데리고 온 것은, 선생께 실증을 보여 드리기 위해서입니다. 이 두 사람이 나의 계획을 실연해 준 사람들입니다."

여자가 외쳤다.
"남작님, 그런 말씀을 해도 괜찮습니까? 지금 무슨 말을 하고 계신 줄 알고 계세요?"
"저에겐 아무 죄가 없습니다."
그녀의 남편이 말했다.
로버트 경은 그를 멸시하는 눈으로 쳐다보았다.
"모든 책임은 내가 지겠네. 자, 홈즈 선생. 진상을 들어 주시기 바랍니다. 그런데 모든 걸 다 알고 계시는 것 같아서 어디서부터 서두를 꺼내야 좋을지 모르겠습니다. 이미 알고 계시겠지만, 저는 더비 경마 대회에 출전할 다크 호스를 가지고 있습니다. 저의 앞날은 이 말에 달려 있습니다. 이기게 되면 모든 일은 순조로와질 것이나, 지게 되면…… 아, 생각조차 하기 괴롭습니다!"
"잘, 알겠습니다."
홈즈가 말했다.
"저는 베아트리스 누님에게 모든 것을 의존하고 있습니다. 알려져 있듯이, 이 장원에서 얻어지는 수확이 누님의 유일한 수입원입니다. 그런데 저는 유대인의 빚더미에 앉아 있습니다. 만약 누님이 돌아가시게 되면 채권자들이 벌떼처럼 달려들 것은 뻔한 일입니다. 모든 재산은 차압당할 겁니다. 마구간도 내 말들도…… 내가 가진 것 모두를, 그런데 홈즈 선생, 누님은 그만 일주일 전에 돌아가셨습니다."
"그런데도 어째서 그 사실을 아무에게도 알리지 않았지요?"
"어떻게 알릴 수 있겠습니까? 그렇게 되면 저는 완전히 파멸입니다. 그러나 3주일만 모면하면 모든 일은 잘 될 수 있습니다. 누님의 하녀 남편은——바로 이 사람입니다——배우 노릇을 했습니다. 그 생각이 우리 머리에 떠올랐습니다. 아니, 제 머리에 떠올랐습니다. 그가 짧은 기간 동안 누님의 행세를 하기로 말입니다. 하녀 외에는 누구도 누님의 방에 드나들 수 없기 때문에 매일같이 마차를 타고 모습을 보이는 것 외에는 나타날 필요가 없었습니다. 그것은 그리 힘든 일이 아니었습니다. 누님은 오랫동안 고생하시던 수전증으로 돌아가셨습니다."
"그것은 검시관이 결정할 문제입니다."
"의사도 증세가 심해 몇 달밖에 못 사실 거라고 이야기했습니다."
"그래요? 그럼, 시체는 어떻게 처치하셨습니까?"
"이곳에 그대로 내버려 둘 수는 없었습니다. 첫날 밤, 노레트와 저는 지금은 사용하지 않는 우물이 있는 헛간에다 시체를 옮겼습니다. 그런데 생전에 누님을 몹시 따르던 스패니얼이 따라와 문에서 계속 짖어 댔습니다. 그래서 좀더 안전한 곳으로 옮겨야 했습니다. 할 수 없이 개를 남에게 줘 버리고는 시체는 교회당 지하 납골당으로 옮겼습니다. 홈즈 선생, 이것은 불손한 행위가 아닙니다. 저는 죽은 사람에 대해 잘못을 저질렀다고는 생각하지 않습니다."
"당신의 행위는 변명할 여지가 없습니다, 로버트 경."
남작은 성급하게 머리를 흔들었다.
"남을 설교하기는 쉽습니다. 선생도 제 입장에 서게 되면 그런 말은 못하실 겁니다. 선생이라면 모든 희망과 모든 계획이 마지막 순간에 가서 산산이 부서져 버리는 것을 가만히 앉아서 바라보기만 하겠습니까? 저는 누님의 시신을 신성한 곳에 누워 있는 매형의 조상님들 가운데 한 분의 관 속에 잠시 보관시키기로 했습니다. 그곳은 고인의 명예에 조금도 손상이 가지 않는 휴식처라고 생각합니다. 우리는 관을 열어 내용물을 꺼낸 뒤 선생이 보신 바와 같이 누님의 시체를 넣었습니다. 꺼낸 유골은 그대로 지하실 바닥에 둘 수가 없어서 노레트와 저는 집으로 가지고 와서 밤중에 난로에다 태왔습니다. 이제 제 이야기는 끝났습니다. 하지만 홈즈 선생께서 어떻게 제 이야기를 받아들이느냐가 문제입니다."

홈즈는 한동안 생각에 잠겨 앉아 있었다.

"로버트 경, 하신 말씀 중에 한 가지 납득할 수 없는 점이 있습니다. 경마 대회에 투기를 하셨다고 했는데, 그렇다면 채권자가 재산을 몰수해도 앞으로 경마에 우승하면 돈을 벌게 될 게 아닙니까?"

"말도 재산의 일부입니다. 그리고 그들이 경마 대회를 고려해 줄 것 같습니까? 그들은 그런 종류의 인간들이 아닙니다. 불행하게도 저에게 가장 많은 돈을 빌려준 채권자는 전에 너무 분통터지는 일이 있어 뉴마켓 히스에서 말채찍으로 후려갈긴 일이 있는 숙적인 브루어입니다. 그런 인물이 행여나 저를 봐 주겠습니까?"

"잘 알았습니다, 로버트 경." 홈즈가 일어서면서 말했다. "이 일은 경찰이 관여할 문제입니다. 진상만을 밝혀내는 게 저의 의무이니, 이만 가 보겠습니다. 남작의 행동에 대해 도덕성이나 품위를 따지는 문제는 저로선 왈가왈부할 입장이 못 되는 것 같습니다. 왓슨, 밤도 깊었으니 빨리 숙소로 돌아가세."

이 이상한 에피소드는 다행히 행복한 결말을 맺었다. 쇼스컴 프린스는 더비 경마 대회에서 우승하여 경기에 투기한 로버트 경은 8만 파운드나 벌어 경기가 끝날 때까지 재산 차압을 보류하고 있던 채권자들의 돈도 무사히 갚았다. 그리고 로버트 경은 빚을 갚고 남은 상당한 돈으로 다시 일어설 수 있었다. 또한 경찰도 검시관도 누님의 사망을 늦게 신고한 그의 처사를 너그러이 용서해 주어 운좋게도 로버트 경은 몸을 조금도 다치지 않았다. 그 뒤 그는 어두운 그림자를 벗고 명예롭게 늘그막 생활을 즐길 수 있게 되었다.

이성적 추리로 독자를 매료하는 홈즈

도일(Arther Conan Doyle, 1859~1930)의 《셜록 홈즈 사건집(The Case—Book of Sherlock Holmes)》은 그의 만년, 그러니까 1921년 10월부터 1927년 4월까지 〈스트랜드 매거진〉에 발표된 12편의 단편을 모은 것이다.

《셜록 홈즈 사건집》의 단편 가운데 복수에 관계된 내용이 5편이나 되는 점은 매우 흥미로운 특징으로 도일의 심리를 연구하는 데에도 중요한 힌트가 될 것 같다.

또한 보통 왓슨에 의한 집필이 일반적인 형태임에도 이 책에서는 여러 다양한 시도가 이루어지고 있음을 알 수 있다. 다시 말해 《셜록 홈즈의 마지막 인사》에 나오는 1편을 제외하고는 지금까지 왓슨이 기술해왔는데, 이 책 〈마자랭의 다이아몬드〉에서는 제삼자가 집필을 하고 있을 뿐만 아니라, 〈탈색된 병사〉와 〈사자의 갈기〉는 홈즈가 직접 기술하는 특징을 보이고 있다. 그 이유에 대해서는 여러 추측이 있겠으나 여하튼 시점을 바꿈으로써 독자들에게 또 다른 참신함을 제공하겠다는 서비스정신이 시험된 것이며, 한편으로는 독자가 질리지나 않을까 긴장하는 작가의 심정을 잘 보여준다는 생각에도 공감되는 바가 있다. 그러나 결국 도일 한 사람에 의한 기술임을 생각한다면, 비록 가상공간에서 벌어지는 왓슨과 홈즈의 경쟁이긴 해도 어떤 특징이 있고 어느 쪽이 우월한가 따져가며 내용을 읽어본다면, 작품의 해석이나 공상을 즐기는 방법이 더 달라질 수도 있는 것이 사실이다.

〈은퇴한 물감 제조업자(1927년 1월 발표)〉와 〈베일 쓴 여하숙인(1927년 2월 발표)〉 두 작품은 모두 도일의 가정사를 폭로하는 내용이 들어 있다. 도일의 어머니(1838~1921)가 세상을 떠난 지 6년째 되는 해의 작품이므로, 옛날의 기억도 떠오르고 이젠 어머니를 의식할 필요도 없어졌으므로 이런 작품을 쓰게 되지 않았나 싶다.

〈은퇴한 물감 제조업자〉는 은퇴한 그림물감 장수인 조시아 엠버리의 아내가 젊은 의사와 바람을 피운 이야기로, 조시아는 화가 나서 두 사람을 살해하게 된다. 한편 도일의 아버지는 이 이야기처럼 그림물감 장수는 아니지만 취미로 틈틈이 그림도 그렸으니 그림 도구와도 관계가 있다.

그리고 그의 아내, 그러니까 도일의 어머니 메어리는 15살 연하의 의사인 브라이언 찰스 워러(1853~1932년)와 사랑에 빠져, 1882년부터 1914년까지 무려 32년 동안이나 워러의 고향인 메이슨길에서 함께 지냈다(가톨릭에서는 이혼을 허용하지 않았고, 성문제에 대해 엄격했던 빅토리아왕조 시절이었으므로 동거는 허락되지 않았다. 따라서 엄밀하게 말하면 그녀는 워러의 옆집에 살았다). 도일의 아버지는 끓어오르는 분노를 참지 못하고 두 사람을 함께 죽이려 했지만 정신병원에 감금(1879~1893년)되어 있던 터라 도리가 없었는데, 어떤 의미에서는 도일이 아버지를 대신해서 적을 무너뜨린 셈이기도 했다.

〈베일 쓴 여하숙인〉은 서커스단에 소속된 론더라는 여자가 불륜의 상대와 함께 술버릇이 나쁜 남편을 모살하는 이야기이다. 그러나 살인이 벌어지면서 흥건한 피냄새에 사자가 지나치게 흥분하면서 론더의 얼굴을 덮쳤고, 그 뒤 론더는 평생 복면을 쓰고 생활한다는 내용이다. 도일의 아버지도 알코올 의존증이 있었고, 어머니 메어리는 아마 워러의 손을 빌려 남편을 정신병원에 입원시켜 아버지는 결국 그곳에서 죽는다(1893년).

메어리는 메이슨길에서 비록 복면까지는 쓰지 않았지만 32년이라는 긴 세월을 그늘에 가려진 인고의 세월을 보내야 했다. 그러므로 이 3편의 단편이 도일 집안의 숨겨진 이야기를 여실히 반영하고 있음은 누가 보아도 금방 알 수 있는 일이다.

〈기어다니는 남자(1923년 3월 발표)〉에서는 나이차가 많이 지는 젊은 여성과 결혼하는 한 남자를 묘사하고 있는데, 메어리가 15살이나 어린 남자와 연인 사이가 된 것을 성을 바꿔 풍자하고 있다.

아버지의 술주정이 도일에게 악영향을 미치지나 않을까 염려했던 어머니 메어리는, 도일을 같은 에딘버러 시내에 있는 친구인 버튼 집안에 맡겼는데 이때가 겨우 4살이었다. 그 뒤 도일은 에딘버러 대학 의학부에 들어가기까지 학교 기숙사를 전전하며 부모의 애정에 굶주린 채 성인이 되었다. 그런 사실을 알게 되면 비뚤어진 애정을 그린 〈거물 의뢰인〉의 배후도 짐작이 될 듯하다. 여기서 왓슨이 그루너 남작에게 보여주는 에그 셸(계란 속껍질) 자기로 된 작은 접시는, 이름대로 계란 속껍질처럼 얇고 비쳐보일 듯한 도자기이다. 금방이라도 부숴질 듯 연약한 애정의 상징으로 사용된 셈이다.

〈거물 의뢰인〉〈소르 다리 사건〉〈세 박공 집〉〈기어다니는 남자〉에 나타난 애정이 저마다 일그러진 모습을 보이고 있는 것도, 애정에 굶주린 도일의 유년시대를 반영한 것일 수도 있으리라.

〈세 사람의 개리뎁〉〈마자랭의 다이아몬드〉〈기어다니는 남자〉가 모두 어쩐지 덜떨어진 인물을 중심으로 〈붉은 머리 클럽〉풍의 코미디 냄새가 나는 것도 도일의 홈즈 시리즈치고는 드문 일이며, 미스터리소설이나 모험소설다운 재미보다는 오히려 셜록 홈즈의 열렬한 팬들의 시점에서 보아 재미난 얘깃거리가 곳곳에 숨어 있는 책이라고 할 수 있다.

모두들 알고 있듯이 도일이 홈즈를 만들어낸 것은 지난 세기도 거의 끝나갈 무렵이어서 전등과 전화는 아직 보급되지 않았고 자동차도 없었다. 그러므로 홈즈는 연락에 전보만 이용하고, 어디든 마차에 흔들려 간다. 그러나 이 《사건집》을 쓴 것은 1920년대여서 지구상에는 비행기까지 날게 되었다. 그리하여 도일도 차마 난처했던지 이 무렵의 작품에서는 아주 조심스럽게 홈즈로 하여금 전화를 쓰게 했다. 곧 대답을 들을 수 있는 전화라는 것이 인간 생활에 이용된 것은 미스터리소설 구성에 큰 영향을 가져왔다고 할 수 있을 것이다.

그 밖에 피의 검출법은 《주홍색 연구》에 나오는 '셜록 홈즈법'에 버금갈 만한 것이 아직 발견되지 않은 모양이지만, 지문법은 그즈음과는 비교도 안 될 만큼 진보하였다. 그런데도 도일은, 왜 지문법을 취급하지 않았을까 하는 생각이 들 만큼 지문을 외면하고 있는데, 절대로 뒷날 발달한 지식을 옛날로 거슬러 올라가 응용하지는 않았던 것이다. 참으로 공명정대하다고 아니할 수 없다.

도일이 화술에 능하다는 것은 많은 사람이 지적하는 바이지만, 많은 미스터리소설을 읽어 보면 그의 작품은 평범하게 써내려 간 것 같이 보이면서도 조금의 무리도 없이 마지막 클라이맥스를 향해 집중하는 수법을 구사한 점에 대해서 찬사를 보내고 싶다. 그리고 30년이나 계속 써내면서도 쇠퇴함을 보이기는커녕 오히려 점점 새로운 트릭을 찾아내는데, 많은 작품 속에서 똑같은 트릭을 여러 가지로 바꾸어 쓰고 있는 것도 발견할 수 있을 것이다.

이를테면 이 책에 실린 〈세 사람의 개리뎁〉은 《셜록 홈즈의 모험》

편에 나오는 〈붉은 머리 클럽〉이며 《셜록 홈즈의 회상》 편에 나오는 〈증권 중매인〉 등과 같은 트릭을 쓰고 있다. 미스터리소설을 연구하는 사람이라면 눈여겨보아 둘만한 점이다.